LES

CHEVALIERS DE SAINT-MICHEL

DE LA

PROVINCE DU POITOU

DEPUIS LA FONDATION DE L'ORDRE EN 1468

JUSQU'A L'ORDONNANCE DE 1665

NOTICES ÉCRITES PAR JEAN-FRANÇOIS-LOUIS D'HOZIER

ET PUBLIÉES AVEC DES NOTES

Par le Vᵗᵉ P. DE CHABOT

VANNES

LIBRAIRIE LAFOLYE

1896

LES
CHEVALIERS DE SAINT-MICHEL

DE LA

PROVINCE DU POITOU

DEPUIS LA FONDATION DE L'ORDRE EN 1468

JUSQU'A L'ORDONNANCE DE 1665

NOTICES ÉCRITES PAR JEAN-FRANÇOIS-LOUIS D'HOZIER

ET PUBLIÉES AVEC DES NOTES

Par le Vᵗᵉ P. ᴅᴇ CHABOT

VANNES
LIBRAIRIE LAFOLYE
—
1896

AVERTISSEMENT

Les notices sur les chevaliers de Saint-Michel que nous publions ici sont extraites du travail de Jean-François-Louis d'Hozier, quatrième fils de Louis-Pierre d'Hozier, juge d'armes de France.

Ce travail, commencé en 1783 et terminé seulement en 1793, au plus fort de la tourmente révolutionnaire, ne fut jamais imprimé. Il est conservé au cabinet des titres de la Bibliothèque nationale. Nous en avons extrait les notices concernant non-seulement les chevaliers poitevins proprement dits, mais aussi tous ceux qui, soit par leurs charges, soit par leurs grandes possessions territoriales, avaient quelques attaches avec la province du Poitou. Bien que le style de ces notices soit généralement lourd et uniforme, nous avons cru intéressant de les reproduire en entier, à cause des nombreux renseignements qu'elles renferment sur les personnages et les familles.

Nous avons aussi fondu dans le texte quelques notes de d'Hozier, qui se trouvaient en marge du manuscrit, indiquant généralement, soit l'époque où chaque chevalier avait été décoré de l'Ordre, soit le premier acte dans lequel on le trouvait cité avec la qualité de chevalier de l'ordre du Roi.

Nous n'avons aucunement la prétention de faire ici une histoire complète des chevaliers de Saint-Michel du Poitou. Bien que fort volumineux, le manuscrit de d'Hozier est très loin de renfermer des notices sur tous ceux qui reçurent cet ordre ; aussi nos lecteurs ne devront pas s'étonner s'ils y rencontrent parfois des lacunes et des omissions.

PRÉFACE

L'ordre de Saint-Michel fut fondé par le roi Louis XI, le 1er août 1468. Il eut sous ce monarque un caractère presque exclusivement religieux : c'était l'ordre de l'Archange Saint-Michel, le grand victorieux. L'admission y était des plus difficiles, le nombre des chevaliers ne devait pas dépasser trente-six ; aussi les princes étrangers, les rois eux-mêmes, considéraient-ils comme un grand honneur d'y être admis.

Louis XI nomma d'abord quinze chevaliers parmi lesquels nous trouvons, pour la province du Poitou, Louis de Beaumont, Georges de la Trémoïlle et Louis de Crussol, gouverneur du château de Niort. A l'avenir, le choix des nouveaux chevaliers devait être laissé aux membres de l'ordre qui se réuniraient en chapitre le 29 septembre, en la fête de saint Michel archange.

Ce fut en 1469, à Amboise, que se réunirent les quinze premiers chevaliers afin d'y prêter serment entre les mains du roi.

Quatorze ans plus tard, en 1483, à la mort de Louis XI, quarante chevaliers seulement avaient été élus en y comprenant Louis XI et Charles VIII. Sous ce dernier roi, l'ordre conserva tout son prestige, et jusqu'en 1541 l'admission y fut d'une extrême difficulté. A cette date, cinquante-deux chevaliers seulement avaient été reçus depuis la fondation. A partir de ce moment, l'ordre s'étendit rapidement, au mépris des statuts. En 1555, le nombre des chevaliers dépassait trois cents. Henri II, frappé des désordres introduits dans les règlements et statuts, résolut d'y remédier et fonda, à cet effet, en 1557, un collège de chanoines pour le service religieux de l'ordre, espérant ainsi les faire mieux observer. Les efforts furent vains, et les rois eux-mêmes furent bientôt les premiers à manquer aux statuts en nommant les chevaliers au lieu d'en laisser le choix au chapitre. En 1560, François II crée en une seule fois dix-huit chevaliers ; quelques mois après, Charles IX donne cet ordre avec encore plus de facilité.

Ce grand nombre de chevaliers, le relâchement dans l'observation des statuts amoindrissaient l'importance et la considération attachées à l'ordre. Charles IX s'en émut et publia le 3 avril 1565 des lettres patentes où il était dit « qu'à l'avenir, il ne seroit « associé audit ordre plus grand nombre de chevaliers que celuy « qui étoit alors, jusqu'à ce qu'il fût réduit au nombre de 50, à « quoy il le limitoit à l'avenir, à moins que ce ne fût pour service « signalé dans une bataille, quelque grand exploit d'armes; et « déclaroit nulles toutes élections faites par importunité, inadver-« tance ou autrement. »

Cette mesure ne fut pas longtemps exécutée; en 1567, dans une seule promotion, le roi nomma dix-neuf chevaliers ; à partir de ce moment les promotions mêmes cessèrent et l'ordre fut presque journellement donné.

Henri III essaya en vain d'introduire de nouvelles réformes. En fondant, le 31 décembre 1578, l'ordre du Saint-Esprit, il fit perdre à celui de Saint-Michel presque tout son prestige.

Henri IV créa aussi un grand nombre de chevaliers, mais tous choisis pour leur valeur. Louis XIII fut moins sévère sur le choix de ceux à qui il envoya le collier de son ordre et les abus augmentèrent de jour en jour.

Louis XIV, voyant la fraude elle-même s'introduire dans l'ordre, résolut de le réformer complètement. Le 12 janvier 1668, il réduisit à cent le nombre des chevaliers et les obligea à faire leurs preuves de noblesse; les autres ne furent pas maintenus dans leur dignité.

L'ordre, malgré cette réforme, alla toujours en périclitant, et de militaire qu'il était, il devint presque exclusivement la récompense des services civils.

P. C.

LES

CHEVALIERS DE SAINT-MICHEL

DE LA PROVINCE DU POITOU

A

Aloigny (Antoine d'), sgr de Rochefort, de Puygirault, de Percy et de la Chaize, gentilhomme ordinaire de la Chambre du roi, capitaine de 50 lances de ses ordonnances, conseiller chambellan ordinaire de Sa Majesté le roi Henri III suivant un acte du 12 mars 1579, gouverneur de la ville et du château du Blanc en Berry, fut reçu chevalier de l'ordre en 1591 par le prince de Condé (*Recueil manuscrit des chevaliers de l'ordre de Saint-Michel fait par Pierre d'Hozier en 1620*)[1]. Il servait dès l'an 1569, en qualité d'enseigne des gendarmes du marquis de Mézières, et fut toujours fidèlement attaché au roi Henri IV. Il mourut en 1620.

---

[1] Nommé le 27 avril 1611 et reçu le 15 mai. Il avait épousé par contrat du 30 juin 1585 Lucrèce de Périon (*Beauchet-Filleau, D^{re} des Fam. du Poitou, 2e éd., t. I, p. 55*).

Il était fils de Pierre d'Aloigny, sgr de Rochefort, gouverneur du Blanc en Berry, guidon de cent hommes d'armes des ordonnances du roi, et de Marguerite de Salignac. Ses armes: *de gueules, à 3 fleurs de lis d'argent, posées 2 et 1*[1].

Aloigny (François d'), sgr de la Groye, du Chêne et d'Ingrande, gentilhomme ordinaire de la chambre du roi Henri III, est qualifié chev. de l'ordre du roi dans un acte du 22 octobre 1605 (*Titres de cette maison*). Il commanda la compagnie du Vte de la Guierche, gouverneur du Poitou, et se trouva en 1587 à la bataille de Coutras à la tête de 11 cornettes de chevau-légers[2].

Il était fils de Louis d'Aloigny, sgr de la Groye et d'Ingrande, et de Jeanne Savary[3].

Aloigny (Guy d'), sgr d'Oinze et de Boismorand, gentilhomme ordinaire de la chambre du roi et capitaine des gardes du prince de Condé, est rappelé avec la qualité de chevalier de l'ordre du Roi et celle de haut et puissant dans un acte du 23 juin 1625[4] postérieur à sa mort (*Titres de cette maison*) et ne put avoir été admis dans cet ordre que postérieurement à l'époque de 1607, d'après les titres de cette maison. Il s'attacha d'abord au duc de Guise qui le fit l'un de ses gentilshommes, et le roi Louis XIII, par un brevet du 12 octobre 1616, lui continua les 3,600 livres d'appointements dont il avait joui jusqu'alors en qualité de capitaine des gardes du prince de Condé ; il mourut peu de temps après[5].

---

[1] Bibl. nat., cab. des titres, vol. 1043, p. 51.

[2] Il épousa, le 6 février 1570, Françoise ou Jacquette du Plessis, et en secondes noces, le 13 janvier 1600, Marie-Diane de Marconnay, veuve de Pierre Grignon, sgr de la Pellissonnière (Beauchet-Filleau), *Diction. des Fam. du Poitou*, 2º éd., t. I, p. 53.)

[3] Bibl. nat., cab. des titres, vol. 1043, p. 267.

[4] Il naquit vers 1570 et épousa le 8 février 1603 Renée de la Pouge, veuve de Philippe de Valenciennes, secrétaire du roi, fille de Claude, etc., sgr de la Pouge et du Bois, lieutenant de Basse-Marche, et de Marguerite Lebeau (Beauchet-Filleau. *Dictionnaire des Familles du Poitou*, 2º éd. t. I, p. 56).

[5] Bibl. nat., cab. des titres, vol. 1043, p. 427.

Il était frère d'Antoine d'Aloigny, sgr de Rochefort, reçu chevalier de l'ordre de Saint-Michel en 1591.

Alloue (François d'), sgr des Ajots, de la Thibaudière, gentilhomme ordinaire de la chambre du roi, gouverneur de Saint-Jean-d'Angély, sénéchal du comté de la Rochefoucauld et enseigne de 50 hommes d'armes des ordonnances de Sa Majesté, servait en cette dernière qualité dès l'an 1569, et est qualifié chevalier de l'ordre du Roi dans un acte du 25 mai 1605 (*Titres de cette maison*). Il avait été nommé précédemment maître d'hôtel ordinaire de Marguerite de France, duchesse de Berry, et fut fort affectionné du roi Henry IV qui lui donna le gouvernement de Saint-Jean-d'Angély, le 14 novembre 1596, et lui écrivit à cette occasion et entièrement de sa main la lettre suivante :

« Monseigneur des Ayos, je suis bien marry de la mort du
« pauvre M. de Saint-Mesmes ; vous ne devyez poynt douter
« que *vous aymant comme je fay* je ne me souvynsse de vous
« et de ce que je vous avoys promys et .... comme vous
« verrez par celle que j'ay commandé à Villeroy de vous
« écryre ce que vous aurez de moy, pour ce regard est que
« vous me cervyez an ceté charge avec la mesme fydelyté et
« afectyon que vous avez tousjours fet, vous souvenant que
« vous avez a fere a un peuple fort bysearre afin que vous
« vous gouvernyez avec eux avec prudance et douceur ; au
« demeurant je vous dyray que depuis un moys ou sys ce-
« meynes la mortalyté est tellement mise dans ma meute de
« chyens courans pour chevreuyl que de quarante que j'en
« avois et de très bons grys et noyrs il ne m'an est pas resté
« vynt quy me fet vous prier de me vouloir envoyer deus
« chyens gris des vostres, mes qu'ils soyent des mylleurs et
« *un cervyteur qui ayme son metre*, mes que ce soyt avant
« que vous bayllyez à Rocquelaure ceux que vous luy avez
« promys ; au surplus *assurez vous tousjours de mon amytyé*
« de laquelle je vous tesmoygneray les efes aus occasyons

« quy s'an ofryront pour vostre contantemant ; sur ce Dieu
« vous ayt Monsⁱ deš Ayos en sa sainte garde. Ce XI° may à
« Fontenebleau. Henry. » Il mourut en 160ℓ

Il étoit fils de François d'Aloue, sgr des Ajots, et de Marguerite Goumard ; ses armes étaient : *d'argent, à deux chevrons de gueules, accompagnés en chef de deux macles de sable*².

Ancelon (François), sgr de Fontbaudry, nommé chevalier
de l'ordre en 1570 (*Manuscrit de M. de Gaigniéres sur l'ordre
de Saint-Michel. Bibl. du roi*). Il est qualifié en conséquence
chevalier de l'ordre du Roi et haut et puissant seigneur dans
un acte du 2 février 1573 (*Titre des maisons de Voyer de Paulmy
et de Robin de la Tremblaye*). On ignore sa filiation³ ; ses
armes étaient : *de gueules, semé de fleurs de lis d'argent au
franc quartier de même chargé d'une fleur de lis d'azur*⁴.

Appelvoisin (Antoine d'), sgr de la Châtaigneraye, de la
Roche-du-Maine, de Montazur, de Vassay, et de la Sopetière,
capitaine de 50 hommes d'armes des ordonnances du roi, né
vers l'an 1549, vivait encore sous Henri IV en 1608⁵. On le
trouve qualifié chevalier de l'ordre du Roi dans la production
des titres de la maison du Bellay, faite au mois de décembre
1670 devant M. de Caumartin, intendant de Champagne.

Il était fils de François d'Appelvoisin, chevalier, sgr et
baron de Fougereuse et de la Roche du Maine et de Françoise

---

¹ Il avait épousé le 16 décembre 1559 Anne de la Martonnie, fille de Geoffroy,
sgr de Condat (Beauchet-Filleau, *Dictionnaire des Familles du Poitou*,
2ᵉ édition, t. ɪ, p. 50).

² Bibliothèque nationale, Cabinet des titres, 1043, p. 262.

³ Il était fils de Louis Ancelon, écuyer, sgr de Fontbaudry, et de Jacquette de
Chasteigner. Il épousa : 1º le 6 mai 1530, Anne Voyer de Paulmy, fille de Jean,
et de Louise du Puy, et 2° Louise de Biars, veuve de Joachim de Razilly,
sgr de Beauchesne (Beauchet-Filleau, *Dictionnaire des familles du Poitou*
2ᵉ édition, t. ɪ, p. 66).

⁴ Bibliothèque nationale, cabinet des titres, 1041, p. 1103.

⁵ Il épousa : 1º le 21 mai 1594 Anne du Bellay, fille de René II du Bellay et
de Marie du Bellay, princesse d'Yvetot, et 2° : Anne de Beauvau, fille de
Louis Iᵉʳ du nom, sgr de Rivarennes (Beauchet-Filleau, *Dictionnaire des
Familles du Poitou*, 2ᵉ édition, t. ɪ, p. 86).

Tiercelin de la Roche du Maine. Ses armes étaient : *de gueules, à une herse d'or*[1].

Appelvoisin (Charles d'), dit *Tiercelin d'Appelvoisin*, sgr et baron de la Fougereuse et de la Roche du Maine, capitaine de cinquante hommes d'armes des ordonnances du roi et gentilhomme ordinaire de la chambre de S. M. le roi Henri III, portant la clef d'or, est qualifié chevalier de l'ordre du roi dans un acte du 30 mars 1624[2] (*Titres de la Maison de Turpin-Crissé*).

Il était fils de François d'Appelvoisin, sgr et baron de la Fougereuse, de la Roche-du-Maine et de la Chataigneraye, et de Françoise Tiercelin. Ses armes étaient : *d'argent, à deux tierces d'azur en sautoir, accompagnées de quatre merlettes de sable, posées une dans chaque canton, écartelé de gueules à une herse d'or*[3].

Archevêque de Parthenay (Jean L'), baron de Soubise, sgr du Parc, de Mouchamps, de Pauldon, de Vendrennes, et du fief Goyau, etc., gentilhomme ordinaire de la chambre du roi, gouverneur et bailli de Chartres, et lieutenant général pour Sa Majesté, à Parme, en Toscane et à Sienne, nommé chevalier de l'ordre du roi, le 7 décembre 1561, à Saint-Germain-en-Laye, servit avec beaucoup de distinction sous le règne de Henri II et commanda son armée en Toscane ; il était déjà pourvu de l'état de gentilhomme de la Chambre le 4 janvier 1553 (1554), jour auquel il reçut une gratification du roi pour aller au devant du duc de Parme qu'il avait ordre de conduire à Fontainebleau, et S. M. envoya son lieutenant général à Parme, en l'absence du maréchal Strozzi,

[1] Bibliothèque, nationale, cabinet des titres. 1403, p. 392.

[2] Il avait épousé le 22 mars 1581 Claude de Chastillon, fille de Claude, sgr baron d'Argenton-Château, et de Renée Sanglier qui était veuve en 1600 (Beauchet-Filleau, *Dictionnaire des Familles* du Poitou, 2e édition, tome I, p. 85).

[3] Bibliothèque nationale, cabinet des titres, 1044. p. 164.

où il demeura depuis le 25 novembre de ladite année jusqu'au 25 février suivant, à raison de 500 livres par mois.
On le trouve employé dans les états des gentilshommes de
la Chambre depuis cette époque jusqu'en 1566; il s'était
trouvé au siège de Metz en 1552, et au mois d'août 1558 le
roi lui accorda encore une gratification de 6900 livres 6 s.
en récompense des services qu'il lui avait rendus depuis
longtemps dans les guerres en Italie et ailleurs. Depuis, en
1562, alors tout à fait dévoué au parti du prince de Condé,
il en obtint le gouvernement de Lyon dont le baron des
Adrets avait été dépouillé à raison de ses cruautés; comme
il était né avec une très grande modération et une habileté
peu commune, il rétablit le bon ordre dans cette ville et
exhorta même des Adrets à se comporter avec moins de
férocité, il se rendit redoutable par sa valeur et par son autorité dans son gouvernement. La reine-mère lui ayant écrit
plusieurs fois pour le solliciter de rendre la ville, il répondit
que tant qu'il serait gouverneur de Lyon, il la conserverait
fidèlement au nom du roi et de la reine. Ce fut après cette
réponse que le duc de Nemours fut envoyé pour en faire le
siège, que le baron de Soubise soutint avec la plus grande
fermeté; mais à la paix de 1563, quoique ayant toute autorité
à Lyon dont il était absolument maître par les secours qu'il
avait reçus des Suisses protestants, il remit son gouvernement entre les mains du sgr de Gordes. Il fut beaucoup
soupçonné à la cour d'être entré dans le complot de l'assassinat du duc de Guise, mais le meurtrier dans son interro-
gatoire du 21 février 1563 l'en déchargea pleinement. On
lit dans son testament du 8 août 1566, qu'il voulait être enterré suivant la forme et manière observées ès églises ré-
formées du royaume en la doctrine et discipline desquelles
il voulait vivre et mourir, et quoique protestant il continua
de prendre la qualité de chevalier de l'ordre du Roi et de
haut et puissant seigneur dans son codicille du lendema.n
(*Ces deux actes ont été communiqués en original par MM. le*

Roux de la Roche des Aubiers). Il mourut âgé de 54 ans ou environ avant le 23 novembre de cette année[1].

Il était fils de Jean L'Archevêque, chev. sgr de Soubise, conseiller chambellan ordinaire du roi, et de Michelle de Saubonne. Ses armes étaient : *Fascé d'argent et d'azur de 8 pièces et une bande de gueules brochant sur le tout.*

Aubéry (Maximilien), sgr du Maurier, de la Fontaine-Dangé, de Vieillefontaine, de Pilleron, de Vaugodin et de la Roche-Saint-Sulpice, gentilhomme ordinaire au service du prince d'Orange, était né le 5 novembre 1608, fut nommé chevalier de l'ordre du Roi sous Louis XIII, et est qualifié de chev. de son ordre dans un acte du 24 avril 1637 (*Original, titres de cette famille*). Il vivait encore en 1667[2]. Il était fils de Benjamin Aubéry, chev. sgr du Maurier, conseiller d'Etat, ambassadeur de Hollande, et de Marie Madalène. Ses armes étaient : *De gueules, au croissant d'or, accompagné de 3 trèfles d'argent, deux en chef et un en pointe*[3].

Aubéry (Robert), marquis de Vatan, baron de Monchy, du Châtel, sgr du Tranchet, de Trilport, de St-Pois et de Brevannes, nommé successivement conseiller au Parlement de Paris le 21 juin 1602, maître des requêtes ordinaires de l'hôtel du roi le 11 janvier 1612, conseiller d'Etat le 15 août 1615, et président de la chambre des comptes de Paris le 18 mai 1619, fut admis dans l'ordre de Saint-Michel sous Louis XIII, et on le trouve en conséquence qualifié chevalier de l'ordre du Roi dans un acte du 31 août 1630. Louis XIV érigea aussi en sa faveur la terre de Vatan en marquisat au mois d'août 1650[4].

Aubigné (Claude d'), baron de Ste-Gemme, sgr de la Jousselinière, de la Touche, de Brénezay et de la Roche-Baraton.

---

[1] Bibliothèque nationale, cabinet des titres, 1040, p. 22.

[2] Il avait épousé, le 11 octobre 1640, Louise de Beauvau, fille de Jean, chev. sgr d'Espence et de Anne d'Angennes (Beauchet-Filleau, *Dict. des Familles du Poitou*, 2e éd., t. I, p. 138).

[3] Bibl. nat. cab. des titres, 1044, p. 298.

Bibl. nat. cab. des titres, 1045, p. 112.

gentilhomme ordinaire de la chambre du roi, est nommé avec la qualité de chevalier de l'ordre du Roi dans une lettre du 15 mars 1572, et dans une commission du 11 avril suivant; de plus, le roi le qualifie chevalier de son ordre sur la suscription de deux lettres dont il l'honora les 27 mai et 24 juillet 1579 (*Titres de cette maison*). Il suivit le parti catholique dans le temps des guerres de la religion, et reçut une lettre du roi Henri III, le 27 mai 1577, par laquelle ce prince lui marque qu'il l'excusait parce qu' « il ne s'étoit pas trouvé « dans son armée commandée par le duc de Mayenne « puisque sa présence avoit été si utille au lieu où il étoit « pour retenir les gentilshommes qui sans ses persuasions « eussent pris un parti contraire à ses intérêts » ; dans une autre dont ce monarque l'honora le 24 juillet suivant, il lui mande qu' « il avoit reçu la liste des gentilshommes qu'il « avoit retirés du parti contraire et qu'il luy en savoit très « bon gré ». Le baron de Sainte-Gemme ne vivait déjà plus en 1610[1].

Ses armes étaient : *De gueules, au lion d'hermine, armé, lampassé et couronné d'or*[2].

Aubigné (Jacques d'), sgr de la Rocheferrière, gentilhomme ordinaire de la chambre du roi, est rappelé avec la qualité de chevalier de l'ordre du Roi dans un acte du 25 mai 1582 postérieur à sa mort[3]. Il était fils de René d'Aubigné, sgr de la Jousselinière, et de Renée d'Escoubleau[4].

Aubigné (Jean d'), sgr de Boismosé, de Montsabert, de Loné et de Méry, lieutenant de cent hommes d'armes des

---

[1] Il était fils de René d'Aubigné, éc. sgr de la Jousselinière, et de Renée d'Escoubleau. Il avait épousé le 6 juillet 1572, Jeanne du Bouchet, fille de Lancelot, sgr de Sainte-Gemme, et de Jeanne Ratault. (Beauchet-Filleau *Dictionnaire des Familles du Poitou*, 2ᵉ éd. t. I, p. 147).

[2] Bibl. nat. cab. des titres 1041, p. 1280.

[3] Il mourut au mois d'avril 1577 ; il avait épousé Perrine de Killé (ou de Billé) (Beauchet-Filleau, *Dictionnaire des Familles du Poitou*, 2ᵉ éd., t. I, p. 147).

[4] Bibl. nat. cab. des titres, 1014, p. 1574.

ordonnances du roi et gentilhomme ordinaire de la reine
en 1586, est qualifié chevalier de l'ordre du roi dans un acte
du 30 juin 1611 (*Original, titres de Mondagron de la Cour
d'Assé*), et mourut en 1628[1]. Il était fils de François d'Aubigné,
sgr du Boismosé et de Montsabert, et de Catherine Laurens[2].

Aubigné (Théodore-Agrippa d'), sgr des Landes, de Gui-
nemer, de Crest, de Chaillou, d'Audremont, de Surineau,
et de Marçay, gentilhomme ordinaire de la chambre du
roi, maréchal de ses camps et armées, capitaine de 50
hommes d'armes de ses ordonnances, conseiller d'Etat d'épée,
vice-amiral de Guyenne et de Bretagne, gouverneur de Mail-
lezais, de Royan, de l'Ile-d'Oléron, de Casteljaloux et de
Montaigu, fut toujours constamment attaché au parti
du roi de Navarre dont il était l'un des écuyers à l'époque
du 6 mars 1580, qu'il en obtint une pension de 800 livres ;
peu de temps après, et, avant l'an 1583, ce prince le nomma
gentilhomme de sa chambre, charge dans laquelle il le
confirma à son avènement au trône. Ses services lui méritèrent encore une pension de 400 écus le 17 janvier 1692. Il
est qualifié chevalier de l'ordre du Roi dans un acte du 18 septembre 1614 (*Titres de cette maison*) et mourut à Genève le
30 avril 1630, âgé de 80 ans, dans l'exercice de la religion pré-
tendue réformée[3]. Il est auteur d'une histoire universelle et
on lui attribue les deux satires ingénieuses intitulées : *La
confession de Sancy et le Baron de Feneste*. Il était fils de Jean
d'Aubigné, sgr de Brie, et de Catherine de Lestang[4].

Aubigné (Jacques d'), baron de Tigny, sgr de la Touche
d'Aubigné et de Bernezay, est qualifié chevalier de l'ordre du

---

[1] Il avait épousé Suzanne Clausse (Beauchet-Filleau, *Dictionnaire des
am. du Poitou*, 2ᵉ éd., t. I, p. 147).

[2] Bibl. nat. cab. des titres, 1044, p. 14).

[3] Il avait épousé : 1° le 6 juin 1583, Suzanne de Lezay, fille d'Ambroise,
baron de Surineau, et de Renée de Vivonne, morte en 1596, et 2° à Genève en
1625, Suzanne Burlamache, veuve de César Balbani (Beauchet-Filleau, *Dictionnaire des Familles du Poitou*, 2ᵉ édition, t. I, p. 143).

[4] Bibliothèque nationale, cabinet des titres, 1044, p. 50.

Roi dans un acte du 19 août 1619[1]. (*Original, Titres de MM. le Roux de la Roche des Aubiers*). Il était fils de Claude d'Aubigné, baron de Sainte-Gemme, chevalier de l'ordre du Roi, et de Jeanne du Bouchet[2].

Aubigné (François d'), sgr du Boisrobert, qualifié chevalier de l'ordre du Roi dans un acte du 5 août 1621[3]. (*Original. Titres de M. Le Jumeau de Ferrières*). Il était fils de Jacques d'Aubigné, sgr de la Roche-Ferrière, chevalier de l'ordre du roi, et de Perrine de Billé[4].

Aubigné (Claude d'), sgr de la Rocheferrière, de la Varenne, de la Tranchée et de Champinière, gentilhomme ordinaire de la chambre du roi, qualifié chevalier de l'ordre du Roi dans un acte du 5 août 1621[5] (*Original, titres de M. Le Jumeau de Ferrières*). Il était frère du précédent[6].

Aubusson (Annet d'), sgr de Villac, de Pérignac, de Montignac et de Saint-Légier, baron de Miremont par lettres d'érection de l'an 1574, vivait encore en 1580. On le trouve qualifié chevalier de l'ordre du Roi dans un acte du 17 avril 1573 et dans un autre du 3 mai 1576, où, indépendamment de la qualité de chevalier de l'ordre du Roi, on lui donne encore celle de haut et puissant seigneur. (*Titres de cette maison*). Il était fils de Jean d'Aubusson, sgr de Villac, de Pérignac, de Saint-Léger, de Castelnouvel et de Beauregard, et de marquise

---

[1] Il avait épousé, le 12 juin 1610, Louise Clérembault, fille de Hardy, chevalier, sgr de Chantebusain, et d'Antoinette Le Bœuf (Beauchet-Filleau, *Dictionnaire des Familles du Poitou*, 2ᵉ édition, t. I. p. 147).

[2] Bibliothèque nationale, cabinet des titres, 1044, p. 165.

[3] Il avait épousé Jacquette Tiraqueau. (Beauchet-Filleau, *Dictionnaire des Familles du Poitou*, 2ᵉ édition, t. I, p. 147).

[4] Bibliothèque nationale, cabinet des titres, 1044, p. 132.

[5] Il épousa le 4 mars 1601 Jeanne Tiraqueau, fille de Jean, écuyer, sgr de Belesbat, et de Catherine Mesmin (Beauchet-Filleau, *Dictionnaire des Familles du Poitou*, 2ᵉ édition, t. I, p. 147).

[6] Bibliothèque nationale, cabinet des titres, 1044, p. 133.

de Pellisses. Ses armes étaient : *D'or, à la croix ancrée de gueules*[1].

Aubusson (Foucaud d'), sgr de Beauregard, de Castel-nouvel, de Courcelles, de Montault, de Saint-Quentin, de Sigoignac, de la Bazinie, de Chenac et de la Rue, gentilhomme ordinaire de la chambre du roi et capitaine de 50 hommes d'armes de ses ordonnances, est cité avec la qualité de chevalier de l'ordre du Roi dans un acte du 28 juillet 1576 *(Titres de la maison de Royère de Peyraux)*. Il fut admis par Charles IX au nombre des gentilshommes de sa chambre et ce prince lui fit adjuger sur les fonds de son épargne, le 19 août 1573, une somme de 2500 l. pour une commission de confiance dont il l'avait chargé ; le 30 novembre de la même année, il lui accorda une gratification de 10 000 l. en considération des services qu'il lui avait rendus au fait des guerres et de ce qu'il avait été employé en plusieurs négociations, à l'endroit de ceux de la Rochelle, de Nîmes et de Montauban ; il avait servi précédemment en qualité de lieutenant de la compagnie des gendarmes du baron de Terride et fut fait capitaine de 50 hommes d'armes le 3 mars 1577. Il vivait encore en 1600. Il était fils de Jean d'Aubusson, sgr de Beauregard, de la Rue et de Castelnouvel, et d'Antoinette de Lomagne de Terride[2].

Aubusson (François d'), baron de la Feuillade, sgr de Pérusse, de la Grange-Bléneau, de Courpalay, de Vouhet, du Pont-les-Rozay, du Soulier, de Prinsault et de Pelletanges, gentilhomme ordinaire de la chambre du roi, et chambellan du duc d'Alençon, est cité avec la qualité de chevalier de l'ordre du roi dans un acte du 12 novembre 1589[3] *(Titres de la*

---

[1] Bibliothèque nationale, cabinet des titres, 1041, p. 1368.

[2] Bibl. nat. cab. des titres, 1042, p. 114.

[3] Le 25 juin 1586 il était tuteur des enfants mineurs de feu François de la Trémoille, chev. sgr de Fontmoraud. Il avait épousé, le 30 juillet 1554, Louise Pot, fille de Jean, sgr de Rhodès, et de Georgette de Balzac.

maison d'Escorailles). Il servait dès l'an 1559, en qualité de guidon de la compagnie des gendarmes du chevalier d'Angoulême, fut admis par le roi Charles IX au nombre des gentilshommes ordinaires de sa chambre, fut député de la noblesse de la Haute-Marche aux Etats de Blois de 1588, et mourut le 21 mai 1611.

Il était fils de Jean d'Aubusson, sgr de la Feuillade, et de Jacqueline de Dienné[1].

---

[1] Bibl. nat., cab. des titres, 1043, p. 3.

B

Barbezières (Geoffroy de), sgr de Chémerault et de la Roche de Bords, fut reçu chevalier de l'ordre du Roi en 1568 par le comte du Lude, de la maison de Daillon, chev. du même ordre. Il mourut peu de temps avant le 22 octobre 1577[1]. Il était fils de Jean de Barbezières, sgr de Chémerault, lieutenant de la compagnie des gendarmes du prince d'Orange, et de Jacquette de la Béraudière[2].

Ses armes : *lozangé d'argent et de gueules.*

Barbezières (François de), dit Chémerault l'aîné, sgr de Chémerault, de Marigny, de la Theuse et de l'Orme-Guignard, conseiller, chambellan ordinaire du roi, gentilhomme ordinaire de sa chambre et capitaine de 50 hommes d'armes de ses ordonnances, est qualifié chevalier de l'ordre du Roi dans les lettres du roi du 20 février 1575 (*Titres de cette maison*). Il avait été admis dès le règne de Charles IX au nombre des gentilshommes de sa chambre, et ce prince lui fit don d'une pension de 800 l. avant l'an 1571. Il fut fort affectionné du duc d'Anjou, depuis roi Henri III, qui le fit d'abord sous-lieutenant

---

[1] Il fut nommé chevalier de l'ordre du Roi le 21 juin 1568, servit avec ses deux fils au siège de Poitiers en 1569 et avait épousé le 4 février 1533 Catherine de Vivonne, dame de Brejeuille, fille de Jean, éc. sgr de Marigny, et d'Honorée d'Authon (Beauchet-Filleau : *Dictionnaire des Familles du Poitou*, 2e éd. t. I., p. 273).

[2] Bibliothèque nationale, cabinet des titres, 1040, p. 613.

de sa compagnie de 100 lances, le 1ᵉʳ février 1570, puis lieutenant avant le 23 avril 1571, jour auquel il l'admit au nombre
de ses chambellans, dignité dans laquelle ce prince, alors roi
Henri III, le confirma, étant qualifié l'un de ses chambellans
ordinaires dans un brevet de don qu'il lui accorda le
24 février 1576 de la somme de 1520 l., à-compte de 300 écus
que lui avaient mérités les signalés services qu'il avait *dez
longtemps faits à l'Etat en plusieurs voyages*. Le 24 mars
suivant, ce monarque lui accorda encore une gratifica-
cation de 13 465 l. en considération de ses *recommandables
services* et en dédommagement du don qu'il lui avait fait
de l'office de général de ses finances en la généralité de
Poitiers, qui n'avait point eu d'effet. Il obtint en la même
année une pension de 4 000 l. : le 28 avril 1584 il fut nommé
capitaine des chasses, des eaux et forêts du comté du Poitou,
et, le 24 mai 1596, Henri IV reconnut aussi ses services par
une pension de 4 000 l. On ne saurait déterminer si c'est lui
ou son frère Méry de Barbezières que l'on trouve cité dans
l'histoire parmi ceux qui se trouvèrent au siège de Brouage
en 1577, d'autant que l'un et l'autre y sont connus sous le
nom de *Chémerault*[1].

Il était fils de Geoffroy de Barbezières, sgr de Chémerault,
chevalier de l'ordre du Roi, et de Catherine de Vivonne. Ses
armes : *Ecartelé au 1. Lozangé d'argent et de gueules* ; *au
2,.. de... à une croix de .. ; au 3, d'hermines au chef de
gueules, et au 4, d'or à une aigle éployée de gueules*[2].

Barbezières (Méry ou Aymeri de), dit Chémerault le jeune,
sgr de Chémerault ou de la Roche-Chémerault, de la Roche-

---

[1] Charles IX lui donna à lui, et à son frère Aymeri, la jouissance des re-
venus de l'abbaye de Celles, en récompense des services qu'ils lui avaient
rendus, et le nomma guidon dans sa compagnie de gendarmes, puis lieutenant de ce corps qu'il a commandé pendant plus de vingt-cinq années.
Il avait épousé, le 4 décembre 1583, Françoise de Constance, veuve de Paul
de la Tour-Laudry et fille de Guillaume, chev., sgr de Baillon, et de Renée
d'Azay (Beauchet-Filleau : *Dictionnaire des familles du Poitou*, 2ᵉ éd.
t. I, p. 274).

[2] Bibliothèque nationale, cabinet des titres, 1042, p. 32.

des-Bords et du Bois-le-Vicomte, grand maréchal des logis de la maison du roi, capitaine de 50 hommes d'armes de ses ordonnances, conseiller en son conseil privé, gentilhomme ordinaire de la chambre de Sa Majesté le roi Henri III portant la clef d'or, est qualifié chevalier de l'ordre du Roi dans des quittances du 12 février, 5 avril, 3 mai, 26 juillet et 13 octobre 1576, qu'il donna au trésorier de l'épargne (*Original, chambre des comptes de Paris*) ; chevalier de l'ordre du Saint-Esprit le 31 décembre 1585 ; se rendit recommandable par ses services dans les armées et dans les négociations dont il fut chargé et fut fort aimé du roi Charles IX, principalement depuis une aventure singulière qui lui arriva. Ce prince, très jeune encore, chassant un jour dans la forêt de Lions, en Normandie, crût apercevoir tout à coup à quelques pas devant lui un spectre de feu de six ou sept pieds de hauteur ; il mit l'épée à la main, courut sur ce fantôme qui s'évanouit et qui n'était vraisemblablement qu'une exhalaison de la terre à qui le hasard avait donné une forme humaine, comme il la donne à des nuages. Tous les chasseurs effrayés prirent la fuite à l'exception de Chémerault. Ce seigneur fut blessé au siège de la Rochelle en 1573, et ce fut en considération de la manière dont il s'y distingua que le roi lui accorda une gratification de 3 000 l. au mois d'octobre de la même année et pour lui donner en même temps les moyens, ajoute Sa Majesté, d'accompagner en Pologne le duc d'Anjou dont il était dès lors gentilhomme de la chambre. Après la prise de Lusignan en 1574, le roi lui ordonna de faire raser le château, le plus fameux et le mieux bâti du royaume, et, le 20 février 1575, Sa Majesté lui fit don, ainsi qu'à François de Barbezières son frère, de tous les matériaux qui en provenaient, en considération de leurs grands et recommandables services. On lit en effet, dans la vie du duc de Montpensier par Brantôme, que « le roy en donna toute « la ruine au sieur de Chamerault qui avoit esté son « enseigne de gendarmes quand il estoit à Monsieur,

« dont il en fit bastir, ajoute-t-il, une très belle maison
« qui n'est qu'à deux lieues de Luzignan, qui s'appelle
« Marigny. » Ce fut lui que Catherine de Médicis, dont
il était fort affectionné, envoya en Pologne après la mort
de Charles IX pour apprendre au duc d'Anjou la mort de son
frère et pour le presser de la part de cette princesse de tout
quitter pour repasser en France ; le 25 octobre 1574, étant
alors gentilhomme ordinaire de la chambre du roi, Sa Majesté
lui fit don d'une somme de 30 000 l. à raison des services
qu'il avait rendus depuis longtemps tant au feu roi qu'à elle-
même en plusieurs charges et commissions où elle l'avait
employé, et aussi en faveur de son mariage avec made-
moiselle de l'Aubépine. Le 20 mars 1575, le roi lui accorde
une nouvelle gratification de 1250 liv. et Sa Majesté le
chargea en la même année de plusieurs commissions importantes auprès du duc de Montpensier et des seigneurs de
Ruffec et de Bourdeilles, en Touraine, en Angoumois et en
Périgord. En 1674, la reine-mère l'avait encore employé dans
une négociation en Allemagne. En 1576, le roi le députa
vers le roi de Navarre, le duc d'Alençon, le prince de Condé,
la reine sa mère et le maréchal de Damville, pour affaires
importantes relatives à son service ; le 23 septembre de la
même année, Sa Majesté lui fit expédier un brevet de gratification de 10.000 l. motivé sur ses services qui lui en méritent
encore un de 3 000 l. le 15 janvier 1577. Il fut encore chargé, en
cette même année 1577, de plusieurs commissions de confiance auprès du duc de Mayenne et du roi de Navarre ; le
15 mai 1578 il obtint du roi une gratification de 1000 écus en
récompense de ses nouveaux services, le 13 mai 1579 une
autre de pareille somme, le 12 août une de 2.000 écus, et, le
30 septembre de la même année, une autre encore de 1000 écus.
Le roi l'avait chargé l'année précédente d'une affaire très importante à traiter avec le sgr de Crèvecœur, lieutenant du roi
en Picardie ; l'année suivante 1579, il lui donna encore
une commission de confiance auprès du duc d'Anjou et en
1580 auprès du prince de Condé. Le 14 mai 1583 il lui fit

expédier un brevet de gratification de 5 000 écus pour partager avec François du Mesnil, sgr des Bouchaux, gentilhomme ordinaire de sa maison, et Claude du Boullay, maréchal des logis. En 1584, il jouissait de 1000 écus de pension
de la cour ; en la même année il fut chargé par le roi de
plusieurs commissions de confiance et qui demandaient le
plus grand secret. En 1585 il eut ordre de se rendre dans le
Châtelleraudais, en Poitou, en Angoumois et à la Rochelle
pour affaires concernant le service de Sa Majesté ; le 25 octobre de cette année il obtint encore une gratification de
1000 écus. En 1586 et même avant cette époque sa pension
fut portée à 3 800 l. ; en la même année il reçut un ordre du
roi pour aller trouver le duc de Montpensier en Poitou, puis
à la Rochelle, à Brouage, à Saugeon vers le maréchal de
Biron, à Saint-Jean-d'Angély, etc., pour traiter d'affaires
importantes. Les comptes de l'Epargne font encore mention
d'une somme de 500 écus qui lui fut adjugée en ladite année
1586 pour le voyage qu'il avait fait par ordre du roi avec la
reine sa mère, d'une autre commission que cette princesse
lui avait donnée auprès du roi en 1587, d'une encore dont il
fut chargé auprès du duc de Montpensier et enfin d'un voyage
que le roi lui ordonna de faire en la même année à la Rochelle pour aller trouver de sa part le roi de Navarre. On ne
sait si ce fut lui ou François de Barbezières son frère qui se
trouva au siège de Brouage en 1577 : comme ils sont tous
deux connus dans l'histoire sous le nom de Chémerault, on
ne saurait déterminer quel est celui des deux que cette citation concerne. M. de Chémerault, comblé des bienfaits du
roi Henri III, ne fut pas en moindre considération sous le
règne d'Henri IV qui lui accorda une gratification de 4 000 écus
le 10 février 1593, une autre de 1 000 écus le 14 janvier 1594,
et enfin une pension de 4000 l. le 24 mai 1596. Il mourut à
Paris le 5 mai 1609[1]. Il était fils de Geoffroy de Barbezières,

---

[1] Il avait épousé en 1590 Claude de l'Aubespine, fille de François et de
Marie Coton (Beauchet-Filleau : *Dictionnaire des familles du Poitou,*
2e éd. t. i, p. 273).

sgr de Chémerault, chev. de l'ordre du Roi, et de Catherine de Vivonne[1].

Barbezières (Louis de), sgr de Barbezières et de Nogeret, est qualifié chevalier de l'ordre du Roi dans deux actes des 19 ou 29 juin 1605 et 7 février 1606 (*Manuscrit de M. de Fourny, bibl. du juge d'armes*[2]). On ignore sa filiation et ses armes[3].

Barbezières (François de), sgr de Chémerault et de Marigny, comte de Cioray, gouverneur de Lusignan, nommé le 30 novembre 1603 et confirmé par lettres de Louis XIII des 13 juillet, 14 octobre et 7 novembre 1615, puis capitaine d'une compagnie de chevau-légers par commission du 23 octobre de cette année, fut tué au mois de janvier 1616 dans l'armée du duc de Guise. Fils de François de Barbezières, sgr de Chémérault, chev. de l'ordre du Roi, et de Françoise de Constances[4]. Mêmes armes que son père[5].

Barre (Jean de la), sgr de la Brosse, des Hayes et de Montbueil, etc., servit fidèlement le roi Henri III dans ses guerres, d'après une lettre dont l'honora ce monarque le 22 septembre 1575 où il lui marque « de luy ayder en ses guerres, ayant « tousjours eu en luy espérance de fidelle loyauté comme un « de ses bons gentilshommes. » Il fut nommé chevalier de l'ordre du Roi le 16 juin 1570 et reçu par le vidame du Mans, de la maison d'Angennes, chevalier dudit ordre (*Histoire de la noblesse de Touraine, par l'Hermitte Souliers, Paris, 1665,*

---

[1] Bibliothèque nationale, cabinet des titres, 1042, p. 88.

[2] Bibliothèque nationale, cabinet des titres, 1042, p. 509.

[3] Fils de Jacques de Barbezières, éc., sgr de Nogeret, et de Jeanne de Moussy (Beauchet-Filleau : *Dictionnaire des familles du Poitou*, 2e éd. p. 271). Il épousa : 1° le 27 mai 1570 Antoinette de Rochechouart et 2° en 1574 Charlotte de Boulainviliers, veuve de Pierre Belcier, baron de Cozes (*id.*)

[4] Il avait épousé Charlotte de Fontlebon, fille de Charles et de Catherine Tizon (Beauchet-Filleau : *Dictionnaire des familles du Poitou*, 2e éd. t. I, p. 274).

[5] Bibliothèque nationale, cabinet des titres, 1044, p. 573.

p. 359). Il mourut avant l'an 1598. Il était fils de Jean de la Barre, chevalier, sgr de la Brosse, et de Marguerite de Bourré[1]. Ses armes : *d'argent à 3 lions de sable, langués, onglés et couronnés d'or, posés 2 et 1*[2].

Barre (Louis de la), sgr de la Brosse, des Hayes, de Blouine, de Verron, des Moulins et du Château, sénéchal gentilhomme ordinaire de la chambre du roi, pourvu au mois de mars 1613, fut reçu chevalier de l'ordre du Roi le 1er mars 1613 (*Histoire de la noblesse de Touraine, par l'Hermitte Souliers, Paris, 1665, p. 360*) et mourut avant l'an 1634[3].

Il était fils de Jean de la Barre, sgr de la Brosse, chevalier de l'ordre du Roi, et de Louise du Rivau[4].

Barre (Jean de la), sgr de Saulnay, nommé chevalier de l'ordre du Roi sous le règne de Louis XIII, est rappelé avec cette qualité dans un acte du 26 janvier 1646, postérieur à sa mort[5].

On ignore sa filiation[6].

Barre (Jean de la), comte d'Estampes, vicomte de Bridiers, baron de Véretz, sgr de la Barre, de Villemartin, du Plessis-les-Tours, de la Subterrane, de Coëz et de Joy en Jozas, premier gentilhomme de la chambre du Roi, l'un de ses conseillers et chambellans ordinaires, maître de sa garde-robe, gou-

---

[1] Il avait épousé Louise du Rivau, fille de René, chev. de l'ordre du Roi, et, de Renée de la Haye (Beauchet-Filleau : *Dictionnaire des familles du Poitou,* 2e éd. t. I, p. 304).

[2] Bibliothèque nationale, cabinet des titres, 1041, p. 1084.

[3] Il avait épousé, le 4 novembre 1610, Marguerite de Chambes, fille de Charles, comte de Montsoreau, chev. de l'ordre du Roi, et de Françoise de Maridor. Il mourut le 28 juin 1634 (Beauchet-Filleau : *Dictionnaire des familles du Poitou,* 2e éd. t. I, p. 304).

[4] Bibliothèque nationale, cabinet des titres, 1044, p. 32.

[5] *Id.* 1044, p. 388.

[6] Fils d'Antoine de la Barre, éc., seigneur de Saulnay, et de Hélène de Razilly, (Beauchet-Filleau: *Dict. des fam. du Poitou,* 2me édit. tome 1er p. 304). épousa vers 1625 Françoise de Maillé, fille d'Elie Chev., sgr de la Guéritaude et de Madeleine de Chérité (*id.*)

verneur et prévôt de Paris et bailli de Rouen à l'avènement de François 1er au trône en 1515, fut fort affectionné de ce monarque qui l'admit d'abord, en 1520, au nombre des gentilshommes de sa chambre et le nomma premier gentilhomme le 6 août 1522. Il fut prévôt de Paris le 2 juin 1526, lieutenant de roi de cette ville, de l'Ile-de-France, de Senlis, de Melun, du Vermandois et du Soissonnais, le 27 du même mois, et enfin gouverneur de Paris le 11 décembre 1528. On lui trouve la qualité de chevalier de l'ordre du roi dans un état des officiers domestiques de la maison du roi, du dernier jour de février 1532 (1533) (*Bibliothèque du juge d'armes de France*). Il avait été admis dans cet ordre dans l'intervalle des années 1530 et 1532, étant prouvé qu'il n'en était pas encore décoré au mois de mai 1530. Le roi lui accorda, le 27 mars de l'année 1528 (1529), une gratification de 1211[1] 1s 5d, à raison de très bons et très recommandables services qu'il lui avait rendus ; le 28 janvier 1529 (1530), de 1102[1] 14s 4d ; le 12 mai suivant, une de 5 000[1] ; le 10 février 1530 (1531), une de 1077[1] 11s 3d ; le 4 février 1531 (1532), une autre de 1001[1] 4s 4d ; et enfin le 17 janvier 1532 (1533), une de 922[1] 7d, motivée aussi sur ses grands, vertueux et recommandables services. Il paraît qu'il mourut en 1534. On ignore sa filiation[1]. Ses armes : *d'argent au chevron de gueules, accompagné de 3 molettes d'éperon de sable, 2 en chef et une en pointe, et un chef de gueules à la bordure engrêlée de sable, écartelé d'un parti de gueules et d'azur, à la bande d'or, brochant sur le tout*[2].

Barton (Pierre), vicomte de Montbas, sgr de Verneuil, de la Borie, de Chabanes, des Deffends, de Fayolles, de Lubignac et du Fay, gentilhomme ordinaire de la chambre du roi et lieutenant général pour le roi de Navarre, en son royaume de Navarre et terres de son obéissance, était déjà pouru de

---

[1] Fils d'un secrétaire du roi (Beauchet-Filleau: *Dict. des fam. du Poitou,* 2me éd. tome 1er p. 306). Il avait épousé Marie de la Primaudaye *id*.
[2] Bibl. nat. cab. des titres, 1039, p. 147.

cette charge dès l'an 1562. Il est cité avec la qualité de chevalier de l'Ordre du roi dans un acte du 10 juillet 1584 (*Original, bibliothèque du juge d'armes de France*[1].)

Il était fils de Pierre Barton, chevalier, vicomte de Montbas, et d'Isabeau de Lévis de Châteaumorand. Ses armes : *d'azur à un cerf d'or couché et un cerf échiqueté d'or et de gueules de 3 traits*[2].

Barton (François), vicomte de Montbas, seigneur de Lubignac et des Deffends, capitaine d'une compagnie de chevau-légers et gentilhomme ordinaire de la chambre du roi Henri IV, est qualifié gentilhomme d'honneur de la maison du roi dans un acte du 17 septembre 1583, et ce titre paraît être le même que celui de gentilhomme de la chambre qui, en effet, était alors une charge de grand honneur. Il est cité avec la qualité de chevalier de l'ordre du roi dans un acte du 20 juillet 1600[3] (*Original titres de cette maison*). Il était fils de Pierre Barton, vicomte de Montbas, chevalier de l'ordre du roi et d'Anne de Naillac[4].

Barton (Pierre), vicomte de Montbas, seigneur de Lubignac, de Puyrénier, de Montaumar et des Deffends, grand maître des eaux et des forêts de Normandie, gentilhomme ordinaire de la chambre du roi et capitaine de 50 hommes d'armes de ses ordonnances, est cité avec la qualité du chevalier de l'ordre du roi dans une enquête du 15 mai 1631[5]. (*Original, titres de cette*

---

[1] Il fut exempté, en qualité de lieutenant général, de comparaître à l'arrière-ban convoqué le 14 juillet 1562 ; il avait épousé par le contrat du 4 avril 1554 Anne de Naillac, fille unique de Bertrand, éc., seigneur de Naillac, et fut inhumé au Dorat le 26 février 1598 (Beauchet-Filleau, *Dict. des fam. du Poitou*, 2e éd. t. i, p. 313.

[2] Bibl. Nat., Cab. des Titres, 1042, p. 8.

[3] Il avait épousé le 17 septembre 1583 Diane de Bonneval, fille de Gabriel, baron de Bonneval, chevalier de l'ordre du Roi, et de Jeanne d'Anglure, et, 2e, le 24 août 1596, Jeanne Beynac (Beauchet-Filleau, *Dict. des fam. du Poitou*, 2e éd. tome i, p. 314.

[4] Bibl. Nat., Cab. des Titres, 1053, p. 178.

[5] Il avait épousé le 18 juillet 1611 Jacquette Bonnin, fille de François éc., seigneur de Monthomar, et de Jeanne Vidar de Saint-Clair (Beauchet-Filleau, *Dict. des fam. du Poitou*, 2e édition, tome i, p. 314).

maison). Il vivait encore en 1838. Il était fils de François Barton, vicomte de Montbas, chevalier de l'ordre du roi, et de Diane de Bonneval[1].

Beaudéan (Jean de), sgr et baron de Parabère, de la Motte-Sainte-Héraye, de Ruffin, de Fougé et de la châtellenie de la Roche, conseiller d'Etat d'épée, capitaine de 50 hommes d'armes des ordonnances du roi, gouverneur de Niort et lieutenant général au gouvernement de Poitou, est cité avec la qualité de chevalier de l'ordre du Roi dans un acte du 3 avril 1606 (*Titres de la maison de Sainte-Maure de Montauzier.*) On ignore sa filiation[2]. Les armes étaient *d'or à un arbre de sinople; écartelé, d'argent à 2 ours de sable debout.*[3]

Beaumont (Louis de), seigneur de la Forêt et du Plessis-Macé, chevalier de l'ordre du Croissant[4], capitaine de cent hommes d'armes des ordonnances du roi, grand maître des eaux et forêts de Champagne, de Lyonnais, de Brie et de Maconnais, sénéchal et gouverneur de Poitou, de la Rochelle, de Saint-Maixent et de Libourne, fut nommé chevalier de l'ordre de Saint-Michel le 1ᵉʳ août 1469[5]. On lui trouve en conséquence la qualité de chevalier de l'ordre du Roi dans une montre de sa compagnie d'ordonnance du 19 août 1475 (*Original, Bibliothèque du roi*[6]). Il mourut en 1477.

[1] Bib. Nat., Cab. des Titres. 1844, p. 260.

[2] Il avait épousé en 1591 Louise Gillier, veuve de François de Sainte-Maure, sgr de Montausier, qui testait le 2 juillet 1621 : et avait donné sa démission de lieutenant général en Poitou le 20 juillet 1613 ; il fut nommé maréchal de France le 14 sept. 1622 et chev. de l'ordre du Saint-Esprit mais non reçu, étant mort en 1631, peu après sa conversion au catholicisme. Il fit son testament le 16 janvier 1521. Il était fils de Bertrand de Beaudéan, seigneur, de Parabère, et de Jeanne de Cauliot (Beauchet-Filleau, *Dict. des fam. du Poitou*, 2ᵐᵉ édit. tome I, p. 332)

[3] Bibl. Nat.,Cab. des Titres, 1043, p. 271.

[4] Ordre militaire institué par René d'Anjou en 1448. Les 50 chevaliers dont il se composait portaient sur le bras droit un croissant émaillé, duquel pendait un nombre de petites colonnes en bois égal à celui des combats où ils avaient assisté.

[5] Il fit partie de la première promotion des chevaliers de l'ordre de Saint-Michel, qui ne comprit que quinze chevalier.

[6] Bibl. Nat., Cab. des Titres, 1038, p. 18,

On ignore sa filiation[1] ; ses armes : *de gueules à une aigle d'or et un orle de fers de lance d'argent.*

Beaumont (Philippe de), seigneur des Dorides, est cité avec la qualité de chevalier de l'ordre du Roi dans un acte du 10 janvier 1569 (*Original communiqué par MM. de Chasteigner*).

Il avait été nommé sous le règne de Charles IX. On ignore sa filiation[2] et ses armes[3].

Beaumont François de), seigneur des Dorides, de la Jarrie, de la Motte-Fouqueraut, du Vergier, de Rocheguérin, du Fief-Bérard, du Fief-Thareau, de la Raslière, du Breuil, de Saint-Maixent, de la Merlatière, du Bois de Sauzay et de la Macairière, gentilhomme ordinaire de la chambre du roi Charles IX dès l'an 1573, est cité avec la qualité de chevalier de l'ordre du Roi dans un acte du 12 octobre 1585. Il mourut dans l'intervalle des années 1500 et 1502[4].

Il était fils de Philippe de Beaumont, seigneur des Dorides, chevalier de l'ordre du Roi, et de Marie Macaire[5].

Beaumont (Jacques de), seigneur des Dorides, de la Jarrie, de Beaumont, de la Magnerie, de la Motte-Fouqueraud, du Breil, du Fief-Thareau, du Fief-Bérard et du Fief-Garnier, était né vers l'an 1579. Il est qualifié chevalier de l'ordre du Roi dans un acte du 9 octobre 1602, où il est dit âgé de 23 ans

---

[1] Il était fils de Geffroy de Beaumont, chev., seigneur de la Chapelle-Rhémer, et de Catherine, *alias* Louise de la Haye (Beauchet-Filleau, *Dict. des fam. du Poitou*, 2me édit. tome I, page 375). Il avait épousé en 1440 Jeanne Jousseaume, dame de la Forêt-sur-Sèvre, fille de Jean, chev., seigneur de Sainte-Hermine, la Forêt, Commequiers, et de Jeanne de l'Ile Bouchard.

[2] Fils de François de Beaumont, seigneur des Dorides, etc. et de Louise Audayer (Beauchet-Filleau, *Dict. des fam. du Poitou*, 2e édit. t. I, p. 369. Il vivait encore en 1582 et avait épousé en 1530 Marie Macaire, fille de Denis, etc., seigneur de la Macairière (*id*).

[3] *De geules semé de chaussetrapes d'or, ou d'argent à l'aigle d'or.* — Bibl. Nat., Cab. des Titres, p. 968.

[4] Il avait épousé vers 1570, Nicole Chasteigner, dame de la Jarrie, la Merlatière, fille de René, éc., seigneur du Breuil, et de Françoise Faguelin (Beauchet-Filleau, *Dict. des fam. du Poitou*, 2e édit. t. I, p. 375).

[5] Bibl. Nat., Cab. des Titres, 1042, p. 368.

(*Original, titre de la maison de Chasteigner*). Il ne put avoir
été admis dans cet ordre que très peu de temps avant cette
époque, puisqu'il n'avait alors que 23 ans[1]. Il est fils de
François de Beaumont, seigneur des Dorides, chevalier de
l'ordre du Roi, et de Nicole Chasteigner[2].

Beaumont (Antoine de), seigneur d'Autichamp, d'Antoilles,
de Pélafol, de Barbières, de Veynes, de Fiançayes et de la
Bastie-Roland, etc., capitaine de 300 hommes de pied, appelé
le capitaine Barbières, naquit vers le commencement du XVIe
siècle. Il fut nommé chevalier de l'ordre du Roi le 30 mars
1570 et reçu par le seigneur de Gordes chevalier du même ordre (*Preuves de l'histoire généalogique de cette maison. Paris
1779, p. 134*). Il fit ses premières armes sous le chevalier
Bayard, servit en qualité d'hommes d'armes de sa compagnie
de 100 lances dès l'an 1523 et commandait en 1552 300 hommes de pied à Villeneuve-d'Ast en Piémont. Le capitaine
Barbières, quoique âgé de 70 ans, voulut aller offrir ses services
au roi Charles IX lors des troubles des guerres civiles, et étant
sur point de partir, il fit son testament le 7 octobre 1569,
« attendu le voyage qu'il est (dit-il) en espérance faire d'aller
« en France trouver la personne du Roi et continuer l'exercice
« des armes à son service et pour les dangers qui se présen-
« tent à la guerre. » Et il voulut par cet acte que ses funérailles fussent faites « à la mode de capitaine, savoir estre
« suyvi par tel nombre d'enseignes qu'il a heu charge pour le
« service du Roy. » Antoine de Beaumont continua de se signaler en 1570, lorsque Montélimar fut investi par les protestants et ce fut à lui que l'on dut la gloire de la levée du siège,
après qu'il eut forcé le passage et fait entrer un corps de
troupes dans cette ville. Il mourut avant l'an 1574[3].

---

[1] Il avait épousé le 1er août 1601, Françoise d'Appelvoisin, fille de Charles
chev., seigneur de la Roche-du-Maine, et de Claude de Chastillon (Beauchet-
Filleau, *Dict. des fam. du Poitou*, 2e édit., tome I, p. 376.

[2] Bibl. Nat., Cab. des Titres, 1043, p. 208.

[3] Il mourut tué, selon toutes probabilités, lorsque Lesdiguières reprit d'un
coup de main la ville de Corps qu'il avait enlevée auparavant aux protestants.

Il était fils de Claude de Beaumont, seigneur de Pelafol, de la Bastie-Roland, de Barbières, de Fiançays et de Veynes en partie, et de Radegonde d'Urre. — Ses armes étaient *de gueules à une face d'argent, chargée de fleurs de lis d'azur*[1].

Beauvau (Gabriel de), chevalier, seigneur du Rivau, de la Beschère, de la Bessière, et baron de St-Gatien, gentilhomme ordinaire de la chambre du roi, l'un des écuyers de son écurie et capitaine de la Forêt de Chinon, reçut l'accolade de chevalier à la bataille de Saint-Denis, en 1567, des mains du connétable de Montmorency mourant, en récompense des belles actions qu'il y avait faites, et fut reçu en 1568 chevalier de l'ordre du Roi par Monseigneur le prince dauphin, chevalier dudit ordre. Il s'était signalé précédemment dans les guerres du règne d'Henri II. On lit dans un compte de l'Épargne que le duc de Montpensier le députa à Vincennes vers le roi Charles IX au mois de mai 1574[2].

Il était fils d'Antoine de Beauvau, chevalier, seigneur du Rivau, baron de Saint-Gatien, et de Jacqueline de la Motte des Aulnais[3]. Ses armes : *l'écu en bannière, d'argent à 4 lions de gueules cantonnés, couronnés, langués et onglés d'or*[4].

Beauvau (Jacques de), seigneur de Tigny et de Ternay, servit dès l'an 1562 et commandait un corps de troupes dans le parti du prince de Condé. Il est rappelé avec la qualité de chevalier de l'ordre du Roi dans un acte du 15 janvier 1583, postérieur à sa mort[5] (*Titres de la maison de Juppilles de Moulins*).

Il avait épousé Marguerite de Monteux de Miribel (Beauchet-Filleau, *Dict. des fam. du Poitou*, 2ᵉ éd. t. I, p. 365).

[1] Bibl. Nat., Cab. des Titres, 1041, p. 1068.

[2] Il avait épousé : 1º le 8 février 1588 Marguerite Foucauld, fille de Pierre seigneur de la Salle, et d'Antoinette Gourjault ; 2º Françoise du Fresne, fille de René, baron du Vaux, et de Marguerite de la Mothe ; et 3º Françoise de la Jaille. Il mourut avant 1588 (Beauchet-Filleau, *Dict. des fam. du Poitou*, 2ᵉ éd., t. I, p. 393).

[3] La Mothe-Baracé (Beauchet-Filleau).

[4] Bibl. Nat., Cab. des Titres, 1040, p. 622.

[5] Il avait épousé : 1º Anne de Plessis, fille de Charles, seigneur de la Bourgonnière, et de Louise Montfaucon, et 2º Marguerite Bigot, fille de Charles, seigneur d'Islay (Beauchet-Filleau, *Dict. des fam. du Poitou*, 2ᵉ éd., t. I, p. 592).

Il était fils de Jacques de Beauvau, seigneur de Tigny, et
d'Anne d'Espinay[1].

Beauvau (André de), seigneur de Pimpéan, fut condamné
à mort en 1579, lors de la tenue des Grands Jours à Poitiers,
d'après M. de Thou, qui en parle comme d'un homme dérangé
qui avait été un des principaux ministres dont Bussy s'était
servi pour piller la province. On le trouve qualifié chevalier
de l'ordre du Roi, dans un acte du 30 septembre 1579 (*Original, titres de la maison Le Clerc de Juigné*).

Il était fils de René de Beauvau, seigneur de Pimpéan, et
d'Olive Le Masson[2].

Beauvau (Claude de), seigneur de Tigny et de Ternay qualifié chevalier de l'ordre du Roi dans un ordre du 15 avril 1596[3]
(*Original, titres de la maison de Jupilles de Moulins*).

Il était fils de Jacques de Beauvau, sgr de Tigny, chevalier
de l'ordre du Roi, et d'Anne du Plessis de Bourgonnière[4].

Beauvau (René de), baron de Roltay ou de Rorté, seigneur
de Mérigny, capitaine de cent chevau-légers au service du
roi, était page d'honneur du marquis de Pont-à-Mousson dès
l'an 1573. On le trouve qualifié chevalier de l'ordre du Roi sur
l'épitaphe de Guillemette des Salles, son épouse, morte en
1607. Cette épitaphe est dans l'église paroissiale d'Ugny.

---

[1] Bibl. Nat., Cab. des Titres, 1041, p. 1574.

[2] Bibl. Nat., Cab. des Titres, 1842, p. 226.

[3] Ayant assassiné Jacques d'Arsac, chev. seigneur du Chesne, il fut poursuivi à la requête de Mathurine Le Riche, épouse de sa victime, et condamné
à mort par contumace par le prévôt des maréchaux de Thouars, le 16 septembre 1578, sentence qui fut confirmée par un arrêt des Grands Jours de
Poitiers du 30 octobre 1579. Mais Claude n'ayant pu être arrêté, la terre de
Ternay, confisquée sur lui et les siens, passa aux descendants de Jacques
d'Arsac, qui la possèdent encore aujourd'hui. Il avait épousé Anne de Chézelle, fille de Charles, seigneur de Nueil-sous-Faye, et de Philomène de Cussé
(Beauchet-Filleau, *Dict. des fam. du Poitou*, 2e éd., t. I, p. 392).

[4] Bibl. Nat., Cabinet des Titres, 1043, p. 110.

Il était fils d'Adolphe de Beauvau, baron de Roltay, et de Madeleine d'Espence[1].

Beauvau (Jacques de), marquis du Rivau, baron de Saint-Gatien, seigneur de la Bessière et de la Gaudrée, conseiller d'État d'épée, gentilhomme ordinaire de la chambre du roi capitaine de la compagnie d'hommes d'armes de ses ordonnances sous le titre de la Reine-Mère, lieutenant général au gouvernement du Haut-Poitou et gouverneur de Châtellerault charge dont il se démit en faveur du vicomte de Paulmy, avait été élevé à la cour d'Henry IV. On le trouve cité avec la qualité de Chevalier de l'ordre du Roi dans un acte du 18 février 1612[2] (*Original bibliothèque du juge d'armes de France.*

Il était fils de Jacques de Beauvau, baron du Rivau et de Françoise Le Picart[3].

Beauvau (Jacques de), baron de Saint-Gatien, marquis de Beauvau du Rivau par lettres patentes du 14 juillet 1664, maréchal de camp, capitaine colonel des gardes suisses du corps de S. A. S. Monseigneur le duc d'Orléans, oncle de S. M., fut reçu chevalier de l'ordre du Roi, le 25 janvier 1665, dans l'église des Cordeliers à Paris, par le marquis de Sourdis, chevalier des ordres du Roi[4].

Il était fils de Jacques de Beauvau, marquis du Rivau, baron de Saint-Gatien, chevalier de l'ordre du Roi, et de dame[5].....

[1] Bibl. Nat., Cab. des Titres, 1043, p. 426.

[2] Il avait épousé 1° Renée d'Apchon, fille de Charles et de Louise de Châtillon d'Argenton ; 2° Isabeau de Clermont, fille de Charles-Henri, comte de Tonnerre, et de Catherine-Marie d'Escoubleau (Beauchet-Filleau, *Dict. des fam. du Poitou*, 2° éd., t. I, p. 393).

[3] Bibl. Nat., Cab. des Titres, 1044, p. 20.

[4] Il avait épousé Marie ou Diane de Campet, fille de Samuel-Eusèbe, baron de Saujon, et de Marthe Viau de Chanlivau il mourut en 1702 (Beauchet-Filleau, *Dict. des fam. du Poitou*, 2° éd., t. I, p. 393).

[5] Isabeau de Clermont (Beauchet-Filleau, *Dict. des fam. du Poitou*, 2° éd. t I, p. 393) — Bibl. Nat., Cab. des Titres, 1044 p, 523.

Bellay (Jacques du), sgr du Bellay, comte de Tonnerre, sgr et baron de Thouarcé, de Gizeux, du Plessis-Macé, de Commequiers, de la Forêt, de la Palu, de la Haye-Jousselin, de Songé, du Bois-Thibault, d'Avrillière; etc., grand pannetier de France, gentilhomme ordinaire de la chambre du Roi d'après les états de 1572 à 1575 et gouverneur d'Anjou, nommé le 14 mars de cette dernière année, avait été fait prisonnier en 1557 à la bataille de Saint-Quentin ; se trouva encore à celle de Dreux, en 1562, de Saint-Denis, en 1567, de Jarnac et de Moncontour en 1569. Il fut nommé chevalier de l'ordre du Roi le 1ᵉʳ juillet 1568 et reçu à Durtal, le 17 du même mois, par le maréchal de Vieilleville, chevalier dudit ordre (*Manuscrit de M. de Gaignières sur cet ordre*, b'bliothèque du Roi). Le Roi lui donna en conséquence le titre de cousin et de chevalier de son ordre, dans des lettres du 13 octobre 1572 (*Original, bibliothèque du juge d'armes de France*). Il mourut 20 juillet 1580[1]. Il était fils de René du Bellay, chev. sgr du Bellay, capitaine d'une compagnie de gendarmes, et de marquise de Laval. Ses armes étaient : *D'argent, à une bande fuselée de gueules accompagnée de 6 fleurs de lys d'azur posées en orle. 3 en chef et 3 en pointe*[2].

Bellay (René du), prince d'Yvetot, sgr et baron de la Lande, du Bellay, de Gizeux, du Plessis-Macé de Commequiers, de Thouarcé, de la Haye-Jousselin, de Forêt, et lieutenant général pour le Roi en Anjou, conseiller en son conseil privé et capitaine de 50 hommes d'armes de ses ordonnances, gentilhomme ordinaire de sa chambre portant la clef d'or, d'après les états de 1578 à 1583, est cité avec la qualité de chevalier de l'ordre du Roi et celle de haut et puissant seigneur dans un acte du 22 février 1573 (*Titres de la*

---

[1] Il avait épousé Antoinette de la Pallu, fille d'Olivier, sgr de la Pallu et de Marguerite d'Arquenay (Beauchet-Filleau, *Dictionnaire des familles du Poitou*, 2ᵐᵉ éd. t., I, p. 423).

[2] Bibl. Nat., Cab, des Titres, 1010, p. 719.

Maison de Brossin de Méré). On lit dans un manuscrit de M. de Gaignières, qui est à la Bibliothèque du Roi, que René du Bellay, baron de la Lande, fut l'un des premiers chevaliers de l'ordre du Roi du commencement du règne de Charles IX ; il n'est pas cependant naturel de croire qu'il ait obtenu cet ordre avant Jacques du Bellay, son père, qui n'en fut décoré qu'au mois de juillet 1568. René du Bellay fut admis chevalier de l'ordre du Saint-Esprit, en 1588, mais non reçu ; il fut en grande considération sous le règne de Henri III qui lui donne le titre de *cousin* dans des lettres du 7 janvier 1584. Il assista aux États de Blois de 1588 et mourut en 1606[1]. Il était fils de Jacques du Bellay, sgr du Bellay, chevalier de l'ordre du Roi, et d'Antoinette de la Pallu[2].

Bellay (Pierre du), baron de Thouarcé, capitaine de 50 hommes d'armes des ordonnances du Roi, mourut le 24 février 1592 d'une blessure qu'il avait reçue au siège de Rouen. Il est rappelé avec la qualité de chevalier de l'ordre du Roi dans un acte du 12 novembre 1595 postérieur à sa mort[3] *Original, bibliothèque du juge d'armes de France*).

Il était fils de René du Bellay, prince d'Yvetot, chevalier de l'ordre du roi, et de Marie du Bellay[4].

Bellay (Martin du), prince d'Yvetot, marquis de Thouarcé, sgr et baron de Commequiers, du Bellay, du Plessis-Macé, du Bouchet, de Gizeux, de la Haye-Jousselin, d'Estouteville, de Glatigny, de Gien, de Rougebert, de Riblières, de Remeneuil, de Missé, du Châtelier, de Benays et de Monts, conseiller d'État et d'épée, capitaine de 100 hommes d'armes

[1] Il avait épousé Marie du Bellay, princesse d'Yvetot, dame de Langeais, etc, fille de Martin du Bellay, sgr de Langeais, et d'Ysabelle de Chenu, princesse d'Yvetot,(Beauchet-Filleau,*Dictionnaire des familles du Poitou*, 2e édit., t. i, p. 423).

[2] Bibl. Nat , Cab. des Titres, 1041, p. 1361.

[3] Il avait épousé Madeleine d'Angennes dont il n'eut pas d'enfants (Beauchet-Filleau, *Dictionnaire des familles du Poitou*, 2me édit., t. i, p. 423).

[4] Bibl. Nat., Cab. des Titres, 1043, p. 363.

des ordonnances du Roi, maréchal de ses camps et armées, son lieutenant général en Normandie, gouverneur d'Anjou, est cité avec la qualité de chevalier de l'ordre du Roi dans un acte du 31 mars 1594 (*Titres de la maison de Savonnières de la Bretesche*). Il fut reçu chevalier de l'ordre du Saint-Esprit le 31 décembre 1619, et avait été élevé comme page de la chambre du roi Henri III, qui lui fit donner 100 écus le 12 décembre 1588, lorsqu'il en sortit, et pareille somme pour avoir un cheval, d'après les comptes de l'Épargne de cette année. Il fut député de la noblesse d'Anjou aux États généraux tenus à Paris en 1614, et mourut âgé de 67 ans, le 5 janvier 1637[1].

Il était fils de René du Bellay, prince d'Yvetot, chevalier de l'ordre du Roi, et de Marie du Bellay[2].

Bellay (René du), prince d'Yvetot, marquis de Thouarcé, lieutenant général au gouvernement d'Anjou et mestre de camp d'un régiment, mourut à Niort le 26 novembre 1627 d'une maladie qu'il gagna au siège de la Rochelle. On le trouve qualifié chevalier de l'ordre du Roi dans un acte du 30 décembre 1624 (*Titres de MM. Bernard de la Tussaudière en Bretagne*)[3].

Il était fils de Martin du Bellay, prince d'Yvetot, marquis de Thouarcé, chevalier des ordres du Roi, et de Louise de Savonnières[4].

Bellay (Madelon du), baron de la Feuillée, est qualifié chevalier de l'ordre du Roi dans un acte du 7 novembre 1627.

---

[1] Il vendit à Philippe de la Trémoille la baronnie de Commequiers pour 115,000 livres. Il avait épousé : 1° avant 1589, Louise de Savonnières, dame de Mons en Loudunais, fille de Jean, sgr de la Bretesche, et de Guyonne de Beauvau du Rivau, veuve de René de Villequier ; 2° Louise de la Châtre (Beauchet-Filleau, *Dictionnaire des familles du Poitou*, deuxième éd , t. I, p. 24).

[2] Bibl. Nat., Cab. des Titres, 1043, p. 76.

[3] Il avait épousé Antoinette de Bretagne, fille de Charles d'Avaugour, comte des Vertus et de Philippe de Saint-Amadour dont il n'eut pas d'enfants (Beauchet-Filleau, *Dictionnaire des familles du Poitou*, deuxième édition, t. I, p. 424).

[4] Bibl. Nat., Cab. des Titres, 1044, p. 170.

(*Titres de la maison de Sévigné*). Il mourut en Italie au service du duc de Mantoue.

Il était fils de Charles du Bellay, sgr de la Feuillée, chev.
de l'ordre du Roi, et de Radegonde des Rotours[1].

Bellay (Charles du), marquis du Bellay et de Thouarcé,
prince d'Yvetot, sgr et baron du Commequiers, du Plessis-
Macé, de la Haye-Jousselin, de Glatigny, de Benaist, de
Gizeux, de Montet, de Noisé et de la Lande, colonel et con-
ducteur général de la noblesse du ban et arrière-ban de
l'Anjou, né au mois d'avril 1609 est qualifié chevalier de
l'ordre du Roi dans un certificat qu'il donna le 6 novembre
1635, comme chef de l'arrière-ban. (*Original, titres de MM. de
Jousselin de Roche*) et avait été fait chevalier de Saint-Michel
sous Louis XIII. Il mourut au mois de février 1661[2]. Il était
fils de Martin du Bellay, prince d'Yvetot, chevalier des ordres
du Roi, et de Louise de Savonnières[3].

Bellay (Martin du), prince d'Yvetot, sgr de Langeais, de
Vendôme, de la Herbaudière, du Bellay, de Montigny, de
Marigny, de Glatigny, du Bouchet, de Grandsmoulins, de
la Joustirière, d'Estouteville, etc., baron de Commequiers et
du Plessis-Macé, gentilhomme ordinaire de la chambre du
Roi, conseiller en son conseil privé, capitaine de cinquante
hommes d'armes de ses ordonnances, gouverneur et lieutenant général pour Sa Majesté des provinces de Champagne,
de Picardie, d'Artois et de Normandie, gouverneur de Turin
et de Pignerol, ambassadeur de France en différentes cours
et l'un des plus fidèles ministres du Roi François Ier, fut nommé chevalier de l'ordre du Roi en 1554, à la sollicitation du
connétable de Montmorency, auquel le cardinal du Bellay son
frère avait écrit le 16 janvier de ladite année 1554 (1555)

---

[1] Bibl. Nat., Cab. des Titres, 1041, p. 205.
[2] Il avait épousé en 1622, Hélène de Rieux, dont il n'eut pas de postérité
(Beauchet-Filleau, *Dictionnaire des familles du Poitou*, 2e éd., t. I, p. 425).
[3] Bibl. Nat., Cab. des Titres, 1044, p. 280.

pour le prier de demander au Roi, pour lui, le collier de cet
ordre. On lit en conséquence dans un compte du trésorier
de l'ordre qu'en vertu d'une ordonnance du chevalier dudit
ordre, du 26 juillet de ladite année, il avait été délivré un
grand collier de l'ordre à messire Martin du Bellay, prince
d'Yvetot, auquel le Roi en a fait don, en le faisant et créant
chevalier de son ordre *Original*, chambre de Comptes de Paris). Il se trouva en 1515 à la bataille de Marignan, obtint en
1536 une compagnie de deux cents chevau-légers et une
autre de deux cents arquebusiers à cheval, avec lesquels il se
signala à la poursuite de l'empereur Charles V ; se trouva en
1537 au siège d'Hesdin, où il fut fait prisonnier, après avoir été
tiré de dessous un tas de corps morts et sauvé par un capitaine allemand ; était échanson du Roi au moi de février 1537
(1538), époque à laquelle Sa Majesté l'envoya en Piémont pour
affaires importantes concernant son service ; fut nommé en
cette même année gouverneur de Turin et partit en effet pour
y aller résider le 18 novembre. Il obtint du Roi le 3 novembre
1539 une gratification de 675 l., motivée sur les services qu'il
lui avait rendus au fait des guerres, tant deçà que delà les
monts, et à raison de plusieurs voyages qu'il avait faits de
Piémont en France ; se trouva en 1544, à la bataille de Céri-
solles et au mois de juillet de cette année, Sa Majesté lui
donna une commission de confiance auprès du comte d'Enghien alors en Piémont. Il jouissait l'an 1545 d'une pension
de la cour de 1000 l. qui était déjà portée à 2000 en 1558,
temps auquel il commandait une compagnie de cinquante
lances. Il s'était emparé de Landrecies dès 1543, et on le
trouve compris aux gages de 1200 l. dans l'état des gentilshommes de la chambre du Roi de 1546. Sous le règne suivant,
il fut comblé d'honneurs et de bienfaits. Par une loi du
royaume le clergé ne pouvant faire de nouveaux acquêts, ni
les roturiers posséder des terres nobles, pour empêcher la
prescription on imposait alors à ce sujet des taxes tous les
quarante ans. Henri II, sur l'éloge que lui fit le connétable

des services de Martin du Bellay, lui donna la meilleure partie du produit de cette imposition. » Il n'était pas » (dit M. de Thou, en parlant de lui et de son frère Guillaume du Bellay, sgr de Langeais), « de ces flatteurs indignes et de « ces vils esclaves de la fortune qui ne s'élèvent qu'à force « de ramper ; leur valeur seule et leurs vertus les avoient « conduits aux honneurs, et loin d'imiter la conduite de la « plupart des hommes dont l'ambition tend à accumuler des « richesses, eux, au contraire, mirent leur gloire à engager « leur patrimoine pour le service de l'Etat ; mais les dettes « particulières qu'ils laissèrent en mourant ne purent être « comparées à ce que la France devoit à leur mémoire. » Le sgr de Langeais avait eu dès son jeune âge une si grande inclination pour l'étude, que, malgré les occupations que lui donnaient ses grands emplois, il sut si bien profiter des intervalles de temps qui lui restoient qu'il composa des mémoires de tout ce qui s'était passé de plus mémorable depuis l'an 1513, qu'il se produisit à la cour, jusqu'au règne de Henri II. C'est dans ces mémoires précieux que tous les historiens ont puisé les événements remarquables de notre histoire. Le seigneur de Langeais mourut en 1559.

Il était fils de Louis du Bellay, sgr de Langeais, et de Marguerite de la Tour-Landry. Ses armes : *d'azur, à la bande fuzelée de gueules, accompagnée de 6 fleurs de lys d'azur posées en orle, 3 en chef et 3 en pointe ; écartelé d'azur, semé de fleurs de lys d'or et un lion d'argent sur le tout : et sur le tout d'argent au chef de gueules, et un lion d'azur brochant*[1].

Bellay (Charles du), sgr de la Feuillée, de la Palu, du Bois-Thibault et de Linières, est rappelé avec la qualité de chevalier de l'ordre du Roi dans un acte du 7 novembre 1627 postérieur à sa mort (*Titres de la Maison de Sévigny*). Il mourut avant l'an 1624. Il était fils d'Eustache du Bellay, baron de Commequiers, et de Guyonne d'Orange[2].

[1] Bibl. Nat., Cab. des Titres. 1039, p. 457.
[2] Bibl. Nat., Cab. des Titres, 1044, p. 882.

Bellay (Jacques du), sgr de la Pallu, lieutenant des cent gentilhommes de la maison du Roi, est cité avec la qualité de chevalier de l'ordre du Roi dans un acte du 13 avril 1622 (*Titres de MM. de Lancrau, de Chanteil*). Il était fils d'Eustache du Bellay, baron de Commequiers, et de Guyonne d'Orange[1].

Belleville (Charles baron de), comte de Cosnac, sgr de Sigournay, de Beaulieu, de Sainte-Flaive, de Chantonnay, de Puybéliard, de Boisboucher et de la Vigerie, gentilhomme ordinaire de la chambre du Roi, conseiller en son conseil privé, capitaine de 50 hommes d'armes de ses ordonnances, gouverneur pour S. M. en Saintonge, gouverneur de la Rochelle et du pays d'Aunis, est qualifié chevalier de l'ordre du Roi dans un acte du 14 octobre 1575 (*Chambre des Comptes de Paris*). On lui trouve encore la même qualité de chevalier de l'ordre du Roi dans une montre du 11 mai 1576 (*Bibliothèque du Roi*), et on a la preuve qu'il n'était pas encore décoré de cet ordre en 1572 par un acte du 22 octobre qui ne lui donne que la simple qualité d'écuyer. Il fut nommé chevalier de l'ordre du Saint-Esprit en 1582, mais non reçu, et avait été pourvu, dès le 19 juillet 1570, de la charge d'enseigne de la compagnie de 100 lances du duc d'Anjou. Il était en 1572 l'un des gentilshommes ordinaires de la chambre de ce prince, qui, étant parvenu à la couronne, le confirma dans cette charge. Le 8 octobre 1576, le Roi lui accorda une gratification de 1250 l. en considération de ses services, et le baron de Belleville jouissait en la même année d'une pension de 4000 l. qui était réduite à 1000 écus en 1577. Le 16 mars de l'année suivante, il obtint encore du roi une gratification de 1000 écus. C'est sûrement de lui, sous le nom de *Belleville*, dont parle M. de Thou, « qui s'étoit acquis (dit-il) une grande « réputation par sa science et par son éloquence naturelle. » Il était fils de Claude, baron de Belleville et de Cosnac, et de

[1] Bibl. Nat., Cab. des Titres, 1044, p. 138.

Jeanne de Durfort. Ses armes: *Gironné de vair et de gueules de 12 pièces*[1].

Béraudière (René de la), sgr de Rouet et de l'Ile-Jourdain, capitaine d'une compagnie de chevau-légers, se trouva au siège de Poitiers en 1569. Il fut reçu chevalier de l'ordre du Roi en 1569 par Mgr le prince Dauphin, chevalier dudit ordre. On ne peut douter que cette promotion ne concerne René de la Béraudière, sgr de Rouet, qui en effet était déjà chevalier de l'ordre du Roi lors du siège de Poitiers en 1569 (*Mémoires de la 3ᵉ guerre civile et des derniers troubles de France imprimés en 1571, p. 380*, et que l'on trouve encore qualifié chevalier des ordres du Roi et haut et puissant dans un acte du 18 mars 1594 postérieur à sa mort (*Original, bibliothèque du juge d'armes de France.*[2])

Il était fils de François de la Béraudière, sgr de l'Ile-Jourdain, et de Jeanne de Beaumont de Montbas. Ses armes : *Ecartelé au 1 et 4, d'azur à la croix alaizée et fourchée d'argent ; au 2 et 3, d'or à l'aigle éployée de gueules, et sur le tout, de gueules au pal de vair*[3].

Béraudière (François de la), sgr de Rouet, de l'Ile-Jourdain, des Sources et de la Motte de Beaumont, gouverneur de Châtellerault et gentilhomme ordinaire de la chambre du roi Henri III, portant la clef d'or de 1475 à 1583, l'avait été aussi, à ce qu'il paraît, du roi Charles IX ; du moins on trouve un sieur de Rouet compris en cette qualité dans les états de la maison de ce prince des années 1572, 1573 et 1574. On le trouve qualifié chevalier de l'ordre du Roi dans un acte du 30 mars 1576 (*Original, titres de la maison de Chamborant*).

---

[1] Bibl. Nat , Cab. des T.t.es, .04?, p. 62.

[2] Il était pannetier ordin. i. e du Roi en 1554 et comparut au procès-verbal de la Coutume du Poitou en 1559, Il avait épousé ; 1° le 23 décembre 1533 Madeleine du Fou, fille de François, sgr du Vigeau, et de Louise de Polignac ; 2° Catherine Herbert, dame de Sigon, veuve de Pierre de Chabannes et de Jean d'Amboise, fille de François, etc., sgr de Bellefond, et de Catherine Daviau (Beauchet-Filleau, *Dictionnaire des familles du Poitou*, deuxième édition, tome I, p. 450).

[3] Bibl. Nat ,Cab. des Titres, 1040, p. 621

Il se trouva au siège de Lusignan en 1584 et ne mourut qu'après l'an 1590[1].

Il était fils de René de la Béraudière, sgr de Rouet, chev. de l'ordre du Roi, et de Marguerite du Fou du Vigean[2].

Béraudière (Gabriel de la), sgr d'Ursay, de Monts et de Bréjéville, gouverneur de Lusignan, capitaine de 50 hommes d'armes des ordonnances du Roi et gentilhomme ordinaire de la chambre de S. M. le roi Henri III, portant la clef d'or d'après les états de 1579 à l'année 1583. On le trouve qualifié chevalier de l'ordre du Roi dans les états des gentilshommes de la chambre du Roi de l'année 1580 et de l'année 1582 (*Originaux, Chambre des comptes de Paris*). Il mourut avant l'an 1588[3].

Il était fils de Philippe de la Béraudière, sgr d'Ursay, et de Françoise de Vivonne[4].

Béraudière (Marc de la), sgr de Rouet, de Mauvoisin, de la Béraudière, lieutenant de la compagnie de 50 lances du sgr de la Trémoille. On le trouve cité avec la qualité de chevalier de l'ordre du Roi dans une montre du 10 juin 1569, où est son sceau entouré du collier de l'ordre de Saint-Michel

(*Original, Bibliothèque du Roi*[5]).

On ignore sa filiation[6].

---

[1] Il servit comme guidon de la Compagnie de M. de Montpezat en 1564-1565 et fut lieutenant de la vénerie du Roi et gouverneur de Châtelleraudrais. Il avait épousé Jeanne de Lévis, fille de Claude, baron de Causans et de Héliette des Près de Montpezat (Beauchet-Filleau, *Dictionnaire des familles du Poitou*, troisième édition, t. I, p. 451)

[2] Bibl. Nat., Cab. des Titres, 1042, p. 95.

[3] Il était capitaine du ban et arrière-ban du Poitou en 1562 et 1567, et enseigne de la compagnie du comte du Lude en 1570-74. Il fut exempté du ban de Basse-Marche convoqué le 9 janvier 1577, comme étant à la cour du Roi. Il avait épousé en 1560 Barbe de Hautemer de Fervaques fille de Jean, chev. sgr de Fervaques, et d'Anne de la Baulme. (Beauchet-Filleau, *Dictionnaire des familles du Poitou*, deuxième édition, t. I, p.452.)

[4] Bibl. Nat., Cab. des Titres 1042, p. 261.

[5] Il servit aux batailles de Dreux, Jarnac, etc. Il est l'auteur d'un ouvrage intitulé : « *Combat seul à seul en champs clos* » dédié au Roi et imprimé en 1608. Il avait épousé Renée de Chiron. Il était fils de François de la Béraudière, chev., sgr de Rouet, l'Ile-Jourdain, etc., et de Jeanne Barthon de Montbas (*Dictionnaire des familles du Poitou*, Beauchet-Filleau, 2e ed. t. I, p. 460)

[6] Bibl. Nat., Cab. des Titres, 1041, p. 994

Béraudière (Emmanuel-Philibert de la), sgr et baron de l'Ile-Jourdain, de Rouet et de l'Ile-Rouet, du Plessis-Thierry, de Rideau, d'Oroul, de la Béraudière, de Bassevinière et de la Ballonnière, gentilhomme ordinaire de la chambre du Roi, capitaine de 50 hommes d'armes de ses ordonnances, conseiller d'Etat d'épée, gouverneur de Concarneau, est cité avec la qualité de chevalier de l'ordre du Roi dans un acte du 13 juillet 1616 (*Original*, titres de MM. de Montlouis, de Kerfandol). Il fut nommé en 1633 chevalier de l'ordre du Saint-Esprit, mais ne fut pas reçu et avait été député de la noblesse du Châtelleràudais aux Etats généraux tenus à Paris en 1614[1]. Il était fils de François de la Béraudière, sgr de Rouet, chev. de l'ordre du Roi, et de Jeanne de Lévis[2].

Bigot (François), sgr de la Mainardière, est rappelé avec le titre de chevalier de l'ordre du Roi dans un acte du 20 octobre 1584 postérieur à sa mort[3]. On ignore sa filiation et ses armes[4].

Blanchefort (Gilbert de), sgr et baron de Saint-Jauvrin, de Sainte-Sévère, de Targé, de Mirebeau, de Plancheron, de Saint-Clément, de Saint-Maur et de Loret, grand maréchal-des-logis de la maison du Roi et gentilhomme ordinaire de sa chambre, né en 1520, fut reçu chevalier de l'ordre de Saint-Michel par le duc d'Anjou, aux Chartreux-lès-Paris, le 21 février 1568, ayant été admis dans cet ordre par brevet du 13 du même mois *(Titres de cette Maison)*. Il mourut en 1594.

---

[1] Il fut aussi lieutenant de la vénerie, et épousa : 1º Françoise Taveau, fille de Jean, baron de Morthémer, et de Louise de Longuejoue, le 15 décembre 1593, et 2º Jeanne de Tournemine, fille de Jacques, marquis de Coetmeur et de Lucrèce de Rohan, le 17 avril 1514 (Beauchet-Filleau, *Dictionnaire des familles du Poitou*, 2º édition, t. i, p. 451).

[2] Bibl. Nat., Cab. des Titres, 1044, p. 74.

[3] Fils de Louis Bigot, sgr d'Islay, et de Catherine de Grignon (Beauchet-Filleau, *Dict. des fam. du Poitou*, 2º éd. tome I, p. 528. Ses armes : *Echiqueté d'argent et de gueules* (id.).

[4] Bibl. Nat., Cab. des Titres, 1041, p. 1581.

Il était fils de François de Blanchefort, chevalier, sgr de Saint-Jauvrin, chambellan ordinaire du Roi, et de Renée de Prie. Ses armes : *d'or, à deux lions léopardés de gueules passant l'un au-dessus de l'autre*[1].

Bois (Louis du), dit d'Arpentis, sgr des Arpentis, de Mont-cler, de la Coudraye de Luçon et de Montreuil, gentilhomme ordinaire de la chambre du Roi, maître de sa garde-robe, conseiller en son conseil privé, capitaine de 50 hommes d'armes de ses ordonnances, gouverneur de Touraine, chambellan et maître de la garde-robe de François, duc d'Anjou et d'Alençon, fut reçu chevalier de l'ordre du Roi par le duc d'Anjou, à Melun, le 16 février 1568. Il est qualifié en conséquence chevalier de l'ordre du Roi dans un compte de l'Epargne de cette année *(Original, Chambre des comptes de Paris)*. Le 31 décembre 1585, il fut reçu chevalier de l'ordre du Saint-Esprit et était déjà gentilhomme servant du Roi Dauphin au mois de février 1558 (1559). A cette époque, le roi Henri II lui accorda une gratification de 2880[l] en récompense de ses services. Ce fut aussi pour le même motif qu'il en obtint deux autres du roi Charles IX, les 19 mars et 4 avril 1568 ; l'une de 500[l] et l'autre de 1000[l]. Ce seigneur fut toujours très affectionné au bien de l'Etat et à la gloire du Roi. Peu de temps avant sa mort, voyant que ses conseils étaient inutiles, il s'était presque banni de la Cour. On raconte que, par une galanterie assez singulière, un moine qu'il admettait souvent à sa table fit et lui présenta son épitaphe ; qu'il se portait bien, et que trois jours après il mourut. M. de Sully en parle avec beaucoup d'estime[2].

Il était fils de Louis du Bois, chevalier, sgr des Arpentis, et de Louise de Surgères. Ses armes étaient : *d'or, à l'écusson de*

[1] Bibl. Nat., Cab. des Titres, 1040, p. 497.
[2] Il avait épousé Claude Robertet, veuve de Scipion..., fille de Claude, général des finances de Normandie, et de Anne Briçonnet (Beauchet-Filleau, *Dict. des fam. du Poitou*, 2e éd., t. i, p. 588).

*gueules, accompagné d'un orle de coquilles de sable posées 3
en chef, 2 en flanc et 3 en pointe, posées 2 et 1* [1].

Bois (René du), dit des Arpentis, sgr d'Autrèches, de la
Guépierre et de Villetissart, gentilhomme ordinaire de la
chambre du Roi et enseigne de 100 hommes d'armes de ses
ordonnances, avait en 1578 2 000¹ de pension de la cour. On
le trouve qualifié chevalier de l'ordre du Roi dans un acte
du 6 avril (*Original, titres de cette Maison*).

Il était frère de Louis du Bois, sgr des Arpentis, chevalier
des ordres du Roi[2].

Bois (François du), sgr de Belleville, de Forges et du
Plessis-Limeray, gentilhomme ordinaire de la chambre du
Roi et chambellan du duc d'Alençon, n'était encore que gentilhomme de la chambre de ce prince en 1574, ainsi que gentilhomme servant du roi Charles IX. On le trouve qualifié
chevalier de l'ordre du Roi dans un acte du 9 juillet 1594
(*Titres de MM. Forget de Brullevert*). Il mourut avant l'an
1605[3].

Il était frère de Louis du Bois, sgr des Arpentis, reçu chevalier de Saint-Michel en 1568 et chevalier des ordres du Roi
en 1585[4].

Bonchamp (René de), sgr de Maurepas, de Brosses, de
Beauchêne et de la Baronnière, capitaine au régiment de
Bellay-Infanterie par commission du 15 août 1636 et gentilhomme ordinaire de la chambre du Roi par lettres du 3
décembre 1642, fut nommé chevalier de l'ordre du Roi le 3
mai 1655 et reçu le 10 par le comte d'Orval chevalier des
ordres du Roi; il fit ses preuves de noblesse et de service

[1] Bibl. Nat. Cab. des Titres, 1040, p. 459.

[2] *Id.* 1041, p. 1435.

[3] Il avait épousé Olive de Téligny, fille de Charles, chevalier, sieur de la
Salle, et de Françoise de Varie (Beauchet-Filleau. *Dict. des familles du
Poitou*, 2ᵐᵉ édit. t. I, p. 589).

[4] Bibl. Nat. ; Cab. des Titres, 1043, p. 78.

devant le marquis de Sourdis qui lui en donna une attesta-
tion le 20 février 1664, en vertu de laquelle il fut confirmé
dans cette dignité en 1565[1] (*Originaux, titres de cette famille
et Cabinet de l'ordre du Saint-Esprit*).

Il était fils de Charles de Bonchamp, sgr du Breuil, et de
Fleurie de la Grézille. Ses armes[2] : *de gueules, à 2 triangles
d'or entrelacés l'un dans l'autre en forme d'étoile.*

Bonnin (Jean), sgr de Montaumar et de Puyrénier, est
qualifié chevalier de l'ordre du Roi dans un acte du 7 février
1602 postérieur à sa mort[3] (*Original, titre de MM. du Pont de
la Garde*). On ignore sa filiation et ses armes[4] [5].

Boscher (Antoine), sgr de la Boucherie et du Plessis-Buet,
est rappelé avec la qualité de chevalier de l'ordre du Roi
dans un acte du 3 novembre 1598 postérieur à sa mort[6]
(*Titres de MM. Chabot du Chaigneau*). On ignore sa filiation
et ses armes[7] [8].

Boucherie (Rolland de la), sgr du Bois de Cholet et de
l'Herbergement, servit dans les armées du roi Charles IX, qui
le commit, le 29 août 1572, pour faire la revue de 60 hommes
d'armes à pied et est cité avec la qualité de chevalier de
l'ordre du Roi et celle de haut et puissant seigneur dans un
acte du 22 mai 1572 (*Cet acte est cité dans le jugement de*

[1] Il avait épousé Catherine de Meulles, fille de N... et de Catherine
Regnier (Beauchet-Filleau, *Dict. des familles du Poitou*, 2me édit. t. 1, p. 602.
[2] Bibl. Nat., Cab. des Titres. 1044 p. 456.
[3] Il avait épousé, le 6 juillet 1551, Jacquette d'Archiac, fille de Jean, écuyer,
sgr de Montenac, et d'Anne de Monstiers ; il était fils de François Bonnin,
écuyer, sgr de Montaumar, et de Madeleine Raoul (Beauchet- Filleau) *Dict.
des familles du Poitou*, 2me éd., t. 1, p. 623).
[4] *De sable, à la croix engreslée d'argent* (idem).
[5] Bibl. Nat., Cab. des Titres, 1042, p. 510.
[6] Il avait épousé Antoinette Masson, fille de René, écuyer, sgr de la Vai-
ronnière, et de Louise Chasteigner, dame de Réaumur. Il était fils de Jacques
Boscher, écuyer, sgr de la Boucherie, et de Jacquette Buet (Beauchet-Filleau,
Dict. des familles du Poitou, 2me édit., t. 1, p. 648).
[7] *D'or, au lambel de sable de 3 pendants* (idem).
[8] Bibl. Nat., Cab. des Titres, 1042, p. 503.

*maintenue de noblesse rendu en 1624 en faveur de M. de
Chevigné).* On ignore sa filiation[1]. Ses armes sont : *d'azur,
à un chef d'or passant, accolé d'hermines*[2].

Bouchet (Lancelot du), sgr de Sainte-Gemme, enseigne de
la compagnie de 20 lances d'Artus de Cossé, sgr de Gonnord,
son beau-frère, maréchal de France et gouverneur de Poitiers, qui fut pris sur lui dans les premiers troubles, en 1561,
par l'armée du maréchal de Saint-André, est qualifié chevalier de l'ordre du Roi dans un acte du 21 octobre 1580 postérieur à sa mort (*Original, bibliothèque du Juge d'armes
de France*). Il tenait le gouvernement du prince de Condé,
qui, connaissant sa valeur, le lui avait confié. En effet, il eut
la réputation d'un des hommes les plus braves de son siècle.
Un auteur du temps, J. Le Frère de Laval, dans ses mémoires
imprimés à Paris en 1575, page 311, parlant de ce capitaine,
dit que le duc de Guise le fit au nom du roi chevalier de
l'ordre de Saint-Michel pour s'être distingué à la reprise de
Poitiers en 1569, et ajoute : « Je ne passeray sans luy rafrais-
« chir la mémoire (*l'auteur parle ici du duc de Guise*) de
« l'honorable recognoissance que son père (*le duc de Guise,
« père de celui dont il parle plus haut*) feit une mesme acco-
« lade (*il s'ensuivrait de là que Lancelot du Bouchet aurait
« été reçu chevalier de l'Ordre par le duc de Guise, au siège de
« Metz en 1552, mais ce fut simplement l'accolade de cheva-
« lerie qu'il reçut et non pas l'ordre de Saint-Michel, Lancelot
« du Bouchet n'étant pas compris dans les promotions de ce
« temps et n'y ayant dû être admis que sous le règne de
« Charles IX au plus tôt*) à Sainte-Gemme, Lancelot du
« Bouchet en Poitou, pour les braves et cruelles saillies
« qu'il luy veit faire au siège de Metz (en 1552), où il con-

---

[1] Bibl. Nat., Cab. des Titres, 1041, p. 1287.

[2] Il était marié avant le 9 novembre 1641 avec Guyonne Cholet ; il était
fils de René de la Boucherie, chevalier, sgr de Rezay, la Boucherie, Fromen-
teau, et de Françoise Eschallard (Beauchet-Filleau, *Dict. des familles du
Poitou*, 2ᵐᵉ édit., t. I, p. 648).

« duisoit en grade d'enseigne la compagnie des hommes
« d'armes du maréchal de Cossé sur les Bourguinons, Alle-
« mans, les Espanols de l'Empereur cinquième, sans parler
« du bon rapport qu'il feit à S. M. très chrétienne de sa
« vaillance et notable devoir. La récompense de cest acte
« signalé ne fut moins estimée que les deux mil escus que
« César donna au capitaine Scève pour lui avoir veu, d'un
« millier de flèches pompéiennes qu'on luy tira, en rap-
« porter deux cens sur son rudache tout hérissé de coups,
« encore qu'il redoublast la solde à ceux qui l'avoient suivy
« en faction tant remarquable[1]. » Il était fils de Lancelot[2] du
Bouchet, chevalier, seigneur de Puygreffier, et de Madeleine
de Fonsèques[3]. Ses armes étaient : *d'or, papelonné de gueules,
semé d'hermines de même*[4].

Bouëx (Gabriel du), seigneur de Richemont, de Villemort
et de Forges en partie, gentilhomme ordinaire de la chambre
du duc d'Alençon, était écuyer d'écurie du roi Henri III, enseigne de la compagnie de cinquante hommes d'armes de
M. de Tavannes, et commandant à Saulx-le-Duc en Bourgogne
en 1585 ; il se qualifie l'année suivante gentilhomme ordinaire
de la maison de S. M., et est cité avec la qualité de chevalier
de l'ordre du Roi dans un acte du 13 mars 1599 (*Original,
titres de MM. du Bouëx de Villemort*). Il mourut dans l'intervalle des années 1618 et 1623[5].

[1] Il était mort avant 1571, ne laissant de Jeanne Ratault, sa femme,
veuve de Jean de Vivonne, sgr d'Oulmes, et fille de François et de Louise de
Montfaucon, que deux filles (Beauchet-Filleau, *Dict. des familles du Poitou*,
2e éd., t. I., p. 659).

[2] C'est de Charles et non Lancelot (Beauchet-Filleau, *Dict. des familles
du Poitou*, 2e édition, tome I. p. 659).

[3] C'est Marguerite Milon qui fut sa mère et non Madeleine de Fonsèques,
car son père s'était marié trois fois : 1º avec Jeanne du Bellay, 2e avec
Madeleine de Fonsèque, et 3e avec Marguerite Milon (*idem*).

[4] Bibl. Nat., Cab. des Titres, 1041, p. 1538.

[5] Il fut capitaine d'une compagnie de chevau-légers, se distingua particulièrement aux batailles de Saint-Denis, de Jarnac et de Moncontour, sous
le duc d'Anjou, qui l'attacha à sa personne et l'emmena en Pologne en
qualité d'écuyer. Parvenu au trône de France, ce prince le ramena seul

Il était fils de François du Bouëx, sgr de Richemont, et de Perrette de Saint-Maur. Ses armes : *d'argent, à deux fasces de gueules*[1].

Bouëx (Olivier du), sgr de Richemont, de la Cour et de Villemort, est qualifié chevalier de l'ordre du Roi dans un acte du 20 août 1637 *(Titres de MM. Chauvelin de Richemont)*. Il avait été admis dans cet ordre postérieurement à l'époque de 1618[2].

Il était fils de Michel du Bouëx, sgr de Richemont et de la Cour, et de Jeanne de Bonneval[3].

Boutou (Philippe de), sgr de la Beaugisière, né vers l'an 1568, est qualifié chevalier de l'ordre du roi dans le procès-verbal de Malte d'André de Courtarvel, du 16 mai 1618, où il fut témoin *(Original communiqué par MM. Texier d'Haute-feuille)*[4].

On ignore sa filiation[5] et ses armes[6].

Brachet (René), sgr de Montaigu, du Dognon, de Salagane, de Saint-Martial et de Fontbusseau, est cité avec la qualité de

avec lui, et le chargea par la suite de missions importantes. Après l'assassinat du Roi, il embrassa le parti de la Ligue. Le duc de Mayenne lui confia la garde de plusieurs places et châteaux conquis dans la Marche, et le chargea, en l'absence du vicomte de la Guerche, du commandement supérieur dans l'étendue de la juridiction de Montmorillon et du Blanc ; il contribua à la délivrance du duc de Guise, puis commanda le Berri sous M. le maréchal de la Chastre. Le 13 mars 1599, il obtint des commissaires du Roi une ordonnance de maintenue de noblesse. Il avait épousé, le 20 mai 1585, Marguerite de Moussy-la-Contour, veuve de Jean de Poix, écuyer, seigneur de Villemort et de Forges, et fille de Gamaliel, écuyer, seigneur de la Contour, et de Marie d'Allemaigne (Beauchet-Filleau, *Dictionnaire des familles du Poitou*, 2e édition, t. I, p. 663).

[1] Bibl. Nat. Cab. des Titres, 1043, p. 157.

[2] Il avait épousé Avoise de Mallesset de Chatelus (Beauchet-Filleau, *Dict. des familles du Poitou*, 2e éd. t. I, p. 663.

[3] Bibl. Nat., Cab. des Titres, 1044, p. 300.

[4] Il avait épousé le 31 janvier 1625 Sébastienne Chauveau. Il était fils de Bonaventure Boutou, écuyer, sgr de la Beaugisière, et de Marie Girard (Beauchet-Filleau, *Dict. des familles du Poitou*, 2e éd., tome I p.   ).

[5] *D'argent, à 3 roses de gueules cantonnées d'or* (idem).

[6] Bibl. Nat., Cab. des Titres, 1044, p. 91.

chevalier de l'ordre du Roi dans un acte du 7 juillet 1569 *(Original, titres de cette Maison)*[1].

Il était fils de François Brachet, sgr de Montaigu et de Salagane, et de Françoise de Varie. Ses armes : *d'azur, à deux chiens braques d'argent posés l'un au-dessus de l'autre*[2].

Brachet (Guy), sgr et baron de Pérusse, de Montaigu, de Saint-Dizier et de Forges, est cité avec la qualité de chevalier de l'ordre du Roi dans un acte du 26 janvier 1595 *(Original des titres de cette Maison)*. Il mourut au mois de février 1606[3].

Il était fils de Jean Brachet, baron de Pérusse, et de Marguerite-Michelle du Crévant[4].

Brachet (Claude), sgr de Palluau, de Villars, de Villegonin et de Bourdières, est cité avec la qualité de chevalier de l'ordre du Roi dans un acte du 28 octobre 1595 *(Copie du temps, bibliothèque du juge d'armes de la noblesse de France)*. Il mourut dans l'intervalle des années 1611 et 1622.

Il était fils de Claude Brachet, chevalier, sgr et baron de Pérusse et de Palluau, et d'Anne ou Edmée de Conigan[5].

Bremond (Charles de), sgr et baron d'Ars, de Tesson et du Châtellier, capitaine de 50 hommes d'armes des ordonnances du Roi et son lieutenant général en Saintonge et en Angoumois en l'absence du sgr de Bellegarde, par provisions du 28 avril 1581 est qualifié chevalier de l'ordre du Roi dans un acte du 24 juin 1583 et dans la suscription de deux lettres qu'Henri III lui écrivit en 1585 *(Titres de cette maison)*. Ces deux lettres prouvent la confiance dont le roi l'honorait. Il eut ordre, en la même année, de se rendre près de ce monarque,

---

[1] Il avait épousé en 1539 Jeanne d'Aubusson (Beauchet-Filleau, *Dict. des familles du Poitou*, 2e éd., t. I, p. 722).

[2] Bibl. Nat., Cab. des Titres, 1041, p. 1007.

[3] Il fut reconnu gentilhomme en 1598 et épousa, le 19 novembre 1594, Diane de Maillé de la Tour-Landry, fille de François, comte de Châteauroux (Beauchet-Filleau, *Dict. des familles du Poitou*, 2e éd., t. I, p. 722).

[4] Bibl. Nat., Cab. des Titres, 1043, p. 83.

[5] Bibl. Nat., Cab. des Titres, 1043, p. 94.

pour affaires relatives à son service et mourut avant l'an 1598 .

Il était fils de François de Bremond, sgr d'Ars, de Tesson et de la Motte. Ses armes sont : *d'azur, à une aigle d'or à deux têtes les ailes étendues*[2].

Bremond (Josias de), sgr et baron d'Ars, de Coulonges, du Bouchet, de Lussay, de Rochaves, de Dompierre-sur-Charente et en partie de Gimeux, commandant la noblesse d'Angoumois, fut député de la noblesse de cette sénéchaussée aux Etats généraux tenus à Paris en 1614. Il est cité avec la qualité de chevalier de l'ordre du Roi dans un acte du 20 janvier 1611 (*Original, titres de la Maison de Donissan de Citran*). Le roi l'avait nommé maréchal de camp le 7 janvier 1613, le fit conseiller d'Etat d'épée le 3 août 1614, le nomma mestre de camp d'un régiment le 18 octobre de la même année et lui donna une nouvelle commission de maréchal de camp le 9 avril 1625[3]. Il vivait encore en 1636. Il était fils de Charles de Bremond, baron d'Ars, chevalier de l'ordre du Roi et de Louise de Valzergues[4].

---

[1] Il naquit en 1538 et mourut au château d'Ars en 1599. Il avait épousé : 1º le 8 mai 1556, Louise d'Albin de Valsergues de Céré, fille de Louis, baron du Chastellier en Touraine, lieutenant général de l'artillerie de France, et de Renée de Chabanais ; 2º le 1er février 1589, Jeanne Bouchard d'Aubeterre, veuve de Louis de la Rochefoucauld, comte de Roissac, et fille de Jean, sgr de Saint-Martin de la Coudre, et de Jeanne Hamon (Beauchet-Filleau, *Dict. des familles du Poitou*, 2me édit., t I, p. 733).

[2] Bibl. Nat., Cab des Titres, 1042, p. 317.

[3] Il reçut trois lettres du roi, Louis XIII, fut capitaine de 50 hommes d'armes des ordonnances du roi et gentilhomme de la chambre, colonel du régiment du Chastellier, de 1,000 hommes de pied, député de la noblesse d'Angoumois aux Etats généraux de 1614 et à l'assemblée des notables de 1626. Il naquit au château d'Ars en 1561. Son attachement au duc d'Epernon, son parent et ami, le priva de participer aux faveurs royales et notamment de recevoir l'ordre du Saint-Esprit, malgré ses 75 années de services, de guerre et sa constante fidélité à la cause royale. Il avait dans le cours de sa longue carrière assisté à 22 batailles et 18 sièges. Il mourut à Ars le 15 avril 1651. Il avait épousé, par contrat du 1er novembre 1600, Marie de la Rochefoucauld, fille de François, baron de Montendre, Montguyon, et de Hélène de Goulard (Beauchet-Filleau, *Dict. des familles du Poitou*, 2me édit., t. I, p. 73?).

[4] Bibl. Nat., Cab. des Titres, 1044, p. 11.

Bremond (Raymond de) du Puy d'Ars, seigneur du Puy et de Pommiers, est cité avec la qualité de chevalier de l'ordre du Roi dans un acte du 31 mars 1610 postérieur à sa mort (*Original, titres de MM. du Pont de la Garde'*). On ignore sa filiation[2].

Brettes (François de), seigneur du Cros, de Cieux en partie, et de Montrochier, fut nommé chevalier de l'ordre du Roi le 6 janvier 1571 et reçu par le seigneur de Montendre, chevalier du même ordre (*Titres de cette Maison*). Il vivait encore en 1683.

Il était fils de Jeannot de Brettes, seigneur du Cros, et de Perronelle de Neufville[3]. Ses armes[4] : *d'argent, à deux vaches de gueules passantes l'une au-dessus de l'autre, accolées et clarinées d'azur*[5].

Brettes (Cibard de), seigneur du Cros, de Cieux et de Chalonne, baron de Masrocher en partie, est cité avec la qualité de chevalier de l'ordre du Roi dans un acte du 25 août 1595 (*Titres de MM. Desmier de Chenon*) et mourut dans l'intervalle des années 1610 et 1612[6]. Il était fils de François de Brettes,

---

[1] Il n'est pas mentionné dans le *Dictionnaire des familles du Poitou* de Beauchet-Filleau. Ne serait-il pas le même que celui qui dans cet ouvrage est appelé Abel, écuyer seigneur de Bossé et de Belleville, qualifié chevalier de l'ordre du Roi dans un acte de 1610 et marié en 1593 à Renée Gaigneron, fille de Barthélemy, écuyer seigneur de Roches, archer dans la compagnie de M. Villequier, et de Françoise Prudhomme de la Papinière. Il était mort dès le mois de mars 1601. Il était fils de Hector de Bremond, écuyer, et de Perrine Cottin (Beauchet-Filleau, *Dictionnaire des familles du Poitou*, 2e édition, t. I, p. 740).

[2] Bibl. Nat., Cabinet des Titres, 1042, p. 510.

[3] Il avait épousé : 1° vers 1550, Anne des Roches, fille d'Antoine, seigneur d'Escheyrac, et de Françoise de Lavau ; 2° le 14 juillet 1565, Anne Vigier, veuve de Jean Guiot, écuyer, seigneur d'Asnières, fille de Benoit, écuyer, seigneur de Chalonne, et de Catherine Joubert (Beauchet-Filleau, *Dictionnaire des familles du Poitou*, 2e éd., t. I, p. 748.

[4] *D'argent à trois vaches de gueules, l'une sur l'autre* (Beauchet-Filleau, *Dictionnaire des familles du Poitou*, 2e éd, t. I; p. 748).

[5] Bibl. Nat., Cabinet des Titres, 1041, p. 1184.

[6] Il avait épousé le 9 octobre 1589 Jeanne de Salaignac, fille du seigneur de Rochefort, et mourut assassiné vers 1618, époque du partage de sa succession (Beauchet-Filleau, *Dictionnaire des familles du Poitou*, 2e éd., t. I, p. 748).

seigneur du Cros, chevalier de l'ordre du Roi, et d'Anne de Vigier[1].

Brettes (Jacques-François de), marquis du Cros, seigneur de Cieux, de Masrocher, de la Villatte et du Broulac ou du Brouillat en Auvergne, commandant l'escadron de la noblesse du Limousin et capitaine d'une compagnie de chevaulégers. On trouve son sceau entouré du collier de l'ordre de Saint-Michel à un certificat qu'il donna comme commandant la noblesse le 25 juillet 1694, d'où on croit devoir conclure qu'il fut fait chevalier de l'ordre[2] sous Louis XIV[3].

Breuil (Gilles du), sgr de Théon, de Javersac, de Mechers ou de Meschère, de Châteaubardon et de Saint-Amand-en-Puisaye, lieutenant général au gouvernement de Saintonge, capitaine de 50 hommes d'armes des ordonnances du Roi et commandant à Talmond-sur-Gironde, est qualifié chevalier de l'ordre du Roi, par le roi, dans ses provisions de commandant de Talmond du 23 février 1588 *(Titres de cette Maison)*.

Il avait servi d'abord en qualité d'enseigne, puis de lieutenant dans la compagnie d'ordonnance du sgr de Belleville, et fut député de la noblesse de Saintonge aux États de Blois de 1588. Il vivait encore en 1606[4].

Il était fils d'Arnaud ou Renaud du Breuil, sgr de Théon, et de Catherine Brossard. Ses armes : *d'argent, à la bande d'azur accompagnée de deux étoiles de gueules posées en chef et une en pointe*, et, selon Palliot : *d'azur, à une bande d'or accompagnée de 3 étoiles d'argent*[5].

---

[1] Bibl. Nat , Cabinet des Titres, 1043, p. 93.

[2] Il était fils de Gédéon de Brettes, seigneur du Cros et de Claude Dreux, et avait épousé, le 28 avril 1675, Anne Robin, fille de Jean, sénéchal de Brigueil, et de Léonarde Duchesne (Beauchet-Filleau, *Dictionnaire des familles du Poitou*, 2e éd., t. I, p. 748).

[3] Bibl. nat , Cabinet des titres, 1045, p 348.

[4] Il avait épousé Renée de Chantefin ou Champ-de-Fain, fille d'Antoine, sgr de la Bruyère en Poitou (Beauchet-Filleau, *Dict. des familles du Poitou*, 2e éd., t. I, p, 755).

[5] Bibl. Nat., Cab. des Titres, 1042, p. 402.

Brézé (Louis de), comte de Maulévrier, baron du Bec-Crépin et de Mauny, sgr de Nogent-le-Roi, grand veneur de France, premier chambellan du roi, capitaine de 100 hommes d'armes de ses ordonnances et des 100 gentilshommes de sa maison, maréchal héréditaire, gouverneur, grand sénéchal et réformateur général de la province de Normandie, capitaine des châteaux de Rouen et des ville et château de Harfleur, fut en grande considération à la cour des rois Charles VIII, Louis XII et François Ier. On le trouve cité avec la qualité de chevalier de l'ordre du Roi dans une quittance du 14 avril 1509 (*Manuscrit de M. de Gaignières sur l'ordre de Saint-Michel*) et dans une commission qu'il donna le 15 mars 1512 (1513) (*Titres de M. du Ruel d'Omonville*). Il fut pourvu d'abord de la charge de grand sénéchal de Normandie le 3 août 1490, et successivement de celle de grand veneur de France, le 1er janvier 1496 ; de capitaine de 100 gentilshommes de l'hôtel, le 7 mars 1506, par provisions où le roi lui donna le titre de cousin ; de capitaine de la deuxième compagnie des 100 gentilhommes de la maison du Roi, le 27 septembre 1510 ; de capitaine des ville et château de Harfleur avant l'an 1518, et enfin de celle de premier chambellan du Roi, suivant une montre de gendarmerie du 12 septembre 1520, où il est qualifié aussi *grand sénéchal de France*. Une histoire du temps, dit que lui et Jean de Poitiers, sgr de Saint-Valier, *se portèrent vertueusement* au recouvrement du duché de Milan et firent ce que bons capitaines et bandes hardies devaient faire. Le 17 mai 1529, François Ier lui accorda une gratification de 1000 l. en considération des bons, grands et très recommandables services ; le 5 octobre de la même année, ce monarque le fit payer d'une somme de 10.000 l. de sa pension de 1528 et pour le voyage qu'il allait faire dans les bailliages de Normandie, pour faire part à la noblesse du traité de paix qui venait d'être conclu avec l'empereur et du recouvrement des enfants de France. Le 23 janvier 1529 (1530), il obtint encore du Roi une gratificalion de 666 l. 18 s. 4 deniers, tant à raison de ses services *qu'à la direction et conduite de ses plus grandes et principales affaires*, et finalement, le 8 mai 1531, une autre de 1925 l. 8 s. 4 d., par moitié avec Gaston de Brézé son frère, l'un des cent gentilshommes de la maison de S. M. Il avait assisté, revêtu du grand collier de l'ordre, au sacre et à l'entrée de la reine Claude à Paris les 9 et 12 mai 1517, au lit de justice tenu par le roi au Parlement le 24 juillet 1527, et au cha-pitre de l'ordre de Saint-Michel, tenu à Saint-Coraille de Compiègne, et mourut à Anet, à l'âge de 72 ans, le 23 juillet 1531.

Il était fils de Jacques de Brézé, chevalier, comte de Mau-lévrier, baron du Bec-Crépin et de Mauny, maréchal et grand sénéchal de Normandie, et de Charlotte, bâtarde de France, fille naturelle du roi Charles VII et d'Agnès Sorel. Ses armes : *d'azur, à 8 croisettes d'or posées en orle autour d'un écusson d'or comblé d'azur et l'azur rempli d'argent*[1].

Bridiers (Pierre de), sgr de Gardempes, de Sères, de la Chèze et de l'Estang, gentilhomme ordinaire de la chambre du roi, est cité avec la qualité de chevalier de l'ordre du Roi dans les preuves testimoniales de noblesse pour l'ordre de Malte de François de Roffignac, du 31 juillet 1603[2] *(Original, titres de la Maison de Roffignac)*.

Il était fils de Jean de Bridiers, chevalier, sgr de Gardempe et de Jacquette Barthon de Montbas. Ses armes : *d'or, à la bande de gueules*[3].

Brillac (Charles de), chevalier, sgr d'Argy, conseiller maître d'hotel et écuyer ordinaire de l'écurie du roi, capitaine des ville et château de Loudun, est qualifié chevalier de l'ordre

---

[1] Bibl. Nat., Cab. des Titres, p. 187.

[2] Il fut exempté de servir en 1577 au ban de la Marche, parce qu'il était à Rome avec M. de Chasteigner, sgr d'Abain, ambassadeur (Beauchet-Fil-leau, *Dict. des familles du Poitou*, 2e éd., t. 1, p. 771).

[3] Bibl. Nat., Cab. des Titres, 1043, p. 220.

du Roi dans l'*Histoire du Berry*, par la Thaumassière, imprimée à Bourges en 1689, page 1127, mais on ne lui trouve cette
qualité dans aucun titre. Il mourut au mois de juin 1509, à
Milan, où il avait accompagné le roi Charles VIII à son voyage
de Naples[1]. Ses armes : *d'azur, à 3 fleurs de lys d'argent posées
2 et 1*[2].

Brillac (Jean de), sgr d'Argy, de Mons, du Puy et de
Saize, baron de Montigny, avait servi dans sa jeunesse dans
la compagnie de 100 gentilshommes de la maison du roi
François Ier. Il est cité avec la qualité de chevalier de l'ordre
du Roi et celle de « haut et puissant seigneur » dans un acte
du 9 juillet 1571 (*Titres de MM. du Pont de la Motte*). Ce gentilhomme, homme de main (dit M. de Thou), et que sa pau-
vreté rendait prêt à tout entreprendre, fut puni de son
avidité à la journée d'Anvers en 1583. Malgré la défense du
duc d'Anjou, il était entré dans la maison d'un riche banquier pour s'emparer de son argent. Dans ce dessein, fei-
gnant de s'intéresser à sa vie, il l'avertit du péril auquel il
était exposé, mais qu'il venait l'arracher aux meurtriers,
pourvu qu'un service de cette nature fût bien payé. Le
banquier fit mine d'être effrayé, et l'ayant prié de monter
dans sa chambre, comme pour lui ouvrir ses coffres, il le fit
assommer par ses valets. Il était fils de Charles de Brillac,
chev., sgr d'Argy, conseiller maître d'hotel ordinaire et
écuyer d'écurie du roi, gouverneur de Loudun[3], et de Louise
de Balzac[4].

---

[1] Il avait épousé : 1º le 23 novembre 1479, Jeanne (ou Françoise) de Varie,
fille de Guillaume, sgr de l'Ile-Savary, et de Charlotte de Brai ; 2º Louise de
Balzac, remariée ensuite à Jacques d'Archiac, chevalier, sgr d'Availles, fille de
Robert, sgr d'Entraigues, et de Marguerite de Castelnau. Il était fils de Pierre
de Brillac, chevalier, sgr d'Argy, et de Anne de Tranchelion, fille de Guillaume,
chevalier, sgr de Paluau, et de Guillemette des Roches (Beauchet-Filleau,
Dict. des familles du Poitou, 2ᵉ éd., t. I, p 777).

[2] Bibl. Nat., Cab. des Titres, 1045, p. 363.

[3] Ses armes : *d'azur, au chevron d'or chargé de 5 roses de gueules, accompagné de 3 molettes d'or* (Beauchet-Filleau, *Dict. des familles du
Poitou*, 2ᵉ éd., t. I, p. 778).

[4] Bibl. nat , Cab. des Titres, 1041, p. 1236.

Brillac (René de), sgr d'Argy et de Mons, baron de Montigny, gentilhomme ordinaire de la chambre du roi, est cité avec la qualité de chevalier de l'ordre du Roi dans un acte du 6 juillet 1582 *(Titres de la Maison de Savonnières)*. Il mourut en 1584.

Il était fils de Jacques de Brillac, sgr d'Argy, chevalier de l'ordre du Roi, et de Geneviève de Poisieux[1].

Brossin (Louis), seigneur de Méré, de Mouzé, du Fresnay et du Plessis-Savary, capitaine de cent hommes d'armes des ordonnances du roi, gentilhomme ordinaire de la chambre de S. M. dès le règne de François II, en 1559, et gouverneur des villes de Beaulieu et de Loches en Touraine, nommé le 2 février 1568 ; fut nommé chevalier de l'ordre de Saint-Michel le 24 février 1568, et prêta serment le 18 mars entre les mains du comte du Bouchage, chevalier du même ordre[2] *(Titres de cette maison)*. Il mourut avant l'an 1572[3].

Il était fils d'Olivier Brossin, sgr des Rosiers et de Mouzé, et de Françoise Cléret. Ses armes étaient : *d'argent, au chevron d'azur.*

Brossin (Jacques), sgr de Méré, de Mouzé et de Sepmes, gentilhomme ordinaire de la chambre du roi, fut député de la noblesse de Touraine en 1588, pour assister aux États de Blois et leur présenter les cahiers de la province. Il est qualifié de chevalier de l'ordre du Roi et de haut et puissant seigneur dans un acte du 15 juin 1573 et de chevalier de l'ordre du Roi dans un autre acte du 6 septembre 1577[4] *(Titres de cette maison[5])*.

---

[1] Bibl. Nat., *Cab. des Titres* 1042, p. 294.

[2] *Idem*, 1040, p. 673.

[3] Il mourut vers 1569. Il avait épousé, le 24 août 1529, Jeanne de Thays, fille d'Emery, chev., sgr dudit lieu, et de Françoise de la Ferté (Beauchet-Filleau, *Dictionnaire des familles du Poitou*, 2e édition, tome II, p. 20).

[4] Bibl. Nat., *Cab. des Titres*, 1041, p. 1373.

[5] Il avait épousé, par contrat du 15 juin 1573, Susanne de Rieux, fille de François de Rieux, chev. de l'ordre du Roi, gouverneur de Guérande, le Croisic, etc., et de Renée de la Feuillée (Beauchet-Filleau, *Dictionnaire des familles du Poitou*, 2e édition, tome II, p. 20).

Il était fils de Louis Brossin, sgr de Méré, chevalier de l'ordre du Roi, et de Jeanne de Thays.

Brossin (Georges), sgr de Méré, premier chambellan de Monsieur, frère du roi, capitaine au régiment des gardes françaises et mestre de camp de cavalerie, fut nommé chevalier de l'ordre du Roi le 20 avril 1665 et reçu par le marquis de Sourdis chevalier des ordres du Roi[1]. Il était fils de Louis Brossin, chevalier, sgr de Méré, baron de Seignerolles, et de Marguerite de la Rochefoucauld[2].

Bruneau (Charles), baron de la Rabastellière, sgr de la Jaunière, de la Mancelière et des châtellenies de la Jarrie et de Montigny, gentilhomme ordinaire de la chambre du roi et capitaine d'une compagnie de chevau-légers dans l'armée du maréchal de la Force, est cité avec la qualité de chevalier de l'ordre du Roi dans un acte du 29 avril 1636[3] (*Titres de la maison de Roncherolles*).

Il était fils de Charles Bruneau, chevalier de la Rabastellière, gentilhomme ordinaire de la maison du roi, et de Renée de la Motte[4]. Ses armes sont inconnues[5].

Bueil (Louis de), sire de Bueil, comte de Sancerre, baron de Châteaux, de Saint-Christophle, de Vailly et de Brandois, sgr châtelain de la Marchère, de Beaulieu, de Courcillon, du Charpignon, du Péage et commandise de Tours, de Chemillé, d'Espagne et de la Motte-Achard, grand échanson de France, gentilhomme ordinaire de la chambre du roi, capitaine de 50 hommes d'armes de ses ordonnances et des

---

[1] Il fut d'abord chevalier, puis marquis de Mairé (Beauchet-Filleau, *Dictionnaire des familles du Poitou*, 2e éd., tome II, p. 20).

[2] Bibl. Nat., *Cab. des Titres*, 1044, p. 536.

[3] Il épousa : 1o vers 1610, Suzanne Tiercelin, fille de Charles Tiercelin, chev., sgr de Baslon, et de Françoise de Rancé ; puis 2o le 25 novembre 1646, Marie de la Baume Le Blanc, fille de Jean de la Baume Le Blanc, chev., sgr de la Grasserie, et de Françoise de Beauvau (Beauchet-Filleau, *Dictionnaire des familles du Poitou*, 2e édition, tome II, p. 47).

[4] Bibl. Nat., *Cab. des Titres*, 1044, p. 293.

[5] Ses armes étaient : *d'argent à sept merlettes de sable posées 3. 3. 1* (Beauchet-Filleau, *Dictionnaire des familles du Poitou*, 2e éd., t. II, p. 46).

100 gentilshommes de sa maison, gouverneur d'Anjou, de Touraine et du Maine, est cité avec la qualité de chevalier de l'ordre du Roi dans nombre de quittances qu'il donna au trésor de l'Epargne ; les plus anciennes sont du 1er mars 1545 (1546) et du 7 décembre de la même année (*Originaux, Chambre des Comptes de Paris*). Il paraît même constant qu'il fut admis en cet ordre vers cette époque ou dans le cours de l'année précédente. Il se signala dans les guerres de son temps, apaisa par sa vigilance la sédition d'Amboise, fut blessé dangereusement à la bataille de Marignan en 1515, se trouva à celle de Pavie en 1525, fut pourvu en 1533 de la charge de grand échanson de France, et au mois de décembre 1540 le roi le chargea d'une commission de confiance auprès de l'Empereur, en Flandre. Il fut admis en 1541 au nombre des gentilshommes de la chambre aux gages de 1200 l., prêta au roi en 1544 une somme de 2430 l. 19 s. pour subvenir aux besoins de l'Etat, entreprit la même année la défense de Saint-Dizier et s'y jeta avec la compagnie de cent hommes d'armes du duc d'Orléans dont il était lieutenant ; mais cette place étant très mauvaise et fort peu fortifiée, il fut obligé de capituler après avoir reçu des ennemis mêmes toutes les louanges que méritait une défense de sept semaines dans une place qui ne devait pas tenir sept jours et dont la résistance fit rabattre à l'Empereur beaucoup de sa fierté. Il avait obtenu depuis plusieurs années une pension de la cour de 1200 l. qui depuis, sous le règne d'Henri II, fut portée jusqu'à 3000 l. Il assista, le 12 février 1551 (1552), au lit de justice tenu par ce monarque au Parlement, fut remboursé sur les fonds de l'Epargne d'une somme de 1786 l. 2 s. qu'il avait avancée aux mois d'août, de septembre et d'octobre 1557 comme lieutenant de roi de la ville de Guise. Il obtint, au mois de novembre 1558, une gratification de 10,800 l. et au mois de juin 1559 une autre de 7,200 l. en récompense de ses services au fait des guerres. Au mois de mars 1559 (1560), le roi lui en accorda encore une de 1000 l. à l'occasion des dépenses qu'il avait faites au mois de février, de mars et d'avril de l'année précédente,

à Tours, où S. M. l'avait envoyé en qualité de son lieutenant
général pendant les émeutes. Il mourut en 1563. Brantôme,
en parlant du comte de Sancerre, dit qu' « il fut un très brave,
« sage et vaillant capitaine, et qu'il avait la façon très belle
« et honorable représentation, homme de bien et d'honneur
« n'ayant jamais dégénéré de ses prédécesseurs, etc'. »

Il était fils de Jacques, sire de Bueil, chev., comte de
Sancerre, échanson du roi, et de Jeanne de Sains. Ses armes[2]
étaient : *d'azur, au croissant montant d'argent, accompagné
de 6 croix recroisetées, au pied fiché d'or ; écartelé : au 1
et 4 : d'or, au dauphin d'azur crêté, oreillé et barbé de gueules ;
aux 2 et 3 : d'azur, à une bande d'argent accostée de deux
cotices potencées et contrepotencées d'or[3].*

Buet (Marc), sgr du Plessis-Buet, de la Grassière, de
Meidon et de la Ville, est qualifié de chevalier de l'ordre du
Roi et de noble et puissant dans un acte du 17 septembre
1572 (*Original, titres de MM. Poitevin du Plessis-Laudry[4]*).

Il était fils de Gilles Buet, écuyer, et de Jacquette de Rochefort. Ses armes étaient : *de gueules, à 3 croisilles d'argent[5].*

Cantineau (Jacques), sgr de la Charpenterie en Poitou, fut
reçu chevalier de l'ordre du Roi le 20 mars 1652[6], et confirmé

---

[1] Il avait épousé, le 13 janvier 1534, Jacqueline de la Trémoïlle, fille de
François, vicomte de Thouars, et de Anne de Laval (Beauchet-Filleau, *Dictionnaire des familles du Poitou*, 2e éd , tome II, p. 62).

[2] Beauchet-Filleau, dans la 2e éd. du *Dictionnaire des familles du Poitou*,
tome II, p. 61, donne pour armes à la maison de Bueil : *d'azur, à 6 croix
recroisetées, au pied fiché, posées en orle, et un croissant d'argent en
abime.*

[3] Bibl. Nat., *Cab. des Titres*, 1039, p. 269.

[4] Il avait épousé : 1° Anne Girard, fille de Guillaume Girard, écuyer, sgr
de la Guessière, et de Marie de Caradreuc ; 2° Jehanne de la Ville (Beauchet-
Filleau, *Dictionnaire des familles du Poitou*, 2e éd., tome II, p. 63).

[5] Bibl. Nat , *Cab. des Titres*, 1041, p 1300.

[6] Il fut reçu chevalier de l'ordre du Roi par Henri de Baudéan-Parabère,
sur preuves de noblesse remontant à 1345. Il fut reconnu noble par lettres
patentes du 22 avril 1665, et maintenu par Barantin le 29 août 1669. Il dut
épouser, vers 1630, Marguerite Pidoux, dame de Bonnevault-Pilleron, morte
sans postérité en 1637. Il épousa le 6 janvier 1638 Jacquette Guillemard,
fille de noble homme Jean Guillemard et de Marthe Delafond. Il semble
encore, à moins que ce ne soit un fils portant le même prénom, avoir épousé

dans cette dignité en 1605, lors de la réforme et du rétablissement de cet ordre, après avoir préalablement fait preuve de
sa noblesse conformément aux nouveaux règlements (*Cabinet de l'ordre du Saint-Esprit*). On ignore sa filiation¹. Ses
armes étaient : *d'argent à 3 molettes de sable posées 2 et 1*².

Cantineau (Jean), sgr du Marais et de la Cantinière, gentilhomme ordinaire de Monseigneur, fut nommé chevalier de
l'ordre du Roi le 18 octobre 1662 et reçu le 12 novembre, dans
l'église de la Sainte-Chapelle de Thouars, par le duc de la
Trémoïlle, chevalier des ordres du Roi ; il fut confirmé dans
cette dignité en 1605, lors de la réforme et du rétablissement
de cet ordre, après avoir fait ses preuves de noblesse devant
le marquis de Sourdis, le 5 janvier 1664³ (*Titres de cette famille et Cabinet de l'ordre du Saint-Esprit*).

Il était fils de René Cantineau, sgr de la Cantinière, et de
Marguerite de la Roche⁴.

Carrion (Guy), sgr de Noirlieu, est cité avec la qualité de
chevalier de l'ordre du Roi dans un acte du 31 août 1575⁵
(*Titres de MM. des Francs de la Bertonnière*).

On ignore sa filiation⁶ et ses armes⁷.

en 3ᵉˢ noces, le 24 mai 1673, Renée Jourdain, veuve d'Antoine Cailleau, sgr
de Beaulieu, et fille de Louis Jourdain, écuyer, sgr de Villiers, et de Jeanne
Barlot. Elle était sa veuve en 1678 (Beauchet-Filleau, *Dictionnaire des
familles du Poitou*, 2ᵉ éd., tome II, p. 116).

¹ Il était fils de Jean Cantineau, écuyer, sgr de la Cantinière et de la Charpenterie, et de Jacquette de la Tousselière (?) (Beauchet-Filleau, *Dict. des
fam. du Poitou*).

² Bibl. Nat., *Cab. des Titres*, 1044, p. 440.

³ Il était capitaine au régiment de Roannez en 1663 et vivait encore en
1698. Il avait épousé le 3 sept. 1654 Anne Achard (Beauchet-Filleau, *Dictionnaire des familles du Poitou*, 2ᵉ édition, tome II, p. 117).

⁴ Bibl. Nat., *Cab. des Titres*, 1044, p. 502.

⁵ *Id.*, 1042, p. 55.

⁶ Il devait être fils de René Carrion, éc., sgr de Noirlieu et de la Chotar-
dière, et de Anne Milon (Voir Beauchet-Filleau, *Dictionnaire des familles
du Poitou*, 2ᵉ éd., tome II, p. 128).

⁷ *D'or, à 3 bandes d'azur au chef d'hermine* (D. Mazet) ; *d'azur, à trois
bandes d'or, au chef d'argent chargé de 3 floquets d'hermine* (Arm.
d'Anjou). — (Beauchet-Filleau, *Dictionnaire des familles du Poitou*, 2ᵉ éd.,
tome II, p. 127).

Chabot (Philippe), sgr de Brion, de Sully et d'Aspremont, comte de Charuy et de Buzancois, prince de Chastel-Aillon, amiral de France, chevalier de l'ordre de la Jarretière, ambassadeur en Angleterre, gentilhomme ordinaire de la chambre du roi, l'un de ses chambellans, capitaine de cent lances de ses ordonnances, gouverneur du Guyenne, de Bourgogne et de Normandie, fut élevé à la cour du comte d'Angoulême et parvint à gagner sa confiance dès qu'il fut monté sur le trône. En 1515, il l'admit au nombre des gentilhommes de sa chambre le 28 octobre 1524, il fut fait gouverneur du duché de Valois le 23 mars 1525 (1526), amiral de Bretagne et enfin amiral de France en la même année. On le trouve qualifié chevalier des ordres du Roi dans une montre de sa compagnie de 70 lances du 6 juin 1523 (*Original, Bibliothèque du Roi*). Il avait été admis dans cet ordre sous ce règne : on lit dans un compte de l'Epargne que son grand collier de l'ordre fut donné en 1545 au duc d'Orléans qui venait d'être nommé chevalier de cet ordre (*Original, Chambre des comptes de Paris*). Il avait été nommé aussi capitaine de la ville et du château de Coucy. En 1524, il défendit Marseille contre le connétable de Bourbon et le força d'en lever le siège, où, dit Brantôme, il acquit beaucoup d'honneur.

En 1525, il fut fait prisonnier à la bataille de Pavie et s'y comporta : « Si bien, continue le même auteur, que le Roy, après « l'avoir envoyé vers l'Empereur à cause de son traitement « et douce prison, luy donna l'estat d'admiral. » Il jouissait, en 1527, de 9,000 l. de pension de la cour, obtint du roi une gratification de 900 l. le 19 mars 1518 (1519) et une autre de 2,000 l. le 6 avril suivant en récompense de ses bons, grands, vertueux et recommandables services. Il avait à cette époque 18,000 l. dès bienfaits de la cour, et le 23 août de la même année il partit de Coucy pour aller en Italie, de la part du roi, demander à l'Empereur l'acte de ratification du traité de paix qui venait d'être conclu à Cambrai entre la France et l'Espagne, et se transporta de là avec cet acte en Espagne

pour le recouvrement de la personne du dauphin et du duc
d'Orléans. Le roi lui accorda le même jour, à cette occasion,
une gratification de 8,280 l. Le 8 avril précédent, il en avait encore obtenu une de 717 l. 10 s ; le 17 juin 1530, S. M. lui fit
adjuger sur les fonds de son épargne une somme de 25,000 l.
faisant moitié de celle de 50,000 l. qu'elle avait promise à
Jacquette de Longwy, sa belle-sœur, par le contrat de mariage de l'amiral de Brion avec Françoise de Longwy, qui y
— est dite *nièce du roi*, ladite somme payable lorsqu'elle serait
en âge de se marier. Le 10 juillet 1531, le roi lui accorda une
nouvelle gratification de 2,530 l. à raison des services qu'il ne
cessait de lui rendre à la conduite de ses plus grandes et
importantes affaires. Au mois de novembre 1533, il érigea
en comté sa terre de Buzançois, le 12 mai 1535 il lui fit expédier un nouveau brevet de gratification de 20,000 l. et à raison
de ses recommandables services, et eu égard à la dépense
qu'il avait faite aux mois d'octobre, de novembre et de décembre, pendant un voyage qu'il avait fait par son ordre
en Angleterre, et à celui qu'il allait faire encore à Calais pour
traiter et conclure avec le duc de Norfolk, grand trésorier
d'Angleterre, des affaires de grande importance pour le bien
du royaume. Dans la même année, le roi lui confia le commandement de son armée, avec laquelle il conquit toutes les terres
du duc de Savoie en deçà des Alpes et se rendit maître de
Turin en 1536. Quelques années après, il perdit les bonnes
grâces du roi sur ce qu'un jour ce monarque s'étant fâché
contre lui, dont les manières étaient naturellement très hautes,
et l'ayant menacé de lui faire faire un procès, il lui répondit avec fierté qu'il pouvait le faire, mais que sa conduite
était si nette et si irréprochable qu'il ne craignait rien ni
pour sa vie, ni pour son honneur. Le roi, n'ayant pas voulu
avoir le démenti d'un tel défi, quoique dans le fond il aimât
toujours l'amiral et qu'il n'eût pas dessein de le perdre, le
fit mettre au château de Melun et lui fit faire son procès par
le chancelier Poyet, ennemi déclaré de l'amiral et qui avait

cherché à le perdre dans l'esprit du roi ; ayant porté à ce
prince son arrêt de condamnation qui le déclarait indigne de
ses charges et le condamnait à un bannissement, le roi se
moqua du chancelier sur ce que ce chef de la justice lui avait
promis de trouver dans la conduite de l'amiral de quoi le
condamner, et S. M., ne voyant dans le jugement qui en avait
été porté aucun motif réel de condamnation, fit venir l'amiral,
et après lui avoir reproché sa fierté : « Vous voyez, lui dit-il,
« qu'il ne vous convenait pas de me défier de vous faire
« votre procès. » « Il est vrai, sire, reprit l'amiral, avec sa
« fierté ordinaire, mais du moins l'on ne m'a convaincu
« d'aucune infidélité contre votre service. » Le roi dès ce
moment lui pardonna, le rétablit dans ses charges et gouvernements, et par un arrêt du Parlement[1], rendu par les
juges en robes rouges, il le fit déclarer authentiquement déchargé de toutes accusations. La duchesse d'Etampes, dont
il était parent, ne contribua pas peu à le rétablir dans les
bonnes grâces du roi. Néanmoins le chagrin que lui avait
causé sa détention avança ses jours et il mourut à Paris, à
son hôtel, rue Saint-Antoine, le 1er juin 1543[2] ; il fut inhumé le
7 juillet suivant, avec la plus grande pompe, dans l'église des
Célestins, en la chapelle d'Orléans, et toutes les paroisses, le
Parlement et le corps de ville assistèrent à ses funérailles.

Il était fils de Jacques Chabot, chevalier, sgr de Jarnac, de
Brion, d'Aspremont, conseiller chambellan ordinaire du roi, et
de Madeleine de Luxembourg[3]. Ses armes étaient : *Ecartelé
aux 1 et 4 : d'or, à 3 chabots de gueules ; au 2 : d'argent, au lion de
gueules, la queue nouée, fourchée et passée en sautoir, armé,
langué et couronné d'or ; au 3 : de gueules, à une étoile de 16
rais d'argent.*

[1] Cet arrêt fut rendu en mars 1542 (Voyez Sandret, *Histoire généalogique de la maison de Chabot*, Nantes, 1886, p. 189).

[2] Il avait épousé, le 10 janvier 1526, Françoise de Longwy, dame de Pagny
et de Mirebeau, en Bourgogne, fille et héritière de Jean de Longwy, sgr de
Guiry, et de Jeanne d'Orléans, bâtarde d'Angoulême, sœur naturelle de François Ier (Sandret, *Hist. généalogique de la maison de Chabot*, p. 190).

[3] Bibl. Nat. *Cab. des Titres*, 1039, p. 68.

Chabot (Charles), baron de Jarnac et de Montlieu, sgr de
Sainte-Aulaye, vice-amiral de Guyenne, maire de Bordeaux,
capitaine du château de Hâ, gouverneur de la Rochelle et du
pays d'Aunis, conseiller chambellan ordinaire du roi et
gentilhomme ordinaire de sa chambre, compris en cette
qualité et aux gages de 1200 l. dans les états depuis 1528
jusqu'à sa mort arrivée le 24 juin 1552, est qualifié chevalier
de l'ordre du Roi dans un état des officiers domestiques
de la maison du roi, du dernier jour de février 1533. On
lit de plus, dans un compte de l'Epargne, qu'en vertu de
lettres du roi du 12 mars 1533 (1534), il avait été payé à
Pierre Mangot, son orfèvre, une somme de 364 l. 4 s.
pour un grand collier de l'ordre dont S. M. avait fait don
à Charles Chabot, sgr de Jarnac, auquel il n'en avait point
encore été délivré depuis qu'il avait été créé chevalier dudit
ordre. Il est donc évident qu'il avait été admis dans cet ordre
vers l'an 1532, époque où l'on commence à le trouver qualifié
chevalier de cet ordre. Il avait obtenu dès le règne de François
Ier une pension de 3,000 l[1].

Il était fils de Jacques Chabot, chevalier, seigneur de Jarnac
et de Madeleine de Luxembourg. Ses armes étaient : d'*or*
à 3 chabots de gueules posés 2 et 1[2].

Chabot (Léonor), comte de Charny et de Buzançois,
seigneur de Pagny, grand écuyer de France, gentilhomme
ordinaire de la chambre du roi, conseiller en son conseil
privé, capitaine de 100 hommes d'armes de ses ordonnances, grand sénéchal et gouverneur de Bourgogne, fut
reçu chevalier de l'ordre du Roi, en 1555, avec le duc de

---

[1] Il avait épousé : 1° en 1506, Jeanne de Saint-Gelais, fille unique et héritière
de Jean, sgr de Saint-Gelais, de Montlieu et de Sainte-Aulaye, et de Marguerite
de Durfort-Duras. Son contrat de mariage fut passé à Tours le 17 juin 1506
(Dupuy, Mss. t. 425, f. 90). Jeanne de Saint-Gelais mourut vers 1516. Il
épousa : 2° peu de temps après, Madeleine de Puiguyon, fille de Jacques de
Puiguyon et de Marguerite Amenard (*Hist. généalogique de la maison de
Chabot*, p. 135).

[2] Bibl. Nat., *Cab. des Titres*, 1039, p. 144.

Bouillon pour faire compagnie au maréchal de Vieilleville le jour de sa réception audit ordre (*Mémoires de ce maréchal, par Vincent Carloix, son secrétaire*). On lit dans un compte de cet ordre qu'il fut délivré à M. le comte de Charny, de Buzançois, chevalier de l'ordre, un grand collier qui avait été renvoyé au roi par la veuve et les héritiers du feu seigneur de Villeparisis et dont il donna son récépissé le 4 décembre 1550; cette citation pourrait également concerner François Chabot son frère. Il fut nommé chevalier de l'ordre du Saint-Esprit le 31 décembre 1578, mais non reçu, fut admis en 1554 au nombre des gentilshommes de la chambre d'Henri II et est compris en cette qualité dans les états de la maison de ce prince jusqu'en 1559. Constamment fidèle au roi dans le temps des troubles, il se comporta dans son gouvernement avec toute l'humanité possible envers ceux de la nouvelle religion. M. de Thou en fait à ce sujet le plus grand éloge ; le roi Charles IX lui écrivit au sujet de la Saint-Barthélemy, en 1572, de faire beaucoup de caresses aux protestants, de les instruire des raisons qu'on avait eues pour agir à Paris comme on avait fait, de les avertir de se conduire sagement, et qu'ainsi ils pourraient être assurés qu'il ne leur serait rien fait dont ils pussent se plaindre, mais que, si, malgré ces avis et ces promesses, ils osaient encore exciter des troubles, qu'alors il eût à les passer tous au fil de l'épée comme des rebelles et des ennemis de la patrie. Le comte de Charny dans cette circonstance se conduisit avec beaucoup de prudence et de modération. Il représenta au roi que la rigueur excessive et la cruauté dont on avait usé envers eux n'avait servi jusqu'alors qu'à les aigrir et les effaroucher, que le meilleur moyen de les ramener était d'user de clémence à leur égard et de les traiter avec humanité ; aussi, par ses conseils et ses représentations, y eut-il très peu de sang répandu en Bourgogne et presque tous les protestants revinrent insensiblement ou d'eux-mêmes, ou par crainte, à la religion de leurs ancêtres. Ses services lui méritèrent du roi le

1er avril 1573 une gratification de 6000 l. et Henri III lui accorda une pension de 4,000 écus[1]. Il mourut au mois d'août 1597.

Il était fils de Philippe Chabot, sgr de Brion, comte de Charny et Buzançois, chevalier de l'ordre du Roi, et de Françoise de Longwy[2]. Mêmes armes que son père.

Chabot (Guy), baron de Jarnac, sgr de Saint-Gelais, de Montlieu et de Sainte-Aulaye, conseiller, chambellan ordinaire du roi, gentilhomme ordinaire de sa chambre, capitaine de 50 lances de ses ordonnances, maire de Bordeaux, capitaine du château du Hâ, gouverneur de la Rochelle et du pays d'Aunis, servait dès le mois de janvier 1539 (1540) en qualité de guidon de la compagnie de 100 hommes d'armes de l'amiral de France, et on le trouve compris dans les états des gentilshommes de la chambre de François Ier, de 1543 à 1546. Il fut nommé chevalier de l'ordre du Roi dans le chapitre de cet ordre tenu à Poissy à la Saint-Michel 1560 ; on le trouve en conséquence qualifié chevalier de l'ordre du Roi dans une montre du 28 mars 1560 (1561) (*Original, Bibliothèque du Roi*). Il jouissait en 1545 et 1550 d'une pension de la cour de 1200 l. ; ce fut lui qui soutint le 10 juillet 1547, en présence d'Henri II et de toute sa cour, le fameux combat en champ clos, dans le parc de Saint-Germain en Laye, contre François de Vivonne, sgr de la Châtaigneraye, où il fut vainqueur et parla avec tant de sagesse que le roi l'ayant fait monter sur l'échafaud où il était lui dit qu'il avait combattu en César et parlé en Cicéron. C'est du coup mortel qu'il porta au jarret du seigneur de la Châtaigneraye qu'est venu le proverbe du coup de Jarnac. Le 4 janvier suivant, il commandait déjà une com-

---

[1] Il avait épousé : 1° le 15 février 1549, Claude de Gouffier, fille de Claude Gouffier, duc de Roannez, et de Jacqueline de la Trémoïlle ; 2° Françoise de Rye, fille unique de Joachim, sgr de Rye, chevalier de la Toison d'Or, et d'Antoinette de Longwy, dame de Guiry, sa cousine (Sandret, *Hist. généalogique de la maison de Chabot*, p. 192).

[2] Bibl. Nat., *Cab. des Titres*, 1033, p. 475.

pagnie de 50 lances, le 3 octobre 1552 il obtint le gouvernement de la Rochelle et du pays d'Aunis, et en 1557 il fut fait prisonnier à la bataille de Saint-Quentin. Lors des guerres de religion, dans les premières années du règne de Charles IX, il continua de servir ce monarque avec la plus grande distinction, quoiqu'il fût soupçonné de n'être pas éloigné de la doctrine des protestants ; ce fut par son conseil qu'en 1562 les Rochelais, soutenus par son autorité et par son exemple, gardèrent une espèce de neutralité, quoique la plupart fussent attachés à cette doctrine, et se continrent dans les bornes de leur devoir. Charles IX le confirma dans toutes ses dignités en 1569[1]. Il était fils de Charles Chabot, baron de Jarnac, chevalier de l'ordre du Roi, et de Jeanne de Saint-Gelais[2]. Ses armes étaient : d'*or, à 3 chabots de gueules posés 2 et 1.*

Chabot (Paul), baron de Clervaux, sgr de Maisoncelles et du Frêne, capitaine de 50 hommes d'armes des ordonnances du roi et gentilhomme ordinaire de sa chambre, compris en cette qualité dans les états de la maison de François Ier, d'Henri II, de François II et de Charles IXX depuis 1533 jusqu'en en 1569, fut nommé chevalier de l'ordre du Roi, à Vincennes, le 31 mai 1562[3].

Il était fils de Robert Chabot, baron d'Aspremont et de Clervaux, et de Antoinette d'Illiers[4]. Ses armes étaient : *d'or à trois chabots de gueules posés deux et un.*

---

[1] Il avait épousé : 1º le 29 février 1540, Louise de Pisseleu, fille de Guillaume de Pisseleu, sieur de Heilly, en Picardie, et de Madeleine de Laval ; 2º Barbe Cauchon de Maupas, veuve de Symphorien de Durfort-Duras. Il vivait encore en 1584 (Sandret, *Hist. généalogique de la maison de Chabot*, p. 140).

[2] Bibl. Nat., *Cab. des Titres*, 1039, p. 607.

[3] Il avait épousé Jacqueline de Montigny, fille de Jacques, sgr de Montigny, et de Léonore de Ferrières. Il mourut avant 1573, car Jacqueline, sa veuve, était remariée à cette date (Sandret, *Hist. généalogique de la maison de Chabot*, p. 130, Nantes 1886).

[4] Bibl. Nat., *Cab. des Titres*, 1040, p. 65.

Chabot (François), sgr de Brion, de Maupont, de Charrots en Berry et de Fontaine-Française, baron de Beaumont-sur-Vienne et de Chaumont, souverain de Chaulmes, comte de Charny, marquis de Mirebeau, capitaine de 100 hommes d'armes des ordonnances du roi, gentilhomme ordinaire de sa chambre, conseiller en son conseil privé, fut nommé chevalier de l'ordre de Saint-Michel dans la promotion faite par le roi, à Toulouse, le 8 février 1565. Il fut reçu chevalier de l'ordre du Saint-Esprit le 21 décembre 1575, avait été élevé page de la chambre du roi Henri II et obtint de ce monarque au mois de mars 1552 (1553) une gratification de 230 l. pour se mettre en équipage afin de pouvoir le servir dans ses armées. Il était déjà, en 1558, guidon de la compagnie de 50 lances du duc d'Aumale et il en fut fait ensuite lieutenant. Il est compris dans les états des gentilshommes de la chambre de François II et de Charles IX de 1559 à 1569 et assista aux Etats de Blois en 1576[1]. « Dès que la guerre commençoit (dit l'histoire de l'ordre du Saint-Esprit), il se rendoit à l'armée, y servoit avec tout le zèle et toute l'exactitude possibles, n'en partoit que des derniers, retournoit dans ses terres et ne paraissoit jamais à la cour. L'exemple de son père l'avoit trop frappé, il ne vouloit ni charges ni dignités. L'envie, disait-il, en suit toujours le don et peut parvenir à le faire ôter avec opprobre à l'homme le plus innocent. »

Il était fils de Philippe Chabot, sgr de Brion, comte de Charny et de Buzançois, chevalier de l'ordre du Roi, amiral de France, et de Françoise de Longwy. Ses armes : *Ecartelé, aux 1 et 4: d'or, à 3 chabots de queules posés 2 et 1 ; au 2: d'ar-*

---

[1] Il fut un des seigneurs catholiques convoqués à Suresnes en mai 1593, où fut annoncée la réconciliation prochaine du roi avec l'Eglise. Il y signa la déclaration faite pour rassurer les réformés, en leur garantissant la sécurité de leurs personnes et de leurs biens et la liberté de conscience. Il épousa : 1° Françoise de Lugny, fille et héritière de Jean, sgr de Lugny, et de Françoise de Polignac ; 2° le 25 décembre 1565, Catherine de Silly, fille de Louis de Silly, comte de la Roche-Guyon, et d'Anne de Laval (Sandret, *Hist. généalogique de la maison de Chabot*, p. 194).

gent, aux lion de gueules, armé, lampassé et couronné d'or, la queue fourchée et passée en sautoir, et au 3 : de gueules, à l'étoile de 16 rais d'argent[1].

Chabot (Jacques), comte de Charny, marquis de Mirebeau, gentilhomme ordinaire de la chambre du roi portant la clef d'or, conseiller en son conseil privé, mestre de camp du régiment de Champagne, lieutenant général au gouvernement de Bourgogne, fut reçu chevalier de l'ordre du Roi par le duc d'Anjou, aux Chartreux-lez-Paris, le 9 mars 1568. Il paraît constant que cette promotion doit être attribuée à Jacques Chabot, connu à cette époque sous le nom de comte de Charny. Il fut admis en 1597 chevalier de l'ordre du Saint-Esprit[2], mais ne fut pas reçu et est compris dans les états des gentilshommes de la chambre des rois Charles IX et Henri III, de 1570 à 1586. Il eut beaucoup de part à la journée de Fontaine-Française[3] en 1596 et mourut d'apoplexie, en Bourgogne, le 29 mars 1630. Il était fils de François Chabot, comte de Charny, marquis de Mirebeau, chevalier des ordres du Roi et de Catherine de Silly. Il portait les mêmes armes que son père[4].

[1] Bibl. Nat., *Cab. des Titres*, 1040, p. 294.

[2] Il fut créé chev. du Saint-Esprit, le 5 janvier 1597, dans l'église de l'abbaye de Saint-Ouen de Rouen, le roi se trouvant dans cette ville pour l'Assemblée des Notables (Mss. *A. du Chesne*, L, f. 426).

[3] C'est à lui qu'est dû, en grande partie, l'heureux résultat du combat de Fontaine-Française. Henri IV, à la tête de son avant-garde, comptant à peine quelques centaines d'hommes, avait rencontré, le 5 juin 1595, l'armée des Espagnols, composée de plus de 12.000 hommes, près de Fontaine-Française. Malgré l'inégalité du nombre, il n'hésita pas à l'attaquer. Prenant Jacques Chabot par le bras : « *Marche-là, Mirebeau*, » lui dit-il. Le vaillant capitaine se jeta avec 200 hommes sur l'ennemi, le terrassa et le mit en fuite. Le Roi écrivait, le lendemain, au Parlement de Paris : « *Le marquis de Mirebeau, n'ayant avec lui que 200 hommes, a empêché, sans aucun ruisseau entre deux, une armée de 12.000 hommes d'entrer dans le royaume* ». Il avait épousé : 1° en 1594, Anne de Coligny, fille de François de Coligny, sgr d'Andelot, colonel général de l'infanterie française ; 2° en 1622, Antoinette de Loménie, fille d'Antoine de Loménie, sgr de la Ville-aux-Clercs, secrétaire d'Etat, et d'Anne d'Aubourg (Sandret, *Hist. généalogique de la maison de Chabot*, p. 197-198).

[4] Bibl. nat., *Cab. des Titres*, 1040, p. 600.

Chabot (Léonor), de Saint-Gelais, baron de Jarnac, sgr de Saint-Gelais, de Montlieu et de Sainte-Aulaye, capitaine de 50 hommes d'armes des ordonnances du roi, gentilhomme ordinaire de sa chambre et gouverneur de la Rochelle, servait dès l'an 1660 en qualité de lieutenant de la compagnie de 50 hommes d'armes du sgr de Jarnac. Il est cité avec la qualité de chevalier de l'ordre du Roi dans un acte du 27 juin 1599 (*Original, Titres de MM. de Lageard de Cherval*) et mourut en 1605[1]. Il était fils de Guy Chabot, baron de Jarnac, chevalier de l'ordre du Roi, et de Louise de Pisseleu[2].

Chabot (Jacques), sgr de la Chapelle en Poitou, fut reçu chevalier de l'ordre du Roi le 11 mars 1655, et fut confirmé dans cette dignité en 1665, lors de la réforme et du rétablissement de cet ordre, après avoir préalablement fait preuve de sa noblesse, conformément aux nouveaux règlements (*Cabinet de l'ordre du Saint-Esprit*[3]).

Il était fils de Jacques Chabot, écuyer, sgr de[4]..., et d'Anne Milsendeau[5]. Ses armes étaient : *d'or, à 3 chabots de gueules, posés 2 et 1*.

Chambes (Philippe de), baron de Montsoreau, de Pont-château, et de la Grève, sgr et châtelain du Lion d'Angers, d'Eschanfray, de Véniers, de Champaigné, de Chalain, de Vauzelles et de la Coutancière, commandant des ports, hâvres et forteresses de Bretagne, avait été élevé enfant d'honneur

---

[1] Il épousa : 1° Marguerite de Durfort, fille de Symphorien de Durfort, sgr de Duras, et de Barbe Cauchon de Maupas ; 2° en mars 1571, Marie de Rochechouart, fille et héritière de Charles de Rochechouart, sgr de Saint-Amand, et de Françoise de Maricourt (Sandret, *Hist. généalogique de la maison de Chabot*, p. 141 et 142).

[2] Bibl. Nat., *Cab. des Titres*, 1043, p. 159.

[3] Il épousa : 1° le 6 juillet 1632, Renée de Lagyre, fille de feu Pierre de Lagyre, écuyer, sgr de Pisson ; 2° par contrat du 10 août 1665, Cécile Chabiel, fille de Rodriguez Chabiel, commissaire de l'artillerie. Il mourut dans un âge avancé vers 1684 (Sandret, *Hist. généalogique de la maison de Chabot*, p. 235).

[4] Sgr des Maisons-Neuves et des Cousteaux (*id*).

[5] Bibl. Nat., *Cab. des Titres*, 1044, p. 455.

du roi François 1ᵉʳ en 1526 et 1527. Il paraît qu'il fut nommé chevalier de l'ordre du Roi tout au commencement du règne de Charles IX'. On le trouve qualifié chevalier de cet ordre dans le recueil manuscrit des chevaliers de Saint-Michel fait en 1620 par Pierre d'Hozier, gentilhomme ordinaire de la maison du roi (*Bibliothèque du Roi*). Il vivait encore en 1566.

Il était fils de Jean de Chambes, chevalier baron de Montsoreau, conseiller, chambellan ordinaire du roi, et de Marie de Chateaubriand. Ses armes étaient : *d'azur², semé de fleurs de lys d'argent, et un lion de gueules couronné d'or, brochant sur le tout³.*

Chambes (Charles de), comte de Montsoreau, baron de Pontchâteau, sgr de la Coutancière, de Genestay et du Breil, gentilhomme ordinaire de la chambre du roi, conseiller en son conseil privé, maréchal de ses camps et armées, capitaine de 50 hommes d'armes de ses ordonnances, chambellan et grand veneur de François, duc d'Anjou et d'Alençon, fut nommé chevalier de l'ordre du Roi, le 23 février 1568, et reçu le 24, par le vicomte de Martigues, chevalier du même ordre (*Titres de cette maison*). Admis chevalier de l'ordre du Saint-Esprit, mais non reçu, et gouverneur de Fontenay en Poitou, nommé en 1569, il se signala au siège de la Rochelle en 1573 et était en 1576 capitaine de cent chevau-légers et gentilhomme de la chambre du duc d'Alençon⁴. Il fut nommé en 1578 capitaine d'une compagnie de 80 lances par commission du duc d'Alençon et conseiller d'Etat en 1585, obtint en considération de ses services l'abbaye de Saint-

---

' Il avait épousé le 18 janvier 1530, Anne de Laval, fille de Gilles, baron de Loué (Beauchet-Filleau, *Dictionnaire des familles du Poitou*, 2ᵉ édition, t. II, p. 221).

² *D'azur, semé de fleurs de lis d'or, au lion d'argent couronné d'or* (Beauchet-Filleau).

³ Bibl. Nat., *Cab. des Titres*, 1041, p. 1470.

⁴ Il avait épousé en 1576 Françoise de Maridor, fille d'Olivier, chev., sgr de Vaux-Freslon, et de Anne de Matignon (Beauchet-Filleau, *Dictionnaire des familles du Poitou*, 2ᵉ édition, t. II. p. 221).

Georges, près d'Angers ; se trouva en 1587 à la bataille de Coutras, où il fut laissé parmi les morts et même fait prisonnier. Le 5 juin 1589, il obtint une gratification de 4200 écus, suivit le duc de Montpensier en Bretagne où il fit les fonctions de maréchal de camp. et fit ses preuves de noblesse pour le Cordon bleu le 11 avril 1613, mais il mourut en 1621 avant d'en avoir été décoré.

Il était fils de Philippe Chambes, baron de Montsoreau, chevalier de l'ordre du Roi, et d'Anne de Laval[1].

Chambes (Jean de), comte de Montsoreau, baron de Pontchâteau, gentilhomme ordinaire de la chambre du roi et colonel de la cavalerie légère de France, fut nommé chevalier de l'ordre du Roi sous le règne de Charles IX, ainsi que le prouve le Recueil manuscrit des chevaliers de Saint-Michel, fait en 1620 par Pierre d'Hozier, gentilhomme ordinaire de la maison du roi (*Bibliothèque du roi*). Il fut toujours ennemi déclaré des protestants et combattit contre eux avec opiniâtreté au siège de Lusignan en 1574 et encore en la même année, à la prise de Fontenay-le-Comte par le duc de Montpensier. Ce fut lui qui, à la tête de 200 arquebusiers, fit une tentative sur Talmont et sur la Tour de Moric qui n'eut pas le succès qu'il en attendait ; il avait obtenu du roi, en 1573, des lettres d'érection en comté de la baronnie de Montsoreau, en considération de ses services, et mourut en 1575.

Il était fils de Philippe de Chambes, baron de Montsoreau, chevalier de l'ordre du Roi, et d'Anne de Laval[2].

Chambes (Bernard de), comte de Montsoreau, seigneur de la Freslonnière, est cité avec la qualité de chevalier de l'ordre du Roi dans un acte du 28 octobre 1645 (*Titres de M. de Kaerbout*[3]). Il était fils de René de Chambes, comte

---

[1] Bibl. Nat., *Cab. des Titres*, 1040, p. 672.

[2] Bibl. Nat., *Cab. des Titres*, 1041, p. 1484.

[3] Il avait épousé Geneviève Boitvin (Beauchet-Filleau, *Dictionnaire des amilles du Poitou*, 2e édition, t. ii, p. 221).

de Montsoreau, colonel d'un régiment d'infanterie, et de
Marie de Fortia[1].

Chambes (Charles de), marquis d'Avoir, brigadier de la
noblesse d'Anjou, est qualifié chevalier de l'ordre du Roi
dans un rôle du ban et arrière-ban de cette province du
9 novembre 1635[2].

Chamborant (Jean de), sgr de Droux et de Lage-Meillot, est
cité avec la qualité de chevalier de l'ordre du Roi dans un
acte du 30 mars 1576 (*Original, titres de cette maison*). Il
mourut en 1601[3]. Il était fils de Pierre de Chamborant, sgr de
Droux, et de Philippe Loubes. Ses armes étaient : *d'or, au lion
de sable, armé et langué de gueules*[4].

Chamborant (Pierre de), sgr de Droux, d'Ars, de Batières,
de Laige, de Meung-sur-Yèvre, de Montgivray, de la Beaucé,
de la Pouzerie et de Colombrail, baron de Nevy-Saint-Sé-
pulcre, gouverneur de la grosse tour de Bourges, lieutenant
de roi de cette ville et de la province de Berry, d'abord
écuyer ordinaire et gentilhomme de la chambre du duc
d'Alençon, puis l'un de ses chambellans et colonel de ses
gardes suisses, avait été élevé dans sa jeunesse page du
duc d'Anjou, depuis roi Henri III, et le 6 mai 1580, le duc
d'Alençon lui fit don pour neuf années de la terre et sei-
gneurie de Meung-sur-Yèvre. Il est cité avec la qualité de
chevalier de l'ordre du Roi dans un acte du 24 mai 1584
(*Titres de cette maison*). Il s'était trouvé en 1579 à l'entreprise d'Anvers, et Varillas, dans son histoire d'Henri III, dit à
ce sujet que le duc d'Anjou ayant ordonné aux suisses

---

[1] Bibl. Nat., *Cab. des Titres*, 1041, p. 414.

[2] Bibl. Nat., *Cab. des Titres*, 1045, p. 458.

[3] Il était colonel d'un régiment d'infanterie en 1585. Il avait épousé :
1° Madeleine de la Berandière, veuve de feu Mathurin de Ripousson ; 2° par
acte du 31 juillet 1575, Catherine de Châteauvieux, fille de Claude, écuyer,
sgr dudit lieu, et de Marie de Mont-Chenu (Beauchet-Filleau, *Dictionnaire
des familles du Poitou*, 2e édition, t. II, p. 223).

[4] Bibl. Nat , *Cab. des Titres*, 1042, p. 96.

d'aller sur la place devant la citadelle, ils passèrent par les mêmes portes par où les fuyards prétendaient se sauver ; que les uns ne voulurent point céder aux autres, et que le désordre augmenta par la faute de Droux, colonel des suisses ; que cet officier, emporté de son naturel, ayant tué un grand cheval sur lequel était monté un valet qui lui contestait le passage, et le valet ayant été étouffé sous la pesanteur du cheval qui était bardé et caparaçonné, les fuyards, irrités de l'action de Droux et pressés de la frayeur qui ne les avait pas encore quittés, se culbutèrent réciproquement avec les suisses. Cette circonstance nuisit beaucoup à l'entreprise du duc d'Anjou. Le seigneur de Droux ne vivait déjà plus en 1591[1].

Il était fils de Pierre de Chamborant, sgr de Droux, et de Philippe Loubes[2].

Chamborant (Jean de), sgr de la Clavière, de Chaume et de la Bertaudière, servait dès l'an 1567 en qualité d'homme d'armes de la compagnie d'ordonnances du sgr de Hautefort. Il est qualifié chevalier de l'ordre du Roi dans une sentence du 20 avril 1602 (*Original, titres de cette maison*).

Il était fils de Gaspard de Chamborant, chevalier, sgr de la Clavière, gentilhomme ordinaire de la maison du roi, et de Louise de Reillac[3].

Chapron (Louis), sgr de la Roche et de Sommières, est qualifié chevalier de l'ordre du Roi et noble et puissant dans un acte du 29 août 1523 (*Titres de MM. de Lage de la Châtre*[4]).

---

[1] Condamné à mort, le 7 février 1584, pour avoir tué en duel Pierre de Coignac. Il était mort avant 1591, et des lettres de rémission, entérinées au parlement de Paris le 21 octobre 1591, lui avaient été accordées à la demande de sa femme Anne de la Forêt, fille de N., baron d'Ars, et de Claude de Cheneville. (Beauchet-Filleau, *Dictionnaire des familles du Poitou*, 2e édition, t. II, p. 223).

[2] Bibl. Nat., *Cab. des Titres*, 1042, p. 335.

[3] Bibl. Nat., *Cab. des Titres*, 1042, p. 204.

[4] Il vendit la terre de la Roche, le 6 juillet 1527, à Anne Gouffier, veuve de Raoul Vernon, chevalier, sgr de Montreuil-Bonnin. Il épousa : 1° Marie

Il était fils de Jean Chapron, sgr de Bernay et de Sommières, et de Jeanne de Varennes'. Ses armes : *d'argent, à 3
chaprons à l'antique de gueules, posés 2 et 1*².

Chasteaubriand (Philippe), sgr des Roches-Baritaud et du
Plessis-Bergeret, comte de Grassay, capitaine de cent
hommes d'armes des ordonnances du roi et gouverneur de
Fontenay-le-Comte, fut reçu chevalier de l'ordre du Roi par le
duc d'Anjou, à Melun, le 17 février 1568. Il rendit d'importants services au roi dans les guerres contre les huguenots,
et l'on peut dire de lui qu'entre tous les seigneurs du Poitou
qui défendirent la véritable religion dans cette province,
aucun ne s'y porta avec plus d'affection, de zèle, de valeur et
de succès. Il se trouva au siège de Poitiers en 1569, où il fut
blessé d'un coup d'arquebuse au-dessus de la cheville du
pied, et se signala encore à la prise de Fontenay-le-Comte par
le duc de Montpensier en 1574³.

Il était fils de Louis de Chasteaubriand, sgr des Roches-
Baritaud et de Grassay, et de Marguerite de Vernon. Ses
armes : *de gueules, semé de fleurs de lys d'or*⁴.

Chasteaubriand (Jean de), sgr de Beaufort, est compris
dans le recueil manuscrit des chevaliers de l'ordre de Saint-
Michel, fait en 1620 par Pierre d'Hozier, gentilhomme ordinaire de la maison du roi (*Bibliothèque du roi*).

Il était fils de Jean de Chasteaubriand, sgr de Chasteaubriand et de Beaufort, et de Jeanne d'Espinay⁵.

Boisnet, fille de Jean, sgr de la Frémaudière, et 2º Antoinette des Ages ; il
mourut à Sommières le 15 avr'l 1516 et fut inhumé dans l'église (Beauchet-
Filleau, *Dictionnaire des familles du Poitou*, 2ᵉ édition, tome II, p. 244).

¹ Bibl. Nat , *Cab. des Titres*, 1039, p. 73.

² *D'argent, à trois chaperons de gueules, posés en profil, 2 et 1* (Beauchet
Filleau).

³ Il avait épousé : 1º le 9 octobre 1559, Hardouine de Champagne, fille
de Jean, sgr de Pecheseul, et d'Anne de Laval ; 2º le 18 décembre 1581,
Philiberte du Puy-du-Fou, fille de René, sgr du Puy-du-Fou, et de Catherine
de la Rochefoucauld (Beauchet-Filleau, *Dictionnaire des familles du
Poitou*, 2ᵉ édition, tome II, p. 273).

⁴ Bibl. Nat., *Cab. des Titres*, 1040, p. 492.

⁵ Bibl. Nat., *Cab. des Titres*, 1041, p. 1575.

Chasteaubriand (Jean de), sgr de Saint-Jean des Mau-
vrais[1] (*Vraisemblablement Saint-Jean des Marais en Anjou*),
de Clervaux, de Juigné, des Champs et des Granges, était né
vers l'an 1548 ; il est cité avec la qualité de chevalier de
l'ordre du Roi dans un acte du 22 juillet 1598 (*Original, titres
de MM. de Malherbe de Poillé*).

Il était fils de Louis de Chasteaubriand, sgr des Roches-
Baritaud, et de Marguerite de Vernon[2].

Chasteaubriand (Georges de), sire de Beaufort, baron de
Tissue, sgr de Saint-Léger, chef de nom et d'armes de la
Maison de Chasteaubriand en Bretagne, capitaine de 50
hommes d'armes des ordonnances du roi, est cité avec la
qualité de chevalier de l'ordre du Roi dans un acte des
26 mars et 16 juin 1603 (*Originaux, titres de cette maison*).

Il était fils de François de Chasteaubriand, sire de Beaufort,
et de Jeanne de Tréal[3].

Chasteaubriand (Gabriel de), comte des Roches-Baritaud et
de Grassay, marquis du Plessis-Chasteaubriand[4], sgr et châtelain de Saint-Paul, conseiller d'Etat d'épée, maréchal des
camps et armées du roi, capitaine de cent hommes d'armes
de ses ordonnances et son lieutenant général en Bas-Poitou,
est qualifié chevalier de l'ordre du Roi dans un acte du
20 décembre 1668 (*Titres de la maison du Puy du Fou*). Il
vivait encore en 1652.

---

[1] Saint-Jean de Mauverays. — Jean de Chasteaubriand était aussi sgr de
Jougne et de Clervaux-les-Granges ; il avait épousé Suzanne de Montausier,
fille de Jean, chevalier, sgr de la Charoulière (Beauchet-Filleau, *Dictionnaire des familles du Poitou*, 2e édition, tome ii, p. 272).

[2] Bibl. Nat , *Cab. des Titres*, 1042, p. 149.

[3] Bibl Nat., *Cab. des Titres*, 1043, p. 215.

[4] Il ne peut être marquis du Plessis-Châteaubriand, puisque cette terre ne
fut érigée en marquisat que par lettres patentes de novembre 1648, registrées
en parlement le 7 septembre 1649, et qu'il fut tué à la bataille de Lérida le
7 octobre 1642. Ce fut en faveur de son fils Gabriel que cette terre fut érigée
en marquisat (Beauchet-Filleau, *Dictionnaire des familles du Poitou*, 2e
édition, tome ii, p. 273).

Il était fils de Philippe de Chasteaubriand, seigneur des
Roches-Baritaud, chevalier de l'ordre du Roi, et de Gilberte
du Puy du Fou[1].

Chasteaubriand (Pierre de), sire de Beaufort, gentilhomme
ordinaire de la chambre du roi, est cité avec la qualité de chevalier de l'ordre du Roi dans un certificat de 1615 du grand
chambellan relatif à sa charge de gentilhomme de la chambre
(*Titres de cette maison*)[2].

On ignore sa filiation.

Chasteauvieux (Joachim de), comte de Conflans, baron de
Verjon, seigneur de la Châtre en Poitou et de la Vilatte, capitaine de cent archers de la garde écossaise du corps du roi,
conseiller en son conseil privé, gentilhomme ordinaire de sa
chambre portant la clef d'or, capitaine de 50 hommes d'armes
de ses ordonnances, chevalier d'honneur de la reine, grand
bailli de Bresse et de Bugey, gouverneur de la Bastille, à Paris,
est cité avec la qualité de chevalier de l'ordre du Roi dans un
état de la maison du roi de 1578 (*Original, chambre des comptes
de Paris*). Il fut reçu chevalier de l'ordre du Saint-Esprit le
31 décembre 1583 et était né le 15 janvier 1545. Ce doit être
lui, sous le nom de Châteauvieux, dont il est parlé dans
M. de Thou comme ayant été blessé au siège de la Rochelle
en 1573. Cet auteur ajoute que la noblesse se trouvait relevée
en lui par la bravoure et les agréments extérieurs. Il accompagna en la même qualité le duc d'Anjou en Pologne quand
celui-ci en fut élu roi, et était pourvu d'un état de gentilhomme
ordinaire de la chambre de ce prince, alors roi Henri II, lorsqu'il en obtint, le 4 décembre 1574, une gratification de 9000
livres; il exerça cette charge jusqu'en 1584, année où il fut admis
dans la classe des gentilhommes de la chambre capitaine des

[1] Bibl. Nat., *Cab. des Titres*, 1043, p. 307.
[2] Bibl. Nat., *Cab. des Titres*, 1044, p. 66.

gardes. En 1576, le roi le députa vers le duc de Lorraine pour affaires relatives à son service et lui accorda encore une gratification de 4000 livres le 19 mars 1577. Il fut de ceux qui demeurèrent attachés à ce monarque, à la journée des barricades, en 1588, lorsqu'il fut contraint de quitter Paris, et fut aussi des premiers à reconnaître Henri IV pour le légitime successeur de la couronne au mois de juillet 1589. Il assista au couronnement de ce prince, fait à Tours en 1594 : était auprès de lui dans toutes les belles occasions. Ce monarque ayant égard à ses anciens services érigea en comté sa terre de Confault et lui donna la charge de bailli de Bresse, de Bugey et de Valromey, et de châtelain de Bourg et de Châtillon-les-Dombes le 15 octobre 1601. Il assista aussi au couronnement de la reine Marie de Médicis dont le roi le nomma chevalier d'honneur par une aventure assez singulière et qui mérite d'être rapportée. Ce monarque se faisait un plaisir, en chassant, de se dérober à sa suite ; un jour qu'il avait disparu, Chasteauvieux, après l'avoir bien cherché avec quatre gardes, le trouva dans une auberge où il venait de se mettre à table avec quelques marchands. Il lui frappa sur l'épaule et d'un ton sévère lui dit de le suivre. Lorsqu'ils furent sortis de cette hôtellerie : « Mon ami, lui « dit le roi, ces bonnes gens penseront que c'est un mal- « faiteur que tu viens d'arrêter. » — « Vous riez, sire, lui « répondit Châteauvieux, et moi je ne ris pas depuis long- « temps, je suis obligé de vous supplier de vouloir bien « accepter ma démission de la place de capitaine de vos « gardes ». — « Si tu le désires absolument, j'accepte, » répliqua Henri II, après avoir un peu rêvé, « et je t'en donne « une autre où tu dormiras, je crois, bien tranquillement. « C'est celle de chevalier d'honneur de ma femme. » Il fut nommé du conseil de régence en 1610, gouverneur de la Bastille en 1611, et mourut à Paris le 13 janvier 1615[1].

---

[1] Il mourut sans postérité le 13 janvier 1615 (Beauchet-Filleau, *Dictionnaire des familles du Poitou*. 2e édition, t. II, p. 311).

Il était fils de Claude de Chasteauvieux, sgr de Chasteauvieux, baron de Formentes, maître d'hôtel ordinaire du roi,
bailli de Bresse, et de Marie de Montchenu. Ses armes étaient :
*Ecartelé aux 1 et 2, d'azur à 3 fasces ondées ; aux 2 et 3,
d'azur à une fleur de lys d'or*[1].

Chasteigner (Jean), baron de Preuilly, sgr de la Rocheposay, de Saint-Georges de Rexe, de la Rochefaton, de la
Vallée, d'Aistré, de l'Isle-Bapaume, de la Meilleraie, d'Amuré,
de Cherzé, du Lindoys, du fief du Rouvre, de l'Estang, de
Saint-Pardoux, de la Brémaudière, du fief des Houmeaux,
de Luigné, de Châteautison, de Courgé, de Miseré, des Fa-
vières, de Chémeraut, des Baudiments, du Petit-Magné,
d'Airon, de Villiers, d'Arsay, du fief de Taisé, de Guinefole,
des Aures, de la Tesserie, de Beauregard, des Moulins, de
Saint-Maxire, de Dissay, etc., grand maître des eaux et forêts
de Bourbonnais, chambellan ordinaire du roi François Ier,
suivant un acte du 15 février 1545-1546, et gentilhomme ordinaire de la chambre du roi Charles IX, d'après les états de
1563, 1564 et 1565, servait déjà en qualité de guidon de la compagnie d'ordonnances du comte d'Angoulême en 1514, et possédait le même emploi dans celle du grand maître René de Savoie, en 1525, lors de la bataille de Pavie, où il reçut à la jambe
un coup de mousquet dont il resta boiteux toute sa vie. Il fut
nommé chevalier de l'ordre du Roi le 12 janvier 1562 (1563), et
est qualifié en conséquence chevalier de l'ordre du Roi dans l'é-
tat des gentilhommes de la chambre de cette année (*Original,
Chambre des comptes de Paris*). Il paraît qu'il ne fut reçu que longtemps après sa nomination, car on lit dans l'histoire généalogique de cette maison, imprimée à Paris en 1634, p. 253, que ce
fut le marquis de Boisy, grand écuyer de France, qui le revêtit
du collier de chevalier de l'ordre du Roi dit de Saint-Michel[2].

[1] Bibl. Nat., *Cab. des Titres*, 1042, p. 203.
[2] D'après l'article qui lui est consacré dans le tome ii du *Dictionnaire
des familles du Poitou*, de MM. Beauchet-Filleau, 2ᵉ édition, p. 277, il ne
fut nommé chevalier de l'ordre du Roi qu'au commencement de l'année 1667.

En 1527, le roi le nomma l'un des écuyers de son écurie, et en 1531, l'un de ses maîtres d'hôtel ; en 1553, il fut commis, en l'absence du sénéchal de Poitou, pour recevoir les montres des gentilshommes de cette province. Depuis il eut la charge de ravitailler la ville de Saint-Paul, en Ternois, que les Impériaux menaçaient d'assiéger, et en 1542, le roi le commit encore avec le lieutenant général de la sénéchaussée de Poitou pour lever des emprunts sur plusieurs villes de cette province jusqu'à la concurrence de 40.000 écus. Le 16 janvier 1542 (1543), Sa Majesté le chargea d'une nouvelle commission de confiance en Saintonge et dans le Rochelois. Il fit les fonctions de maître des cérémonies aux obsèques de François Ier en 1547, fut chargé par Henri II en 1553 de négocier l'accord et l'amortissement de la gabelle en Guyenne, où elle avait causé de grands troubles, et il est vraisemblablement le même dont l'histoire de France parle, sous le nom de *Rocheposay,* comme s'étant trouvé au siège de Thérouënne, en 1553. Le roi le commit en 1555, avec Amaury Bouchard, maître des requêtes, pour demander à la ville de Poitiers de concourir aux frais de la guerre qu'il était obligé de soutenir contre l'empereur Charles V, et dans la commission que Sa Majesté lui en fit expédier, elle dit en termes exprès que c'était pour la connaissance qu'il avait de partie de ses affaires et pour avoir été déjà employé en plusieurs autres charges importantes. Il mourut, âgé de 77 ans, le 1er juin 1567[1].

Il était fils de Guy Chasteigner, chev., sgr de la Rocheposay échanson du roi, et de Madeleine du Puy du Fou du Coudray. Ses armes étaient : *d'or, au lion de sinople passant, langué de gueules*[2].

Chasteigner (François), sgr de la Rocheposay, de Touffou

---

[1] Il fut inhumé à la Rocheposay. Il avait épousé, par contrat du 20 juin 1519, Claude de Monléon, dame de Touffou, de Talmont, d'Abain et de Sibylle Chappron, dame de Bernay (Beauchet-Filleau, *Dictionnaire des familles du Poitou*, 2e édition, tome II, p. 277).

[2] Bibl. Nat., *Cab. des Titres*, 1040, p. 154.

et de Talmont, baron de Preuilly, chambellan et gentilhomme ordinaire de la chambre du roi, conseiller en son
conseil privé et capitaine de 50 lances de ses ordonnances,
né le 21 avril 1532, embrassa d'abord l'état ecclésiastique et
fut pourvu de l'abbaye de la Grénetière ; depuis, ayant
pris le parti des armes, le roi Charles IX l'admit au nombre
de ses maîtres d'hôtel, avant l'an 1564, et le fit gentilhomme
de sa chambre, en laquelle qualité on le trouve compris dans
les états de sa maison de 1566 à 1574. Il fut reçu chevalier de
l'ordre du Roi par le duc d'Anjou, aux Chartreux-lez-Paris, le
21 février 1568, ayant été admis dans cet ordre, dès l'année
précédente, d'après un acte du 25 juillet 1567 qui lui donne la
qualité de chevalier de l'ordre du Roi (*Preuves de l'histoire généalogique de la maison de Chasteigner, par Duchêne, Paris 1634,
p. 127*). Il se trouva, en 1573, au siège de la Rochelle, après lequel
il accompagna le duc d'Anjou en Pologne, et reçut même sur
les fonds de l'Epargne, le 7 juin 1574, une somme de 600 livres,
pour être venu, de Cracovie à Vincennes, chargé de lettres de
ce prince pour le roi Charles IX, son frère, dont il ignorait encore la mort. Le roi de Pologne ayant succédé au trône le
nomma l'un de ses quatre chambellans ordinaires, et le
commit en 1575 pour faire remettre entre les mains du duc
d'Alençon les villes de Saint-Jean-d'Angély et de Cognac, ce
qu'il exécuta malgré l'empêchement qu'essaya d'y apporter
le marquis de Ruffec, gouverneur d'Angoumois. Le 28 janvier
de l'année suivante, il fut pourvu de la compagnie de 50 lances
vacante par la mort de Jean de Nogaret de la Valette, père du
duc d'Epernon ; il se trouva encore au siège de Brouage en
1577, et mourut le 9 septembre 1579[1]. Il était fils de Jean Chasteigner, seigneur de la Rocheposay, chevalier de l'ordre du Roi,
et de Claude de Monléon[2].

---

[1] Il avait épousé, par contrat du 27 septembre 1566, Louise de Laval,
baronne de la Faigne et de Ver (Beauchet-Filleau, *Dictionnaire des familles
du Poitou*, 2e édition, t. II, p. 277).

[2] Bibl. Nat., *Cab. des Titres*, 1040, p. 498.

Chasteigner (Jean) de la Rocheposay, sgr de Saint-Georges, de la Melleraie, de Rexe, de Saint-Michel le Clou, d'Amuré et de l'Ile Bapaume, maître d'hôtel du roi, gentilhomme ordinaire de sa chambre et lieutenant de 50 lances de ses ordonnances, sous la charge du sgr de Piennes, avait été nommé d'abord gentilhomme suivant du roi, le 14 mai 1560, et fut ensuite enseigne d'une compagnie de 200 arquebusiers de la garde du roi. Il se trouva à la bataille de Saint-Denis, en 1567, aux sièges de Poitiers et de la Rochelle en 1569 et 1573. Il fut reçu chevalier de l'ordre du Roi, par le duc d'Anjou, aux Chartreux-lez-Paris, le 6 mars 1568, ayant été admis dans cet ordre dès l'année précédente et étant qualifié en conséquence chevalier de l'ordre du roi, dans un acte du 25 juillet 1567 (*Preuves de l'histoire généalogique de cette maison par du Chêne, Paris 1624, p. 127*). Il mourut à Poitiers, âgé de 38 ans, le 6 janvier 1581[1].

Il était fils de Jean Chasteigner, sgr de la Rocheposay, chevalier de l'ordre du roi, et de Claude de Mauléon[2].

Chasteigner (Louis), sgr de la Rocheposay, de Touffou et d'Abain, baron de Malval et de Preuilly, gentilhomme ordinaire de la chambre du roi portant la clef d'or, l'un de ses chambellans, conseiller en son conseil privé, capitaine de cent hommes d'armes de ses ordonnances, ambassadeur à Rome, lieutenant général au gouvernement de Poitou, gouverneur de la Marche et du Limousin, en l'absence du duc de Ventadour, fut reçu chevalier de l'ordre du Roi par le duc d'Anjou, aux Chartreux-lez-Paris, le 7 mars 1568, ayant été admis dans cet ordre dès l'année précédente et étant qualifié en conséquence chevalier de l'ordre du Roi dans un acte du 25 juillet 1667 (*Preuves de l'histoire généalogique de cette maison par Duchêne, Paris 1634, p. 117*). C'est donc à tort

---

[1] Il avait épousé, par contrat du 19 avril 1567 Jeanne de Villiers-Saint Paul. (Beauchet-Filleau, *Dictionnaires des familles*, 2° éd. t. II, p. 279.)

[2] Bibl. Nat., *Cab. des Titres*, 1040, p. 580.

que Pierre d'Hozier, dans son Recueil manuscrit des chevaliers de cet ordre fait en 1620 et qui est à la bibliothèque du Roi,
dit qu'il fut nommé chevalier de cet ordre le lendemain de la
bataille de Saint-Denis, puisque cette bataille ne se donna
qu'au mois de novembre et qu'il est prouvé qu'il était décoré
de cet ordre dès le mois de juillet de cette année, mais il n'y
fut admis que postérieurement à l'époque du 15 janvier de la
dite année, date d'un acte qui ne lui donne encore que la
simple qualité d'écuyer. Il fut reçu chevalier de l'ordre du
Saint-Esprit le 31 décembre 1583 et était né le 15 février 1535.
Il se livra d'abord à l'étude des langues grecque et latine, de
la philosophie, de l'histoire, de la politique et des autres
sciences libérales qui le mirent en mesure d'être employé
dans les affaires les plus importantes de l'Etat. Il avait d'ailleurs beaucoup d'esprit naturel et alliait à tous ces talents
une probité parfaite et des mœurs très pures. « *Vir nobilitate,
eruditione, fortitudine et morum probitate insignis,* » dit
M. de Thou. Il fit ses premières armes en Italie, sous le duc
de Guise, en 1556, passa de là à Malte dans l'intention de se
faire recevoir dans cet ordre, mais ayant changé de dessein
il s'en tint à l'abbaye de Nanteuil-en-Vallée, que lui résigna
l'un de ses frères, et fut nommé ensuite l'un des gentilshommes qui devaient accompagner en Espagne Elisabeth de
France, sœur du roi. A la mort du sgr de Touffou, son frère,
tué au siège de Bourges en 1562, il prit le parti des armes, se
trouva en 1567 à la bataille de Saint-Denis, où il eut un cheval
tué sous lui, puis à celles de Jarnac et de Moncontour en 1569,
au combat de la Roche-la-Belle et au siège de la Rochelle en
1573. Quand on rapportait au roi Charles IX, qui l'affectionnait
beaucoup la nouvelle de quelque bataille et qu'on lui en avait
fait le récit, il demandait toujours s'il n'était rien arrivé à
Rocheposay. Il fut fait gentilhomme ordinaire de la chambre
du monarque à ladite époque de 1573 et en reçut une lettre
le 5 octobre, où il lui marquait qu'il l'avait choisi comme l'un
des gentilhommes destinés à suivre le duc d'Anjou en Po-

logne, à cause de l'estime qu'il faisait de sa valeur. Le
31 décembre suivant, ce prince, alors roi de Pologne, le
députa vers les électeurs de Trêves et de Cologne pour les
assurer de son affection et leur offrit quelques présents
de sa part. Le duc d'Anjou, étant monté sur le trône en
1574, le fit l'un de ses maîtres d'hôtel, le confirma dans l'état
de gentilhomme de la chambre et le nomma conseiller d'Etat.
Dès les premiers états de Blois en 1576, les seigneurs avaient
commencé à étendre leurs intrigues dans le royaume et à
Rome. Henri III sentit la nécessité d'avoir auprès du pape
un ambassadeur sage, éclairé, franc et fidèle. Il choisit La
Rocheposay, qui se conduisit auprès de Grégoire XIII avec
tant de prudence et de dextérité que ce pape fut toujours
sourd aux sollicitations de la Ligue. Ce seigneur lui rendit au
nom de S. M. l'obéissance filiale due à raison de son avènement au trône ; il y resta environ cinq ans et obtint une
pension de 6000 l , le 9 novembre de ladite année 1576, pour
l'aider à la dépense que son état exigeait. Il y soutint très
vivement les droits de la couronne et fit tout ce qu'il
put pour empêcher que le pape ne reçût l'ambassadeur du
nouveau roi de Pologne, représentant que le légitime roi de
ce royaume était le roi de France son maître dont il fallait
entendre les raisons auparavant, ajoutant que si on ne lui
donnait du temps pour l'en avertir, il s'y opposerait au péril
de sa vie jusqu'à tuer de sa propre main l'ambassadeur s'il
se présentait dans quelque cérémonie. En conséquence donc
des ordres qu'il reçut à ce sujet du roi son maître, il entra
dans le consistoire comme par surprise, le 11 avril 1579,
accompagné de près de 300 gentilshommes français et
italiens, et en s'adressant au pape, il protesta tout haut contre
une telle obédience, dont il prit acte par devant des notaires
qu'il avait amenés avec lui. Le 30 septembre de la même
année, le roi satisfait de ses services lui donna la compagnie
de 50 hommes d'armes vacante par la mort du seigneur de la
Rocheposay son frère, et le 17 octobre suivant il lui écrivit

pour demander le chapeau de cardinal en faveur de Charles
de Bourbon. De retour en France de son ambassade en 1581,
il était souvent consulté en secret par Henri III, mais ses
conseils devenaient toujours inutiles. Ce prince, après l'avoir
bien écouté, au lieu de prendre les sentiments d'une autorité
ferme, s'amusait à gémir sur les embarras et les travers que
lui causait la maison de Guise. Ayant tout à craindre le 13 mai
1588 d'une populace effrénée, il sortit de Paris et se retira à
Chartres. Le soir, il dit à la Rocheposay, les larmes aux
yeux, que ce qu'il venait d'éprouver lui rappelait bien
sincèrement les dernières paroles du comte de Tauchin :
« Tu étois présent, mon cher Rocheposay, ajouta-t-il,
« lorsque ce fidèle Polonais, ayant couru après moy
« pour m'engager à retourner à Varsovie, finit par me dire :
« Eh ! sire, si c'est régner que de posséder les cœurs de ses
« sujets, où pourrez-vous régner aussi véritablement et
« aussi absolument qu'en Pologne. » Henri III établit de
nouveau le seigneur de la Rocheposay conseiller en son
conseil d'Etat, avec fonctions, le 3 mars 1582, et au mois d'août
il le nomma l'un des députés qu'il envoyait dans les diverses provinces du royaume. Il partit en conséquence pour
aller visiter les provinces du Lyonnais, de Forez et de Beau-
jolais, de Dauphiné et de Provence, et au retour de ce voyage
S. M. le nomma l'un de ses chambellans ordinaires. Il est
compris en conséquence dans les états de la maison de 1580
à 1583 au nombre des gentilshommes de la chambre, chambellans. Le 7 décembre 1584, le roi lui accorda une gratification de mille écus pour un voyage qu'il avait fait par son
ordre de Rome à Blois. Au mois d'avril 1585, il eut ordre
d'assembler en toute diligence sa compagnie de gendarmes
pour le duc de Montpensier qui avait été envoyé contre les
ligueurs, et ce prince, ayant eu avis que ces derniers voulaient assiéger Saumur, lui écrivit au mois de mai pour le
presser de se rendre auprès de lui. Il reçut même à cette
occasion, au mois de décembre suivant, une gratification de

deux cent dix écus ; par une lettre datée du 30 juillet de la
même année, il lui avait fait mander de conduire sa compagnie
près de Montcontour, et ce fut alors que La Rocheposay
défit et tailla en pièces le régiment du sieur de ...... de
Saint-Savin, ce qui dissipa entièrement les premières entreprises de la ligue en Poitou. Depuis, s'étant présentée une
autre affaire importante au service du roi, le duc de Montpensier lui écrivit de ne pas manquer de se trouver à
Saumur, voulant communiquer avec lui, dit-il, de choses
qu'il ne pouvait lui écrire ; il se rendit ensuite avec sa
compagnie d'ordonnance à Angers où les huguenots s'é-
taient déjà emparés du château, et le 28 novembre de la
dite année, il eut ordre du roi de se tenir prêt à marcher
contre les Allemands qui se disposaient à venir au secours
des religionnaires, mais avant que l'occasion se présentât
de rendre ce service, il reçut une lettre de S. M., le 5 mars
1586, pour aller en Poitou assister M. de Malicorne, gouverneur de cette province. Le 30 avril Elle lui écrivit encore
pour qu'il eût à rejoindre l'armée du maréchal de Biron
envoyée contre le roi de Navarre et le maréchal lui écrivit trois
lettres à cette occasion, l'une entre autres du 10 mai, où il
l'engageait de venir servir dans l'armée où sa présence ser-
virait beaucoup et le service du roi en irait de mieux en
mieux, et qu'il en serait très aise comme d'une personne qu'il
honorait et respectait, s'il lui plaisait d'y venir. Dans l'autre
du même mois, il lui marquait que : « s'il faisoit lui-même ce
« bien au service de Sa Majesté qu'ils fussent ensemble à
« la ditte armée, il en recevrait très grand plaisir et aurait
« meilleure espérance du succès des affaires, à cause du res-
« pect et mérite qui étoit en luy. » L'année d'après, le roi
ayant ordonné que l'on fît une recherche générale dans la
ville de Paris, il voulut que La Rocheposay y assistât pour le
quartier de Bourlon, « afin qu'elle fust d'autant plus exacte-
« ment faite ». Ce sont les propres termes de l'ordonnance
du mois de février 1587 qui rend un très grand témoignage

de son intégrité. Sa Majesté avertie que les forces de l'Allemagne commençaient à s'avancer du côté de la France lui écrivit le 29 juin et le 13 juillet de ladite année de ne pas manquer de se rendre avec sa compagnie d'ordonnance au rendez-vous, d'où s'ensuivrait la défaite des reitres à Auneau. Au retour de cette affaire, il fut envoyé en Picardie, pour remédier à quelques troubles qu'y excitait le duc d'Aumale et établir dans diverses places de la province des garnisons qu'elles refusaient de recevoir, et il s'acquitta si dignement de cette commission, qu'après avoir envoyé les ordres du roi aux villes de Montreuil, d'Abbeville, de Corbie, de Péronne, de Saint-Quentin et autres, elles se déterminèrent toutes à lui obéir. Il disposa aussi le duc d'Aumale à se démettre du gouvernement de Picardie et il touchait au moment de voir réussir sa négociation, lorsque de nouveaux troubles qui arrivèrent à Abbeville engagèrent ce prince à différer d'obéir aux intentions du roi, de manière que La Rocheposay fit un second voyage en Picardie, où, à son arrivée, il fit abattre une citadelle que le duc avait commencée dans Abbeville et fit arrêter plusieurs des habitants qui lui étaient le plus dévoués. Il vit en même temps le duc, auquel il porta les nouvelles plaintes du roi, et le pressa de nouveau de sortir de la province, lui ajoutant que s'il ne le faisait Sa Majesté était disposée d'aller l'attaquer en personne. Le roi le députa ensuite vers le grand duc de Toscane pour traiter le mariage de ce prince avec Christine de Lorraine, et ayant réussi dans sa négociation, il fut chargé de l'accompagner jusqu'à Florence. A son retour, il fut fait prisonnier par les ligueurs de la garnison de Poitiers, mais, à la sollicitation du duc de Mayenne, il ne tarda pas à recouvrer sa liberté. Après la mort d'Henri III, il fut des premiers à reconnaître le roi de Navarre comme le légitime héritier du trône. Ce monarque lui écrivit dès le 4 décembre pour lui témoigner « l'estat qu'il faisait de luy « entre ceux qu'il connoissait dignes d'estre employés en la

« conduite et exécution de toutes sortes d'affaires et de qui
« il savoit l'affection estre très bonne envers lui » ; qu'il le
« priait de la luy continuer » et qu'il « s'asseurat que la sienne
« serait toujours pareille envers lui, qu'il désiroit approcher
« de lui où il n'ignorait qu'il ne fut seulement utile, mais
« nécessaire. » Quelques jours après, il assista le seigneur de
Malicorne, gouverneur de Poitou, dans une attaque qu'il fit
contre les ligueurs, et il s'y comporta avec beaucoup de
valeur, ce qui lui mérita de la part du roi une nouvelle lettre
d'éloges datée du 16 décembre. Dès le 28 novembre, les cardinaux de Vendôme et de Lénoncourt lui avaient écrit pour
l'engager à prendre la garde du lieu de la Rocheposay dont
le sieur de Pallern qui commandait à Loches désirait être
déchargé. D'après cette lettre, le seigneur de la Rocheposay
s'étant présenté pour y entrer, le sieur de Pallern refusa de
remettre cette place entre ses mains, et en conséquence, le
31 décembre, il reçut une nouvelle dépêche de ces deux cardinaux, pour qu'il eût à retirer la garnison du château. Le
4 mars 1590, le roi lui donna le commandement des villes du
Blanc, en Berry, de Saint-Savin, Châteaux, autres lieux et
pays circonvoisins, et lui fit part le 14 du même mois de
l'avantage qu'il avait remporté à Ivry sur le duc de Mayenne.
Le seigneur de la Rocheposay prit ensuite sur les ligueurs
les châteaux d'Ingrande et de la Talbardière et mit le siège
devant celui de Marsugenu qu'ils occupaient, mais il fut fait
prisonnier dans la ville de Chauvigny la nuit du 17 mars
par le vicomte de la Guierche, gouverneur de Poitou et
de la Marche pour la ligue, et le cardinal de Lénoncourt
écrivit à ce sujet au roi, le 23 du même mois, pour l'exhor-
ter à pourvoir à sa délivrance, lui marquant : qu' « outre
« le zèle et dévotion qu'il luy rendoit, il avait beaucoup de
« créances en Poictou » et qu'il « estoit peult-être le sei-
« gneur de France qui le servoit en exploicts de guerres
« à moins de frais. » Sa Majesté, d'après cette lettre,
offrit de donner M. de Boisdauphin, pris à la bataille d'Ivry,

en échange du seigneur de la Rochepesay ; mais le vicomte s'ÿ refusa, et ce ne fut qu'après que le baron de Malval son fils aîné eut remis le château de Chauvigny entre les mains du vicomte, d'après le conseil de M. de la Trémoille, qui voyait la reddition de cette place inévitable, que La Rocheposay recouvra sa liberté, ce que le roi approuva par une lettre qu'il lui écrivit le 14 juin, en l'exhortant à se rendre auprès de M. de Malicorne, afin de s'occuper ensemble des moyens à employer pour recouvrer ce que les rebelles avaient conquis et les refermer dans la ville de Poitiers. Les ligueurs étant venus assiéger la Rocheposay, ce seigneur y accourut aussitôt, et, à son arrivée, les ennemis se retirèrent avec effroi et confusion sans vouloir attendre le combat. Il n'eut pas le même succès dans la ville du Blanc en Berry, par la trahison d'un nommé Guillotrie sur la fidélité duquel il avait toujours compté. Le 23 juin, le roi lui écrivit de se rendre auprès du prince de Conti qu'il envoyait en Poitou pour réduire ses ennemis. Cette lettre l'empêcha de s'engager au voyage d'Auvergne, que le comte de Clermont lui avait proposé quelques jours après. Dans le même temps, le roi le fit gouverneur de la Marche, et après le siège de Chartres, où il avait été pour remercier Sa Majesté, il alla en prendre possession, mais ayant trouvé le vicomte de la Guierche avec des forces considérables, il se retira au Dorat d'où il invita ses principaux amis à venir le secourir pour la défense de la place. Il jeta des secours dans Bélac, força le vicomte d'en lever le siège, assista à la reprise des villes et châteaux de Chauvigny et de Mirebeau par le prince de Conti, et reçut à ce sujet une lettre du roi le 4 août 1591 ; il marcha ensuite vers la Haute-Marche avec quatre pièces de canon pour chasser les ligueurs des places qu'ils occupaient. La première qu'il attaqua fut Châtelus-Marchais et les assiégés se rendirent à discrétion. Il prit ensuite les villes de Borne, Pontcharrault, Pichènest, Ahun, Châteauponsac, Mérignac, Coupey et Jernage. Le 4 décembre suivant le roi lui confia le gouvernement du Limousin, en l'absence du duc de Ventadour, et S. M. le nomma aussi son lieutenant général en Poitou, en l'absence de M. de Malicorne. La Rocheposay, usant de la nouvelle autorité que son état lui donnait dans cette province, fit démanteler un château entre Saint-Savin et Montmorillon où se retiraient les ligueurs et un autre encore près de la Rocheposay. Il fut invité, dans le même temps, par Palern, gouverneur de Loches, à venir l'aider dans le dessein qu'il avait de s'emparer du château de la Guierche, en Touraine, où les ennemis du roi se retiraient ordinairement. Il répondit sur cela que, puisque c'était l'intention de Sa Majesté, il ferait tout ce qui serait en son pouvoir, mais qu'il eût toujours à avancer son entreprise parce qu'il était forcé de retourner dans son gouvernement de la Marche. Néanmoins, avant son départ, il attaqua le vicomte de la Guierche, tailla en pièces une partie de ses troupes et mit l'autre dans une telle déroute que la plupart des fuyards se précipitèrent dans la Vienne. Le vicomte de la Guierche lui-même s'y noya.

Les ennemis perdirent environ deux cents hommes sur la place, le reste se noya pareillement dans cette rivière dont on retira plus de quatre cent soixante corps. En un mot la victoire fut si complète, que si l'on en croit quelques histoires de ce temps, il n'y mourut pas moins d'hommes de noblesse qu'à la bataille de Coutras. Henri IV écrivit à cette occasion au seigneur de la Rocheposay une lettre très honorable. Le 27 juin 1592, ce monarque lui écrivit encore d'aller promptement à Limoges pour y apaiser certaines divisions formées entre les habitants de cette ville. Le 22 novembre, le cardinal de Bourbon et autres du conseil ayant jugé à propos d'envoyer à Rome le marquis le Pisani relativement à la tranquillité du royaume et à la pacification des troubles de la Ligue, ils écrivirent au seigneur de la Rocheposay d'Abain pour avoir son approbation et son consentement, et pour qu'il ne doutât point que cela avait été résolu

dans le conseil du roi ; Sa Majesté l'en assura elle-même par
une lettre dont elle l'honora le même jour. Ensuite, le roi
s'étant déterminé à se faire instruire sur les différends qui
causaient le schisme dans l'Église, et ayant délibéré d'assembler à cet effet les grands du royaume, écrivit à M. d'Abain,
le 18 mai 1593, pour qu'il eût à dire son avis sur ce que son
devoir et sa suffisance lui suggéraient pour le bien public ;
mais, sur ce que Sa Majesté reconnut que ses ennemis
pourraient s'opposer à sa résolution, elle ordonna pour la
sûreté de l'assemblée d'y faire venir ses compagnies d'ordonnances dont elle donna avis à M. d'Abain pour qu'il
tînt la sienne prête à marcher. Il alla trouver ensuite M. de
Malicorne, gouverneur du Poitou, qui avait projeté le blocus de Poitiers qui tenait alors pour la Ligue, et le Roi
lui en témoigna aussitôt sa satisfaction par une lettre dont
il l'honora le 29 du même mois, où il lui fait part en même
temps d'une blessure que le duc de Montpensier avait reçue au siège de Dreux. A ce blocus, M. d'Abain s'étant logé
dans l'abbaye de Nouaillé, et revenant un jour de conférer
avec M. de Malicorne qui était logé à Auzances, le baron
de la Châtaigneraie fit une sortie par la porte de la tranchée et l'attira à une sanglante escarmouche où il eut un
cheval tué sous lui d'un coup de canon. Le 25 juillet, le Roi
lui écrivit pour lui faire part de sa conversion à la religion
catholique et lui adressa en même temps les articles d'une
trêve générale qu'il avait accordée pour trois mois, pour la
faire publier dans toutes les villes de son gouvernement ;
mais la guerre s'étant renouvelée au bout de ce terme, il
reçut une lettre de S. M. pour l'engager à rester dans son
gouvernement et pour qu'il eût à lui envoyer en sa place le
baron de Preuilly son fils. Cette lettre est datée du 1er février
1594. Ensuite, étant arrivé un grand soulèvement de paysans
dans le Limousin, M. d'Abain eut ordre de s'y transporter ;
il partit donc avec de bonnes troupes qu'il joignit à celles du
sieur de Chamberet, lieutenant général en cette province, et

ayant rencontré les communes qui s'étaient soulevées et
assemblées sous le nom de Croquants, il en défit environ dix
mille. Il passa de là jusqu'aux frontières de Berry et de Touraine pour réprimer l'insolence de quelques autres qui s'y
étaient encore formés, puis dans le Bas-Limousin, à la sollicitation de ceux du pays qu'opressaient sans cesse les troupes
du baron de Gimel, partisan de la Ligue, et il y remédia si
bien, qu'il reçut toutes sortes de témoignages de reconnaissance des habitants de Tulle et de Brives-la-Gaillarde qui
lui rendirent les plus grands honneurs. Le Roi lui écrivit le
17 janvier 1595 pour qu'il vînt le trouver avec sa compagnie
et celle de son fils dans un voyage qu'il voulait faire dans
la Franche-Comté, et ce fut environ dans le même temps que
la princesse de Condé lui témoigna le désir qu'elle avait qu'il
voulût bien se charger de l'éducation du prince son fils. Elle
écrivit à cet effet à la dame d'Abain son épouse, que « rien au
« monde ne lui étoit si recommandable que de moyenner
« pour son fils un si grand avantage.... prisant et estimant
« tant son mérite » (lui marque-t-elle dans un autre endroit),
« que c'estoit la seulle considération qui lui avoit fait jetter les
« yeux sur lui. » Mais sa mort, arrivée à Moulins le 29 septembre
1595, empêcha l'exécution du dessein de cette princesse ; il fut
fort regretté du Roi qui envoya aussitôt après à la dame de la
Rocheposay d'Abain, son épouse, M. de la Force, depuis
maréchal de France, pour lui témoigner la peine qu'il en res-
sentait et l'assurer qu'il reconnaîtrait les grands services
qu'il avoit reçus de son mari. Ses obsèques furent faites avec
le plus grand appareil à la Rocheposay, le 16 décembre. Les
minimes et les cordeliers de Châtellerault ouvraient la
marche, ils étaient suivis des augustins du Blanc en Berry,
des curés de Preuilly, de la Rocheposay et autres, des religieux de l'abbaye de la Mercy-Dieu et de Preuilly, tout le
cortège précédé de cinquante pauvres vêtus de deuil ayant
des flambleaux armoriés ; l'évêque de Poitiers officiant,
assisté de six diacres et sous-diacres, marchait ensuite ;

devant le corps étaient douze gentilshommes en deuil portant
chacun une pièce d'honneur, savoir le guidon, l'enseigne, la
cornette, le heaume, les gantelets, la cotte d'armes, l'ordre de
Saint-Michel, l'ordre du Saint-Esprit, le fanion, l'écusson,
l'épée et les éperons. Après eux marchait le maître d'hôtel.
Le corps fut porté par huit prêtres séculiers, les deux premiers coins du drap mortuaire soutenus par deux échevins
des villes du Dorat et de Guéret représentant la haute et
basse Marche, ayant chacun à leur côté un huissier habillé
des couleurs de leurs villes avec chacun une torche où d'un
côté étaient les armes de la ville et de l'autre celles du défunt.
Les deux autres coins d'honneur furent portés par deux de
ses parents, François d'Aubusson de la Feuillade et Georges
de Gamaches, vicomte de Rémond. Après le corps marchait
son aumônier, puis ses trois fils, l'aîné conduit par Gaspard
de Schomberg, son oncle, comte de Nanteuil, le second par
Gaspard de Rochechouart-Mortemart, et le troisième par
Charles Turpin, comte de Crissé. Le deuil était suivi d'environ
cent cinquante gentilshommes voisins, parents ou amis du
défunt, et des officiers de la justice de Preuilly et de la Rocheposay. L'oraison funèbre fut prononcée par le provincial des
cordeliers de Touraine. L'évêque de Poitiers célébra la messe
et fit la cérémonie des funérailles, et Joseph de la Scale dressa
à la mémoire du défunt une épitaphe et un épicédion en vers
latins[1]. Il était frère du précédent[2].

Chasteigner (Jean), sgr de Saint-Georges, gentilhomme
ordinaire de la chambre du roi, est qualifié chevalier de
l'ordre du roi et haut et puissant seigneur dans un acte du
11 juillet 1608. (*Titres de la maison des Moustiers de Mérinville*[3]).

---

[1] Il avait épousé par contrat du 15 janvier 1567, Claude du Puy, dame de
la Forest, fille de Georges, baron de Bellefaye, et de Antoinett Raffin.
(Beauchet-Filleau, *Dictionnaires des familles du Poitou*, 2e édition, tome II,
p. 278).

[2] Bibl. Nat., *Cab. des Titres*, 1042, p. 580.

[3] Bibl. Nat., *Cab. des Titres*, 1812, p. 299.

Chasteigner (François), sgr de Saint-George de Rexe et de la Meilleraye, de l'île Bapaume, d'Amuré, de Touffou, de Saint-Michel le Clou, de Talmont et de Chabannes, comte de Chincé, conseiller d'Etat d'épée nommé le 3 juin 1614, capitaine de 50 hommes d'armes des ordonnances du Roi le 7 novembre 1615, gouverneur de Poitiers le 15 janvier 1522, et commandant en Poitou au mois de septembre 1632, en l'absence du gouverneur, était né vers l'an 1573. On le trouve qualifié chevalier de l'ordre du Roi dans son contrat de mariage du 3 février 1605 (*Titres de cette maison*), et il avait été admis dans cet ordre sous le règne d'Henri IV. Il se trouva aux sièges d'Epernay, de Provins, et de la Ferté Milon en 1592 ; fut nommé gentilhomme ordinaire de la chambre du Roi par Henri IV, suivit le roi Louis XIII au voyage de Bordeaux en 1615, et obtint au mois d'août 1619 des lettres d'érection de la terre de Chincé en comté, en récompense des preuves de valeur qu'il avait données dans plusieurs exploits militaires[1]. Il mourut à Poitiers[2], le 10 mars 1637[3].

Chasteigner (Pierre de), sgr de la Châtaigneraie, de la Motte-Anger, de la Motte d'Igné et de Malezze, admis dans l'ordre de Saint-Michel vers le règne d'Henri IV, est qualifié chevalier de l'ordre du Roi dans le sixième volume des grands officiers de la couronne. Article de la maison *du Guesclin*, p. 195[4].

Chastelet (Charles du), sgr de la Bouchetière, gentilhomme ordinaire de la chambre du roi et gouverneur de Noir-

---

[1] Il avait acquis, le 7 décembre 1611, de Jean et René de Rochechouart, moyennant 72.000 livres, les seigneuries de Mauzé, Cram-Chabans et le Breuil-Minoret, et avait épousé, par contrat du 3 février 1605, Louise de Fontlebon, dame dudit lieu. (Beauchet-Filleau, *Dictionnaire des familles du Poitou*, 2e éd., t. ii, p. 279)

[2] Bibl. Nat., *Cab. des Titres*, 1043, p. 255.

[3] Il était fils de Jean Chasteigner, chev., sgr de Saint-Georges de Rexé, etc., chev. de l'ordre du Roi, et de Jeanne de Villiers Saint-Paul. (Beauchet-Filleau, *Dictionnaire des familles du Poitou*, 2e édition, t. ii, p. 279).

[4] Bibl. Nat., *Cab. des Titres*, 1045, p. 488.

moutier, fut nommé chevalier de l'ordre de Saint-Michel, le 19 mai 1618, et reçu par le duc de Montbazon, chevalier des ordres du Roi. (*Titres de cette famille*[1].)

Il était fils de René du Châtelet[2], sgr de la Pézelière, et de Jeanne Colin de la Bouchetière. Ses armes étaient: *d'argent, à 3 tours sommées chacune de 3 tourelles de sable maçonnées d'argent, posées 2 et 1, et un cor de gueules posé en pointe*[3].

Chastillon (Claude de), sgr et baron d'Argenton, de la Grève, de Lorillonière, de la Maison-Rouge, de Montcontour, de Bouville, de Farcheville, de la Rambaudière, de Chantemerle, de Villantrois, du Bois-Rognes, de Vauzelles, de Doismon et des Hayes-Gosselin, assista, l'an 1580, à la réformation de la coutume de Paris. Il fut nommé chevalier de l'ordre du Roi sous le règne de Charles IX[4] (*Histoire généalogique de cette maison par Duchêne, Paris 1621, p. 514 verso*) et mourut à Saintes en 1589.

Il était fils de Claude de Chastillon, chev. baron d'Argenton, et de Gabrielle de Sanzay. Ses armes étaient : *De gueules, à 3 pals de vair et un chef d'or*[5].

Chastillon (Gilles de), baron d'Argenton, sgr de Bouville, de Farcheville, du Bois-Rouge, de Doismon, de la Rambaudière, de Santonne en partie, de Beauvois, de la Grève, de Villantrois et de la Carrie, gentilhomme ordinaire de la

---

[1] Il épousa Catherine Gaschignard (Beauchet-Filleau : *Dictionnaire des familles du Poitou*, 2e éd. t. II, p. 299).

[2] Bibliothèque nationale, *Cabinet des Titres*, 1044, p. 87.

[3] *D'argent, à trois tours de sable, l'une en chef, soutenue d'un cor de chasse de gueules, et deux en pointe.* — Aliàs : *D'or, à une tour donjonnée de 3 pièces de sable, et un cor de même en pointe.* (Beauchet-Filleau).

[4] Il avait été exempté, en 1557, de se trouver au ban de la noblesse du Poitou, comme l'un des cent gentilshommes de la maison du Roi. Il fut arrêté à Etampes, pendant les troubles, par le duc d'Epernon, et conduit à Saintes où il mourut. Il avait épousé, par contrat du 4 août 1559, Renée Sanglier, dame de Boisrogues, fille aînée et principale héritière de Gilles, sgr de Boisrogues, et de Françoise du Puy du Fou. (Beauchet-Filleau, *Dictionnaire des familles du Poitou*, 1re édition, t. II, p. 626.)

[5] Bibliothèque nationale, *Cabinet des Titres*, 1041, p. 1489.

chambre du roi Henri IV et conseiller d'Etat d'épée sous Louis XIII, était né le 3 août 1574 ; il est qualifié chevalier de l'ordre du Roi dans un acte du 13 mai 1619. (*Titres de MM. de Granges de Puyguion en Poitou*[1].)

Il était fils de Claude de Chastillon, baron d'Argenton, chevalier de l'ordre du Roi, et de Renée Sanglier[2].

Cher (René du), sgr de la Forêt, de Launay-sur-Forche et du Roger, conseiller maître d'hôtel ordinaire du Roi, grand sénéchal de la Marche et enseigne de la compagnie de cent lances du baron de Villequier, emploi dont il se démit le 13 avril 1581 ; est cité avec la qualité de chevalier de l'ordre du Roi dans un acte du 4 octobre 1579 (*Titres de M. de Mauvise*) et dans l'histoire de Berry imprimée à Bourges en 1689, p. 882. Il reçut du trésorier de l'Epargne, au mois d'octobre 1584, une somme de 500 écus que le roi lui avait faict adjuger pour une commission de confiance dont il l'avait chargé en Rouergue, en Gévaudan et en Quercy, et à son retour, au mois de décembre, S. M. lui accorda une gratification de 300 écus.

Il était fils de Pierre du Cher, sgr de la Forêt, et de Madeleine de Gébert. Ses armes étaient : *d'argent, à 3 bandes de gueules*[3].

Collasseau (Prosper), sgr et baron de Briacé, de la Machefollière, de Bouillé-Loretz, de la Renaudière, de la Guérilière et de la Besnerie, commissaire ordinaire de l'artillerie de France à Perpignan, nommé le 31 décembre 1643, avait obtenu le 27 du même mois une pension de 200 l. ; il assista à toutes les assemblées des Etats de Bretagne. Il fut nommé cheva-

---

[1] Il avait épousé, par contrat passé à Secondigny le 26 février 1599, Marie de Vivonne, fille de Charles, seigneur de la Chasteigneraie, chevalier des ordres du Roi et sénéchal de Saintonge, et de Renée de Vivonne, héritière d'Oulmes. (Beauchet-Filleau, *Dictionnaire des familles du Poitou*, 1re éd , tome I, p. 626.)

[2] Bibliothèque nationale, *Cabinet des Titres*, 1044, p. 105.

[3] Bibl. Nat., *Cabinet des Titres*, 1042, p. 227.

lier de l'ordre du Roi le 6 avril 1640, et reçu par le Maréchal de la Meilleraye, chevalier des ordres du Roi (*Maintenue de noblesse de M. Chauvelin de Beauséjour, intendant de Tours, du 16 juillet 1715, en faveur de Marie-Françoise Le Petit, veuve de Louis-Michel de Collasseau la Fontaine, sgr de la Machefolière*). Il mourut le 4 octobre 1668.

Il était fils de Prosper Collasseau, chev., sgr de Beaujeu, et de Marie de la Fontaine. Ses armes étaient : *d'argent, à une rose de gueules boutonnée d'or, accompagnée de 3 molettes d'éperon de sable, posées 2 en chef et 1 en pointe*[1].

Conigan (Pierre de), baron de Ris, sgr de Cangé, de Chauveron, gentilhomme ordinaire de la chambre du roi et du duc d'Alençon, gouverneur et lieutenant général pour S. M. en Touraine, servit dans les guerres d'Italie successivement sous les règnes de Henri II, François II, Charles IX, Henri III et Henri IV. On le trouve cité avec la qualité de chevalier de l'ordre du Roi, dans une sentence des requêtes du Palais du 3 septembre 1594. (*Titre communiqué par M. de Fontenay.*)

Il était fils de Pierre de Conigan, baron de Ris, sgr de Cangé, et de Renée de Bueil. Ses armes : *d'argent, à une perle de sable, écartelé d'azur, à 3 fermeaux d'or posés 2 et 1*[2].

Conigan (Antoine de), sgr de Cangé et de Notz-Marafin, conseiller d'Etat d'épée, gentilhomme ordinaire de la chambre du roi, capitaine de 50 hommes d'armes de ses ordonnances, lieutenant pour S. M. à Nantes, gouverneur de Fougères et bailli d'Amiens par lettre du 27 juin 1617, après le maréchal d'Ancre, avait été précédemment lieutenant du duc de Montbazon en cette ville. On le trouve cité avec la qualité de chevalier de l'ordre du Roi dans un acte du 10 octobre 1609. Il commanda, au siège de la Rochelle, la compagnie des gendarmes du maréchal d'Effiat et conduisit en 1635 l'arrière-ban

[1] Bibl. Nat., *Cabinet des Titres*, 1044, p. 316.
[2] Bibl. Nat., *Cab. des Titres*, 1043, p. 79.

de la province de Touraine, d'après la commission qui lui fut adressée à cet effet de Fontainebleau, le 10 juillet de cette année.

Il était fils de Pierre de Conigan, sgr de Cangé, chevalier de l'ordre du Roi, et d'Anne de Marafin[1].

Coué (Paul de), vicomte de Bridiers, sgr de la Rocheaguel, de Retz et de l'Isle-Savary, est cité avec la qualité de chevalier de l'ordre du Roi, dans un aveu qu'on lui rendit le 29 mai 1601. (*Titres de M. de Laage de la Bretholtière*). Il mourut avant l'an 1619[2].

Il était fils de Joachim de Coué, sgr des Arnois, et d'Antoinette de Bussière. Ses armes étaient : *Ecartelé d'or et d'azur à 4 merlettes de l'un en l'autre*[3].

Couraud (Pierre), sgr de Rochechevreux, de la Lande, de Radioux, de Montlouis, de la Grange-Maucoüard et de la Grande-Epine, fut nommé chevalier de l'ordre du Roi le 30 juillet 1609, et reçu le 8 août par M. de Roquelaure, chevalier des ordres du Roi (*Original. Titres de cette maison*). Il mourut avant l'an 1625.

Il était fils d'Edmond Couraud, sgr de la Rochechevreux et de la Grande-Roche, et de Louise Chasteigner. Ses armes étaient : *de sable, à une croix d'argent et une bordure de gueules*[4].

Courbon (Jacques de), comte de Blénac, baron de l'Isleau, du Frêne et de Bresneau, sgr de Romégoux, mestre de camp

---

[1] Bibl. Nat., *Cab. des Titres*, 1043, p. 323.

[2] Il se signala entre tous les braves de son temps, et, fidèle à son roi, lui conserva plusieurs places fortes, telles que Saint-Savin, Montmorillon, etc., ainsi qu'il appert des lettres que lui écrivirent les cardinaux de Vendôme et de Lenoncourt, en date du 22 janvier 1591. Il avait épousé en 1583 : Denise de Varie, fille de Jean, vicomte de Bridiers et sgr de l'Isle-Savary, et de Renée de Prie. (Beauchet-Filleau, *Dictionnaire des familles du Poitou*, 1re édition, t. ii, p. 339).

[3] Bibl. Nat., *Cabinet des Titres*, 1043, p. 191.

[4] Bibl. Nat., *Cabinet des Titres*, 1043, p. 310.

d'un régiment d'infanterie et gentilhomme ordinaire de la chambre du roi, est cité avec la qualité de chevalier de l'ordre du Roi, dans un acte du 10 février 1613. *(Titres de cette maison.)*

Il était fils de Jacques de Courbon, chevalier, sgr de Saint-Léger, et de Jeanne Gombaut. Ses armes étaient : *d'azur, à 3 fermeaux ou boucles d'or posées 2 et 1*[1].

Courbon (Charles de), vicomte de Saint-Sauveur, baron de Seurre, sgr de Saint-Léger, des Barres et de Roumette, mestre de camp d'un régiment d'infanterie, fut nommé chevalier de l'ordre du Roi en 1615. Il était en 1626 lieutenant de la compagnie des gendarmes du duc d'Epernon, eut ordre en 1635 d'aller sous le commandeur de la Porte, et fut employé à la garde des places et îles de la côte de Saintonge. Il mourut en 1644.

On ignore sa filiation. Ses armes comme ci-dessus[3].

Cressonnière (Joachim de la), sgr de la Cressonnière, de Cossé et de Mozé, est rappelé avec la qualité de chevalier de l'ordre du Roi, dans un acte du 7 septembre 1606 postérieur à sa mort. *(Titres de MM. de Grivel de Grossove.)*

Il était fils de Claude de la Cressonnière, sgr de la Cressonnière, de Cossé et de Mozé, et de Renée de la Béraudière. Ses armes étaient : *d'argent, à une fasce d'azur et une cotice de gueules en bande, brochant sur le tout.*

Cressonnière (Claude de la), sgr de la Cressonnière, de Cossé, de Mozé et du Vau de Denée, gentilhomme ordinaire de la chambre du roi Henri IV, est cité avec la qualité de chevalier de l'ordre du Roi, dans un acte du 11 octobre 1622.

Il était fils de Joachim de la Cressonnière, sgr de la Cressonnière, chevalier de l'ordre du Roi, et d'Ambroise du Frêne[4].

---

[1] Bibl. Nat., *Cabinet des Titres*, 1042, p. 35.
[2] Bibl Nat., *Cab. des Titres.*, 1044, p. 53.
[3] Bibl. Nat., *Cab. des Titres.*, 1042, p. 528.
[4] Bibl. Nat., *Cab. des Titres.*, 1044, p. 144.

Crussol (Louis de), sire de Crussol et de Beaudisner, grand panetier de France, conseiller chambellan ordinaire du roi, sénéchal de Poitou, gouverneur de Marans, puis de Dauphiné et des villes et châteaux de Niort et de Château-Thierry, s'attacha dès sa jeunesse au roi Louis XI, lorsqu'il n'était encore que Dauphin, et ce prince, à son avènement à la couronne, le combla d'honneurs et de bienfaits. Il fut nommé chevalier de l'ordre du Roi le 1er août 1469 et le roi le commit, par lettres du 31 janvier 1469, au gouvernement de toutes les artilleries de France, l'admit au nombre de ses chambellans, le fit grand panetier de France, sénéchal de Poitou, et lui confia le gouvernement de Marans, puis celui de Dauphiné, en 1473. Il mourut au mois d'août de la même année. Il avait secouru, l'année précédente, la ville de Beauvais assiégée par le duc de Bourgogne.

Il était fils de Gérard Bastel, seigneur de Crussol et de Beaudisner, et d'Alix ou Helpidis de Lastic. Ses armes étaient : *Fuselé d'or et de sinople de six pièces*[1].

Cugnac (Jean de), sgr de Giversac, de Sermet etc., mestre de camp d'un régiment, gentilhomme ordinaire de la chambre du roi, maréchal de ses camps et armées, capitaine de 50 lances de ses ordonnances et sénéchal du Bayndois nommé le 19 janvier 1571, servait dès l'an 1550, en qualité de lieutenant de cent chevau-légers, exerça le même emploi dans la compagnie des gendarmes du sgr de Montpezat en 1572, et fut admis, le 21 février 1514, au nombre des gentilshommes de la chambre du roi. Il obtint, le même jour, une pension de la cour de 1200 l., et au mois de janvier précédent il lui avait été adjugé, sur les fonds de l'épargne, une somme de 1250 l., pour une commission de confiance que Charles IX lui avait donnée. Il fut reçu chevalier de l'ordre du Roi par le duc d'Anjou, aux Chartreux-lez-Paris, le 1er mars 1568. Le roi Henri III lui accorda aussi une pension de 1200 l., le 15 août

[1] Bibl. Nat., *Cab. des Titres*, 1038, p. 29.

1575. Il était capitaine de 50 lances le 9 septembre suivant,
date de deux commissions qu'il obtint, l'une pour mettre sur
pied une compagnie d'infanterie, et l'autre pour la charge de
mestre de camp des armées du roi ; il servait en qualité de
maréchal de camp, le 17 du même mois, jour où il obtint une
nouvelle compagnie de 50 hommes d'armes, et le roi lui
accorda deux gratifications, le 23 juillet et le 10 août 1578,
l'une de 600 écus et l'autre de 3000 l.,en dédommagement des
grandes pertes qu'il avait souffertes dans les guerres et en
récompense aussi des services qu'il lui avait rendus.

On ignore sa filiation. Ses armes étaient : *Gironné d'argent
etde gueules de 6 pièces.* Ce sont les armes de la maison de
Cugnac de Giversac. Cependant on trouve, à la bibliothèque
du Roi, une montre du 12 septembre 1572, au bas de laquelle
son sceau, qui est entouré du collier de l'ordre de Saint-
Michel, représente *trois annilles ou fers à moulin posés 2 et 1,
et un lion en cœur ;* il est nommé, dans cette montre, Jean de
Giverzac, sgr de Giverzac, chevalier de l'ordre du Roi et lieutenant de 50 hommes d'armes de ses ordonnances sous la
charge du seigneur de Montpezat[1].

Cugnac (François de), sgr de Dampierre, d'Huisseau, de la
Rivière et de Burly, maréchal des camps et armées du Roi,
capitaine de cent hommes d'armes de ses ordonnances, conseiller en son conseil privé et son lieutenant général au gouvernement de l'Orléannais, est cité avec la qualité de chevalier de l'ordre du Roi, dans une quittance du 2 octobre 1586
et dans une autre du 10 décembre 1588, qu'il donna au trésorier
de l'épargne (*Originaux, Chambre des comptes de Paris*). Il fut
nommé chevalier de l'ordre du Saint-Esprit le 7 janvier 1595,
servait dès l'an 1575 en qualité de guidon de la compagnie de
cent hommes d'armes du duc de Guise, fut admis par Henri
III dans son conseil d'État, aux gages de 1200 l., obtint de
ce monarque une gratification de 1000 écus en considération

---

[1] Bibl. Nat , *Cab. des Titres*, 1040, p. 556.

de ses services, le 22 octobre 1588 ; fut député, en la même année, de la noblesse de Berry aux Etats de Blois, et fut fort affectionné du roi Henri IV. Il mourut le 5 novembre 1615.

Il était fils de François de Cugnac, sgr de Dampierre et de Jeanne d'Avy[1].

Culant (Jean, baron de), sgr de Brecy, de Moulins et de Sainte-Solenge, capitaine de 50 hommes d'armes des ordonnances du roi, et gentilhomme ordinaire de la chambre de S. M. le roi Henri III par lettres du 23 janvier 1586, est rappelé avec la qualité de chevalier de l'ordre du Roi, dans un acte du 3 mars 1612 postérieur à sa mort (*Original, Titres de M. de Fayolles de Puyredon*). Il mourut en 1605.

Il était fils de Charles de Culant, baron de Mirebeau et de Saint-Désiré, lieutenant de 50 lances des ordonnances du roi, et de Gabrielle d'Apchier. Ses armes étaient : *d'azur, au lion d'or, l'écu semé d'étoiles de même*[2].

Culant (François de), sgr de Saint-Désiré et de la Forêt, est qualifié chevalier de l'ordre du Roi, dans un acte du 3 mars 1612. (*Original. Titres de M. de Fayolles de Puyredon*[3]).

Daillon (Jean de), comte du Lude, baron d'Illiers, de Briançon, etc., gentilhomme ordinaire de la chambre du roi, capitaine de 50 hommes d'armes de ses ordonnances, sénéchal d'Anjou, gouverneur de Poitou, de la Rochelle et du pays d'Aunis, lieutenant général au gouvernement de Guyenne en l'absence du roi de Navarre, fut fort affectionné du roi François Ier qui l'admit au nombre de ses chambellans, titre qu'il prenait avec celui de gentilhomme de sa chambre, dès le mois de mars 1538 (1539) ; on le trouve encore employé dans les Etats, en cette dernière qualité, depuis cette époque jusqu'en 1546. Il fut nommé chevalier de l'ordre du Roi en 1550, et fut vraisemblablement un des quatre chevaliers de

---

[1] Bibl. Nat., *Cab. des Titres*, 1042, p. 380.
[2] Bibl. Nat., *Cabinet des Titres*, 1042, p. 376.
[3] Bibl. Nat., *Cabinet des Titres*, 1044, p. 20.

Saint-Michel qu'Henri II reçut à la fête de Saint-Michel, qu'il célébra à Rouen en cette année (*Histoire universelle de M. de Thou*, tome 1, p. 407). On lit, en conséquence, dans un compte du trésorier de l'Ordre, qu'en vertu d'une ordonnance du chancelier dudit ordre, du 1ᵉʳ septembre de cette année, il avait été délivré à Messire Jean de Daillon, comte du Lude, chevalier dudit ordre, le grand collier du feu seigneur de Humières, dont le roi lui avait fait don en le créant chevalier dudit ordre (*Original. Chambre des Comptes de Paris*). Il avait accompagné en 1536 le maréchal de la Marck en Picardie pour faire lever le siège de Péronne au comte de Nassau, se rendit avec le maréchal de Montéjan au passage de l'empereur Charles V, lorsqu'il vint en France, et fut en Guyenne en 1542, pour rétablir le calme dans cette province. Il jouissait en 1543 de 1000 l. de pension de la cour, qui était déjà portée à 3000 l. en 1550 et à 4000 l. en 1556. Il obtint du roi, au mois de mai 1545, des lettres d'érection de la terre du Lude en comté, était déjà capitaine de 50 lances au mois de février 1548 (1549, à laquelle époque S. M. lui accorda une gratification de 400 écus, motivée sur les services qu'il lui avait rendus, particulièrement en Guyenne, lors de l'émotion populaire qui y était arrivée l'année précédente, et mourut à Bordeaux le 20 août 1557.

Il était fils de Jacques de Daillon, sgr et baron du Lude et de Sautray, conseiller chambellan ordinaire du roi, capitaine de 50 lances de ses ordonnances, sénéchal d'Anjou, gouverneur de la Rochelle et de Fontarabie, et de Jeanne d'Illiers. Ses armes étaient : *Ecartelé, aux 1 et 4 : d'azur, à la croix engreslée d'argent ; au 2 : d'or, à 6 annelets de gueules posés 3, 2 et 1 ; au 3 : d'or, à la croix de gueules chargée de 5 coquilles d'argent et cantonnée de 16 alerions d'azur, le premier canton de la croix d'azur semé de fleurs de lys d'or et au lion de même sur le tout. Et sur le tout : de six besants, ou coquilles* (ou autres pièces approchantes que l'on ne peut déterminer). C'est ainsi qu'on les voit dans un de ses sceaux[1].

[1] Bibl. Nat., *Cab. des Titres*., 1039, p. 391.

Daillon (Guy de), comte du Lude et de Pontgibault, baron d'Illiers, du Chêne-Doré et de Magné, chambellan ordinaire du roi, conseiller en son conseil privé, capitaine de cent hommes d'armes de ses ordonnances, sénéchal d'Anjou, gouverneur de Poitou, fut nommé chevalier de l'ordre du Roi le 12 janvier 1562 (1563), et fut reçu par le sgr de Montpezat, chevalier dudit ordre (*Titres de la maison de Neuchèze*). On le trouve en conséquence qualifié chevalier de l'ordre du Roi, dans un compte de l'épargne de 1564. (*Original, Chambre des Comptes de Paris*). Il fut reçu chevalier de l'ordre du Saint-Esprit le 31 décembre 1581, et avait été élevé enfant d'honneur du roi Henri II. Il commença à se signaler à la défense de Metz, en 1552, puis à la bataille de Renty, en 1554, où il porta la cornette blanche, et aux prises de Calais, de Guines, de Marans et de Brouage, en 1568. Il s'opposa vivement à Cacodière, qui agissait au nom des confédérés, s'empara en 1569 des châteaux de Chevreux et de Magné, et fit tuer et noyer les garnisons malgré les capitulations, du moins le publia-t-on ainsi, peut-être pour le rendre odieux. En la même année 1609, il alla assiéger Niort, et battit vigoureusement cette place dont il fut obligé ensuite de lever le siège. Celui de Poitiers fut encore pour lui une nouvelle occasion de se signaler, il défendit cette ville avec beaucoup de valeur et obligea l'amiral Coligny d'en lever le siège. Le duc de Guise étant venu de son chef se jeter dans cette place, le comte du Lude, qui ne l'attendait pas, fut beaucoup surpris de l'arrivée de ce prince, d'autant qu'il avait suffisamment de troupes pour se défendre. Il lui offrit cependant le commandement ; mais le duc de Guise le refusa, disant « qu'il était trop jeune pour commander où « se trouvait un capitaine aussi expérimenté, et qu'il n'était « venu que pour partager avec lui le danger du siège. » Sa terre de Magné ayant été pillée et ravagée par les Huguenots, ce qui lui causait une perte d'environ 100.000 écus, Charles IX voulut l'en dédommager. « Sire, lui dit-il, votre trésor est « presque épuisé et vous avez besoin de vos finances pour

« des choses plus pressées, je puis attendre. » En 1571, ce monarque, étant à Péchescal, dans le Maine, et se promenant sur la Sarthe avec le jeune comte de la Suze, le bateau dans lequel ils étaient se remplit d'eau, au point qu'il était prêt de couler à fond ; le comte du Lude s'étant aperçu du danger que le roi courait, se jeta précipitamment à cheval dans cette rivière qui était fort creuse, se saisit de lui, et trouva moyen de le mettre en croupe et de le ramener à terre. La reine-mère lui témoigna, par les expressions les plus fortes, combien elle était sensible à son courage et à son zèle et le roi lui dit : « Mon bon ami, si jamais vous avez querelle contre qui que « ce soit, je vous jure que je vous servirai de second. » Il fut l'un des lieutenants généraux du duc d'Anjou au siège de la Rochelle, en 1573, assista en 1576 aux Etats de Blois, servit en la même année sous le duc de Mayenne à la prise de Brouage, dont il refusa le gouvernement et celui du pays d'Aunis, qu'Henri III lui avait offert en 1580, lorsqu'il voulut l'ôter à Saint-Luc. « Comment, je sais que vous êtes ennemis, lui dit « ce monarque. — C'est une raison de plus, répliqua-t-il, pour « ne pas profiter de la dépouille d'un gentilhomme que je « sais d'ailleurs vous avoir bien servi et qui ne mérite pas « cette disgrâce. » Il avait obtenu du roi, le 15 juin 1577, une gratification de 25.000 l. en récompense de ses importants services et mourut à Briançon le 11 juillet 1585.

Il était fils de Jean de Daillon, comte du Lude, chevalier de l'ordre du Roi, et d'Anne de Batarnay. Ses armes étaient : *Ecartelé, aux 1 et 4 : d'azur, à la croix engreslée d'argent ; au 2 : écartelé d'or et d'azur ; au 3 : d'or, à la croix de gueules chargée de 5 coquilles d'argent et cantonnée de 12 alerions d'azur, le 1er canton de la croix d'azur semé de fleurs de lys d'or et un lion aussi d'or sur le tout, et, sur le tout : d'or, à six annelets de gueules posés 3, 2 et 1.*

Darrot (Gabriel), sgr de la Fromentinière et de Boisdâne,

¹ Bibl. Nat., *Cabinet des Titres*, 1040, p. 144.

est rappelé avec la qualité de chevalier de l'ordre du Roi, dans un acte du 14 février 1598 postérieur à sa mort. (*Titres de MM. Darrot de l'Huislière*[1].)

Il était fils de René Darrot, sgr de Boisdâne, et de Marie d'Estivalle[2]. Ses armes étaient : *de sable, à deux cygnes d'argent affrontés, les cols passés en sautoir et portant chacun une bague dans le bec*[3].

Darrot (Claude), sgr et baron de la Paupelinière, de la Berrière, de la Rousselière, de Condé et de Moulin-Neuf, est qualifié chevalier de l'ordre du Roi, dans un aveu qu'on lui rendit le 14 avril 1650. *(Original. Bibliothèque du juge d'armes de France)*. Il y est même, par erreur, qualifié chevalier des ordres du Roi, au lieu de chevalier de l'ordre du Roi, cette qualité ne pouvant être relative qu'à l'ordre de Saint-Michel, puisqu'il ne fut point décoré de celui du Saint-Esprit[4].

On ignore sa filiation[5], mêmes armes que le précédent.

Daviau (François)[6], sgr en partie du fief d'Avigny, valet de chambre ordinaire du roi, fit les fonctions de hérault roi d'armes de l'ordre de Saint-Michel, à la cérémonie de cet ordre fait la veille, le jour et le lendemain de la Saint-Michel 1565, en l'absence de Pierre de la Taunerie d'Auzis[7].

---

[1] Il avait épousé : 1° en 1563 demoiselle Louise de Crunes et, en secondes noces, en 1576, demoiselle Perrette Chabot, veuve de feu Jacques Aubert, écuyer, sgr de la Normandelière, fille d'Artus Chabot. (Beauchet-Filleau, *Dictionnaire des familles du Poitou*, 1re édition, t. II, p. 7.)

[2] Bibl. nat. *Cabinet des Titres*, 1042, p. 530.

[3] *De sable, à deux cygnes affrontés d'argent, ayant le col contourné, entrelacé l'un dans l'autre, membrés et becqués d'or, tenant un anneau de même dans leur bec.* (Beauchet-Filleau).

[4] Bibl. nat., *Cabinet des Titres*, 1044, p. 433.

[5] Fils de Charles Darrot, écuyer, sgr de la Paupelinière, et de Marie Bodet (Beauchet-Filleau, *Dictionnaire des familles du Poitou*, 1re édition, tome II, p. 5).

[6] Fils de Macé Daviau, chev., sgr d'Ormay, et de Renée Taudeau. Ses armes étaient : *de gueules au lion d'argent, la queue nouée, fourchée et passée en sautoir.* (Beauchet-Filleau, *Dictionnaire des familles du Poitou*, 2e édition, tome I, p. 201).

[7] Bibl. nat. *Cab. des Titres*, 1045, p. 14.

Daviau (Jacques), sgr du Bois-de-Sanzay et de Rellay, capitaine au régiment de Persan, se trouva aux batailles de Rocroy, de Fribourg, de Lens, et à plusieurs autres sièges et prises de places ; il ne vivait plus en 1697. Il est qualifié chevalier de l'ordre du Roi, dans un titre du 15 juillet 1665.

Il était fils de François Daviau, chev., sgr de Rellay, et d'Elisabeth de Ferrière[1]. Ses armes étaient : *de gueules, au lion d'argent couronné de même, la queue fourchée et passée en sautoir.*

Doineau (Joseph), sgr de Sainte-Soline, du Boisménard, de Rochefort, de l'Ile de Sainte-Néomaye et de la Gaiffardière-Jousseaume, gentilhomme ordinaire de la chambre du roi, conseiller chambellan de François, duc d'Anjou et d'Alençon, et capitaine du château de Lusignan, admis dans l'ordre de Saint-Michel sous Charles IX, est qualifié chevalier de l'ordre du Roi dans une quittance qu'il donna au trésorier de l'épargne, le 16 décembre 1572, d'une gratification de 5500 l. que ce monarque lui avait accordée le 10 du même mois, en considération des services qu'il lui avait rendus dans ses guerres, et encore dans un registre de l'an 1581. Dans les mémoires de Brantôme[] (*Vie du duc de Montpensier*), cet auteur dit qu'il avait vu la reine-mère : « Fort blasmer le sieur de Saincte-« Soline, qui l'avoit laissé prendre (le château de Luzignan) « et perdre en estant capitaine, et en avoit achepté là capi-« tainerie du sieur de Vigean. Car on disoit, (ajoute cet « auteur), que ledit Saincte Solline, aymant un peu trop l'a-« varice, n'avoit à céans qu'un pauvre vieux morte paye « qui se laissa surprendre : que s'il n'eust ouvert la porte et « l'eust bien fermée seulement, et ne parler à personne, « cette place estoit imprenable à tout le monde[2]. » Il s'était signalé en 1569, au siège de Poitiers[3], et vivait encore en 1601[4].

---

[1] Bibl. nat. *Cab. des Titres*, 1044, p. 558.

Voyez Brantôme, *Œuvres complètes* Paris, Foucault. 1823, tome III, p. 371.

[3] Il était fils de François Doyneau, sgr de Sainte-Soline, et de Rose Deniaud. Ses armes étaient : *de gueules, à 3 roses d'argent boutonnées d'or* (Beauchet-Filleau, *Dictionnaire des familles du Poitou*, 1re édition, tome II, p. 29.)

[4] Bibl. nat., *Cabinet des Titres*, 1046, p. 26.

Eschallart (Charles), sgr de la Boulaye, de Pierrefitte, de Maillé et de la Tour-Doüayre, baron de Châteaumur, vice-amiral de Guyenne, gouverneur du Bas-Poitou et de Fontenay-le-Comte, capitaine de cinquante hommes d'armes des ordonnances du roi et conseiller en son conseil privé, fut reçu chevalier de l'ordre de Saint-Michel, par le duc d'Anjou, aux Chartreux-lez-Paris, le 3 mars 1568[1]; du moins, peut-être est-ce ce Charles Eschallart que concerne l'article de cette promotion, d'autant qu'on le trouve qualifié chevalier de l'ordre du Roi dans un acte du 18 mars 1594 (*Original. Titres de la maison Poussart du Vigean*).

Il mourut le 5 juin 1594.

Il était fils d'Honorat Eschallart, chevalier, sgr de la Boulaye, baron de Châteaumur, et de Lucrèce de Puyguion. Ses armes : *D'azur, au chevron d'or*[2].

Escoubleau (Jean d'), sgr de Sourdis, de Jouy, du Coudray-Montpensier, de la Chapelle-Belloyn, etc., gentilhomme ordinaire de la chambre du roi, maître de sa garde-robe, conseiller en son conseil privé, capitaine des châteaux de Tombelaine en Normandie et de celui du Plessis du Parc-lez-Tours, obtint du roi François Ier une pension de 2 000 livres. Il était déjà pourvu en 1533 de la charge de Maître de la garde-robe et commandait pour lors aussi au château du Plessis-du-Parc. Il fut nommé chevalier de l'ordre de Saint-Michel dans la promotion faite par le roi, à Toulouse, le 8 février 1565, et est qualifié en conséquence de chevalier de l'ordre du Roi et de haut et puissant seigneur dans un acte du 22 dudit mois de février 1564 (1565) passé peu de jours après son admission dans cet ordre *(Titres de la maison de Gaucourt de Clais)*. Il est compris dans les états des gentilshommes de la chambre des rois François Ier, Henri II, François II et Charles IX,

---

[1] Il avait épousé Marie du Fou, fille de François, baron du Vigean, et de Louise Robertet (Beauchet-Filleau, *Dict. des fam. du Poitou*, 1re éd., t. II, p. 69).

[2] Bibl. nat. *Cab. des Titres*. 1040, p. 565.

depuis 1534 jusqu'en 1569, et il était chargé, de plus, de l'entretien des pages de la chambre, pour lequel il avait en 1534 une augmentation de gages de 1800 livres[1]. Il obtint le 17 mai 1539 une gratification de 15 000 livres en considération de ses services, le 30 mai 1540 une autre de 18 000 livres, motivée sur les recommandables services qu'il « avoit rendus au roi à l'entour de sa personne, et les peines qu'il avoit eues pendant les grandes et longues maladies que S. M. venait d'essuyer », le 10 juin 1541 une somme de 10.000 livres également motivée sur ses recommandables services et en dédommagement de la vicomté d'Avranches que le roi lui avait donnée et dont il s'était démis, n'ayant pu l'exercer comme étant un office de judicature ; une autre de 3 000 livres, le 20 décembre 1544, et une enfin de 4 000 livres, le 9 février 1544 (1545), toujours à raison de ses services près la personne du roi et en récompense aussi de plusieurs voyages qu'il avait faits à la guerre. Il paraît qu'il mourut en 1569[2].

Il était fils d'Etienne d'Escoubleau, sgr de la Chapelle et de Sourdis, en partie, et de Jeanne de Tusseau. Ses armes : *D'azur, parti de gueules, à la bande d'or brochant sur le tout[3].*

Escoubleau (François d'), sgr de Sourdis, de Jouy et de Launay, comte de la Chapelle, marquis d'Alluye[4], baron de Mondoubleau, gouverneur de Chartres et du pays chartrain, capitaine du château du Plessis-lez-Tours, premier écuyer de François duc d'Anjou et d'Alençon, premier écuyer commandant la grande écurie du roi, conseiller en son conseil privé, capitaine de cinquante hommes d'armes de ses ordonnances,

[1] Il servit comme archer au ban de 1533. François Ier le gratifia de la terre de la Chapelle-Bellouin, confisquée sur le chancelier Poyet, et l'érigea en comté en sa faveur. Il avait épousé, en 1528, Antoinette de Brives (Beauchet-Filleau, *Dict des fam. du Poitou.* 1re éd., t. II, p. 73).

[2] Il mourut en 1562. *Dict. des familles du Poitou* 1re édit., t. II, p. 73.

[3] Bibl. nat. *Cab. des Titres.* 1040, p. 293.

[4] Le marquisat d'Alluye fut érigé en sa faveur. Il avait épousé Isabelle Babou, dame d'Alluye, fille de Jacques, éc[r], sgr de la Bourdaisière, bailli de Touraine, et de dame Françoise Robertet (Beauchet-Filleau, *Dict. des fam. du Poitou,* 1re éd. t. II p. 73).

gentilhomme ordinaire de la chambre des rois Charles IX et
Henri III, d'après les états de 1570 à 1579, et chevalier de
l'ordre du Saint-Esprit le 31 décembre 1585, fut reçu chevalier de l'ordre de Saint-Michel, par le duc d'Anjou, aux Chartreux-lez-Paris, le 3 mars 1568. Il s'attacha d'abord au duc
d'Alençon, qui le fit guidon de sa compagnie d'ordonnances,
emploi qu'il exerçait ès années 1568 et 1570, et obtint du roi,
le 3 novembre 1569, une gratification de 1250[l], en considéra
tion de ses services. Il jouissait en 1575 d'une pension de la
cour de 600[l], qu'Henri III porta depuis jusqu'à 1000 écus, et
le roi Henri IV lui accorda aussi deux gratifications de 1000
écus chacune, le 3 juillet 1594 et le 23 janvier 1596, en considération de ses services. Il mourut en 1602.

Il était fils de Jean d'Escoubleau, sgr de Sourdis, chevalier
de l'ordre du Roi, et d'Antoinette de Brives[1].

Escoubleau (Louis d'), sgr du Coudray-Montpensier, est
qualifié chevalier de l'ordre du Roi dans le recueil manuscrit de
l'ordre de Saint Michel fait en 1620 par Pierre d'Hozier, gentilhomme ordinaire de la maison du roi *(Bibliothèque du Roi*[2]*)*.

Il était fils de Jean d'Escoubleau, sgr de Sourdis, chevalier
de l'ordre du Roi, et d'Antoinette de Brives[3].

Escoubleau (René d'), marquis de Sourdis, sgr de Courtery
et de la Chapelle-Bertrand, gentilhomme ordinaire de la
chambre du roi et capitaine de cinquante hommes d'armes
de ses ordonnances, se jeta dans Melun avec le marquis de
Rostaing son beau-père en 1558, et maintint cette ville en l'o-
béissance du roi. S. M., à cette époque, l'honora de trois lettres
pour lui marquer la satisfaction qu'elle avait de ses services.
On le trouve cité avec la qualité de chevalier de l'ordre du Roi

---

[1] Bibl. nat. *Cab. des Titres*, 1040, p. 563.

[2] Il transigea, le 26 octobre 1588, au sujet de quelques héritages, avec M.
René du Rivault, chev. de l'ordre du Roi. Beauchet-Filleau (*Dict. des fam.
du Poitou*, 1re éd., t. II, p. 74).

[3] Bibl. nat. *Cab. des Titres*, 1041, p. 1563.

dans un acte du 19 novembre 1598 (*Original. Bibliothèque du juge d'armes de France*). Il mourut en 1600[1].

Il était fils de François d'Escoubleau, sgr de la Chapelle et de Sourdis, et de Marguerite de Melun, dame de Courtery[2].

Escoubleau (Henri d'), sgr de Carmaing, de Montluc, comte de Montluc, fut nommé chevalier de l'ordre du Roi le 13 avril 1665 et reçu par le marquis de Sourdis chevalier des ordres du Roi[3].

Il était fils de Charles d'Escoubleau, marquis de Sourdis et d'Alluye, prince de Chabanaïs, chevalier des ordres du Roi, capitaine de cent hommes d'armes de ses ordonnances, lieutenant général de ses armées, conseiller d'Etat d'épée, et de Jeanne de Montluc[4], princesse de Chabanais, comtesse de Carmaing[5].

Escoubleau (René d'), comte de Sourdis, marquis de Saint-Marcellin, sgr de la Borderie, fut nommé chevalier de l'ordre du Roi le 18 avril 1665, et reçu par le marquis de Sourdis chevalier des ordres du Roi. Il était fils de Charles d'Escoubleau[6], marquis de Sourdis, chev. des ordres du Roi, et de Jeanne de Montluc[7].

Estissac (Louis d'), sgr de Cahuzac, de Montelar, de Montaud,

[1] Il avait épousé, le 24 mars 1581, Anne de Rostaing, dame de la reine, fille de Tristan, marquis de Rostaing, et [de demoiselle Françoise Robertet (Beauchet-Filleau, *Dict. des fam. du Poitou*, 1re éd., t. II, p. 71).

[2] Bibl. nat. *Cab. des Titres*, 1043, p. 153.

[3] Il avait épousé Marguerite Le Lièvre, fille de Thomas, marquis de la Grange, premier président du grand conseil (Beauchet-Filleau, *Dict. des fam. du Poitou*. 1re ed., t. II. p. 73).

[4] Il était fils de Charles d'Escoubleau, marquis de Sourdis, et de dame Bénigne de Meaux du Fouilloux, sa seconde femme, et non pas de Jeanne de Montluc de Foix, sa première femme. (*Dict.* des familles du Poitou, 1re éd., t. II, p. 73.)

[5] Bibl. nat. *Cab. des Titres*, 1044, p. 526.

[6] D'après les notes communiquées par le vicomte de la Blotais à MM. Beauchet-Filleau, René d'Escoubleau était fils de Jacques-René d'Escoubleau sgr de Courtery, la Borderie, et de Anne Gabrielle Dollé.

[7] Bibl. nat. *Cab. des Titres*, 1044, p. 527.

de la Brosse, de Benetz, de Coulonges, etc., gouverneur de la Rochelle, du Poitou, du pays d'Aunis et de Saintonge, en l'absence du roi de Navarre, capitaine de cinquante hommes d'armes des ordonnances du roi, conseiller en son conseil privé et gentilhomme ordinaire de sa chambre, d'après les états de la maison de François I⁰ʳ, d'Henri II, de François II et de Charles IX, depuis 1527 jusqu'à sa mort, arrivée le 15 mai 1565, s'était trouvé à la bataille de Ver en 1562, commandant alors une compagnie de gendarmes. Il fut nommé chevalier de l'ordre du Roi, le 31 mai 1552, à Vincennes, et avait été désigné, apparemment depuis quelque temps, pour être admis dans cette promotion, étant déjà qualifié chevalier de l'ordre du Roi dans un titre du 8 du même mois *(Chambre des Comptes de Paris)*.

Il était fils de Bertrand d'Estissac, conseiller chambellan ordinaire du roi, son lieutenant général au gouvernement de Guyenne, gouverneur et maire de Bordeaux, et de Catherine Chabot de Jarnac. Ses armes : *Pallé d'argent et d'azur de 6 pièces*[1].

Evesque (François L'), sgr de Marconnay, de Rimbauld, de Boisse et de Nesde, gentilhomme de la chambre du roi et lieutenant de la vénerie, est rappelé avec la qualité de chevalier de l'ordre du Roi dans un acte du 27 octobre 1572 postérieur à sa mort *(Titres de MM. Le Verrier de Champecegraye)* et dans un autre encore du 8 janvier 1603 *(Original. Titres de la maison de Goullard du Retail)*[2].

On ignore sa filiation[3] et ses armes[4].

Evesque (François L'), sgr de Marconnay, est cité avec la qualité de chevalier de l'ordre du Roi dans le traité des *Droits honorifiques des seigneurs et églises*, Paris, 1622, p. 87 et 88.

---

[1] Bibl. nat. *Cab. des Titres*, 1040, p. 62.

[2] *Ibid.* 1041, p. 1512.

[3] Il était fils de Jean L'Evesque, sgr de Marconnay, et de Jeanne de Champleise (Note communiquée par MM. Beauchet-Filleau).

[4] *D'or, à 3 bandes de gueules (Ibid.)*.

On le croit fils[1] de François L'Evesque, sgr de Marconnay, chevalier de l'ordre du Roi sous Charles IX[2].

Filleau (Jean), conseiller d'État et premier avocat du roi au présidial de Poitiers, fut reçu chevalier de l'ordre du Roi le 16 mai 1654[3] et fut confirmé dans cette dignité, en 1605, lors de la réforme et du rétablissement de cet ordre, après avoir préalablement fait preuve de sa noblesse, conformément aux nouveaux règlements (*Cabinet de l'ordre du Saint-Esprit*). Il mourut, en 1682, dans un âge fort avancé. Il est auteur de plusieurs ouvrages. On ignore sa filiation[4]. Ses armes : *De gueules à une fasce d'argent accompagnée de 3 coquilles d'or, posées 2 et 1*[5].

Fiesque (Scipion de), dit : *le comte de Fiesque*, comte de Lavagne, de Saint-Valentin et de Calestan, sgr de Bressuire et de Leuroux, gentilhomme ordinaire de la chambre du roi, capitaine de ses galères, conseiller en son conseil privé, chevalier d'honneur de la reine, ambassadeur près l'empereur Maximilien, fut nommé chevalier de l'ordre du Roi, le 31 mai 1562, à Vincennes. On lit, en conséquence, dans un compte de cet ordre, que, le 20 novembre 1565, il fut délivré un grand collier de l'ordre au sgr Scipion Fiesco, comte de Lavagne et Saint-Valentin, chevalier des ordres du Roi, qui avait été envoyé par les héritiers du feu maréchal de Brissac (*Original*

[1] Il était fils de René L'Evesque, sgr de Marconnay, et de Jacqueline de la Béraudière, et petit-fils de François (*Ibid.*).

[2] Bibl. nat. *Cab. des Titres*, 1044, p. 51.

[3] Ce fut en 1653 qu'il fut nommé chevalier de l'ordre du Roi. Il avait épousé : 1° le 25 janvier 1622, Marie Coulard, fille de René, sieur du Soucy, conseiller du roi, élu en l'élection de Poitiers, et de demoiselle Florence Citois ; 2° le 3 février 1649, demoiselle Jeanne Mourault, fille de Henri, écuyer, seigneur du Pin et de Cremille, et de demoiselle Marie Babin. Il mourut le 26 juillet 1682, âgé de 83 ans, et fut inhumé aux Carmes, dans la chapelle du Rosaire (Beauchet-Filleau, *Dict. des familles du Poitou*, 1re éd., t. II, p. 97).

[4] Fils de Simon Filleau et de Louise Ingrand (Beauchet-Filleau, *Dict. des familles du Poitou*, 1re éd., tome II, p. 94).

[5] Bibl. nat. *Cab. des Titres*, 1044, p. 453.

Chambre des Comptes de Paris). Il fut reçu chevalier de l'ordre
du Saint-Esprit le 31 décembre 1578, et était né à Gennes. Il
obtint du roi Henri II, au mois de décembre 1592, une gratification de 1150 livres en considération des services qu'il lui
avait rendus dans ses guerres et de ceux qu'il attendait encore
de lui en Italie, où il l'envoyait alors, et une autre encore de
690 livres, au mois de janvier 1554 (1555), également motivée
sur ses services au fait des guerres, particulièrement en
Italie. Il était pourvu, en 1556, d'une charge de gentilhomme
de la chambre et commandait deux galères en 1558. Il fut
ensuite confirmé dans ladite charge de gentilhomme de la
chambre sous Charles IX, et on le trouve compris, en cette
qualité, dans les états de la maison de ce monarque et du roi
Henri III depuis 1566, jusqu'en 1583, avec le droit de porter la
clef d'or. Dès le 1er avril 1559 il avait obtenu une gratification
de 4 800 livres, et Charles IX lui en accorda une autre de
3 120 livres, le 4 août 1568, en considération des services qu'il
lui avait rendus près de la personne de l'empereur et dans
d'autres notables charges où il avait été employé, et une
encore de 5 000 livres, au mois de juillet 1569, par moitié avec
Cornélio de Fiesque, son frère, motivée aussi sur les services
que l'un et l'autre lui avaient faits, en plusieurs voyages,
charges et négociations. En 1570, la reine Catherine de Médicis,
à la famille de laquelle il avait l'honneur d'appartenir, le fit son
chevalier d'honneur, charge qu'il exerça encore à la cour des
reines Elisabeth et Louise. En 1572, ayant eu ordre d'aller
reconnaître la Rochelle, il s'embarqua pour s'acquitter de
cette commission de confiance ; mais, s'étant trouvé entouré
pendant une nuit de huit bâtiments et foudroyé par le canon
de quatre autres vaisseaux, il fut forcé de se rendre, après
avoir reçu dans cette affaire deux légères blessures. L'année
suivante, il se trouva au siège de cette ville ; en 1575, il jouissait
déjà d'une pension de la cour de 6000 l.; le 22 juin 1577, il obtint
d'Henri III une gratification de 48 000 l., et au mois de décembre de la même année une autre de 3 300 l. Il mourut à

Moulins, en 1598, âgé de 70 ans. Brantôme, dans l'éloge du grand prince de France, parle ainsi de Scipion de Fiesque : « Monsieur le comte de Fiesque, dit-il, fut seigneur d'hon- « neur, de vertu et de valeur et de grande fidélité à la France « qu'il a toujours inviolablement gardée, si que pour ses ver- « tus le roy Charles IX et le roi Henri III le firent chevalier « d'honneur des Reynes leurs femmes, ayant esté auparavant « ambassadeur vers cet empereur Maximilien, où il traitta « le mariage de nostre très illustre Isabelle d'Autriche, etc. » On raconte que la reine-mère, ayant voulu le faire maréchal de France, il lui répondit : « Madame j'ay servi longtemps et « sur mer et sur terre et j'ay assez d'actions pour être toujours « honoré comme un bon et brave gentilhomme ; mais je « n'en ai pas assez pour l'être comme maréchal de France ; « j'aime mieux la considération dont je jouis qu'un plus haut « rang, qui peut-être, me la ferait perdre.» Une place de chape- lain de la reine Louise de Lorraine étant vacante, un homme vint le prier de la lui faire obtenir, et pour l'engager à prendre ses intérêts, dans cette circonstance, il lui remit une charte qui par hasard était tombée entre ses mains. Le comte de Fiesque, après l'avoir lue, vit que c'était un titre qui décidait contre lui dans un procès considérable qu'il avait pour sa terre du Loroux. « Je vais, dit-il à cet homme, écrire à ma partie qu'elle « a gagné son procès et que je suis prêt à lui payer tous les « frais et tous les dédommagements auxquels je dois être « condamné. Elle recevra avec cette lettre ce titre qui lui « appartient, et que vous auriez dû lui remettre. Vous avez « aussi mal pensé de moy que je dois mal penser de vous. « Sortez. » Le comte de Fiesque aimait et cultivait la poésie. Il fit des stances fort touchantes sur la mort d'Henri III et les accompagna d'une anagramme très heureuse où l'on trouve sans ajouter, retrancher, ni changer aucune lettre :

Frère Jacques Clément,
C'est l'Enfer qui m'a créé.

Il était fils de Sinibalde de Fiesque, comte de Lavagne et de Calestan, et de Marie de la Bouère. Ses armes : *Bandè d'argent et d'azur de 6 pièces*[1].

Foucher (Jacques), baron du Gué de Sainte-Flaive, seigneur de la Bretinière, de la Michenotière et de Longeville, mestre de camp d'un régiment d'infanterie[2], gentilhomme ordinaire de la chambre du roi le 19 février 1606 et premier, chambellan de Gaston, duc d'Orléans, le 13 juin 1632, fut nommé chevalier de l'ordre du Roi, le 11 mai 1636, sur ce que sa maison était une des plus considérables entre les gentilshommes du Poitou, et fut reçu par M. de Parabère, chevalier des ordres du Roi (*Titres de cette famille*). Il vivait encore en 1642. Il était fils de Joachim Foucher, seigneur du Guy de Sainte-Flaive, et de Jeanne de la Touche. Ses armes : *De sable à un lion d'argent couronné, langué, et onglé d'or*[3].

Foucher (Antoine), seigneur de Thénies, gouverneur d'Amboise, fils de Louis Foucher, seigneur de Thénies, et de Marie de la Porte de Vezins[4], et *Jean Foucher,* seigneur d'Esmentruère, baron de Rets, pensionnaire du roi en Bretagne[5], fils de Joachim Foucher et de Marie du Croisil, furent, d'après des mémoires, décorés de cet ordre[6].

[1] Bibl. nat. *Cab. des Titres*, 1040, p. 76.

[2] En 1624, il obtint l'érection en baronnie de la chatellenie de Sainte-Flaive, avec pouvoirs de haute, de moyenne et basse justice, droit d'érection de piliers et fourches patibulaires, etc., etc. Il avait épousé : 1º en 1602, demoiselle Hélène Barlot, fille d'Antoine, sgr du Chastelier-Barlot, et de demoiselle Renée de la Vergne ; 2º le 28 octobre 1616, demoiselle Marie Bruneau, fille de Charles, sgr de la Rabastelière, et de Renée de la Mothe ; 3º, le 12 juillet 1624, Diane Foucher. Il mourut des suites d'une blessure reçue au siège de Narbonne (Beauchet-Filleau, *Dict. des fam. du Poitou*, 1ᵉʳ éd., t. II, p. 116).

[3] Bibl. nat. *Cab. des Titres*, 1044, p. 290.

[4] Il avait épousé en 1490 Françoise de Marconnay, fille de Pierre, premier écuyer de la reine, et de Prégente Duboys (Beauchet-Filleau, *Dict. des fam. du Poitou*, 1ʳᵉ éd. t. II, p. 113).

[5] Il était gentilhomme ordinaire de la chambre du roi, et épousa en 1548 demoiselle Jeanne, (*aliàs*) Marie de la Haye-Montbault, fille de Jean, écuyer sgr de la Godelinière (*Ibid.*, p. 114).

[6] Bibl. nat. *Cab. des Titres*. 1044, p. 298.

Fouquet (Guillaume), marquis de Varenne, baron de Sainte-Suzanne, conseiller d'état d'Épée, gentilhomme ordinaire de la chambre du roi, son lieutenant général au gouvernement d'Anjou, gouverneur de la Flèche et d'Angers, commissaire des guerres et surintendant général des Postes de France, né en 1560, devint l'un des favoris les plus intimes du roi Henri IV qui le fit d'abord l'un de ses porte-manteaux, charge qu'il possédait, le 29 mai 1593, jour auquel ce monarque lui fit don, ainsi qu'à Pyrrhus L'Enfant, seigneur de la Patrière, de l'abbaye de Nieul et du prieuré du Pommier-Aigre, près de Chinon, qui vaquaient par la mort de l'évêque de Luçon, et ce, pour en disposer à leur volonté en faveur de personnes capables. Ce prince lui fit don encore d'une gratification de 1000 écus, le 3 mars 1594, en considération de ses services. Ce fut en cette année qu'Henri IV, ayant voulu découvrir à fond les intentions du roi d'Espagne sur les affaires de France et ses pratiques secrètes contre sa personne, et connaissant La Varenne pour un homme adroit, maître de sa contenance et intrépide, le choisit pour remplir cette commission si délicate. Il l'avait éprouvé en plusieurs occasions et l'avait en conséquence honoré de sa confiance dans ses affaires les plus secrètes. Indépendamment de la lettre de créance on lui donna un mémoire tout différent de celui qui avait été déchiffré, mais calqué sur le même chiffre, et on l'instruisit à fond de quantité de choses sur lesquelles il aurait à répondre. Arrivé en Espagne, il se fit présenter à Philippe, dont il soutint les regards et la conversation ; il rendit ses dépêches et fit si bien son personnage, que ce prince lui parla à cœur ouvert et lui ordonna entre autres choses d'assurer le duc de Mayenne et les ministres d'Espagne, qui étaient à Paris, qu'il était certain que le Pape n'approuverait jamais la conversion du prince de Béarn, à moins qu'il n'allât à Rome en personne, et même que s'il y allait, il enverrait de bons ordres à ses agents pour empêcher qu'on ne l'en laissât partir si aisément, que ceux de l'Union devaient compter sur toute sa puissance, pourvu que de leur part ils répondissent à ses bonnes intentions, et qu'il fallait avoir grand soin que les prédicateurs de Paris et des autres villes liguées fissent leur devoir à l'ordinaire, pour bien persuader au peuple que la conversion du prince de Béarn n'était qu'une feinte. La Varenne fut introduit chez l'Infante, qui, après diverses questions qu'elle lui fit sur ce qui se passait en France, lui parla à diverses reprises du prince de Béarn. Il lui en montra un portrait qu'il avait sur lui. Elle le regarda assez longtemps, et tandis qu'elle l'examinait, La Varenne remarqua quelque émotion sur son visage. Il lui dit que le bruit avait été en France qu'elle devait se marier avec ce prince, et cela était vrai, car les ministres d'Espagne tâchaient de s'ouvrir toutes sortes de chemins pour arriver à leur fin. Elle ne lui répondit rien là-dessus, mais elle retint le portrait. La Varenne, après avoir reçu ses ordres du roi d'Espagne, retourna chez la princesse pour prendre congé d'elle ; mais, au sortir de là, il eut avis que le duplicata du paquet qui avait été surpris en France venait d'arriver avec l'avis de la surprise. Il ne perdit pas un moment, et par grande diligence qu'il fit, il fut assez heureux pour éviter d'être arrêté ; car, s'il l'eût été, il ne s'agissait pas moins pour lui que de la torture et de la corde. Le danger auquel il s'était exposé et ses autres services lui méritèrent de plus en plus la bienveillance du roi qui lui donna l'accolade de chevalerie le 7 juin 1595 au combat de Fontaine-Française, le pourvut en la même année du gouvernement de la Flèche, le nomma contrôleur général des Postes en 1596, lui accorda une gratification de 1000 écus, le 30 novembre de la même année, en considération des fidèles et assidus services qu'il rendait ordinairement près de sa personne, lui fit adjuger au mois d'août 1597 une somme de 200 écus pour trois voyages qu'il avait faits concernant les affaires de S. M., l'un d'Ancre à Paris, y compris son retour à Pequigny, l'autre de Saint-Germain-en-Laye à Vitry-le-Français, et un autre encore du camp d'Amiens. Il lui accorda des lettres de noblesse au mois d'août 1598, et pour armes : *Un chien lévrier,* pour symbole de la fidélité qu'il lui avait toujours témoignée ; il le fit général des Postes, en 1606. Ce fut encore lui qui, en 1603, procura une audience du roi aux Jésuites, ce qui fut cause par ce moyen de leur retour à la cour. Ce favori, fier de sa fortune, ayant mis un gentilhomme auprès de son fils : « Comment, dit Henri IV, donner son fils « à un gentilhomme, je comprends bien cela ; mais donner « un gentilhomme à son fils, c'est ce que je ne puis com- « prendre.» On le trouve qualifié chevalier de l'ordre du Roi dans une note du 15 mai 1606 (*Titres de cette famille*) et dans le recueil manuscrit des chevaliers de Saint-Michel, fait en 1620 par Pierre d'Hozier, gentilhomme ordinaire de la maison du roi (*Bibliothèque du Roi*). Il avait été admis dans cet ordre sous Henri IV, et Pierre d'Hozier, en son recueil des chevaliers de Saint-Michel, fixa l'époque au 13 janvier 1617.

On ignore sa filiation. Ses armes : *De gueules à un lévrier passant d'argent, ayant un collier d'azur semé de fleur de lis d'or*[1].

Frézeau (Philippe), sgr de la Frézelière, d'Amaillou, de la Roche-Thibaud, de Gâtebourse, de la Grimaudière et de Possons, gentilhomme ordinaire de la chambre du roi, lieu-tenant de cinquante hommes d'armes de ses ordonnances, gouverneur et lieutenant général pour Sa Majesté en Poitou, en l'absence du comte du Lude, et commandant à Niort, fut nommé d'abord capitaine d'une compagnie de trois cents hommes d'infanterie le 6 février 1368, et pourvu ensuite du gouvernement de Niort, avant le 14 décembre de l'année sui-vante ; était déjà lieutenant au gouvernement de Poitou lorsque le roi le commit, le 28 du même mois, pour rétablir l'ordre et la tranquillité dans cette province et pour y main-tenir l'union entre les peuples. La sagesse avec laquelle il se conduisit dans cette circonstance l'ayant rendu digne de la

[1] Bibl. nat. *Cab. des Titres,* 1043, p. 272.

reine-mère, cette princesse crut qu'en le choisissant pour commander dans la ville de Carentan dont les rebelles voulaient s'emparer, cette place serait en sûreté sous les ordres d'un chef qui s'était déjà signalé en tant d'occasions importantes ; le succès répondit à l'opinion qu'elle avait de sa fermeté. Il défendit Carentan avec tant de bonheur et de courage, lorsque cette ville fut attaquée en 1574 par le comte de Montgommery, chef du parti huguenot en Normandie, qu'il fit échouer son entreprise. Il est qualifié chevalier de l'ordre du Roi dans deux lettres du roi des 14 décembre 1569 et 5 mars 1570, ainsi que dans une Commission de Sa Majesté du 26 décembre de l'année 1569 (*Titres de cette maison*). On lui trouve encore la même qualité dans deux montres des 1er janvier 1570 et 28 avril 1572 (*Originaux. Bibliothèque du Roi*). Le 23 février 1573, le duc d'Anjou le nomma lieutenant général au gouvernement du Haut et Bas-Poitou, et, au mois d'avril 1574, il vint trouver le roi à Vincennes pour affaires relatives à son service. Le 6 octobre de la même année, le roi Henri III le nomma commandant à Niort et dans la province du Bas-Poitou, l'admit en 1581 au nombre des gentilshommes de sa chambre portant la clef d'or et renouvela sa commission, en 1585, pour commander en Poitou sous le baron de Malicorne, avec la même étendue de pouvoir et d'autorité qu'il avait eue sous le comte du Lude. Il avait reçu vingt lettres du roi Charles IX de l'année 1570, et l'on en compte vingt-sept dont le roi Henri III l'honora depuis l'époque de 1581 jusqu'après l'an 1585, qui sont autant de monuments de l'estime et de la confiance que ces deux monarques avaient en lui. Le seigneur de la Frézelière mourut en 1590.

Il était fils de René Frézeau, chevalier, seigneur de la Frézelière, et de Françoise Milet. Ses armes : *Burelé d'argent et de gueules, de six pièces, et une cotice d'or brochant sur le tout*[1].

---

[1] Bibl. nat. *Cab. des Titres*, 1041, p. 1036.

Frézeau (Jacques), sgr de la Frézelière, d'Amaillou, de la Roche-Thibaud, etc., gentilhomme ordinaire de la chambre du roi, capitaine de cinquante hommes d'armes de ses ordonnances, maréchal de ses camps et armées par commission du 18 juillet 1620 et gouverneur de Poitiers, est cité avec la qualité de chevalier de l'ordre du Roi dans un acte du 9 janvier 1601 *(Titres de cette maison)*. Il avait été nommé capitaine d'une compagnie de chevau-légers le 2 mars 1589, et capitaine de cent arquebusiers à cheval au mois de juin suivant. Louis XIII lui accorda une pension de 3 000 livres, en 1614, en considération de ses services, et il mourut en 1620.

Il était fils de Philippe Frézeau, seigneur de la Frézelière, chevalier de l'ordre de Roi, et de Guyonne du Puy[1].

Frottier (François), seigneur de la Messelière, de Bagneux, de Champbonneau et de Chamousseau, capitaine de cinquante hommes d'armes des ordonnances du roi, servait ès années 1569 et 1574 en qualité de lieutenant de la compagnie des gendarmes du seigneur de Sansac. Il fut nommé chevalier de l'ordre du Roi le 20 juin 1568 *(Titres de cette maison)*, et mourut vers le mois de janvier 1584[2].

Il était fils de Charles Frottier, seigneur de la Messelière, et de Jeanne de Polignac. Ses armes : *D'argent, à un pal de gueules, accosté de dix losanges de même, 5 de chaque côté, posés 2 et 1*[3].

Frottier (Pierre), seigneur de Chamousseau, ou de Champmonceau, de la Messelière, de la Côte et de Bagneux,

[1] Bibl. nat. *Cab. des Titres*, 1043, p. 185.

[2] Il avait été exempt du ban de 1557 comme l'un d s cent gentilshommes de la maison du roi, et donna, les 16 février 1564 et 12 juin 1565, une quittance comme enseigne d'une compagnie de cinquante hommes d'armes, et en cette même année commanda plusieurs villes d'Angoumois. Il avait épousé demoiselle Antoinette Goumard, fille de François, sgr de Mézières, et de Renée de Marans, le 10 juin 1558. Il mourut en 1597 (Beauchet-Filleau, *Dict. des fam. du Poitou*, 1re éd., t. I, p. 132).

[3] Bibl. nat. *Cab des Titres*, 1040, p. 714.

gentilhomme ordinaire de la chambre du roi, capitaine de cinquante lances de ses ordonnances, gouverneur de Saintes, de Niort et de Poitiers, servait ès année 1572 et 1575 en qualité d'enseigne de la compagnie de cent hommes d'armes du baron de Sansac, fut chargé en 1574 par le seigneur de Mortemart, capitaine de cinquante lances, d'une commission de confiance auprès du roi Charles IX, et le duc de Montpensier lui en donna une autre auprès de la reine-mère en la même année. Il fut nommé chevalier de l'ordre du Roi le 4 février 1569 et reçu par le vicomte de Paulmy chevalier dudit ordre (*Originaux. Titres de cette maison et de la maison de Voyer de Paulmy*). En 1576, il fut député vers Henri III par ledit seigneur de Mortemart et il se rendit encore auprès du monarque, en 1577, pour affaires relatives à son service[1]. On ne peut douter qu'il n'eût pris le parti de la Ligue d'après un certificat qu'il donna, le 6 mai de cette année, où il se qualifie capitaine d'une compagnie de cinquante hommes de guerre à cheval portant lances de la Ligue et Association du pays de Poitou. Au mois de janvier, et au mois de juin 1586, le duc de Mayenne le chargea auprès du roi de deux commissions de confiance, pour lesquelles S. M. lui fit adjuger une somme de 540 écus sur les fonds de son épargne et il vivait encore en 1596.

Il était fils de François Frottier, seigneur de la Messelière, chevalier de l'ordre du Roi, et d'Antoinette Goumard[2].

Frottier (Gaspard), seigneur de la Messelière, de Chamousseau et d'Espinay, gentilhomme ordinaire de la Chambre du roi et mestre de camp d'un régiment d'infanterie, fut député de la noblesse de la Marche aux Etats-Généraux, tenu

s

---

[1] avait épousé, le 15 juin 1543, demoiselle Yolande Le Voyer, fille de Jean, écuyer, sgr de Paulmy, et de Jeanne Gueffard, dame d'Argenson (Beauchet-Filleau, *Dict des fam. du Poitou*, 1re éd., t. ii, p. 133).

[2] Bibl. nat. *Cab. des Titres*, 1041, p. 933.

à Paris en 1514[1]. Il est rappellé avec la qualité de chevalier de l'ordre du Roi et celle de haut et puissant dans un acte du 27 avril 1623, postérieur à sa mort arrivée après l'an 1619.

Il était fils de Pierre Frottier, seigneur de la Messelière, chevalier de l'ordre du Roi, et d'Yolande de Voyer[2].

Frottier (Louis), seigneur de la Messelière, de Chamousseau et de l'Espinay, est cité avec la qualité de chevalier de l'ordre du Roi dans un acte du 14 septembre 1661 (*Titres de cette maison*). L'on présume que ce fut sous Louis XIV qu'il fut admis dans l'ordre de Saint-Michel. Il vivait encore en 1698[3]. Il était fils de Louis Frottier, chevalier, seigneur de la Messelière, et d'Esther de Chissé[4]. Mêmes armes que les précédents[5].

Fumée (Martin), seigneur de Genillé, de Marly-le-Château, de la Roche-d'Alez, gentilhomme ordinaire de la chambre de François, duc d'Anjou et d'Alençon, est cité avec la qualité de chevalier de l'ordre du Roi dans le procès-verbal du 16 juin 1588 de la convocation des États de Tours, où il comparut dans l'état de la noblesse (*Original. Titres de la maison de Vimeux de Rochambeau*).

[1] Il rendit de grands services au roi Henri IV en contenant les Huguenots dans le Poitou et dans la Marche avec des troupes levées à ses dépens ; et le roi, pour reconnaître les sacrifices qu'il avait faits pour le servir, lui accorda, en 1597, un brevet, qui créa capitainerie royale et conservation des plaisirs royaux la terre de la Messelière. Il avait épousé Elisabeth de la Rochefoucauld-Bayers, dame de l'Espinay, fille de Jean, sgr de l'Espinay, et de dame Jeanne de Volvire. Il mourut le 16 septembre 1616, tué pendant les guerres du prince de Condé (Beauchet-Filleau, *Dict. des fam. du Poitou*, 1re éd., t. II, p. 133).

[2] Bib. nat. *Cab. des Titres*, 1044, p 366.

[3] Il avait été élevé enfant d'honneur de Louis XIV. Il fut gentilhomme ordinaire de la chambre du roi, et avait épousé le 20 janvier 1619 Esther de Chissé, fille de René, sgr d'Ingrandes, trésorier de France et général en Poitou, et d'Elisabeth Taveau. Il devait être mort avant 1698, et c'est sans doute de son fils Louis, dont on veut parler à cette époque.

[4] Il était fils de Gaspard Frottier, sgr de la Messelière, etc., chevalier de l'ordre du Roi, et de Elisabeth de la Rochefoucauld-Bayers (Beauchet-Filleau, *Dict. des fam. du Poitou*, 2e éd., t. II, p. 133).

[5] Bibl. nat. *Cab. des Titres*, 1044, p. 499.

Il était fils de Martin Fumée, seigneur des Roches-Saint-Quentin, maître des requêtes ordinaire de l'hôtel du roi et de Martine d'Alez. Ses armes : *D'azur à deux fasces d'or, accompagnées de 6 besants de même, posés 3 au chef, 2 en cœur et 1 en pointe*[1].

Fumée (Antoine), seigneur de Blandé et des Roches-Saint-Quentin, conseiller du roi en son hôtel le 4 octobre 1574, ambassadeur vers l'empereur Charles V, fut employé pour la pacification des troubles de Languedoc. On lit dans le sixième volume des *Grands officiers de la Couronne*, p. 423, qu'il fut fait chevalier de Saint-Michel, mais on n'y donne aucune époque. Il est encore qualifié chevalier de Saint-Michel dans le *Recueil manuscrit* des chevaliers de cet ordre, fait en 1520 par Pierre d'Hozier, gentilhomme ordinaire de la maison du roi (*Bibliothèque du roi*). Il mourut en 1583.

Il était fils de Martin Fumée, seigneur des Roches-Saint-Quentin, maître des requêtes ordinaire de l'hôtel du roi, et de Martine d'Alez[2].

Gazeau (Pierre), sgr de la Couperie et des Nouhes, fut nommé chevalier de l'ordre de Saint-Michel, le 18 août 1650. Il servait en Lorraine, dès l'an 1635, et le Roi lui écrivit le 9 décembre 1648[3], pour lui témoigner la reconnaissance qu'il avait de ses services[4].

Gillier (René), sgr et baron de Salles et de Fougères, est cité, avec la qualité de chevalier de l'Ordre du Roi, dans un acte du 3 août 1572 (*Titres de la maison de Sainte-Maure*[5]).

---

[1] Bibl. nat *Cab. des Titres*, 1042, p. 413.

[2] Bibl. nat. *Cab. des Titres*, 1042, p. 481.

[3] Il était fils de Jacques Gazeau, sgr de la Couperie et du Lignerau et de Françoise d'Argenton. Ses armes : *D'azur, au chevron d'or accompagné de 3 trèfles de même* (Beauchet-Filleau, *Dict. des fam. du Poitou*, 1re éd. t. II, p. 150). Il avait épousé, le 13 novembre 1621, demoiselle Claude Guérin (*id.*).

[4] Bibl. nat. *Cab. des Titres*, 1046, p. 227.

[5] Il avait épousé demoiselle Renée de Choisy. (Beauchet-Filleau, *Dict. des fam. du Poitou*, 1re éd. t. II, p. 157).

Il était fils de Pierre Gillier, sgr de Salles et de Marie de la
Forêt. Ses armes : *d'or, au chevron d'azur accompagné de
3 macles de gueules posées deux en chef et une en pointe*[1].

Gillier (René), sgr et baron de Marmande, de Puygarreau
et de Faye-la-Vineuse, conseiller du Roi en son conseil privé
et capitaine de cinquante hommes d'armes de ses ordonnances[2]. Il est cité, dans le recueil manuscrit des chevaliers
de Saint-Michel fait par Pierre d'Hozier, gentilhomme ordinaire de la maison du Roi, en 1620. Depuis, il est rappelé avec
la qualité de chevalier de l'Ordre du Roi, dans un acte du
3 août 1633, postérieur à sa mort (*Original, titres de MM. du
Verdier de la Chapelle*).

Il était fils de Bonaventure Gillier, chevalier, sgr et baron
de Puygarreau, de Marmande et de Faye-la-Vineuse, et de
Marie Babou, sœur du cardinal de la Bourdaisière[3].

Gillier (Urbain), marquis de Puygarreau, sgr et baron de
Marmande, de Sigournay, de Chantonnay, de Puybéliard,
etc., capitaine de cent hommes d'armes des ordonnances du
Roi et gouverneur de Poitiers[4], admis dans l'ordre de Saint-
Michel, vers le règne d'Henri IV, est rappelé sous le titre de
chevalier de l'Ordre du Roi, dans un acte original du 24 juillet 1638[5], postérieur à sa mort[6].

Gillier (Melchior), conseiller du Roi en ses conseils et

---

[1] Bibl. nat. *Cab. des Titres*, 1041, p. 1294.

[2] Il avait épousé, le 13 février 1582, demoiselle Claude de Laval, dame du
Plessis-Clérambault, fille de Pierre, baron de Lezay, et de Jacqueline de
Clérambault. Il était mort avant 1618 (Beauchet-Filleau, *Dict. des fam. du
Poitou*, 1re éd. t. II, p. 159).

[3] Bibl. nat. *Cab. des Titres*, 1043, p. 437.

[4] Il avait épousé, le 17 mai 1614, demoiselle Marie Chabot de Saint-Gelays
fille de Léonor, baron de Jarnac, et de Marie de Rochechouart (Beauchet-
Filleau, *Dict. des fam. du Poitou*, 1re éd., t. II, p. 159).

[5] Il était fils de René Gillier, baron de Marmande, sgr de Puygarreau, chev.
de l'ordre du Roi et de Claude de Laval (Beauchet-Filleau, *Dict. des fam.
du Poitou*, 1re édition, t. II, p. 159).

[6] Bibl. nat. *Cab. des Titres*, 1046, p. 239.

maître d'hôtel ordinaire de S. M., fut reçu chevalier de l'Ordre du Roi, dans l'intervalle du mois de mai au mois de novembre 1639, ayant rang dans la liste des chevaliers de cet ordre confirmés dans cette dignité, en 1665, entre André Pison, reçu au mois de mai 1639, et Charles de Malesset, reçu au mois de novembre suivant (*Cabinet de l'Ordre du Saint-Esprit*). Il avait fait préalablement ses preuves de noblesse, conformément aux nouveaux règlements.

Il mourut le 22 avril 1665.

Il était fils de Jean Giller, escuier, et de Madeleine Vachier, dame de Sygohier[1].

Gillier (Georges), marquis de Puygarreau, sgr et baron de Marmande, de Sigournay, de Puybéliard, de Chantonnay, de Luains, de Pouhé, du Plessis-Clérembaut, conseiller d'Etat d'épée et capitaine de 50 hommes d'armes des ordonnances du Roi, admis dans l'Ordre de Saint-Michel, sous Louis XIII, est qualifié chevalier de l'Ordre du Roi, dans un aveu qu'on lui rendit, le 30 janvier 1641[2]. Il vivait encore en 1660[3].

Girard (René de), sgr de la Roussière, guidon de la compagnie des gendarmes du comte du Lude, emploi auquel il fut nommé le 25 décembre 1569, se signala en la même année, au siège de Poitiers, où il fut dangeureusement blessé. Il est cité avec la qualité de chevalier de l'Ordre du Roi et celle de noble et puissant, dans un acte du 14 novembre 1573 (*Original titres de la maison d'Espagne de Vennevelles*).

On ignore sa filiation[4]. Ses armes : *d'azur, à 3 chevrons brisés d'or*[5].

---

[1] Bibl. nat. *Cab. des Titres*, 1044, p. 310.

[2] Il était fils d'Urbain Gillier, baron de Marmande-Puygarreau, chevalier de l'Ordre du Roi, et de Marie Chabot de Saint-Gelais (Beauchet-Filleau, *Dict. des fam. du Poitou*. 1re éd., tome II, p. 159).

[3] Bibl. nat., *Cab. des Titres*, 1046, p. 239.

[4] Il était fils de Emmery Girard, chev. sgr de la Roussière et chev. de l'Ordre du Roi et de Anne de la Brosse (Note communiquée par MM. Beauchet-Filleau),

[5] Bibl. nat. *Cab. des Titres*, 1041, p. 1398.

Girard (Emery de), sgr de la Roussière, est compris en qualité de chevalier de l'Ordre de Saint-Michel, dans le recueil manuscrit des chevaliers de cet ordre, fait en 1620, par Pierre d'Hozier, gentilhomme de la maison du roi[1] (*Bibliothèque de Roi*[2]).

Girard (Guillaume de), sgr de la Roussière, est compris en qualité de chevalier de l'Ordre du Roi dans le même recueil[3].

Girard (Antoine de), sgr de la Roussière[4].

Girard (Guy de), sgr de la Roussière et de Coignac, capitaine de 50 chevau-légers et gouverneur de Fontenay-le-Comte[5]. (*Idem*)[6].

Gouffier (Guillaume), sgr de Boisy, baron de Rouannois et de Maulévrier, premier chambellan du roi, son lieutenant général en Languedoc, sénéchal de Saintonge, gouverneur de Touraine et de la personne du roi Charles VIII, s'attacha d'abord dans sa jeunesse au roi Charles VII, dont il parvint à mériter la bienveillance et qui le combla de bienfaits. Il lui fit don de sa terre de la Roqueservière en Rouergue, le 30 mars 1449, et de celles d'Oiron, de Rochefort, du Rougnon, de la Chaussée, de Champagné-le-Sec et de Souay, près de Chinon, le 17 décembre suivant. Il paraît qu'il fut admis dans l'ordre de Saint-Michel, sous Charles VIII, vers l'époque où les Etats de Tours le choisirent pour être auprès de la personne de ce monarque. On ne lui trouve la qualité de chevalier de l'Ordre du Roi, que dans l'histoire de Gerberoy, impri-

---

[1] Il était fils de Guillaume Girard, IIe du nom et sgr de la Roussière et de Marie Brugières (Note communiquée par MM. Beauchet-Filleau).

[2] Bibl. nat. *Cab. des Titres*, 1046, p. 246.

[3] *Idem.*

[4] *Idem.*

[5] Il était fils d'Emmery Girard, chev. sgr de la Roussière, chev. de l'Ordre du Roi et de Anne de la Brosse (Note communiquée par MM. Beauchet-Filleau).

[6] Bibl. nat. *Cab. des Titres*, 1046, p. 246.

mée à Rouen en 1679[1], p. 357. Il était déjà pourvu de la dignité de chambellan de ce monarque, en 1451, et le 11 juin de cette année, il obtint celle de sénéchal de Saintonge ; mais il fut dispensé pendant plusieurs années d'en faire le serment, à raison de ce qu'il était continuellement auprès de la personne de Sa Majesté. Le 20 novembre 1454, il fut fait premier chambellan, et, à la mort du roi, les ennemis du sgr de Boisy ayant intrigué contre lui, il fut obligé de se démettre de sa place et se retira auprès du duc de Bourbon, jusqu'à ce qu'il fût parvenu à se justifier. Enfin il fut rétabli dans ses charges le 13 octobre 1465, excepté dans celle de lieutenant de roi de Languedoc, en dédommagement de laquelle le roi lui conféra celle de sénéchal de Saintonge, le 3 octobre 1467. Ce monarque lui donna encore, en 1477, les terres de Terves et de Valson qui avaient été confisquées sur Claude et Marc de Toulongeon. En 1484, après la mort de Louis XI, il fut choisi par les États de Tours, dit Saint-Galais, pour être auprès du roi Charles VIII, et il mourut à Amboise, le 23 mai 1495.

Il était fils d'Aimery Gouffier, sgr de Roussay. Ses armes : *d'or, à trois jumelles de sable*[2].

Gouffier (Artus), sgr de Boisy, duc de Rouannois, grand maître de France, comte d'Etampes et de Caravas, baron de Passavant, de Maulévrier, de Roüanne, de la Mothe-Saint-Romain, de Bourg-sur-Charente et de Saint-Loup, sgr d'Oiron, de Villedieu, de Valence, de Cazalmajor et capitaine de cent hommes d'armes des ordonnances du Roi, l'un de ses chambellans ordinaires, conseiller en son conseil privé, gouverneur de la personne de Sa Majesté, gouverneur de Dauphiné et des villes et châteaux d'Amboise et de Chinon, bailli et

---

[1] Il avait épousé : 1° le 8 avril 1450, demoiselle Louise d'Amboise, fille de Pierre, sgr de Chaumont et d'Anne de Bueil ; 2° le 25 juin 1472, demoiselle Philippe de Montmorency, veuve de Charles de Melun, grand-maître de France, fille de Jean, baron de Montmorency, et de Marguerite d'Agermont (Beauchet-Filleau (*Dict. des fam. du Poitou*, 1re éd., t. II, p. 163).

[2] Bibl. nat. *Cab. des Titres*, 1038, p. 129.

gouverneur de Valois et de Vermandois, eut la réputation, dit Saint-Gelais, en son « Histoire de Louis XII », d'un très sage, vertueux et bon gentilhomme. Il avait été élevé enfant d'honneur du roi Charles VIII et suivit ce monarque à la conquête du royaume de Naples. Il continua ensuite ses services à Louis XII, qu'il accompagna à son voyage d'Italie, en 1499. On le trouve mentionné, avec la qualité de chevalier de l'Ordre du Roi, que le roi lui donne en même temps qu'il l'appelle son cousin, sur la suscription d'une lettre, qu'il lui écrivit, le 3 mars 1516 (1517), pour l'inviter à se trouver au chapitre de l'Ordre de Saint-Michel, qu'il avait déclaré vouloir se tenir, à la fête de saint Michel suivante, en l'Église de Saint-Sauveur de Blois. De plus il est qualifié chevalier de l'Ordre du Roi dans une quittance. (*Manuscrit de M. de Gaignières sur l'Ordre de Saint-Michel.*) (*Bibliothèque du Roi*). Il assista encore, en qualité de chevalier dudit ordre, à l'entrée de la reine Claude à Paris, le 12 mai de la même année. (*Cérémonial Français, tome I, p. 481*). Il fut fait bailli de Vermandois, le 23 novembre 1503, l'un des chambellans du Roi, le 6 septembre 1512, et gouverneur de Chinon, le 15 juin 1514. François Ier, dont il avait été gouverneur et premier chambellan dans sa jeunesse, le nomma bailli et gouverneur de Valois, le 30 novembre 1513, lorsqu'il n'était encore que comte d'Angoulême et lui fit don de la terre de Villedieu-sur-Indre, le 25 décembre 1514, pour le récompenser des grands services qu'il lui avait rendus dans l'administration de ses principales affaires. Ce prince ne fut pas plus tôt monté sur le trône, qu'il l'institua grand maître de France, le 7 janvier 1515, lui donna le gouvernement d'Amboise et une compagnie de 50 lances. M. de Boisy se trouva en la même année, à la conquête du duché de Milan et se signala à la bataille de Marignan ; le 1er septembre de cette année, le Roi lui donna les terres de Caravas, Cazalmajor et de Valence et érigea en comté celle de Caravas, le 23 décembre suivant. Il fut nommé, le 13 août 1516, pour négocier le mariage de Louise de France avec Charles d'Autriche, roi d'Espagne, et le 1er septembre suivant il fut pourvu du gouvernement de Dauphiné. Le 3 février 1518, la reine Claude de France lui fit don du comté d'Estampes ; il fut envoyé en ambassade, vers les princes d'Allemagne, pour leur proposer l'élection du Roi à l'Empire et fut fait duc de Roüannois et pair de France, le 3 avril 1519. Il mourut à Montpellier, au mois de mai suivant, dans le temps qu'il s'occupait à traiter de la paix, d'après les ordres qu'il en avait reçus du Roi[1].

Il était fils de Guillaume Gouffier, sgr de Boisy, chevalier de l'Ordre du Roi et de Philippe de Montmorency. Ses armes : *d'or, à 3 jumelles de sable en fasce*[2].

Gouffier (Guillaume), sgr de Bonnivet, de Crèvecœur, de Thois et de Querdes, amiral de France, premier gentilhomme de la chambre du Roi, l'un de ses conseillers et chambellans ordinaires, son ambassadeur en Angleterre, gouverneur du Dauphiné, puis de Guyenne, gouverneur de la personne de François, dauphin, et capitaine des ville et château d'Honfleur ; se trouve en 1507 au siège de Gênes, et en 1573 à la journée de Guinegatte. Il devint l'un des plus intimes favoris de François Ier, qui dans la suite eut beaucoup à se repentir de lui avoir donné toute sa confiance. Il le fit en 1516 premier gentilhomme de sa chambre, à la place de Charles de Rochechouart, sgr de Montpipeau, le nomma l'un de ses commissaires pour se trouver à l'assemblée des trois états de Normandie, tenus à Rouen au mois d'août 1517, l'honora de la dignité d'amiral de France le 31 décembre suivant, l'envoya l'année suivante, en Allemagne pour affaires très importantes à son service, et à son retour l'institua gouverneur du Dauphiné et le chargea de l'éducation du Dauphin son fils. Il était pourvu le 7 mars 1518 de la dignité de chambellan du Roi et

---

[1] Il avait fondé, le 10 mars 1518, une collégiale dans l'église d'Oyron, qu'il fit reconstruire. Il avait épousé : le 10 février 1499, demoiselle Hélène d'Hangest, dame de Magny, fille de Jacques, sgr de Genlis, et de Jeanne-Marie de Moy (Beauchet-Filleau, *Dict. des fam. du Poitou*, 1re éd. t. II, p. 165).

[2] Nat. *Cab. des Titres*, 1039, p. 13.

fut envoyé en Angleterre, où il usa de tant d'adresse et négocia si
habilement avec le cardinal Wolsey, premier ministre d'Henri
VIII, qu'il conclut non seulement une alliance avec l'Angleterre contre les ennemis de la France, mais même qu'il obtint
la restitution de la ville de Tournay[1]. Peu s'en fallut même
qu'il ne fît élire empereur le Roi son maître, ce qui fût arrivé,
si l'évêque de Liège, qui avait à se plaindre de la cour de
France n'eût rompu les mesures que l'amiral de Bonnivet avait
prises pour lui procurer le sceptre de l'Empire. Ce fut par son
moyen que se fît l'entrevue de ce Monarque et d'Henri VIII
entre Ardres et Guines, en 1520. Il obtint, l'année suivante, le
gouvernement de Guyenne et se signala à la prise de Fontarabie fut chargé, en 1523, de l'expédition d'Italie, se rendit
maître de Novare et de plusieurs autres places ; mais il fut
forcé de lever le siège de Milan, qu'il avait entrepris, et fut
encore défait, en 1524, à la retraite de la Pessia, où il reçut,
dès la première charge, un coup de mousquet au bras qui
l'obligea, par la quantité de sang qu'il répandait, de se retirer,
laissant la conduite de l'arrière-garde au comte de Saint-Paul
et au chevalier Bayard. Enfin, l'amiral de Bonnivet ayant
conseillé au Roi, malgré l'avis des plus expérimentés de sa
cour, de donner la bataille de Pavie en 1525, il fut l'auteur de
tous les malheurs de la France et même la victime de son
entêtement, car il perdit lui-même la vie. Il eut encore le
malheur de n'être plaint de personne; on regarda sa mort
comme la punition de tous les mauvais conseils qu'il avait
donnés au Roi et de l'abus qu'il avait fait de son grand crédit
sur l'esprit de ce prince. « Il y combattit, ce jour-là, très vail-
« lamment, dit Brantôme, faisant office de capitaine et
« soldat : et voyant après qu'il bastoit mal pour nous, et que

---

[1] Il avait épousé : 1°, le 14 juin 1506, demoiselle Bonaventure du Puy-du-
Fou, fille de Geoffroy, sgr d'Amaillou, et de Marguerite de Saint-Gelays ; 2°
le 5 juin 1517, demoiselle Louise de Crèvecœur, fille et unique héritière de
François, sgr de Crèvecœur, et de Jeanne de Rubempré. Il fut enterré dans
l'église d'Oyron, où Claude, son neveu, lui fit élever un tombeau. (Beauchet-
Filleau, *Dictionnaire des familles du Poitou*, 1re éd. t. II, p. 165).

« la fortune et victoire panchoit pour l'ennemy, après qu'il
« eust faict tout ce qu'il peut de rallier le reste des Suisses et
« quelque cavallerie, et n'y ayant rien pu gaigner, se resoult
« de mourir....... et, haussant la visière de sa sallade,
« selon la coustume des capitaines qui commandent........
« opposa sa gorge aux espées, et mourut. Belle fin et résolu-
« tion, et de galant homme certes, pour fuir la honte et le
« reproche qu'on luy eust faict de son conseil et de sa
« faute[1] ! » On lui trouve la qualité de chevalier de l'Ordre
du Roi dans un état des officiers domestiques de Sa Majesté,
du 16 avril 1517 (*Bibliothèque du juge d'armes de France*), et
dans un acte du 8 juin de la même année (*idem*) ainsi que
dans une monstre du 29 mars 1518 (*Original, bibliothèque du
Roi*) où il prend de plus le titre de haut et puissant seigneur.

Il était frère d'Artur Gouffier, sgr de Boisy, chevalier de
l'Ordre du Roi, cité à l'article précédent. Ses armes : *d'or, à
trois jumelles de sable en fasce, écartelé d'or, à la croix de
gueules accompagnée de 16 alérions d'azur*[2].

Gouffier (Claude), duc de Rouannois, grand écuyer de
France, marquis de Boisy, comte de Maulévrier et de Caravas, baron de la Mothe-Saint-Romain et de Passavant,
sgr d'Oiron, de Chinon, de Courcelles, de Melles ou de
Meulles, de la Fougereuse, du Fief-l'Evêque, de Palluau, de
Saint-Loup et de Villedieu, premier gentilhomme de la
chambre du Roi, conseiller en son conseil privé, capitaine de
cinquante lances de ses ordonnances et des cent gentilshommes de sa maison, bailli d'Auxerre et de Vermandois,
gouverneur d'Amboise et de Chinon, servit en qualité de colonel de chevau-légers dans les guerres de François Ier qui
l'admit, en 1516, et le 9 juin, au nombre des gentilshommes de
sa chambre. Ce monarque, le nomma gouverneur d'Amboise

---

[1] *Œuvres complètes du Seigneur de Brantôme*, Paris, Foucault, 1822. —
Tome II, p. 160-161.

[2] Bibl. Nat. *Cab. des Titres*, 1039, p. 15.

et de Chinon le 3 novembre 1519, et le 16 avril 1520, il l'institua bailli de Vermandois. Il se trouva en 1525 à la bataille de Pavie, où il fut fait prisonnier, assista au lit de justice tenu par le Roi, au Parlement, le 16 juillet 1527, obtint de Sa Majesté, le 3 décembre 1528, une gratification de 6100 l., en récompense des bons, agréables et très recommandables services qu'il lui avait rendus et de la dépense qu'il avait faite par delà les monts, pour son service, particulièrement en son armée d'Italie, commandée par le comte de Saint-Pol, était déjà pourvu, en 1531, d'une compagnie de gendarmes et en 1535 de la charge de premier gentilhomme de la chambre, quoi qu'on ne fixât sa nomination à cette charge qu'au 23 juillet 1537 ; obtint du Roi, le 28 avril 1538, une nouvelle gratification de 135, 000 l., également motivé sur ses services au fait des guerres et à l'entour de sa personne, et aussi, pour le mettre à même de payer la rançon à laquelle il avait composé, lorsqu'il fut fait prisonnier, en 1536, dans le temps que l'Empereur faisait des entreprises sur la Provence. Il jouissait, dès l'an 1530, de 1200 l. de pension de la cour qui graduellement fut portée à 3000 l. peu d'années après, puis sous Henri III, à 10,000 l. et enfin à 14,000 l. Le 21 juin il fut envoyé en qualité de lieutenant du duc d'Orléans, gouverneur de Champagne, pour secourir la place de Montescler que les ennemis commençaient d'assiéger ; et en effet on lit dans un compte de l'Epargne, que, le 18 novembre de cette année, le Roi lui fit adjuger une somme de 470 l. 10 s. 6 d. pour son remboursement du voyage qu'il avait fait, au mois de juin précédent, au château de Montorlaire en Champagne, où S. M. l'avait envoyé comme son lieutenant pour la défense de cette place, pendant le passage de l'Empereur et de son armée, et aussi pour avoir exécuté quelques commissions de confiance qu'elle lui avait données. Le 9 octobre 1545, il fut pourvu de la charge de capitaine de cent gentilshommes de la maison du Roi, et le 22 octobre de l'année suivante, de celle de grand écuyer de France. Le Roi avait aussi érigé en comté

sa terre de Maulévrier, dès le mois d'août 1542. M. de Boisy
continua de servir le roi Henri II avec le même zèle et la
même distinction. Ce monarque lui accorda au mois de septembre 1549 une gratification de 22500 l., tant à raison des
bons, grands, vertueux et recommandables services qu'il
avait rendus au feu Roi, au fait de la guerre, que pour le dédommager des chevaux de son écurie, qui, suivant les anciennes coutumes, lui appartenaient comme grand écuyer,
et un autre de 9000 l., au mois de juillet 1558, sur le même
motif de ses services. En 1562, Charles IX l'admit dans son
conseil d'Etat, et au mois de mai 1564 il érigea en marquisat,
sa terre de Boisy. Il avait assisté, le 11 avril précédent, au lit de
justice que ce monarque tint au parlement de Bordeaux. Au
mois de novembre 1566, S. M. Erigea en duché sa terre de
Roüannois et enfin, le 2 mars 1560, elle le nomma à une compagnie de cinquante lances[1]. Le duc de Roüannois mourut à
Villers-Cotterets, en 1570, dans un âge très avancé. On le
trouve cité, avec la qualité de chevalier de l'Ordre du Roi, que
le Roi lui donna, dans des lettres du 4 mars 1532 (*Titres de cette
Maison*), et de plus dans un compte de l'Epargne de 1534, on
lit qu'il fut employé une somme de 669 l. 2 s. 6 d. payée par
ordonnance du Roi du 25 mai de cette année, pour un grand
collier de l'Ordre, que Sa Majesté avait fait délivrer à Claude
Gouffier, sgr de Boisy, chevalier de son ordre, pour lui servir
au dit estat de chevalier (*Original chambre des comptes de
Paris*). Il paraît constant qu'il fut décoré de cet ordre, en 1532
et il est prouvé qu'il ne l'était pas encore l'année précédente.

Il était fils d'Artus Gouffier, duc de Rouannois, pair de

[1] Il mourut fort âgé, en 1570, après s'être marié cinq fois : 1o à Jacqueline de la Trimouille, fille de Georges, sgr de Jonvelle, et de Madeleine, dame
d'Azai, qu'il avait épousée, le 13 janvier 1526 ; 2o à Françoise de Brosse, dite
de Bretagne, fille de René, comte de Penthièvre, et de Françoise Gouffier,
qu'il avait épousée le 28 novembre 1558 ; 3o à Marie de Gaignon, fille de Jean,
sgr de Saint-Porchaire, et de Marie de Chasteigner ; 4o à Claude de Baune,
veuve de Louis Burgensis, premier médecin du Roi, fille de Guillaume, sgr
de Semblançay, et de Léone Cothereau ; 5o à Antoinette de la Tour-Landry.
(Beauchet-Filleau, *Dict. des fam. du Poitou*, 1re éd. t. II, p. 164).

France chevalier de l'Ordre du Roi et d'Hélène de Haugest. Ses armes : *d'or, à 3 jumelles de sable*[1].

Gouffier (François), sgr de Bonnivet, gentilhomme ordinaire de la chambre du Roi et colonel général de l'infanterie française en Piémont, obtint du Roi François Ier, le 17 mai 1539, une gratification de 450 l., en récompense de ses services et pour se guérir des fièvres qu'il avait gagnées à Montargis, à la suite de la Cour ; une autre de 675 l., le 6 mai 1547, une de 300 écus d'or, le 5 mars 1443 (1444), à raison de ses services au fait des guerres, tant deçà que delà les monts, étant à cette époque gentilhomme de la chambre du Dauphin ; une de 450 l., le 22 août 1545, également motivée sur les services dans les guerres et pour lui donner les moyens de supporter les dépenses occasionnées par la maladie qui lui était survenue au service de feu Charles, duc d'Orléans, dont il avait été gentilhomme de la Chambre ; une de 2,250 l., sous le règne suivant, du mois de mai 1547, à raison des dépenses qu'il avait à faire en Piémont, où le roi Henri II l'envoyait pour son service ; une de 1125 l., au mois d'octobre suivant, pour le même objet, et enfin, une autre de 500 écus, au mois de février 1548 (1549), toujours motivé sur ses services au fait de la guerre et à raison aussi d'un voyage qu'il allait faire à Bordeaux, pour faire lever les gens de pied français dont il était colonel, et les faire conduire en Piémont. Il s'est trouvé, en 1544, à la bataille de Cerizolles et on le trouve compris aux gages de 1200 l., dans les états des gentilshommes de la chambre, depuis 1547, jusqu'à sa mort. Il se trouva encore au ravitaillement de Thérouenne, en 1553, obtint, au mois de juin de cette année, une gratification de 2300 livres, en récompense de ses services dans les guerres, se jeta dans Saint-La..., après avoir forcé les lignes des ennemis et aida à défendre cette place contre les Espagnols qui l'avaient assiégée en 1555. Il jouissait dès 1554, d'une pen-

---

[1] Bibl. Nat. *Cab. des Titres*, 1039, p. 154.

sion de la cour de 2000 livres et Sa Majesté lui accorda encore
au mois de mai de la même année, une gratification de 1300
livres, sur le même motif de ses recommandables services
qu'elle espérait qu'il continueroit en Piémont, où elle le ren-
voyait pour le fait de sa charge de colonel des bandes Françaises. Il fut nommé chevalier de l'Ordre du Roi, en 1554,
d'après un compte du trésorier de l'ordre, où il est dit qu'en
vertu d'une ordonnance du chancelier dudit ordre, du 11 février
de la ditte année 1553 (1554), il avait été délivré à messire
François Gouffier, sgr de Bonnivet, gentilhomme ordinaire
de la chambre du Roi et général de ses bandes estant de là
les monts, un grand collier de l'Ordre dont Sa Majesté lui avait
fait don, en le faisant et créant chevalier de son dit ordre. On
le trouve aussi en conséquence qualifié chevalier de l'Ordre
du Roi dans une quittance qu'il donna au trésorier de l'E-
pargne, le 24 mai de la dite année 1554 (*Originaux Chambre
des Comptes de Paris*). Il mourut sur la fin de novembre ou
au commencement du mois de décembre 1556 d'une blessure
qu'il reçut au siège d'Ulpian en Piémont[1], d'après une quittance que son frère François Gouffier, seigneur de Crèvecœur,
donna aux trésoriers d'Épargne, le 4 dudit mois, d'une
somme de 2,300 livres que le Roi avait ordonné qu'on lui
payât pour les frais de la sépulture dudit sgr de Bonnivet,
mort depuis peu au château de Saint-Germain-en-Laye ; M. de
Villars en parle dans ses mémoires, comme du plus gentil,
débonnaire, vaillant et gracieux seigneur de son temps.

Il était fils de Guillaume Gouffier, sgr de Bonnivet, chevalier
de l'Ordre du Roi, amiral de France et de Louise de Crèvecœur. Ses armes : *d'or, à 3 jumelles de sable posées en fasce,
écartelé, d'or, à la croix de gueules cantonnée de 16 alérions
d'azur et sur le tout ; de gueules, à 3 chevrons d'or*[2].

---

[1] Il mourut sans alliances. (Beauchet-Filleau *Dict. des fam. du Poitou*,
1re éd. t. II, p. 165).

[2] Bibl. Nat. *Cab. des Titres*, 1039, p. 440.

Gouffier (François), sgr de Crèvecœur, de Bonnivet, de
Thois, de Fléchiez et d'Engoudessen, marquis des Deffends,
maréchal de France, gentilhomme ordinaire de la chambre
du Roi, conseiller en son conseil privé, capitaine de 50 hommes
d'armes de ses ordonnances, vice-amiral et lieutenant-général pour Sa Majesté au gouvernement de Picardie et chevalier de l'ordre du Saint-Esprit le 31 décembre 1578, mérita
par sa valeur le glorieux titre de chevalier sans reproche.
Il fut nommé chevalier de l'Ordre du Roi dans le chapitre tenu
à Poissy, à la Saint-Michel 1560. On lit en conséquence, dans
un compte du trésorier de cet ordre, que, le 29 décembre de
cette année, il fut délivré un grand collier de l'ordre, dont le
Roi avait fait don à messire François Gouffier, sgr de Crèvecœur, en le créant chevalier de son ordre (*Original chambre
des comptes de Paris*). Il fut élevé d'abord enfant d'honneur
des enfants de France et commença à servir dans la guerre
de Provence contre l'empereur Charles V. Il accompagna le
Dauphin, au voyage qu'il fit en Piémont, et au siège du Pas-
de-Suze en 1537, se trouva en la même année à l'assaut d'Hesdin et retourna en Piémont, où il se signala au siège de Coni,
se trouva ensuite à celui de Perpignan, en 1542, et au secours
de Landrecies en 1543. Il était gentilhomme de la chambre
du Dauphin, dès le 5 mars de l'année suivante (1543-1544), jour
auquel le Roi lui accorda une gratification de 300 écus d'or, en
considération de ses services au fait des guerres, tant deçà que
delà les monts, combattit en la même année, la pique à la main,
à la bataille de Cérizolles, à la tête de l'infanterie ; est compris dans les états des gentilshommes de la Chambre de 1548
à 1563, se trouva en 1552 à la défense de Metz et à la bataille
de Renty, en 1554 ; fut fait prisonnier et eut un cheval tué
sous lui à celle de Saint-Quentin, en 1557, et à son retour il
fut envoyé à Corbie pour y commander ; les sièges de Calais,
de Thionville et d'Orléans et les batailles de Dreux et de Saint-
Denis furent encore pour lui de nouvelles occasions de faire
paraître sa valeur. Au mois de février 1558 (1559), il obtint

une gratification du Roi de 4000 livres, en considération des
services qu'il lui avait rendus au fait des guerres, et au mois
d'avril suivant Sa Majesté le chargea d'une commission secrète. Il eut ordre d'aller servir sous le maréchal de Cossé,
en Picardie, où il reprit Saint-Valéry et défendit la ville
de Laon contre les troupes du prince d'Orange. Il commandait en 1564, une compagnie de 50 hommes d'armes,
obtint du Roi Charles IX une gratification de 2500 livres,
le 19 février 1568, et une autre de 1500 livres, le 27 octobre
suivant. Henri III lui en accorda une aussi de 12,000
livres le 18 juillet 1575, et le nomma, en 1577, lieutenant
général en Picardie, charge dont il se démit en 1586, ayant
obtenu le titre du maréchal de France le 24 mars de cette
année. Le roi lui accorda, le 18 octobre 1588, de nouvelles provisions de la charge de lieutenant général en Picardie et il
mourut le 24 avril 1594[1]. On lit dans l'histoire de l'ordre du
Saint-Esprit, que, la reine mère l'ayant envoyé chercher pour
lui annoncer la nomination de son fils à un régiment d'infanterie, il lui dit en se jetant à ses pieds : « Madame, il y a
« un mois que mon fils passant seul vers le soir dans une rue
« de Paris assez écartée fut attaqué par cinq hommes ; le
« capitaine la Vergne, sans le connaître, mit l'épée à la main,
« et chargea ses assassins avec tant de courage que deux
« furent tués, les trois autres s'enfuirent ; agréez, Madame,
« que mon fils ne passe point devant son bienfaiteur, vous
« mettrez le comble à la grâce que vous nous accordez en
« voulant bien en disposer en faveur de la Vergne ; depuis
« qu'il a quitté la religion calviniste, il s'est distingué en plu-
« sieurs occasions, vous vous acquerrerez un des plus braves
« hommes de la France et qui vous sera à jamais dévoué. A
« l'égard de moi et de mon fils, vous connaissez notre in-

---

[1] Il avait été élevé enfant d'honneur des enfants de France. Il avait épousé,
le 10 février 1544, demoiselle Anne de Carnazet, fille d'Antoine, sgr de Brazeux, et de Marguerite de Brilhac (Beauchet-Filleau. *Dict. des fam. du
Poitou*, 1re éd., t. II, p. 165).

« violable attachement pour Votre Majesté. » — « Un cœur
« aussi reconnaissant que le vôtre, lui répondit la Reine, en-
« gage à ne le pas refuser ; je consens à ce que vous souhaitez
« et n'oublierai pas votre fils. »

Il était fils de Guillaume Gouffier, sgr de Bonnivet, chevalier de l'Ordre du Roi, amiral de France et de Louise de Crèvecœur. Ses armes : *écartelé aux 1 et 4, d'or, à 3 jumelles de sable
posées en fasce ; aux 2 et 3 d'or, à la croix de gueules canton
née de 16 alérions d'azur et sur le tout, de gueules, à 3 chevrons
d'or*.

Gouffier (Henri), marquis des Deffends, et de Bonnivet, sgr
et baron de Cazabelle, de Thiennes, de Crèvecœur, de Calonne
sur l'Allier, de Baringhen, d'Estremberg, de Cazal, de Frou-
ville et Sapoladis, chambellan et premier gentilhomme de la
chambre de François, duc d'Anjou et d'Alençon, capitaine de
50 hommes d'armes des ordonnances du Roi, conseiller en
son conseil privé et gentilhomme ordinaire de sa chambre,
en laquelle qualité, il est compris dans les états de la maison
de Charles IX, de 1561 à 1569, et dans laquelle place il fut
confirmé par Henri III, était né le 31 juillet 1547. On le trouve
qualifié de chevalier de l'ordre, dans un compte d'Epargne
de 1568, à l'occasion d'une gratification de 1250 sols, qu'il obtint,
le 24 avril 1568, en considération de ses services ; et chevalier
de l'Ordre du Roi, dans l'Etat des gentilshommes de la
chambre de la même année (*Originaux chambre des Comptes
de Paris*. C'est donc à tort qu'il est dit dans le V⁰ volume des
grands officiers de la Couronne, article de cette maison, page
617, qu'il fut nommé à l'Ordre de Saint-Michel par le Roi
Henri III.

Il se trouva, en 1573, au siège de Sancerre, accompagna le
duc d'Alençon au voyage que ce prince fit en Flandres, surprit la ville d'Eindhowen en Brabant, où il soutint un long
siège après la retraite du duc et ne rendit cette place qu'à la

___
¹ Bibl. Nat. *Cab. des Ti're* 03, p. 618.

dernière extrémité, après une composition très honorable.

A la mort du duc d'Albe, il passa au service des Vénitiens, qui le firent général de leurs troupes ultramontaines et lui donnèrent en récompense de ses services la terre de Cazabelle, près de Venise. On le trouve en effet, qualifié capitaine général des seigneurs vénitiens dans un titre du 5 octobre 1587[1].

A son retour en France, il continua de servir dans les occasions qui se présentèrent; se trouva à la bataille de Senlis, et fut assasiné sur la fin de l'année 1589 par le marquis de Maingelers, dans une émotion populaire de la Ligue, arrivée dans l'église de Breteuil, en Picardie.

Il était fils de François Gouffier, sgr. de Crèvecœur et de Bonnivet, chevalier des ordres du Roi, et d'Anne de Carnazet. Mêmes armes que son père[2].

Gouffier (Joseph), baron de Ventenac, gentilhomme ordinaire de la chambre du Roi et capitaine d'une compagnie de chevau-légers, était pourvu de ces deux charges le 19 mars 1598, jour auquel le roi Charles IX lui accorda une gratification de 4000 livres, en considérations de ses services. François II lui en avait aussi donné une de 200 livres dès, le mois de novembre 1559; aussi à raison de ses services au fait des guerres et de ceux qu'il allait continuer de lui rendre en Ecosse, et en 1569, le duc d'Anjou, le députa du camp de Chinon, à Monceau, vers le Roi son frère, pour affaires importantes relatives à son service. Il est cité avec la qualité de chevalier de l'Ordre du Roi dans une quittance qu'il donna le 20 janvier 1569, au trésorier de l'Epargne. (*Original, chambre des comptes de Paris*[3].)

On ignore sa filiation. Ses armes: *d'or, à 3 jumelles de sable posées en fasce.*

---

[1] Il avait épousé, le 10 août 1576, Jeanne de Bocholt, fille de Godefroy, baron de Grewenlars, au duché de Gueldres (Beauchet-Filleau, *Dict. des fam. du Poitou*, 1re éd., t. II, p. 165).

[2] Bibl. Nat. *Cab. des Titres*, 1040, p. 920.

[3] *Idem. Cab. des Titres*, 1041, p. 969.

Gouffier (Claude), comte de Caravas, baron de Palluau, sgr de Passavant, de Saint-Loup, de Pouzauges et de Bourg-sur-Charente, est cité avec la qualité de chevalier de l'Ordre du Roi et celle de haut et puissant seigneur dans un acte du 15 décembre 1577, (*Titres de M. de Bragelongue*)[1].

Il était fils de Claude Gouffier, duc de Rouannois, chevalier de l'Ordre du Roi, et de Françoise de Brosse dit de Bretagne[2].

Gouffier (Timoléon), sgr de Thois, de Brazeux, de Montaubert, de Baudedame, d'Offry, de Morvilliers, et de Courcelles, capitaine de 50 hommes d'armes des ordannances du Roi, vice-amiral de Picardie, mestre de camp d'un régiment et gentilhomme ordinaire de Sa Majesté le Roi Henri III, portant la clef d'Or, né le dernier jour de mars 1558, fut connu d'abord sous le nom de Crèvecœur le Jeune, puis sous celui de Thois. Il est cité avec la qualité de chevalier de l'Ordre du Roi dans un arrêt du Parlement de Paris du 5 avril 1605, et dans un autre acte du 14 juin suivant (*Originaux, titres de la maison de Carnazet*). Il mourut à Amiens en 1614[3].

Il était fils de François Gouffier, sgr de Crèvecœur, chevalier des Ordres du Roi, et d'Anne de Carnazet[4].

Gouffier (Henri-Marc-Alphonse-Vincent), sgr de Crèvecœur, de Bonnivet et de Cazabel, né à Venise, le 4 juin 1586, fut tenu sur les fonts de baptême par les ambassadeurs de France et de Portugal, au nom de leurs souverains et par la République de Venise et le duc de Mantoue qui lui imposèrent chacun un nom. On le trouve qualifié chevalier de l'Ordre

---

[1] Il avait épousé demoiselle Marie Myron, fille de François, général des finances, en Bretagne, et de dame Marie-Renée de Chefdebien (Beauchet-Filleau, *Dict. des fam. du Poitou*, 1ʳᵉ éd. t. ii, p. 165).

[2] Bibl. Nat. *Cab. des Titres*, 1042, p. 145.

[3] Il avait épousé : Anne de Lannois, fille de Louis, sgr de Morvilliers, et d'Anne de la Viefville (Beauchet-Filleau, *Dict. des fam. du Poitou*, 2ᵉ éd. t. ii, p. 167).

[4] Bibl. Nat. *Cab. des Titres*, 1043, p. 260.

du Roi dans un acte du 5 mars 1609 (*Titres de MM. d'Anglos d'Héronval*). Il avait été admis dans cet ordre, sous Henri IV et fut brûlé par accident avec Anne de Mouchi, sa femme, la nuit du 23 mars 1645, au château de Bermeulles[1].

Il était fils d'Henri Gouffier, baron de Crèvecœur, marquis des Deffends et de Bonnivet, chevalier de l'Ordre du Roi et de Jeanne de Bocholt[2].

Gouffier (François), sgr de Thois et de Morvillers, est cité avec la qualité de chevalier de l'Ordre du Roi dans un acte du 25 mai 1614[3] (*5ᵉ vol. des grands officiers de la Couronne, article de cette maison. p.* 620).

Il était fils de Timoléon Gouffier, sgr de Thois, chevalier de l'Ordre du Roi, et d'Anne de Lanoy[4].

Gouffier (Timoléon), sgr de Thois, de Morvillers, de Courcelles, d'Offay, et de Beaudeduit est qualifié chevalier de l'Ordre du Roi, dans un acte du 27 avril 1628[5]. (*Titres de M. M. de Limoges de Saint-Saen*). Il était fils de François Gouffier, sgr de Thois, chevalier de l'Ordre du Roi et de Jeanne d'Ausse, mêmes armes que son père[6].

Gouffier (Charles-Antoine), dit le marquis de Brazeux, sgr de Brazeux, de Gaudechart, de Fontaines, et de Pizelles, gentilhomme ordinaire de la chambre du Roi, conseiller d'Etat d'Epée et mestre de camp d'un régiment d'infanterie, est

---

[1] Il vendit la terre de Bonnivet, à Aimé de Rochechouart, sgr de Tonnay-Charente. Il avait épousé Anne de Mouchi, fille de Jean, sgr de Moncaurel, et de Marguerite de Bourbon-Rubempré, le 30 juin 1615 (Beauchet-Filleau, *Dict. des fam. du Poitou*, 1ʳᵉ éd. t. II, p. 167).

[2] Bibl. Nat. *Cab. des Titres*, 1043, p. 313.

[3] Il avait épousé en 1605 Jeanne d'Ausse, fille d'Antoine, sgr de Dominois, et de Françoise du Biez (Beauchet-Filleau, *Dict. des fam. du Poitou*, 1ʳᵉ éd. t. II, p. 167).

[4] Bibl. Nat. *Cab. des Titres*, 1044, p. 47.

[5] Il avait épousé en 1628, Catherine de Roncherolles, fille de Pierre, baron du Pont-Saint-Pierre, et de Marie de Nicolaï (Beauchet-Filleau, *Dict. des fam. du Poitou*, 1ʳᵉ éd., t. II, p. 166).

[6] Bibl. Nat. *Cab. des Titres*, 1044, p. 224.

qualifié chevalier de l'Ordre du Roi dans un acte du 27 avril
1628[1] (*Titres de M. M. de Limoges de Saint-Saen*). Il mourut en
1654.

Il était fils de Timoléon Gouffier, sgr de Thois et de Brazeux, chevalier de l'Ordre du Roi, et d'Anne de Lannoy.
Mêmes armes que son père[2].

Gouffier (Louis-Armand, ou Armand-Louis), comte de Caravas, marquis de Passavant, baron de Doué, gentilhomme
ordinaire de la chambre du Roi, servait, dès l'an 1651, en
qualité de cornette dans la compagnie de Chevau-légers
de M. le prince. Il fut nommé chevalier de l'Ordre du Roi, le
28 avril 1665, et reçu par le marquis de Sourdis chevalier
des Ordres du Roi. Il vivait encore en 1701[3].

Il était fils de Louis Gouffier, comte de Caravas et de Madeleine de Gaucourt. Ses armes : *Ecartelé au 1, d'hermines, au
2, d'or, à la croix de gueules cantonnée de 16 alérion d'azur ; au
3, d'or, au chevron de gueules accompagné de 3 aiglettes
d'azur becquées et membrées de gueules posées 2 en chef et 1 en
pointe ; au 4, d'hermines, à deux bars adossés de gueules ; et
sur le tout, d'or, à 3 jumelles de sable en fasce*[4].

Goulard (François), baron de Touverac, sgr de Billy et de
la Rousselière, de Possé, de Rignac, de la Chapelle, de Saint-
Maigrin, de Barges, de la Martinière, de Chambrettes et du
Verger, gentilhomme ordinaire de la chambre du roi
Henri III, portant la clef d'or, d'après les États de 1580 à 1583,
avait été nommé à cette charge, par ce prince, le 17 octobre
1567, lorsqu'il n'était encore que duc d'Anjou.

Il servit, dans les guerres de François Ier et d'Henri II,

---

[1] Il avait épousé en 1621, Françoise de Pisseleu, fille de Léonor, sgr
d'Heilly, et de Marie de Gondi, et mourut en 1654 (Beauchet-Filleau, *Dict.
des fam. du Poitou*, 1re éd. t. II, p. 167).

[2] Bibl. Nat. *Cab. des Titres*, 1044, p. 224.

[3] Il avait épousé en 1656 demoiselle Elisabeth de Riparda (Beauchet-
Filleau, *Dict. des fam. du Poitou*, 1re éd., t. II, p. 165).

[4] Bibl. Nat. *Cab. des Titres*, 1044, p. 528.

était enseigne de la compagnie de 50 hommes d'armes du baron d'Avaugour, en 1569 et 1570, fut nommé au même grade, dans celle de cent lances du Maréchal d'Essé, le 30 octobre 1573, et fut confirmé par Henri III, à son événement à la couronne, en 1574, dans l'état de gentilhomme de sa chambre. A cette époque, le duc de Montpensier le chargea d'une commission de confiance auprès de la Reine-Mère, puis auprès du Roi qui était alors à Lyon. Il fut reçu chevalier de l'Ordre du Roi, en 1568, par M. d'Avaugour, de la maison de Bretagne, chevalier du même ordre. Le 30 mai 1573, Sa Majesté lui accorda une gratification de 2,000 livres en considération des services qu'il lui avait rendus depuis dix-huit ans ainsi qu'aux Rois ses prédécesseurs et pour le mettre à même de se réparer en partie des grandes pertes qu'il avait faites dans ses biens, situés en Saintonge et en Angoumois, dont la jouissance lui avait été enlevée par ceux de la R. P. R., durant les troubles passés[1].

Il était fils de Jean Goullard, sgr, de Touverac et de Louise de Montbrun. Ses armes : *d'azur, au lion d'or, rampant, armé, langué et couronné de gueules*[2].

Goulard (Louis), sgr et baron de Touverac et de Borges, gentilhomme ordinaire de la chambre du Roi, fut aussi d'après des memoires décoré de cet ordre[3].

Goulard (Jean), sgr de Puyrigaud et de Brie. en Saintonge, gentilhomme ordinaire de la chambre du Roi est cité avec la qualité de chevalier de l'Ordre du Roi, dans un acte du 26 juillet 1582[4] *Titres de la maison de Cugnac du Bourdet).*

---

[1] Il avait épousé, le 15 août 1560, Renée Goulard, fille unique de René, écuyer sgr de Billé, Chambrettes, etc. et de Françoise du Coudray (Beauchet Filleau, *Dictionnaire des familles du Poiton*, première éd., t. II, p. 843*)*.

[2] Bibl. Nat. *Cab. des Titres*, 1040, p. 640.

[3] *Idem.*

[4] Il servit comme homme d'armes au ban du Poitou de 1533, et épousa Louise de Montbrun (Beauchet-Filleau, *Dict. des fam. du Poitou*, 1re éd. t. II, p. 843).

Il était fils d'Arthur Goulard, seigneur de Touverac, baron de Barges et de Claire Aisse.

Goulard (Anne), sgr de Beauvais, de Clouzures, de Basses-Vergnes, de la voûte, et de la Châtellenie de Bois-Pouvreau et de Sansay, gentilhomme ordinaire de la chambre du roi Henri III par lettres du mois de février 1580, avait été attaché en la même qualité à ce monarque, lorsqu'il n'était encore que duc d'Anjou. Il est rappelé avec la qualité de chevalier de l'Ordre du Roi dans un acte du 10 juillet 1615, postérieur à sa mort[2] (*Original titres de cette maison*).

Il mourut dans l'intervalle des années 1607 et 1614.

Il était fils de Louis Goulard, chevalier, sgr, de Beauvoir et de Marguerite de Taléran[3].

Goulard, (Louis), sgr de la Giffardière, de Puissec, d'Arçay, de la Renaudière et de la Brulerie, mourut avant l'an 1637. On le trouve cité, avec la qualité de chevalier de l'Ordre du Roi dans un acte du 7 juillet 1597[4] (*Original, titres de MM. de Leufèrant d'Asnières*).

Il était fils de Tristan Goulard, sgr de la Giffardière, de Puissec, d'Arçay et de la Renaudière et de Marguerite de Parthenay[5].

[1] Bib. Nat. *Cab. des Titres*, 1042, p. 294.

[2] Il avait épousé : 1º le 9 octobre 1592, Marie Jourdain, fille de François, écuyer, et d'Hélène de Goulard ; 2º Jeanne Lévesque de Marconnay ; 3º le 16 novembre 1613, Marie Masson, veuve de Timoléon de Montauzier, sgr de la Charouillière (Beauchet-Filleau, *Dict. des fam. du Poitou*, 1re éd. t. II, p. 850).

[3] Bibl. Nat. *Cab. des Titres*, 1052, p. 513.

[4] Il avait assisté en 1597 au siège d'Amiens, dirigé par le maréchal de Biron, sous les ordres de Henri IV. Ce prince voulant reconnaître les services qu'il y avait rendus lui accorda une exemption, en vertu de laquelle Louis fit lever, le 19 décembre 1598, la saisie de ses biens qu'avait fait faire Louis de Sainte-Marthe, lieutenant-général, à Poitiers, pour n'avoir pas servi au ban convoqué précédemment. Il avait épousé : 1º Anne David, fille de Léon, sgr de la Grellière, et de Claire de Merlan, veuve de Charles de Marconnay ; 2º Anne Pot, fille de Guy, sgr de Rhodes et d'Isabeau de Saffré, ou d'après d'autres auteurs de Françoise de Hangest (Beauchet-Filleau, *Dict. des fam. du Poitou*, 1re éd., t. II, p. 840).

[5] Bibl. Nat. *Cab. des Titres*, 1043, p. 137.

Goulard (Jean), sgr de la Vermière, de Trémentines, de la Grange et de la Boullaye, capitaine d'une compagnie d'infanterie et gentilhomme ordinaire de la chambre du Roi par lettres du 3 mai 1618, servit dans les armées d'Henri III et fut exempté en conséquence du service de l'arrière-ban, le 25 avril 1588. Il vivait encore en 1646[1]. Il fut nommé chevalier de l'Ordre du Roi, le 27 mars 1623, d'après l'inventaire des titres produits par son fils Christophe Goulard, le 27 mars 1665, à l'effet d'être admis dans le même ordre, et reçu en la même année. (*Receuil manuscrit des chevaliers de cet ordre par Pierre d'Hozier, en 1620*). (*Bibliothèque du Roi*).

Il était fils de Pierre Goulard, sgr de la Vermière et de Villeneuve, et de Mathurine de Becdelièvre[2].

Goulard (Christophe), sgr de la Grange, de la Vermière, de la Chapelle-Gaudin, de la Boullaye et de Montfernier, gentilhomme ordinaire de la chambre du Roi[3], fut nommé chevalier de l'Ordre du Roi, le 6 octobre 1640, et reçu, le 3 mars 1641, par le duc de Brissac, chevalier des Ordres du Roi. Il fut confirmé dans cette dignité, en 1665, lors de la réforme et du ré-

---

[1] Il fut reçu par le sieur du Bellay chevalier de l'Ordre de Saint-Michel, le 2 avril 1623 ; le 18 août 1635, il fut maintenu dans sa noblesse avec Christophe, son fils, par sentence donnée contradictoirement à Angers par Jean d'Estampes de Valançay, conseiller d'État, intendant de Touraine etc., et Hyérosme de Bragelonne, conseiller du Roy, en la cour des aides, commissaires généraux pour le régalement des tailles. Il avait épousé : 1º Marie de Chasteautre (on trouve aussi Chateaufro), fille de Louis, chevalier, sgr du Chesne, et de N. de Theillac ; 2º le 7 mars 1602, Anne de Messac, veuve de Michel de Messac, écuyer, sgr de la Rochepaillère, et fille de René, chevalier, sgr de la Grange-Messac et de Charlotte Guyot ; 3º en 1628, Catherine de Boisy, fille de Claude, chevalier, et de Renée de Daillon, sgr et dame de la Chartre-Bouchère, etc,, et veuve de Jean de Montaigu, écuyer sgr du Bailly; 4º Anne de Raye ou de Rays, dame de la Coste, veuve de Christophe de la Coste, écuyer sgr dudit lieu. (Beauchet-Filleau, *Dict. des fam. du Poitou*, Ire édition, t. II, p. 846.

[2] Bibl. Nat. *Cab. des Titres*, 1044, p. 147.

[3] Il avait une commission de capitaine d'une compagnie de gens de pied au régiment de Brézé, le 18 septembre 1727. Il avait épousé, le 12 juin 1629, Hélène d'Escoublant, fille de noble chevalier sgr de Saint-Simon, la Touche-d'Eecoublant, et de Renée de Brie, (Beauchet-Filleau, *Dict. des fam. du Poitou*, Ire édition, t. II, p. 846).

tablissement de cet ordre, après avoir préalablement fait preuve de sa noblesse, conformément aux nouveaux règlements (*Titres de cette famille et cabinet de l'Ordre du Saint-Esprit*). Il était fils de Jean Goulard, sgr de la Grange, de la Vernière, etc., chevalier de l'Ordre du Roi, et d'Anne de Messac[1].

Grézille (Louis de la), seigneur de la Tremblaye-Grézille, gentilhomme ordinaire de la chambre du roi, était chevalier de l'ordre du Roi, à l'époque du 19 avril 1566. (*Histoire de la maison de Chastillon par Du Chêne, Paris, 1621, p. 515*). On ignore sa filiation[2] et ses armes[3].

Grézille (Claude de la), seigneur de Baigneux, d'Illois, de Maurepart et de Bourg d'Avau est cité avec la qualité de chevalier de l'ordre du Roi, dans un acte du 11 janvier 1578. (*Titres de la maison de la Nicolaï*)[4]. On ignore sa filiation.

Grézille (René de la), seigneur de la Tremblaye, capitaine de 50 hommes d'armes des ordonnances du roi, gouverneur des villes et châteaux de Montcontour et Paimpol et mestre de camp de la cavalerie légère, dans l'armée de sa majesté, en Bretagne, servait déjà en qualité de capitaine d'une compagnie de gens de pied, au mois de février 1584, à laquelle époque, le roi lui accorda 150 écus de gratification, pour un voyage qu'il avait fait de Niort à Paris, de la part de la reine et au mois d'octobre suivant, il lui fut encore adjugé une somme de 80 écus, pour avoir été de Saumur à Pluviers, porter au roi des lettres du duc de Joyeuse. Il se qualifiait : capitaine de cent chevau-légers, mestre de camp d'un régiment d'infanterie et gouverneur de Montcontour, le 16 mai 1594, jour auquel le roi lui accorda une gratification de 6000 écus, en dédomagement des gouvernements de Paimpol

---

[1] Bibl. Nat. *Cab. des Titres*, 1044, p. 318.
[2] Bibl. Nat. *Cab. des Titres*, 1040, p. 417.
[3] *De gueules, fretté d'argent.* (Beauchet-Filleau)
  Bibl. Nat. *Cab. des Titres*, 1042, p. 160.

et de l'Ile de Bréhat qu'il avait remis entre les mains de sa majesté. C'est de lui, sous le nom de la Tremblaye, dont parle avec tant d'éloge le père Daniel, à l'occasion du siège du château du Plessis-Bertrand, où il fut tué d'un coup de mousquet dans la tête, en 1597. Cet auteur, lui reproche seulement d'avoir embrassé le calvinisme, peu de temps avant sa mort. On le trouve rappelé avec la qualité de chevalier de l'ordre du Roi, dans deux actes des 15 mars et 18 août 1615, postérieurs à sa mort. (*Originaux, titres de la maison de Turpin de Crissé et bibliothèque du juge d'armes de France*[1]).

On le croit fils de Louis de la Grézille, seigneur de la Tremblaye, chevalier de l'ordre du Roi.

Grignon (René), seigneur de la Pellissonnière, de la Brosse-Grignon, de la Ramée, de la Ménardière, de Ponsay, et de Villeneuve, est cité avec la qualité de chevalier de l'ordre du Roi, dans un acte du 13 décembre 1608. (*Original, titres de cette maison*).

Il avait été admis dans cet ordre, sous le règne de Henri IV, ce que l'on infère d'un acte du 14 mars 1597, où il ne prend encore que la simple qualité d'écuyer. Il mourut avant le 24 octobre 1619. Il était fils d'Antoine Grignon, sgr de la Pellissonnière et de Charlotte Dausseure. Ses armes : *de gueules, à 3 clefs d'or posées 2 et 1, les pennetons en haut*[2].

Grignon (Pierre), sgr de la Pellissonnière, de Ponsay, de la Foresterie, de Saint-Mars-des-Prez, de la Chaume et de la Barbottière, gouverneur de Poitiers, porta la cornette blanche dans l'armée du Roi commandée par le duc du Maine, au voyage de Gascogne. On le trouve cité comme chevalier de l'ordre du Roi, dans une enquête du 18 juin 1612, postérieure à sa mort. (*Original titres de MM. Chevalier de la Coindardière*), mais il ne put avoir été admis dans cet ordre,

---

[1] Bibl. Nat. *Cab. des Titres*, 1043, p. 361.
[2] Bibl. Nat. *Cab. des Titres.* 1043 p 307.

que postérieurement à l'époque du 10 août 1593, date d'un acte, où il n'est encore qualifié qu'écuyer. Il mourut avant l'an 1612.

Il était fils d'Antoine Grignon, sgr de la Pellissonnière et de Charlotte Dausseure[1].

Grignon (Louis), baron de Pouzauges, sgr de la Pellissonnière, de Ponsay, de la Ramée, et de Saint-Marc des Prez, gentilhomme ordinaire de la chambre du roi, est cité avec la qualité de chevalier de l'ordre du Roi, dans un acte du 20 octobre 1619. (*Original, titres de cette famille*[2], il ne mourut qu'après l'an 1648.

Il était fils de René Grignon, sgr de la Pellissonnière, chevalier de l'ordre du roi et de Robinette Petit.

Haye (Louis de la), sgr de Beaumont, de Passavant, de Chemillé, en Anjou, de Mortagne, en Poitou, fut marié, en 1466, avec la princesse Marie d'Orléans, fille de Jean d'Orléans, comte de Dunois et de Longueville, grand chambellan de France et de Marie de Harcourt. De cette illustre alliance naquit Yollande de la Haye, mariée en premières noces, à Jean d'Armagnac, duc de Nemours et en deuxièmes noces, avec Pierre, bâtard d'Armagnac, comte de l'Ile-Jourdain, père du cardinal Georges d'Armagnac. Il fut décoré de l'ordre de saint Michel, sous le règne de Charles VIII et il prenait dans ses titres les qualités de haut et puissant messire Louis de la Haye, chevalier de l'ordre du Roi etc., d'après le témoignage d'Augustin du Paz, en son histoire généalogique des maisons illustres de Bretagne, imprimée, à Paris, en 1619, p. 39. Il était fils de Jean de la Haye, sgr de Passavant, de Chemillé et de Mortagne et d'Isabeau, vicomtesse de Blamont, fille de Thibaut, comte de Blamont et d'Isabeau de Lorraine. Ses armes : *d'or, à deux fasces de gueules, accom-*

Bibl. Nat. *Cab. des Titres.* 1043 p. 416.
Bibl. Nat. *Cab. des Titres.* 1044. p. 107.

*pagnées de 8 merlettes de même, posées 3 et 2, les 3 entre
les fasces*[1].

Haye (François de la), seigneur de la Haye, du Rouzet et
du Boisbasset, chambellan du cardinal de Bourbon, maître
d'hôtel ordinaire du roi et conseiller en son conseil privé,
servit fidèlement les rois Charles IX et Henri III. Il eut ordre
du comte du Lude, gouverneur de Poitou, en l'absence du
roi de Navarre, le 7 septembre 1562, de veiller à la garde et
sûreté des ville et château de Montaigu, de courir sur les
rebelles, séditieux et ennemis du Roi qui voudraient s'en
emparer; d'assembler les communes à main armée et de
commander au dit lieu et pays d'alentour, comme gouverneur
et capitaine de ladite place, et il était déjà à cette époque
chambellan du cardinal de Bourbon. Il obtint un brevet de
maître d'hôtel du roi, le 17 janvier 1566, en considération des
services qu'il lui avait rendus depuis longtemps dans ses
guerres ainsi qu'aux rois ses prédécesseurs et fut pourvu de
cette charge, en titre et en fonctions, le 2 octobre de la
même année. Il obint le 15 décembre 1567, un nouveau
brevet de la charge de maître d'hôte' ordinaire et servant du
roi, vacante, par la mort du seigneur de Gournay et fut
nommé chevalier de l'ordre du Roi, le 12 décembre 1568, et
reçu par le maréchal de Damville, chevalier du même ordre.
(*Original, titres de cette maison*). Il eut ordre de Sa Majesté,
le 27 janvier 1569, de conduire au duc d'Anjou, son frère,
2.500 pistoliers allemands, qu'elle avait nouvellement levés,
sous la charge des seigneurs Jean-Philippe Rhingrave et de
Bassompierre, pour l'aider à contraindre les séditieux, assemblés dans les environs de la Rochelle à rentrer dans leur
devoir et il reçut à cette occasion, plusieurs lettres des ducs
d'Anjou et d'Alençon. Il fut encore chargé par le roi, le

[1] Bibl. Nat. *cab. des Titres*. 1038 p. 132,

[2] Il avait épousé demoiselle Marthe Thomas. (Beauchet-Filleau, *Dictionnaire des familles du Poitou*, 1re éd. t. II, p, 216.

21 juillet de la même année, d'accompagner le duc de Na-
gera qui s'en retournait en Espagne, après son ambassade
à la cour de France. Le 16 septembre suivant, Sa Majesté le
commit pour se transporter aux quartiers de Châteaudun,
d'Alençon, de Chartres et du Perche pour ramasser toutes
les compagnies de cavalerie et de gendarmerie et les conduire en diligence à son camp, et le 28 février 1570, Elle le
chargea d'accompagner jusqu'à Dijon les trente-quatre compagnies Suisses des régiments des colonels Ludovic Fiffer,
du canton de Lucerne et Bernard Chieffer, de Glaris, qui
avaient été licenciées. Il fut encore chargé par le roi, le
31 mars 1573, de se transporter au lieu où se ferait la première montre de 6.000 Suisses qu'il avait fait lever, pour s'en
servir au besoin, et de les conduire le plus diligemment
qu'il pourrait, dans tous les lieux, où il leur serait mandé de
marcher, et reçut à ce sujet une lettre de la reine-mère, le
18 avril suivant. pour lui faire la même recommandation. Le
même jour, le roi lui écrivit de se rendre avec ses troupes
auprès du duc d'Anjou, son frère, et Sa Majesté l'honora encore
de plusieurs lettres à ce sujet les 21, 25 et 30 du même mois.
Le 26 août suivant, il en reçut une du duc d'Anjou, pour qu'il
eût à ordonner aux Suisses d'obéir et de respecter le comte
de Gayasse en tout ce qu'il leur commanderait et d'avertir
les colonels du peu de contentement qu'ils avaient d'eux à
cet égard. Le 20 septembre, ce prince lui écrivit encore : qu'il
prit plus de soin que jamais de les contenir et de les faire
vivre en bon ordre et police. Le 9 du même mois, il avait
reçu pareillement une lettre du roi, à ce sujet, qui lui faisait
la même recommandation et finalement Sa Majesté lui écrivit
de détacher de chacune des enseignes des deux régiments
suisses jusqu'à deux ou trois soldats pour former le nombre
de cinquante, qu'il destinait au renfort de la garde du roi de
Pologne, son frère. Le 29 juillet 1579, le cardinal de Bourbon,
dont il était toujours chambellan, le chargea de négocier le
mariage du marquis de Conty, son neveu, avec la demoiselle
de Saint-Phalle. Il mourut en 1593.

Il était fils de Pierre de la Haye, seigneur de la Haye et du Boisbasset, et de Gillette de la Grézille[1]. *Ses armes : d'or, à six merlettes de sable, posées 3, 2 et 1*[2].

Haye (Charles de la), seigneur du Châtellier, de Montbault, de la Forêt d'Argenton et de la Merlatière, de Beaumanoir et de Bouchaux, fut nommé chevalier de l'ordre du Roi, le 20 avril 1570[3], et reçu le 25 ; (*Titres de cette maison*)[4].

Il était fils d'Aymon de la Haye, seigneur, du Châtellier, et de Renée de la Boucherie. Ses armes : *d'or, au croissant de gueules, accompagné de 6 étoiles de même, posée en orle*.

Haye (Joachim de la), seigneur de Montbault et du Coudray est rappelé avec la qualité de chevalier de l'ordre du du Roi[5], dans un acte du 22 novembre 1575, postérieur à sa mort[6].

Il était fils d'Olivier de la Haye, chevalier seigneur de Montbault, gentilhomme ordinaire de la maison du roi, capitaine des ville et château de Tiffauges, et de Gabrielle de Garancières.

Haye (Philippe de la), seigneur de Montbault, du Coudray[7], est cité avec la qualité de chevalier de l'ordre du Roi, dans un acte du 30 octobre 1579. (*Original, titres de cette maison*[8]).

---

[1] Bibl. Nat., Cab. des Titres, 1040, p. 784.

[2] *De sable, au lion léopardé d'or, armé, lampassé et couronné de gueules* (Beauchet-Filleau).

[3] Il avait épousé demoiselle Jacquette Le Roux. fille de Jean, écuyer, sgr de Beauvais et de la Merlatière, et de demoiselle Marie Jousseaume, (Beauchet-Filleau, *Dict. des familles du Poitou*, 1re éd., t. II, p. 212).

[4] Bibl. Nat. *Cab. des Titres*, 1041, p. 1074.

[5] Il avait épousé, le 14 avril 1553, Mathurine de Hatte.— (Beauchet-Filleau, *Dictionnaire des familles du Poitou*, 1re édition. t. II, p. 211).

[6] Bibl. Nat. *Cab. des Titres*, 1041, p. 1512.

[7] Il était gentilhomme ordinaire de la chambre du roi et avait épousé : 1° demoiselle Suzanne du Puy du Fou, fille de Eusèbe, chevalier, capitaine de 50 hommes d'armes, et de Catherine Prévost ; 2° Marie Reforcé. (Beauchet-Filleau, *Dictionnaire des familles du Poitou*, 1re édition, t. II, p. 211.

[8] Bibl. Nat. *Cab. des Titres*, 1043, p. 139.

Il était fils d'Alexandre de la Haye, seigneur de Montbault et de Catherine de Saint-Amatour.

Haye (Gilbert de la), seigneur du Châtellier, de Montbault, des Bouchaux, de Gast, du Poirier, d'Avaux, de la Gaudinière, de Beauvoir et de la Merlatière[1], gentilhomme ordinaire de la chambre du roi, mourut avant l'an 1636 ; il est cité avec la qualité de chevalier de l'ordre du Roi, dans un acte du 8 février 1613[2].

Il était fils de Charles de la Haye, seigneur du Châtellier et de Montbault, chevalier de l'ordre du roi et de Jacquette Le Roux.

Haye (René de la), seigneur du Châtellier, de Montbault, de la Merlatière et de la Gaudinière est cité, avec la qualité de chevalier de l'ordre du Roi, dans un acte du 29 avril 1636[3]. (*Titres de la maison de Roncherolles*).

Il était fils de Gilbert de la Haye, seigneur du Châtellier et de Montbault, chevalier de l'ordre du Roi, et de Renée du Bellay[4].

Hélie (René), seigneur de la Roche-Aynard et de Fougery, lieutenant de la compagnie de cent hommes d'armes du vicomte de Rohan, servait déjà, en 1559, en qualité d'enseigne de 50 hommes d'armes des ordonnances de Sa Majesté, et se trouva, en 1573, au siège de la Rochelle, servant

---

[1] Il fut maintenu dans sa noblesse, par M. de Méré, le 21 mai 1599. Il avait épousé : 1° le 15 juillet 1599, demoiselle Renée du Bellay, fille de René, chevalier de l'ordre du Roi, seigneur de la Forest-sur-Sèvre, et de Marie du Bellay ; 2° demoiselle Céleste Bruneau de la Rabastelière, fille de Charles, seigneur dudit lieu, et de demoiselle Renée de la Mothe. (Beauchet-Filleau, *Dictionnaire des familles du Poitou*, 1re édition, t. II, p. 213).

[2] Bibl. Nat. *Cab. des Titres*, 1044, p. 35.

[3] Il fut maintenu dans sa noblesse, par M. Barentin, le 9 septembre 1667. Il épousa : 1° demoiselle Robinette Darrot, fille de Gilbert, chevalier seigneur de Lhuillière et de demoiselle Céleste Bruneau. 2° demoiselle Jeanne Geauffray, fille de N. et de demoiselle Marie Salbert, veuve de Charles Audayer, chevalier seigneur de la Maison-Neuve. (Beauchet-Filleau. *Dictionnaire des familles du Poitou*, 1re éd., t. II, p. 213.

[4] Bibl. Nat. *Cab. des Titres*, vol. 1044, p. 293.

alors dans le parti des religionnaires, sous les ordres du brave La Noüe. Il prend la qualité de chevalier de l'ordre du Roi, dans les lettres qu'il expédia, le 6 juillet 1561. (*Titres de MM, Maron de la Croix-Maron*). Il avait été admis dans cet ordre, tout au commencement du règne de Charles IX, vraisemblablement par une nomination particulière.

Il était fils de Bertrand Hélie, seigneur de la Roche-Aynard et de Claude de Bremond. Ses armes : *d'argent, à 6 fasces de gueules et 5 fusées de sable posées en fasce sur le tout*[1].

Herbiers (Charles des), baron de l'Estanduère, fut nommé chevalier de l'ordre du Roi, le 18 avril 1665[2], et reçu par le marquis de Sourdis, chevalier des Ordres du roi[3].

Jaillard (Jean), sgr de la Maronnière, de la Boursière et de la Grange, servit fidèlement le roi Henri III dans ses guerres. Il fut commis par le comte du Lude, le 8 février 1577, au gouvernement du château et place forte de Talmond, pour la défendre contre les religionnaires, et il reçut encore une commission du duc Mercœur, lieutenant général pour l'empereur en Hongrie, le 31 décembre 1601, par laquelle ce prince le nomma son lieutenant général en son absence. Il est cité, avec la qualité de chevalier de l'ordre du Roi, dans un acte du 3 mars 1590 (*Titres de M. M. de Vouques de Sevret*), et vivait encore en 1602. Il était fils de François Jaillard, sgr de la Maronnière, et d'Anne de la Touche[3]. Ses armes : *d'azur, à 3 tours d'or posés 2 et 1*.

---

[1] Bibl. Nat. *Cab. des Titres*, 1040, p. 34.

[2] Bibl. Nat *Cab. des Titres*. 1044, p. 553.

[3] Il était fils de Louis des Herbiers, écuyer, seigneur de l'Estanduère, de Beaufou, et du Tréhan et de Diane du Plantis. Il fut décoré du collier de l'ordre de Saint-Michel, le 25 avril 1658, fut du nombre des nobles du Poitou qui se réunirent à Poitiers, les 3 et 4 juillet 1651, pour nommer des députés aux États de Tours, et fut maintenu dans sa noblesse, par ordonnance du 9 septembre 1667 de M. Barentin. Il avait épousé : le 22 juillet 1664, demoiselle Marie d'Escoubleau, fille de Jacques-René, marquis de Saint-Marcellin, et de dame Gabrielle d'Olé. Ses armes : *de gueules, à trois fasces d'or*. (Beauchet-Filleau). *Dictionnaire des familles du Poitou*, 1e éd. t. II, p. 227).

[3] Bibl. Nat., *Cab. des Titres*, 1043, p. 8.

Jaille (Claude de la), sgr d'Avrillé, du Chatelet et de la Tuaudière, est cité, avec la qualité de chevalier de l'ordre du Roi, dans un acte du 21 février 1569 (*Titres de la maison de Gaignon de Vilaines*). Il mourut avant l'an 1599. Il pourrait être le même que le la Jaille dont parle M. de Thou, capitaine de la première noblesse d'Anjou, commandant 400 hommes d'infanterie et 1200 chevaux, qui, après s'être jeté dans le pays, avait fait un grand butin, fut surpris entre Arras et Bapaume et eut ses troupes taillées en pièces en 1555[1].

Il était fils de Madelon de la Jaille, chevalier, sgr d'Avrillé, et de Françoise Crespin. Ses armes : *d'argent, à une bande fuselée de gueules*.

Jaille (Madelon de la), sgr d'Avrillé, du Chatelet et des Gennetays, est cité, avec la qualité de chevalier de l'ordre du Roi, dans un acte du 3 octobre 1596 (*Titres de M. de Martigné de Villenoble*)[2].

Il était fils de Claude de la Jaille, sgr d'Avrillé, chevalier de l'ordre du Roi, et de Françoise Cadu.

Janvre (Philippe), sgr de la Bouchetière, de Veuzé, des Loges, de la Chauvelière et de Boisbretier, gentilhomme ordinaire de la chambre du roi Henri IV et conseiller d'Etat d'épée, fut toujours constamment attaché au parti du roi de Navarre et embrassa la R. P. R. Il servit d'abord dans les armées du Roi Charles IX et obtint du duc d'Anjou des lettres de sauvegarde, le 29 mars 1573, datées du camp de Nieul, près de la Rochelle : « Ayant esgard, dit ce prince, et consé-« dération à sa fidélité et loyal comportement pour le ser-« vice du Roi, » et le 26 mars 1577, le roi Henri III lui fit encore expédier de pareilles lettres ; mais depuis il s'attacha au parti du prince de Condé, suivant des lettres de ce prince, datées de la Rochelle, le 13 avril suivant, par lesquelles : « Recognoissans, dit-il, envers le sieur de la Bouchetière,

[1] Bibl. Nat. *Cab. des Titres*, 1041, p. 974.
[2] Bibl. Nat. *Cab. des Titres*, 1043, p. 125.

« les bons, dignes et continuels services qu'il avoit faict à ce
« party depuis les premiers troubles, s'estant trouvé en
« toutes les occasions qui s'en étoient présentées, où il avoit
« faict tout debvoir de gentilhomme d'honneur et de valeur,
« ce que, au moyen de son indisposition à cause des blessures
« qu'il avoit cy-devant reçues, il ne pourroit pas cy-après
« continuer à supporter le travail et fatigue de la guerre. »
Il le mit et ceux de sa famille, avec ses biens, sous sa protection et sauvegarde. M. de la Bouchetière sortit du royaume,
au mois de novembre 1585, en conséquence de l'édit du Roi
rendu contre les protestants, et ce ne fut qu'à l'avènement du
roi de Navarre à la couronne, en 1589, qu'il reparut à la
cour et qu'il reçut de ce monarque toutes sortes de bienfaits[1].
Il est cité, avec la qualité de chevalier de l'ordre du Roi, dans
un acte du 31 juillet 1593 (*Titres de cette famille*). Ce fut vers
cette époque qu'il fut reçu dans cet ordre. Il mourut dans
l'intervalle des années 1597 et 1599[2].

Il était fils de Georges Janvre, sgr de la Bouchetière, de
Veuzé et de la Chauvelière, et de Marguerite de Saint-
Georges de Vérac. Ses armes : *d'azur, à 3 têtes de lion d'or
arrachées, languées et couronnées de gueules, posées 2 et 1.*

Jay (Jean), sgr de Boisséguin, de la Vigerie, de Surin, de
Sébion et des Ages, lieutenant de cinquante hommes d'armes
des ordonnances du Roi, gouverneur et lieutenant général
pour S. M. en Poitou et de la ville de Poitiers, sénéchal de
Civray, chambellan du duc d'Anjou, depuis roi Henri III, et
gentilhomme ordinaire de la chambre de ce monarque, portant la clef d'or, d'après les Etats de 1575 à 1583, servait, dès
l'an 1555, en qualité de lieutenant de la compagnie des gendarmes du sgr de Gonnord. Il se trouva, en 1567, au siège de

---

[1] Il avait épousé, le 5 juillet 1558, Madeleine de Thory, ou Thoury, fille
d'Antoine, chevalier, sgr de Boumois, la Roullière, etc., et d'Anne Asse
(Beauchet-Filleau, *Dictionnaire des familles du Poitou*, 1re édition t. II,
p. 47).

[2] Bibl. Nat. *Cab. des Titres*, 1043, p. 68.

Poitiers, étant alors chevalier de l'ordre du Roi (*Mémoires de la 3ᵐ· guerre civile et des derniers troubles de France, imprimés en 1571, p. 380*).

Le roi le qualifie « chevalier de son Ordre », dans la commission qu'il lui donna, le 19 février 1570, pour en conférer le collier de sa part à Charles de Nossay (*Original, titres de la maison de Nossay*). Il était pourvu du gouvernement de Poitiers, le 15 mai 1588, jour auquel Henri III lui écrivit au sujet de l'émotion arrivée à Paris et entre avec lui dans les plus grands détails sur cet événement. Le règne suivant ne lui fut pas si favorable, car en 1590 il fut dépossédé de sa charge de sénéchal de Civray, à raison de *sa rébellion et forfaicture*. Du reste, Brantôme, dans la « Vie des hommes illustres de son temps », en parlant du sgr de Boisséguin, dit qu'il fut un « très honorable et vaillant homme ». Il mourut avant l'année 1594[1].

Il était fils de Philippe Jay, sgr de Boisséguin, de la Vigerie, de Surin et des Ages, et de Charlotte Boutou. Ses armes : *d'argent, à 3 fasces d'azur vivrées*.

Jouslard (Jean-Baptiste de), sgr d'Airon, de la Roüardière, de Boisguillon et de Coursays, gentilhomme ordinaire de la chambre du Roi, conseiller d'Etat d'épée, grand maître enquêteur et général réformateur des Eaux et Forêts de France, dès 1638, est cité avec la qualité de chevalier de l'ordre du Roi dans un acte du 8 mai 1679, postérieur à sa mort (*Titres de cette famille*). Il ne vivait déjà plus en 1676[2].

Il était fils de Joseph Jouslard, chev., sgr d'Airon, gentilhomme ordinaire de la chambre du Roi, conseiller en ses conseils, aussi grand maître des Eaux et Forêts de France, et de Louise de Lauzon. Ses armes : *de gueules, à un croissant d'argent surmonté de deux coquilles d'or*.

---

[1] Bibl. Nat. *Cab. des Titres.* 1041, p. 1049.
[2] Bibl. Nat. *Cab. des Titres.* 1044, p. 557.

Jousseaume (Eustache), sgr de Varèze, de Véré, et de la Chalonnière, mestre de camp du ban et arrière-ban de France[1], charge dont il fut pourvu le 13 avril 1568, était chevalier de l'ordre du Roi, d'après son testament du 20 octobre 1579 (*Titres de cette maison)*[2].

On ignore sa filiation[3]. Ses armes : *d'argent, fretté de gueules.*

Jousseaume (Charles), sgr du Couboureau et de Verniettes, gentilhomme ordinaire de la chambre du Roi[4], est cité avec la qualité de chevalier de l'ordre du Roi dans un acte du 19 octobre 1629 *(Titres de MM. d'Escoublant* [5] *).*

Il était fils de Louis Jousseaume, sgr du Couboureau et de Launay, et de Gabrielle du Puy-du-Fou. Ses armes: *de gueules, à 3 croix pattées d'argent et une bordure de même, semée de mouchetures d'hermines.*

Jousseran (Jean de), sgr de Layré, et de Razac, capitaine de 50 hommes d'armes des ordonnances du Roi et chambellan du duc d'Alençon par lettres du 23 février 1576, avait été admis, dès le 16 décembre 1572, au nombre des gentilshommes ordinaires de la chambre de ce prince qui le nomma ensuite lieutenant au gouvernement de Cognac, le 22 décembre 1575, et capitaine d'une compagnie de 50 chevau-légers, le 9 juin 1578. Il est rappelé, avec la qualité de chevalier de l'ordre du Roi, dans deux actes des 9 février et 18 mars 1577, postérieurs à sa mort (*Titres de cette maison*). Il mourut en Flandres, vers la fin du

---

[1] Il fut gouverneur du château de Saint-Maixent. Il avait épousé : Anne Rouault (Beauchet-Filleau, *Dict. des fam. du Poitou*, 1re éd. t. II, p. 270).

[2] Bibl. Nat. *Cab. des Titres*, 1042, p. 227.

[3] Il était fils de Jean Jousseaume, éc., sgr de Varèze, et de Marguerite Cathus (Beauchet-Filleau, *Dict. des fam. du Poitou*, 1re éd. tome II, p. 270).

[4] Il fut gentilhomme ordinaire de la chambre de Henri IV et avait épousé, le 21 avril 1608: Constance de la Poëze, fille de Pierre, sgr de la Bretesche, et de dame Orianne de Mauclerc (Beauchet-Filleau, *Dict. des fam. du Poitou* 1re éd., t II, p. 267).

[5] Bibl. Nat. *Cab. des Titres*, 1044, p. 241.

mois de janvier 1579, à la suite de ce prince qu'il avait accompagné dans ses expéditions[1].

Il était fils de Jean de Jousseran, sgr de Layré et de Renée Daages ou Dages ou encore Dagay. Ses armes sont inconnues[2].

Lauzon (Jean de), baron de la Poupardière, sgr de Prémilly et de la Roullière, conseiller d'Etat, trésorier de France et général des finances, à Poitiers[3], fut nommé chevalier de l'ordre du Roi, le 28 novembre 1651, et reçu par le maréchal de la Meilleraye chevalier des ordres du Roi (*Titres de cette famille*). Il mourut au mois de mars 1668[4].

Il était fils de Jean de Lauzon, sgr de la Roullière, trésorier de France, et de Marguerite de Cujac. Ses armes : *d'azur, à 3 serpents d'argent arrondis et posés 2 et 1*[5].

Laval (Jean de), sgr de Loué, vicomte de Brosse, marquis de Nesle, comte de Joigny et de Maillé, baron de Bressuire, de la Roche-Chabot, de Roche-Corbon, de la Mothe-Saint-Héraye et de l'Isle-sous-Montréal, capitaine de cent gentilshommes de la maison du Roi, gentilhomme ordinaire de sa chambre et capitaine de cinquante hommes d'armes de ses ordonnances, né le 25 avril 1542, fut admis dès le commencement du règne de Charles IX au nombre des gentilshommes de sa chambre, et il est dit, dans l'Etat de la chambre du Roi de 1575, qu'il fut payé en cette qualité de treize mois de

[1] Bibl. Nat. *Cab. des Titres*, 1042, p. 489.

[2] *Coupé de gueules et d'azur, à l'aigle d'argent au vol abaissé brochant sur le tout* (Beauchet-Filleau).

[3] La terre de la Poupardière fut érigée en baronnie, en sa faveur, le 31 janvier 1652. Il avait épousé, le 16 janvier 1629, Susanne Garnier, fille de Pierre, écuyer, sgr du Vieux-Viré et bailli de Gâtine et de Susanne Gouffier (Beauchet-Filleau, *Dict. des fam. du Poitou*, 1re éd. t. II. p. 285).

[4] Bibl. Nat. *Cab. des Titres*, 1044, p. 437.

[5] *D'azur, à trois serpents d'argent se mordant la queue, deux et un, la bordure de gueules, chargée de six besants d'or* (Beauchet-Filleau).

gages, à raison de 600 l. par an, échus le 13 août 1573. Il est cité, avec la qualité de chevalier de l'ordre du Roi, dans un acte du 22 septembre 1570, et le roi, dans ses lettres du 31 janvier 1577, lui donne, indépendamment de la qualité de chevalier de son ordre, le titre de son amé et féal cousin (*Originaux, titres de MM. Le Boucher de Martigny*). Le roi Henri III lui accorda, le 31 août 1575, une gratification de 2 500 l., en considération des services qu'il avait rendus au feu Roi et à ses prédécesseurs, depuis longtemps, au fait des guerres, particulièrement dans les camp et armée, devant la Rochelle, Fontenay et Lusignan. Ce fut sur ce même motif que ce monarque lui en accorda encore une de 20 000 l., le 7 octobre suivant ; le 26 mars 1578, il en obtint une autre de 10 000 écus, et le 17 avril suivant le Roi lui donna le commandement de la seconde compagnie des cent gentilshommes de sa maison et érigea en comté sa terre de Maillé. Il mourut le 20 septembre de la même année 1578[1]. Il était fils de Gilles de Laval, sgr de Loué, de Rochecorbon, de Maillé, de Bressuire et de la Haye, vicomte de Brosse et de Louise de Sainte-Maure. Ses armes : *d'or, à la croix de gueules, chargée de cinq coquilles d'argent et accompagnée de 16 alérions d'azur.*

Légier (Louis), sgr de la Sauvagière, de la Barre-Pouvreau, de Fonvérins, de Beuchot et de Saint-Sauveur, fut nommé chevalier de l'ordre du Roi le 10 août 1651 et reçu le 16 mai par le comte de Parabère, chevalier des ordres du Roi, et confirmé dans cette dignité, en 1665, lors de la réforme et du rétablissement de cet ordre, après avoir préalablement fait preuve de sa noblesse, conformément aux nouveaux règlements[2].

(*Originaux, titres de cette famille et cabinet, de l'ordre du*

---

[1] Bibl. Nat. *Cab. des Titres*, 1041, p. 1165
[2] Il avait épousé, le 2 mai 1626, Renée Poictevin (Beauchet-Filleau, *Dict. des fam. du Poitou*, 1re édition, t. II, p. 293).

Saint-Esprit). Il mourut avant l'an 1679. Il descendait de Noël Légier, sgr de la Sauvagère, que les témoins qui déposent dans le procès-verbal de Malte de Pierre Légier, son petit fils, du 4 mai 1580, dirent avoir été chevalier de l'ordre du Roi et l'avoir connu ; mais, quelque ancien que soit ce témoignage, il est constant qu'il ne fut jamais décoré de l'ordre de Saint-Michel, les titres de son temps n'en faisant aucune mention et n'étant même encore qualifié qu'écuyer, purement et simplement, dans un acte du 30 mai 1557, postérieur à sa mort, et dans d'autres encore. L'on sait, d'ailleurs, que sous Henri II, qui était le règne où il vivait, cet ordre ne se conférait qu'aux princes et aux plus grands seigneurs du royaume possédant ou des charges de la couronne ou les plus éminentes dignités dans le militaire[1].

Il était fils de René Légier, chev., sgr de la Sauvagière, et de Louise Goulard. Ses armes : *d'argent, à 3 roses de gueules feuillées de sinople et posées 2 et 1.*

Lettes (Antoine de), dit : *des Prez*, sgr de Montpezat, du Fou, du Puy, de la Roche et de la châtellenie d'Yenville, baron de Chadenne, maréchal de France, ambassadeur en Angleterre, gentilhomme ordinaire de la chambre du Roi, capitaine de cinquante hommes d'armes de ses ordonnances, gouverneur de Languedoc, sénéchal de Poitou et de Périgord, gouverneur et sénéchal de Châtellerault, capitaine du château de Poitiers et de Montluçon, en Bourbonnais, fut nommé d'abord valet tranchant de François Iᵉʳ, à son avènement à la couronne, et ce monarque l'admit ensuite, en 1520, au nombre des gentilshommes de sa chambre. Il fut donné en otage au roi d'Angleterre, jusqu'au payement de la somme de 400 000 écus, pour la restitution de la ville de Tournay, entre les mains du Roi. En 1521, il fut envoyé ambassadeur en Angleterre, pour concerter avec Henri VIII des moyens d'établir la paix entre l'Empire et la France. En

[1] Bibl. Nat. *Cab. des Titres*, 1044, p. 435.

1525, il fut fait prisonnier à la bataille de Pavie, et le Roi, ayant satisfait au payement de sa rançon, le commit pour porter de ses nouvelles à la régente sa mère et lui faire savoir ses ordres secrets. Il le députa aussi, plusieurs fois, vers l'Empereur. Le sgr de Montpezat obtint en la même année une compagnie de cinquante hommes d'armes, et le Roi lui donna, le 17 juin 1526 la châtellenie d'Yenville en Beauce. Le 8 janvier 1527 (1528), il fut fait maître particulier des Eaux et Forêts du Poitou, et il était dès lors sénéchal de Périgord. Il servit, en la même année, dans l'armée de M. de Lautrec, en Italie, et fut nommé à cette époque capitaine de Montluçon. Il jouissait, en 1530, de 1200 l. de pension de la Cour, qui peu de temps après fut portée jusqu'à 3000 l. Le 28 novembre 1532, le Roi lui accorda une gratification de 1125 l., à raison des dépenses qu'il avait été obligé de faire lorsqu'il fut en Angleterre, pour entretenir l'amitié de l'alliance entre les deux couronnes. On le trouve qualifié chevalier de l'ordre du Roi dans un compte de l'Epargne de 1535, et il est encore cité avec la même qualité dans les Etats des gentilhommes de la chambre des années 1536, 1538 et 1539 *(Originaux. Chambre des Comptes de Paris)*. Il n'était point encore décoré de cet ordre en 1531 : ainsi il fut admis dans l'intervalle de cette année à celle de 1535. En 1536, il défendit la ville de Fossan contre les troupes de l'Empereur, et, nonobstant le mauvais état de cette place, il en accepta le commandement. C'était en pareille circonstance, que la résolution, l'expérience, l'adresse, l'esprit du commandement suppléaient quelquefois à tout le reste. Le sgr de Montpezat réunissait toutes ces qualités, et fit en effet paraître dans la défense de cette place une bravoure extraordinaire ; mais, à la fin, il fut forcé de la rendre, ce qu'il fit après une capitulation très honorable. Le 15 décembre 1540, le Roi lui accorda une gratification de 8000 l., tant à raison de ses recommandables services au fait des guerres que pour lui donner moyen de conclure le mariage d'une de ses filles, en 1541. Il forma en vain l'entreprise du siège de Perpignan, et ce fut ce qui causa sa disgrâce ; du moins, fut-ce un prétexte pour le roi et la reine de Navarre de le desservir auprès du Roi, parce que le sgr de Montpezat s'était fortement opposé aux instances qu'ils avaient faites pour engager le Roi à porter ses armes dans le royaume de Navarre plutôt que dans le Roussillon. Néanmoins il rentra très peu de temps après dans les bonnes grâces du Roi, puisque S. M. le nomma, le 10 septembre de cette année, l'un de ses commissaires aux Etats de Languedoc, lui donna, l'année suivante, le gouvernement de cette province et l'éleva à la dignité de maréchal de France, le 13 mars 1543 (1544) ; mais le maréchal de Montpezat ne jouit pas longtemps de cet honneur, étant mort le 26 juin de la même année[1].

Il était fils d'Antoine de Lettes, sgr de Puechlicon, et de Blanche des Prez de Montpezat. Ses armes : *d'or, à 3 bandes de gueules et un chef d'azur, chargé de 3 étoiles d'or.*

Lezay (René de), sgr Châtelain, des Marais, de la Lande, du Chêne , de Saint-Etienne-le-Monts en Saint-Génard , du Vivier et de Révestisson[2], est cité avec la qualité de chevalier de l'ordre du Roi dans un acte du 15 avril 1575, et mourut, le 8 août 1588. Son fils fit placer dans la chapelle Sainte-Anne de l'église des Cordeliers de Poitiers, près de l'autel, un tableau où René de Lezay est représenté à genoux ayant à côté de lui l'écusson de ses armes entouré du collier de Saint-Michel (*Histoire généalogique des grands officiers de la couronne tome* III, *p. 89. Article de cette maison*)[3].

Il était fils de Mathurin de Lezay, sgr des Marais et de Lezay en partie, et de Perrette de Rouhy. Ses armes : *Burelé d'argent et d'azur de 10 pièces, au franc quartier de gueules et un orle de neuf merlettes de sable.*

---

[1] **Bibl. Nat.** *Cab. des Titres*, 1039, p. 158.

[2] Il avait épousé Françoise d'Allery (Beauchet-Filleau, *Dict. des fam. du Poitou* 1re éd., t. II, p. 334.

[3] **Bibl. Nat.** *Cab. des Titres*, 1042, p. 43.

Luzignan (François), sgr de Luzignan, de Galepiau et de Montbalen, conseiller d'Etat d'épée, est rappelé avec la qualité de chevalier de l'ordre du Roi dans un acte du 17 avril 1639, postérieur à sa mort[1] *(Original, titres de MM. de Channac de Montlogis)*[2].

On ignore sa filiation et ses armes.

Machecoul (René de), châtelain de Vieillevigne, de Boissoudan, de Pamplie, de Grandlieu, de Saint-Etienne, de Touvoye, de Lardraire, du Plessis de la Gaine et de Bougon ou Bougnon, est cité, avec la qualité de chevalier de l'Ordre du Roi, dans un aveu qu'on lui rendit, le 14 août 1600 (*Original. Bibliothèque du juge d'armes*[3]). Il mourut dans l'intervalle des années 1600 à 1606. Il était fils de Jean de Machecoul, sgr, châtelain de Vieillevigne et de Jeanne de Heulays. Ses armes inconnues[4].

Maillé (Artus de), sgr de Brezé et de Milly, capitaine des gardes du corps du Roi, gentilhomme ordinaire de sa chambre, capitaine de 50 hommes d'armes de ses ordonnances, gouverneur d'Anjou, et nommé chevalier de l'ordre du Roi, le 12 janvier 1562 (1563). On lit, en conséquence, dans un compte de cet ordre, qu'il fut délivré un grand collier de l'Ordre à messire Artus de Maillé, sgr de Brezé, capitaine des gardes du Roi, capitaine de cinquante hommes d'armes des ordonnances et chevalier de l'ordre du Roi, dont S. M. lui avait fait don, en le faisant et créant chevalier de son Ordre, duquel collier, qui avait été envoyé au roi par les héritiers du feu sgr de Lorges, et ledit sgr de Brezé donna son récépissé, le 1er février 1562 (1563), un mois après son admission dans cet Ordre (*Original, Chambre des comptes de Paris*). Il fut nommé chevalier de l'ordre du Saint-Esprit en 1588, mais non reçu ;

Il était fils de René de Lezay, sgr des Marais, et de Françoise d'Allery. Il avait épousé Antoinette de Naillac, fille de Marc, chev., sgr de la Coste-au-Chapt (Beauchet-Filleau, *Dict. des familles du Poitou*, 1re éd., t. II, p. 334).

[2] Bibl. Nat. *Cab. des Titres*, 1044, p. 385.

[3] Bibl. Nat., *Cab. des Titres*, 1043, p. 179.

[4] *D'argent, à 3 chevrons de gueules* (Beauchet-Filleau).

il était déjà pourvu d'une charge d'écuyer tranchant du roi Henri II, au mois de janvier 1548 (1549), et il obtint 500 écus de gratification de ce monarque, en considération de ses services. On le trouve compris dans les états des gentilshommes de la chambre des rois Henri II, François II, Charles IX, et Henri III ; depuis l'an 1550, jusqu'en 1583, si ce n'est depuis l'an 1581, il est nommé, dans la classe des gentilshommes de la chambre, capitaine des gardes. Il avait, en cette qualité, le droit de porter la clef d'or. Il jouissait, en 1553, d'une pension de 600 l., qui, sous Charles IX, en 1573, était déjà portée à 3.000 l., était lieutenant de la compagnie de cent lances du duc d'Aumale, en 1555, fut nommé capitaine des gardes du corps le 1ᵉʳ novembre 1557, obtint du roi une gratification de 1965 l. 16 s. 8 d. au mois de mars 1558 (1559), et une autre de 4.000 l. au mois de novembre précédent, en récompense de ses services. Il eut ordre d'arrêter le prince de Condé en 1560, fut pourvu du gouvernement d'Anjou le 8 février 1568, et mourut, en 1592, dans un âge très avancé[1].

Il était fils de Guy de Maillé, sgr de Brezé, que des mémoires portent comme ayant été chevalier de l'ordre de Saint-Michel ; mais on ne lui trouve cette qualité dans aucun acte passé de son vivant. Ses armes : *d'or, à deux fasces ondées de gueules.*

Maillé (François de), de la Tour-Landry, comte de Châteauroux, baron de la Tour-Landry et de Saint-Chartier, sgr de Bourmont, de Aun-le-Palleteau, de la Cornoaille, de la Motte, de Pourchin, etc., qualifié, dans les actes de son temps, successeur et principal héritier des princes du Bas-Berry, conseiller chambellan du roi, gentilhomme ordinaire de sa chambre et chambellan de François, duc d'Anjou et d'Alençon, avec lequel il passa en Angleterre, en 1581, avait été admis, dès le commencement du règne de Charles IX, au nombre des gentilshommes de sa chambre. Il fut reçu chevalier de l'ordre du Roi, par le duc d'Anjou, à Melun, le 16 février

1568, et on ne peut douter que cette promotion ne concerne François de Maillé de la Tour-Landry, comte de Châteauroux, que l'on trouve qualifié de chevalier de l'ordre du Roi et haut et puissant seigneur dans un acte du 18 juin 1589 (*Titres de cette maison*). Il obtint du roi Henri III, au mois de juin 1575, des lettres de confirmation de l'érection en comté de la baronnie de Châteauroux et encore le 2 janvier 1581. Il mourut en 1598[1].

Il était fils de Jean de Maillé dit de la Tour-Landry, comte de Châteauroux, baron de la Tour-Landry et de Saint-Chartier et d'Anne Chabot. Ses armes : *d'or, à trois fasces, antées et ondées de gueules ; coupé d'or à la fasce crénelée de gueules, muraillée de sable.*

Maillé (Charles de), sgr de l'Islette, de Villeromain, du Plessis-Bonnay et de Cossigny, fut reçu chevalier de l'ordre du Roi, le 10 août 1569, à Giseux, par Jacques du Bellay, sgr de Giseux, chevalier dudit ordre, (*Manuscrit de M. de Gaignières sur l'ordre de Saint-Michel. — Bibl. du Roi*), et mourut dans l'intervalle des années 1577 et 1583.

Il était fils de René de Maillé, sgr de l'Islette et de Villeromain, et de Françoise Le Roy[2].

Maillé (René de), dit de la Tour-Landry, sgr d'Ampoigné, gentilhomme ordinaire de la chambre du roi Henri III, portant la clef d'or, est compris, en cette qualité, dans les états de 1582 à 1586. Il fut nommé chevalier de l'ordre du Roi, le 28 mars 1570, et reçu par le duc de Rouannois, chevalier du dit ordre (*Brevet communiqué par M. de Courchamp l'aîné, demeurant à Châteaugontier*).

Il était fils de Jean de Maillé de la Tour-Landry, baron de la Tour-Landry, et de Saint Chartier, comte de Châteauroux et d'Anne Chabot[3]. Ses armes : *d'or, à 3 fasces antées et*

---

[1] Bibl. Nat., *Cab. des Titres*, 1040, p. 467.
[2] Bibl. Nat., *Cab. des Titres*, 1041, p. 948.
[3] Bibl. Nat., *Cab. des Titres*, 1041, p. 1068.

ondées de gueules, coupé d'or, à la fasce crénelée de gueules, muraillée de sable.

Maillé (Paul de), de la Tour-Landry, sgr de Boussay et et de la Motte, conseiller chambellan ordinaire de François, duc d'Anjou et d'Alençon, obtint du roi François II, une gratification de 200 l. au mois de novembre 1559, à raison d'un voyage qu'il lui envoyait faire en Ecosse pour son service. Il est qualifié chevalier de l'ordre du Roi dans un acte du 5 mars 1577, postérieur à sa mort[1].

Il était fils de Jean de Maillé de la Tour-Landry et de Saint-Chartier, comte de Châteauroux, et d'Anne Chabot. Mêmes armes que son frère.

Maillé (François de), comte de Carmau, sgr des Hommes, de l'Islette, du Plessis-Bonnay, des Cartes et de Villeromain, gentilhomme ordinaire de la chambre du Roi, est cité avec la qualité de chevalier de l'ordre du Roi dans un acte du 22 septembre 1577 (*Original. Titres de cette maison*). Il mourut peu de temps avant le 23 novembre 1627[2]. Il était fils de Charles de Maillé, sgr de Villeromain et de l'Islette, chevalier de l'ordre du Roi, et d'Anne des Hommes.

Maillé (Jacques de), sgr de Bénehart, de Ruillé, de Champagné, de Roujoux et de la Bertelotière, gouverneur de Vendôme et du Vendômois, capitaine de cinquante hommes d'armes des ordonnances du Roi, gentilhomme ordinaire de la chambre du duc d'Alençon, par lettres du 13 septembre 1573, puis de la chambre de S. M. le roi Henri III, portant la clef d'or, depuis 1578, jusqu'en 1583, était né en 1549. On le trouve cité, avec la qualité de chevalier de l'ordre du Roi, dans un acte du 1er septembre 1578, et dans un compte de la maison du Roi de 1584 (*Original de la chambre des Comptes de Paris*). Ce doit être lui, qui, sous le nom de Maillé-Bénehart,

---

[1] Bibl. Nat., *Cab. des Titres*, 1041, p. 1570.
[2] Bibl. Nat., *Cab. des Titres*, 1042, p. 144.

fut blessé à la bataille de Montcontour, en 1569, étant alors lieutenant de la compagnie des gendarmes du sgr de Ligne-rolles. L'histoire ne le désigne pas autrement. Il servait, en 1581, en qualité de lieutenant de la compagnie de cinquante hommes d'armes du sgr de Bueil-Fontaines.

Il était fils de Jacques de Maillé, sgr de Bénehart, lieutenant de cinquante hommes d'armes des ordonnances du roi et de Marie de Villebrême[1].

Maillé (Claude de), sgr de Brezé, de Maillé, de Milly, de Cerizay, de la Flocellière et de Rocheservière, baron de Vernon et de Saumoussay, gentilhomme ordinaire de la chambre du roi Henri III, portant la clef d'or, et lieutenant de la compagnie des gendarmes du sgr de Puygaillard, fut nommé cheva-lier de l'ordre du Roi par Henri III, et est rappelé, avec cette qualité, dans un acte du 24 novembre 1597, postérieur à sa mort (*Copie de l'écriture du temps, — Bibliothèque du juge d'armes de France*). Il fut tué, à la bataille de Coutras, en 1587, n'étant âgé que de 27 ans.

Il était fils d'Artus de Maillé, sgr de Brezé, chevalier de l'ordre du Roi, et de Claude de Gravy[2].

Maillé (Louis de), sgr de Latan et du Breuil, est qualifié che-valier de l'ordre du Roi dans des procédures faites sous Henri III (*Titres de la Maison de la Porte de Vezins*). Il était fils de Pierre de Maillé, sgr de Latan, du Breuil et de Marolles, et d'Anne de Montberon[3].

Maillé (Charles de), sgr de Brezé, de Milly, et de Lambroise, est cité, avec la qualité de chevalier de l'ordre du Roi, dans un acte du 2 août 1598 (*Titres de M. M. de Menou de Turbilly*). Il est nommé Charles de Brezé, dans un autre acte du 4 mars 1623, postérieur à sa mort, où on lui trouve la qualité de che-

---

Bibl. Nat., *Cab. des Titres,* 1042. p. 194.

[1] Bibl. Nat ,*Cab. des Titres,* 1042. p. 433.

[2] Bibl. Nat.,*Cab. des Titres,* 1042, p. 471.

valier de l'ordre du Roi *(Original, Bibliothèque du juge d'armes de la noblesse de France)*[1].

Il était fils de Claude de Maillé, sgr de Brezé, etc., chev. de l'ordre du Roi, et de Robinette Hamon.

Maillé (Jacques de), sgr de Cessigny, et de la Châtellenie de Porchères, est cité, avec la qualité de chevalier de l'ordre du Roi, dans un acte du 29 décembre 1603 *(Titres de M. M. Le Roux de Mazé*[2]*).*

Il était fils de Charles de Maillé, sgr de l'Islette et de Villeromain, chevalier de l'ordre du Roi, et d'Anne de Hommes.

Maillé (Jean de), marquis de Gillebourg, comte de Châteauroux, baron de la Tour-Landry et de Saint-Chartier, conseiller d'état d'épée et gentilhomme ordinaire de la chambre du Roi, est cité, avec la qualité de chevalier de l'ordre du Roi, dans un acte du 28 février 1606 *(Original. Titres de la maison de Brachet de Montaigu).* Il mourut des blessures qu'il reçut au siège de Nêgrepelice, en 1635[3].

Il était fils de François de Maillé, baron de la Tour-Landry, comte de Châteauroux, chevalier de l'ordre du Roi, et de Diane de Rohan.

Maillé (Charles de), comte de Maillé, marquis de Carman, baron de la Forêt, gentilhomme ordinaire de la chambre du Roi, obtint du roi Louis XIII, au mois d'août 1612, des lettres patentes pour l'érection du comté de Carman en marquisat et encore d'autres lettres, au mois de janvier 1626, pour l'érection, en comté, sous le nom de Maillé, de la terre de Seizploé. Il est cité, avec la qualité de chevalier de l'Ordre du Roi, dans un acte du 1er mars 1602 *(Original. Titres de cette Maison).* Il se trouva au siège de la Rochelle et mourut à l'Islette, le 14 juin 1628[4].

[1] Bibl. Nat., *Cab. des Titres*, 1043. p. 150.
[2] Bibl. Nat., *Cab. des Titres* 1043., p. 228.
[3] Bibl. Nat., *Cab. des Titres*, 1042. p. 270.
[4] Bibl. Nat., *Cab. des Titres*, 1043, p. 313.

Il était fils de François de Maillé, comte de Carman, chevalier de l'ordre du Roi, et de Claude de Plusquellec de Carman.

Maillé (Florestan de), sgr de chef de Ruë, lieutenant de la compagnie des gendarmes du sgr du Plessis-Mornay, est cité avec la qualité de chevalier de l'ordre du Roi, dans le VII⁹ volume des *Grands officiers de la couronne*, article de cette Maison, p. 509[1].

Il était fils de René de Maillé, sgr de Chef-de-Ruë et de Catherine de Mornay.

Maillé (René de), sgr de Bénehart, du Lavouër, de Roujoux, de Chéripeau, de Fleuré, de la Pommeraye, et de Ruillé, gentilhomme ordinaire de la chambre du Roi et capitaine de cinquante hommes d'armes de ses ordonnances, mourut avant l'an 1648. Il est cité, avec la qualité de chevalier de l'ordre du Roi, dans un acte du 28 avril 1627 (*Original, titres de MM. de Salmon du Châtellier*[2]).

Il était fils de Jacques de Maillé, sgr de Bénehart, chevalier de l'ordre du Roi, et de Renée de Poncé.

Maillé (Louis de), de la Tour-Landry, marquis de Gillebourg, est cité, avec la qualité de chevalier de l'ordre du Roi dans un acte du 26 avril 1649. (*Titres de la maison de Vassé.*) Il est qualifié, chevalier des ordres du Roi, par erreur, au lieu de chevalier de l'ordre du Roi, étant prouvé, qu'il ne fut point décoré de l'ordre du Saint-Esprit. Il était fils de Jean de Maillé de la Tour-Landry, comte de Châteauroux, chevalier de l'ordre du Roi et de Louise de Châteaubriant[3].

Marans (Jean de), sgr de Pindray, de Poiroux, de Vaugardin et des Hommes-Saint-Martin[4], servait, dès l'an 1561, dans

---

[1] Bibl. Nat , *Cab. des Titres*, 1043, p. 439.

[2] Bibl. Nat.,*Cab. des Titres*, 1044, p. 203.

[3] Bibl. Nat., *Cab. des Titres*, 1044, p. 430.

Actuellement dit les Ormes-Saint-Martin (Vienne) (Note communiquée par MM. Beauchet-Filleau).

la compagnie des cent gentilshommes de la maison du Roi ;
fut nommé, peu de temps après, et avant l'an 1564, guidon de
la compagnie des gendarmes du sgr. de Boisy, grand écuyer
de France, et servait encore, en 1569, sous la cornette du duc
d'Anjou. Il fut reçu chevalier de l'ordre du Roi par le duc de
Montpensier, chevalier du même ordre, en 1568, et mourut
avant l'an 1573[1].

Il était fils de Pierre de Marans, chevalier, sgr des Hommes
Saint-Martin et de Pindray, enseigne de cinquante hommes
d'armes des ordonnances du Roi, et de Françoise de Pindray.
Ses armes : *fascé et contre-fascé d'or et d'azur de 6 pièces, à
l'écu d'argent en cœur, au chef parti de 3 pièces, la première,
tranchée d'or et d'azur, la 2ᵐᵉ d'azur, parti d'or, et la 3ᵐᵉ taillée
d'azur et d'or.*

Marans (Pierre de), sgr des Hommes-Saint-Martin et de
Pindray, chambellan et grand maréchal du corps de François,
duc d'Anjou et d'Alençon, est cité, dans un acte du 30 mars
1573, où, indépendamment de la qualité de chevalier de l'ordre
du Roi, on lui donne celle de noble et puissant. On lui trouve
encore cette même première qualité, dans un acte du 4 novem_
bre 1585 *(Titres de cette Maison[2])*.

Il était fils de Jean de Marans, sgr de Pindray, chevalier
de l'ordre du Roi, et d'Hélène de Culant. Ses armes, comme
ci-devant.

Marconnay (Jean de), sgr de Montaret, gouverneur du
Bourbonnais, capitaine de cinquante hommes d'armes des
ordonnances du Roi et gentilhomme ordinaire de la chambre
des rois François II et Charles IX, d'après les états de 1560 et
1569, est qualifié : « Monseigneur », dans une monstre du
22 mars 1570 *(Original, bibliothèque du Roi)*, ce qui annonce
le degré de considération où il était alors. Il fut nommé che-

---

[1] Bibl Nat., *Cab. des Titres*, 1040, p. 642.
[2] Bibl. Nat, *Cab. des Titres*, 1041 p. 1364.

valier de l'ordre du Roi, le 12 janvier 1562 (1563), et fut aussi grand prévôt de France, d'après deux anciennes listes de la promotion de l'ordre de Saint-Michel, de 1563[1]. En 1569, il assiégea le château du Bénegon défendu par Marie de Barbançon, avec une valeur incroyable. Cette héroïne, ayant été faite prisonnière, le roi, la fit remettre en liberté.

Il obtint, le 30 août 1568, une gratification de 11.000 livres, en récompense des services qu'il lui avait rendus dans son gouvernement[2].

Il était fils de Charles de Marconnay, seigneur de Montaret et de Jeanne d'Entragues. Ses armes : *de gueules, à 3 pals de vair et un chef d'or.*

Marconnay (Charles de), seigneur de Tillou et de Mazeuil, est cité, avec la qualité de chevalier de l'ordre du Roi dans un acte du 19 mars 1571[3] *(Titres de la maison d'Appellevoisin de la Bodinatière, énoncés dans le procès-verbal de Malte de Pierre David Gibot de Moulinvieux, de l'an 1677).* Ce doit être lui qui, sous le nom du sieur du Tillou, est compris, dans l'état des gentilshommes ordinaires de la chambre du Roi Henri III, portant la clef d'or de l'année 1586[4].

On ignore sa filiation[5]. Ses armes : *de gueules, à 3 pals de vair et un chef d'or.*

---

[1] Il figure, dans la montre, faite à Paris, par Briant Chabot, le 5 juillet 1524. Il fut écuyer tranchant de Charles, duc d'Orléans, fils de François Ier, depuis 1542, jusqu'à sa mort, et figure en cette qualité dans les comptes faits pour les obsèques du Roi, en 1547, et au nombre de ceux auxquels il fut délivré des draps de deuil. Il avait épousé Anne d'Albon, fille de Guillaume, sgr de Saint-Fargaux et lieutenant des cents gentilshommes de la chambre du Roi, et de Gabrielle de Saint-Priest (Beauchet-Filleau, D[re] *des fam. du Poitou*, 1re éd., t. II, p. 362-363).

[2] Bibl. Nat., *Cab. des Titres*, 1040, p. 131.

[3] Il avait épousé, le 28 juillet 1556, Françoise de Choissy (Beauchet-Filleau *Dict. des fam. du Poitou*, première édition, t. II, p. 365).

[4] Bibl. Nat, *Cab. des Titres*, 1041, p. 1210.

[5] Il était fils de Philippe de Marconnay, chev., sgr de Mazeuil, Le Breuil, le Tillou, et de Catherine d'Aubigny (Beauchet-Filleau, *Dict. des fam. du Poitou*, première éd., t. II, p. 365).

Maconnay (Pierre de), sgr de Frauze et de Colombière, gentilhomme ordinaire de la chambre du Roi, premier maître d'hôtel et premier écuyer de la reine Catherine de Médicis, obtint du roi Charles IX une gratification de 4.000 livres, le 30 août 1568, en considération de ses services, et on le trouve compris dans les états des gentilshommes de la chambre de ce monarque de 1570 à 1574. On le trouve cité, avec la qualité de chevalier de l'ordre du Roi, dans un acte du 15 septembre 1572 (*Titres de la famille Le Prestre de Lezonnet.*[1])

Il était fils de Charles de Marconnay, sgr de Montaret, et de Jeanne d'Entragues. Ses armes comme ci-devant.

Marconnay (Charles de) sgr de la Barbelinière, écuyer rodinaire de la reine Catherine de Médicis[2], en 1547, est rappelé, avec la qualité de chevalier de l'ordre du Roi, dans un acte du 15 septembre 1572, postérieur à sa mort (*Titres de la famille Le Prestre de Lezonnet*). Il mourut avant l'an 1572[3].

On le croit fils[4] de Jean de Marconnay, sgr de Frozes, dont la mère était dame de la Barbelinière.

Martel (Charles), sgr de la Marin et des Aubiers, fut nommé chevalier de l'ordre du Roi, le 11 octobre 1568, et reçu par le duc de Montpensier, chevalier du même ordre (*Titres de cette maison*). Il mourut avant le mois de janvier 1589[5].

---

[1] Bibl. Nat., *Cab. des Titres*, 1041, p. 1300.

[2] En 1532, il était échanson à 300 livres de gages de Mesdames Marguerite et Madeleine de France, échanson de Madame le Dauphin de Viennois, et de Marguerite de France, sa sœur, du 1er janvier 1536, au 1er janvier 1540 ; fut nommé chev. de l'ordre du Roi, en 1539, déclare être exempt du ban convoqué en 1551, comme écuyer d'écurie de la Reine, l'était encore en 1570, et prenait le titre de maître d'hôtel de la reine Eléonore d'Autriche, de 1572, à 1574. Il avait épousé, le 13 juin 1539, Françoise de Cousdun, fille de François, éc. sgr de Challié (Beauchet-Filleau, *Dict. des fam. du Poitou*, première éd., t. II, p. 362).

[3] Bibl. Nat., *Cab. des Titres*, 1041, p. 1491.

[4] Il était fils de Charles de Marconnay, chev. sgr de la Barbelinière, la Gaudelaire, Availles, Montaré, et de Jeanne d'Entragues (Beauchet-Filleau, *Dict. des fam. du Poitou*, première éd., t. II, p. 362).

[5] Bibl. Nat., *Cab. des Titres*, 1040, p. 732.

Il était fils de René Martel, chev. sgr de Tricon et de Jeanne Dexmier. Ses armes : *d'or, à 3 marteaux de gueules, posés 2 et 1.*

Martel (Léonor), sgr de Tricon, est rappellé avec la qualité de chevalier de l'ordre du Roi, dans un acte du 15 août 1600[1], postérieur à sa mort. *(Titres de cette maison).*

Il était fils de Gabriel Martel, sgr de Tricon et de Léonor Sappatte[2]. Mêmes armes que ci-devant.

Martel (Hardouin), sgr de la Garde-Giron, gentilhomme ordinaire de la chambre du Roi, est cité, avec la qualité de chevalier de l'ordre du Roi, dans un acte du 21 mars 1597. (*Original, titres de MM. de Fougères du Saillant*[3]).

Il était fils de Gabriel Martel, sgr de la Godinière et de la Garde-Giron et de Marie Giron. Mêmes armes que les précédents.

Martel (François), sgr de Fontaines, dit : de *Fontaines-Martel,* de Brétigny, de Bollebec et de Bellencombre, gentilhomme ordinaire de la chambre du Roi, capitaine de 50 hommes d'armes de ses ordonnances et gouverneur de Neufchâtel, est cité, avec la qualité de chevalier de l'ordre du Roi, dans un acte du 2 juillet 1599.(*Original, Titres de MM. Heurtault de Lammerville*). C'est de lui, vraisemblablement, dont il est parlé, dans la *Satyre Ménippée*, sous le nom de *Fontaine-Martel,* parmi les principaux chefs de la Ligue qui furent faits prisonniers, à la bataille d'Ivry. Il vivait encore en 1618[4].

On ignore sa filiation. Mêmes armes que les précédents.

Martel (Olivier), sgr de la Malonière, de la Haye, et de Lavau fut fort attaché aux intérêts du duc de Mercœur, qui le

---

[1] Il est nommé, dans un partage du 4 mai 1563. Il avait épousé, le 5 décembre 1566, Claude d'Aloigny, fille de Louis, sgr de la Groix, et de Jeanne Savary, (Beauchet-Filleau, *Dict. des fam. du Poitou,* 1re éd.t. II, p. 370).

[2] Bibl. Nat., *Cab. des Titres,* 1042, p. 513.

[3] Bibl. Nat., *Cab. des Titres,* 1043, p. 132.

[4] Bibl. Nat., *Cab. des Titres,* 1043, p. 159.

nomma capitaine du château de Touffou, le 3 janvier 1580, capitaine de 25 soldats arquebusiers à cheval français, le 27 mars 1586, capitaine de 50 hommes de guerre, armés à la légère, le 28 juillet 1591. Il lui accorda, le 30 juillet 1595, une pension de 200 l., indépendamment d'une autre, qu'il lui avait donnée précédemment. Il fut fait, en 1596, capitaine du château de Piremil, sur la démission de son père, du 31 octobre, reçut plusieurs lettres du Roi, èz années 1611, 1613, 1619, 1622 et 1624, pour se trouver aux États de Bretagne ; dans des lettres du 16 juin 1625, le Roi, lui donne la qualité de chevalier de son ordre. (*Titres de cette maison*). Il mourut avant l'an 1636[1].

Il était fils de François Martel, sgr de Vandré, capitaine de cinquante arquebusiers, pensionnaire du roi en Bretagne, et capitaine du château de Piremil. Mêmes armes que ci-devant.

Mastin (Claude le), baron de Nuaillé, sgr de la Faverière, des Châtelliers Berle, de Mélay, de Lenoy, de Laubrière etc., gentilhomme ordinaire de la chambre du Roi Henri III, et gentilhomme de la Reine, à 1200 l. de gages, nommé, en 1585, mourut à son château de la Faverière, en Poitou, le 23 février 1621[2]. On le trouve cité, avec la qualité de chevalier de l'ordre du Roi, dans les lettres du Roi, du 5 décembre 1608. (*Titres de cette maison*). Il avait été admis dans cette ordre, sous le règne de Henri IV, ce que l'on infère d'un acte du 5 octobre 1594, qui ne lui donne encore que la simple qualité d'écuyer[3].

Il était fils de Gabriel Le Mastin, écuyer, et d'Anne Le Roux. Ses armes : *d'argent, à une bande de gueules fleurdelisée de 6 pièces d'azur, 3 de chaque côté*[4].

---

[1] Bibl. Nat., *Cab. des Titres*, 1044, p. 176.

[2] Il avait épousé, le 17 décembre 1575, Jeanne de Barbezières, fille de Sébastien, sgr de Maillé et de Jacquette de Parthenay, (Beauchet-Filleau, *Dict. des fam du Poitou*, 1re éd. t. II, p. 372).

[3] Bibl. Nat., *Cab. des Titres*, 1043, p. 306.

[4] D'argent, à la bande de gueules, contrefleurdelisée, de six fleurs de lys d'azur, (*Beauchet-Filleau*).

Maynard (Christophe), sgr de la Vergne de Péault et de la Rudelière, des Gazons, de Saint-Gilles, des Ors, de la Vergne Cornet, et de la Châtellenie de la Barotière, fut nommé chevalier de l'ordre du Roi, le 14 février 1641, et reçu par le comte de Parabère, chevalier des ordres du Roi[1]. (*Original, titres de cette famille*). Il mourut, dans l'intervalle des années 1658 et 1662[2].

Il était fils de François Maynard, sgr de la Vergne de Péault et d'Andrée Chabotte. Ses armes : *d'argent, fretté d'azur de 6 pièces.*

Mesnard (François), sgr de Toucheprêt, est cité avec la qualité de chevalier de l'Ordre du Roi, dans un acte du 15 janvier 1383. (*Titres de MM. de Jupilles de Moulins*)[3].

Il était fils de François Mesnard, sgr de Toucheprêt, et de Jeanne Thibault. Ses armes : *d'argent, à 3 porcs épics de sable armés d'or et posés 2 et 1.*

Mesnard (David), sgr de Toucheprêt et des Herbiers, gentilhomme ordinaire de la chambre du Roi, et capitaine de cinquante hommes d'armes de ses ordonnances, est cité, avec la qualité de chevalier de l'ordre du Roi, dans un acte du 27 novembre 1597. (*Titres de MM. des Nos d'Hémenard*[4].

Il était fils de François Mesnard, sgr de Toucheprêt, chevalier de l'ordre du Roi.

Messemé (Jacques de), sgr de Charlée, de la Filtière, de Talvois, de Boutonnières, de Bagneux, de Saviniers, et de la Châtellenie de Guiltrie, premier écuyer d'Henri de Lorraine, duc de Mayenne, et gentilhomme ordinaire de

---

[1] Il avait épousé, le 21 juin 1628, Catherine Gallier-Garnier, fille de Jean, sgr de la Guérinière. Surin, etc., conseiller du Parlement de Bretagne, et de Suzanne Garnier. (Beauchet-Filleau, *Dict. des fam. du Poitou*, 1re éd. t. II, p. 344.)

[2] Bibl. Nat., *Cab. des Titres*, 1044, p. 320.

[3] Bibl. Nat., *Cab. des Titres*, 1042, p. 308.

[4] Bibl. Nat., *Cab. des Titres*, 1043, p. 141.

la chambre du Roi, par lettre du 20 décembre 1615, était né au mois de novembre 1570. Il fut nommé chevalier de l'ordre du Roi, le 10 janvier 1618, et fut reçu le 13, par le maréchal de Souvré, chevalier des ordres du Roi. (*Titres de cette famille*)[1].

Il était fils de Joachim de Messemé, sgr de la Filtière, du Cormier, de la Gastinalière et de la Cloistre et de Marguerite de Mondion. Ses armes : *de gueules, à 6 feuilles de palmier d'or appointés en giron.*

Messemé (Henry de), sgr de la Cloistre, de Vaudelais et de Beaucaire, gentilhomme ordinaire de la chambre du Roi, et brigadier de la compagnie des chevau-légers de sa garde, était né au mois de septembre 1578 et fut reçu chevalier de l'ordre du Roi, par le duc de Montbazon. *(Recueil manuscrit des chevaliers de cet ordre, par Pierre d'Hozier, bibliothèque du Roi)*[2].

Il était frère de Jacques de Messemé, sgr de Charlée, reçu chevalier de Saint-Michel, en 1618.

Meulles (Pierre de), mestre de camp d'un régiment d'infanterie, est qualifié chevalier de l'Ordre de Saint-Michel, à la page 127, des Remarques sur la Vie de Pierre Ayrault, imprimée, à Paris, en 1675[3].

Il était fils de Jean de Meulles, sgr du Frêne, et de Marie de la Forêt de Montpensier. Ses armes sont inconnues[4].

Monstiers (Euzèbe des), baron et vicomte de Mérinville et d'Auzerville, baron de saint Père et de Bélabre, sgr du Fief de Monterolet, du Fraisse, de Brigueil et de Rochelidoux, d'Ozillac, de Bouranzeau, de Mons, d'Argis et de Noizé, gentilhomme ordinaire de la maison, puis de la chambre des Rois Charles

---

[1] Bibl. Nat., *Cab. des Titres*, 1044, p. 86.

[2] Bibl. Nat., *Cab. des Titres*, 1044, p. 335.

[3] Bibl. Nat., *Cab. des Titres*, 1044 p. 380.

[4] *D'argent à 3 tourteaux de Sable, accompagnés de 7 croisettes ancrées de gueules, posées 3 en chef, une en abyme, 2 dans les cantons inférieurs et une en pointe* (Beauchet-Filleau).

IX et Henri III, et capitaine de cinquante hommes d'armes des ordonnances de S. M., par commission, du 27 août 1587, motivée sur sa valeur et les bons et signalés services qu'il y avoit rendus, à l'exemple de tous ses prédécesseurs, reçut une lettre du duc d'Epernon, qui lui mandait le 26 mai 1590, qu'il serait : « Tousjours désireux de luy tesmoigner les effects de « son amytié et l'estime qu'il faisoit de la sienne, de laquelle « il prenoit telle asseurance qu'il se promettoit avoir ce bien « qu'ils feroient le voyage de l'armée du Roi ensemble, etc. ». Le Duc de Montpensier, lui écrivit aussi, le 14 décembre de la même année, que : « Sachant l'affection et le rang qu'il tenoit « au service du Roy, il avoit pensé qu'étant l'un des capitaines « des ordonnances du Roy, il devoit le prier de monter à « cheval et de se joindre au seigneur de Malicorne ou de « Saint-Luc, Maréchal de Camp, pour avec l'un ou l'autre venir « le trouver le plus tôt qu'il pourrait. » Cette lettre est sous- « crite : *Vostre plus affectionné et parfaict amy.* » il est cité, avec la qualité de chevalier de l'Ordre du Roi, dans un acte du 11 juillet 1570.(*Original, Titres de cette maison*).Il avait été nommé, à cet ordre, antérieurement au 18 octobre 1568, date d'un acte qui ne lui donne encore que la simple qualité d'écuyer. Il est prouvé, qu'il fut admis dans l'Ordre du Saint-Esprit, par un arrêt du parlement, du 14 février 1592 et par deux actes originaux des 21 novembre et 1er décembre 1605, qui le qualifient chevalier des ordres du Roi et plus expressément par un autre titre original du 12 juillet 1596, qui lui donne la qualité de chevalier des deux ordres du Roi ; mais, n'ayant pas été reçu, il ne fut pas compris dans le *Catalogue des chevaliers du Saint-Esprit*. Il mourut, dans l'intervalle des années 1599 à 1605[1].

Il était fils de Pierre des Monstiers, sgr de Rochelidoux, et de Marie de Lavau. Ses armes : *d'argent, à 3 fasces de gueules.*

---

[1] Bibl. Nat., *Cab. des Titres*. 1041, p. 1156.

Monstiers (Jean des), vicomte de Mérinville, sgr et baron de Saint-Pierre d'Angerville, de Fraisses, de Rochelidoux et de Montrollet, mestre de camp d'un régiment de cavalerie et gentilhomme ordinaire de la chambre du Roi, était né, vers l'an 1571. Il est qualifié, chevalier de l'Ordre du Roi, dans un arrêt du parlement de Paris, du 26 février 1609. *(Copie collationnée sur l'Original, en 1619, Titres de cette maison).* On lui trouve encore cette qualité, dans une enquête du 15 mai 1631, où il comparut comme témoin. *(Original, Titres de la maison de Barthou de Montbas).* Il avait été admis dans cet ordre, sous Henri IV, n'étant encore qualifié qu'écuyer, dans un acte du 21 novembre 1605. Il mourut avant l'an 1654[1].

Il était fils d'Euzèbe des Monstiers, vicomte de Mérinville, chevalier des ordres du roi et de Françoise de Reillac.

Montalembert (André de), sgr d'Essé, d'Espanvillers, de Bruz et de la Barbate en partie, général des armées du Roi, gentilhomme ordinaire de sa chambre et capitaine de cinquante lances de ses ordonnances, né, vers l'an 1483[2], se trouva, dès 1495, à la bataille de Fornoue : François Ier le nomma l'un de ses panneliers, en 1534 (1535), il partit pour Bayonne, pour porter des lettres de ce monarque au Roi et à la Reine de Navarre. Ce prince, le choisit dans un tournoi, pour un de ceux qui devaient soutenir l'effort des quatre plus rudes lances qui se présenteraient, aussi, disait-il souvent : « Nous sommes quatre gentilshommes qui combattons en « lice et courons la bague contre tous, allans et venans de la « France, moy, Sansac, d'Essé et Châtaigneraie. » On lui donna, en 1536, le commandement de cent chevau-légers, à la suite de l'amiral de Brion, lorsqu'il entra en Bresse, en Savoie et en Piémont, et s'étant jeté dans Turin, il n'en sortit

---

[1] Bibl. Nat., *Cab. des Titres*, 1043, p. 312.

[2] Il avait épousé, le 8 octobre 1540, Catherine d'Illiers, fille de Jean, baron des Adrets, et de Madeleine de Joyeuse. (Beauchet-Filleau, *Dictionnaire des familles du Poitou*, 1re éd. t. II, p. 408).

que pour aller surprendre Ciria et l'emporta par escalade. Il
jouissait, dès 1538, de 500 l. de pension de la cour, et était à
cette époque, lieutenant de la compagnie de 5 lances du duc
de Montpensier. Il fut ensuite lieutenant du Roi, à Landrecies,
et soutint avec la plus grande valeur, le siège que l'empereur
mit devant cette ville, en 1543, où il reçut une blessure au
bras. Le roi, lui accorda même, au mois de décembre, à
l'occasion des recommandables services qu'il lui rendit, dans
cette circonstance, une gratification de 1125 l. En la même
année, le Roi l'admit au nombre des gentilshommes de sa
chambre, et ce fut à cette occasion, que l'on dit : « qu'il était
« plus propre à donner une camisade à l'ennemi, qu'à donner
« la chemise au Roi. » Le 27 juillet de la dite année, S. M., lui
accorda encore une gratification de 900 l., motivée sur ses
services dans les guerres, tant deçà que delà les monts. En
1545, sa pension était déjà portée à 600 l. Au mois de septembre
de cette année, il fut chargé du commandement du fort
d'Outreau, près de Boulogne et il était déjà capitaine de
cinquante hommes d'armes, au mois d'août 1546, qu'il obtint
une nouvelle gratification de 400 écus d'or. En 1548, ayant
été envoyé en Ecosse, il battit les Anglais et fit leur général
prisonnier ; le 30 décembre de cette année, il surprit la
forteresse d'Hurrie, dont la garnison fut passée au fil de l'épée
et les Anglais ayant voulu la reprendre, il s'opposa à leurs
entreprises et, en moins d'un an, il leur enleva tout ce qu'ils
possédaient dans ce royaume. Henri II, l'ayant rappelé en
France, il signala son départ, par la conquête de l'île des
Chevaux, dans le golfe d'Edimbourg. Ambleteuse, place forte
alors, ayant été emportée, le commandement lui en fut donné
et ce fut là, qu'il fit une action généreuse et digne de ses
sentiments, en sauvant l'honneur et les biens des femmes et
des filles de la fureur du soldat qui était entré par la brèche,
dans cette place. Le Roi, voulant récompenser ses services
signalés, lui accorda une pension de 3.000 l., dont il jouissait
déjà en 1550. La paix s'étant faite à cette époque, il se retira

dans ses terres, pour se reposer des fatigues de la guerre,
mais, en 1553, ayant reçu l'ordre d'aller se jeter dans
Thérouanne, il y fut tué sur la brèche, le 12 juin[1]. « Soudain,
« dit Brantôme, après en avoir sceu la nouvelle et leu la
« lettre de son Roy, il dict à ses amis qui estoient là avec lui
« (car ordinairement il estoit fort visité, tant il estoit aymé), :
« Mes amis, voylà le comble de mes souhaits arrivéz, car je
« ne souhaittois rien tant que d'aller mourir en un honorable
lieu, et ne craignois rien tant que de mourir en ma maison et
« en mon lict, etc[2]. » Les commentaires de Rabutin, imprimés
à Paris en 1574, tôme Ier, font encore un magnifique éloge
du sgr d'Essé à l'occasion de ce siège : « Y ayant laissé
« la vie, disent-ils, le très valeureux chevalier le sgr d'Essé,
« de la vertu duquel aujourd'huy et à jamais bruiront les
« mers de ..... estans les trophées et enseignes de ses che-
« valeureux actes eslevez et assés publiez es Isles d'Angleterre
« et Ecosse. » Voici l'éloge qu'en fait Brantôme, dans ses
Mémoires : « Feu M. d'Essé l'a esté très bon, sage, brave et
« vaillant. Il fut advancé par M. le Connestable, à cause de sa
« valeur et vertu, et les roys ses maistres le cogneurent et
« s'en sceurent bien servir. Il fut en son temps fort bon
« gend'arme et gentil cheval-léger. .... Il fut lieutenant
« du Roy, dans Landrecy avec le capitaine de la Lande, ...
« tous deux soustinrent bravement le siège que l'Empereur
« mit devant avec de très grandes forces, ...
« ces deux compagnons, défenseurs de Landrecy furent
« favorisez de la fortune. Tous deux furent fort estimez et
« haut louëz des pays estrangers et de la France, tous deux
« bien venus à la Court ...... et tous deux bien reçus et
« embrassez de leur Roy et recompensez ;...... Monsieur
« d'Essé fut donné page à feu M. le seneschal de Poictou,

---

[1] Il était âgé de 70 ans et allait être nommé Maréchal de France. (*Beauchet-Filleau*).

[2] Voir Brantôme : *Vie des grands capitaines*, tome II, p. 462. Paris, Foucault 1822.

« messire André de Vivonne, mon grand-père, lorsqu'il alla
« avec le Roy Charles VIII, du royaume de Naples, et le mena
« avec luy qu'il n'avoit douze ans, ... après l'avoir bien
« nourry quelques années, il ...... l'envoya aux ordonnances
« en fort bel équipage de guerre, plus qu'il n'avoit accoustumé
« de donner aux autres ; car il espéroit beaucoup de luy, et
« aussi qu'encor qu'il fut fort bien gentil homme et de bon
« lieu, il n'avoit de son père tous les moyens qu'il eut bien
« fallu, ... car il avoit force autres enfans. De telles obli-
« gations, tant de nourriture que de bienfaicts, ce seigneur
« généreux n'en fut jamais ingrat ; car, ayant esté deux fois
« lieutenant de Roy, et dans Landrecy et Escosse, capitaine
« de cinquante hommes d'armes et chevalier de l'Ordre,
« venant voir madame la Seneschale, ma grand'mère, qui
« l'avoit nourry avec son mary, lui portait un tel respect et
« honneur qne jamais il ne voulut laver les mains avec elle
« pour se mettre à table, disant que nul grade qu'il eut acquis
« le lui sçauroit faire oublier l'honneur qu'il luy devoit pour
« avoir esté nourry son page, ... mais bien se lavoit avec
« Mesdames de Bourdeille et Dampierre ses filles, qu'il avoit
« (disait-il) bercées cent fois, et avait estudié sa leçon avec
« elles. Tel scrupule avoit ce gentil et courtois chevalier ; ....
« Le Roy Henry, venant à la couronne ..... envoya M. d'Essé
« en Escosse, son lieutenant général, pour secourir les deux
« Reynes d'Escosse mère et fille ; ce qui lui fut un très grand
« honneur, car il y commanda à des seigneurs plus grands
« et plus riches et de plus haute maison que lui, comme à
« messieurs Strozzi, et le prieur de Capoë, frères, cousins de
« la Reyne, à M. Dandelot, à messieurs de la Rochefoucaud,
« d'Estanges, Baudine, Pienne, Bourdeille, Montpezac, Negre-
« pellice, le comte de Reintgrave, et force autres. Et mesmes
« leur disoit bien souvent : *Messieurs, je scay bien qu'il n'y*
« *a nul guières de vous autres qui ne soit plus grand que moy,*
« *......... : mais puisqu'il a pleu au Roy m'honorer de ceste*
« *charge, il faut que je m'en acquicte et que je commande*

« *aussi bien au grand comme au petit, et que l'un et l'autre*
« *m'obéissent : et au partir d'icy, m'estant despouillé de ceste*
« *grandeur, nous serons tous pairs et compagnons.* » Voylà
« comment je l'ai ouy conter à mon frère M. de Bourdeille,
« qui y estoit aussi, disant qu'il avoit si bonne grâce à com-
« mander, qu'un chacun luy obéyssoit d'un si bon cœur et
« l'honoroit si fort, qu'il n'eust jamais occasion de se fascher
« à eux ; car, en commandant, il familiarisoit fort . . . .
« Quand il alloit à la guerre, et qu'aucuns de courreurs luy
« venoient dire : « *Monsieur, voicy les ennemys qui viennent*
« *à vous ;* » luy sans s'estonner, ne faisoit que répondre : « *Et*
« *nous à eux* ». Il fit de beaux combats et beaux exploicts de
« guerre en ceste Escosse . . . . Si est ce qu'au partir de là le
« Roy l'honora fort et lui donna l'Ordre, pour signe qu'il avoit
« si bien faict. . . . . Il y gaigna une grande et très mau-
« vaise jaunisse, et telle que j'ay ouy dire qu'il en teignoit de
« jaune sa chemise comme de saffran lorsqu'il suoit ; ce qui
« fut cause qu'il demanda congé au Roy d'aller jusques en sa
« maison d'Espanvillers changer d'air et voir sa femme qu'il
« n'avoit veüe de trois ans . . . . Estant donc en sa maison,
« au lieu de s'amander de sa maladie, il sembla qu'elle
« s'empirast, et le tourmenta pis que devant ; . . . . . . et
« traisnant ainsy sa vie en longueur, j'ay ouy dire qu'il la
« maudissoit cent fois le jour, qu'il ne l'avoit perdue en tant
« de combats et guerres où il s'estoit trouvé, et qu'il fut
« réduict à mourir en un lict comme un caignardier le plus
« pauvre qui fut jamais ; et ainsy que bien souvent de tels
« propos entretenoît ses amis avec larmes et soupirs, arriva
« un courrier du Roy à luy, qui luy porta mandement de
« l'aller trouver aussitost pour s'aller jetter dans Théroüanne,
« que l'Empereur menassoit d'assiéger, et là y commander
« en lieutenant de Roy . . . . « *Or, je m'en voys (dit-il) et*
« *vous jure bien que madame la jaunisse n'aura point cet*
« *honneur de me faire mourir ; car résoluement je veux mourir*
« *en guerre, et ne retourneray jamais que je n'y meure. Adieu*

« *donc, messieurs et amis, je m'en voys fort heureux et content*
« *chercher ce que j'ay tant désiré.* » .... Le voylà donc
« qui arrive devant son Roy, qui luy en fit de sa bouche le
« second commandement, auquel il dict : « *Sire, je m'y en*
« *vois donc de bon et loyal cœur ; mais j'ai ouy dire que la*
« *place est très mal envitaillée,* .... *mais lors quand vous*
« *entendrez que Théroüane est prise, dictes hardiment que*
« *d'Essé est guéry de sa jaunisse et mort.* » Et ainsi comme il
« le dict, ainsi le tint-il, car .... ainsi qu'on en vint à
« l'assaut, voicy venir un alfier espagnol, ... avec son
« enseigne couronnelle, qui s'advançant par dessus tous,
« monte avec une fort grande dextérité et légèreté à la bresche.
« M. d'Essé, qui estoit sur le haut du rempart, tenant une
« picque au poing, de contenance asseurée s'affronte à cet
« alfier, et luy escrie : « *A moy, capitaine enseigne, je suis le*
« *général.* » Soudain, l'alfier se présente à luy et luy dict :
« .... *C'est ce que je veux et recherche pour ma*
« *gloire.* » et ainsy qu'il vint affronter de main à main M.
« d'Essé, voicy un arquebusier françois qui estoit près de son
« général, qui tire à propos son arquebusade et donne dans
« la teste de l'alfier, et le porte mort par terre. Tel coup ne
« fut pas plus tost faict, que voylà un soldat espaignol qui,
« secondant bravement son enseigne, tire à M. d'Essé et le
« tue de mesme . .. ... Voylà donc la mort et la sépulture
« de M. d'Essé tant désirée de luy .... On disoit de son
« temps en Guyenne qu'il y avait trois nobles et braves
« chevaliers et gentils capitaines........ L'un estoit de
« Poictou, qu'estoit M. d'Essé ; l'autre de Xaintonge qu'estoit
« M. de Burie ; et le tiers M. de Sansac, d'Angoumois ......
« J'ay ouy dire aux moins passionnez que M. d'Essé les
« emportait, car il estoit plus universel que les autres, fut en
« belle façon, en bonne grâce, en beau maintien, en la parolle
« belle ; .... Estant un jour en Ecosse, il joua avec la
« Reyne douairière .... Elle aymoit fort le jeu et
« joüoit souvent avec M. d'Essé et d'autres seigneurs françois;

« mais ce jour que je veux dire qu'ils joüarent, se picquarent
« si bien, que la Reyne perdit six mille escus comptant ; et
« priant M. d'Essé de joüer sur sa parole autres six mille
« escus, il ne le refusa nullement, tant il estoit courtois et
« respectueux aux dames ; la Reyne joüa si bien qu'elle se
« racquita tout. » « *Or bien, madame dict alors M. d'Essé,*
« *vous estes quicte ; vous avez joüé en grand Reyne et princesse*
« *libérale, et moy j'ai joüé en belistre gentilhomme par trop*
« *prodigue. J'ayme mieux que vous m'estimez tel, qu'avare et*
« *discourtois à l'endroict d'une si honneste princesse que vous*
« *estes.* » J'ay ouy faire ce conte à M. de Bourdeille mon frère,
« qui estoit lors présent ; dont la Reyne, par un tel traict, l'en
« ayma à jamais d'avantage ; et outre les grands services
« qu'il luy faisoit à la guerre, il estoit très bien venu avec elle
« pour l'amour de ses gentilles façons, bonnes grâces et
« honnestetez. » On le trouve. nommé, en 1549, dans un
compte du trésorier de l'Ordre de Saint-Michel, où il est dit
qu'il fut délivré à messire André de Montalembert sgr d'Essé,
chev. de l'Ordre, le grand collier de l'Ordre de Saint-Michel
du feu comte de Languillare, dont le Roy avait fait don au
dit sgr d'Essé, en le faisant et créant chevalier de son Ordre,
ainsi qu'il apparaissait, par son récepissé du 27 septembre de
cette année. *Original, Chambre des comptes de Paris*[1].

Il était fils de Jean de Montalembert, sgr d'Essé et d'Espanvilliers et de Jeanne de Berland[2]. Ses armes : *d'argent, à une*
croix de sable ancrée.

Montalembert (Christophe de), sgr de Roger et de Mont-
gaillard, baron de Roüets, conseiller du Roi en son conseil
privé, et capitaine de cinquante hommes d'armes de ses
ordonnances, par commission du Roi Henri IV, du 19 juin

---

[1] Bibl. Nat., *Cab. des Titres*, 1039, p. 357.

[2] Il était fils de Charles de Montalembert, sgr d'Essé, d'Espanvilliers et de la
Rivière et de Charlotte Jay. (Beauchet-Filleau, Dᵗᵉ *des fam. du Poitou*, 1ʳᵉ éd.,
t. II, p. 407).

1596, était né vers l'an 1535. Il exerça aussi l'emploi de colonel de quatre compagnies de pistoliers à cheval, et avait été attaché d'abord à la maison de Navarre, en qualité de maître d'hôtel, d'après une commission que lui donna la Reine Marguerite, le 1er août 1585, pour établir douze soldats dans son château de Royer, à dessein de conserver ce passage[1], Il reçut plusieurs lettres des Rois Charles IX, Henri III et Henri IV, et dans les lettres qu'Henri III, lui écrivit, en 1577 et en 1580, ce monarque, le qualifie chevalier de son ordre. Ces lettres sont citées dans le jugement de maintenue de noblesse, rendue en faveur de cette maison, par M. de Bezons, intendant de Bordeaux, le 4 août 1698. Il ne mourut qu'après l'an 1602[2].

Il était fils de Silvestre de Montalembert, chevalier sgr de Montalembert, lieutenant des gardes du corps du Roi et de Jeanne de Morlhon. Ses armes comme ci-devant.

Montauzier (Jean de), sgr de la Charoullière, est cité, avec la qualité de chevalier de l'ordre du Roi, dans un acte du 6 septembre 1575. (*Original, Bibliothèque du juge d'armes de France*). Il mourut, avant l'an 1592[3].

On ignore sa filiation. Ses armes : *d'argent, à une fasce de gueules*.

Montauzier (Timoléon de), sgr de la Charoullière, des Chastaigners, de la Claye, de la Brunetière et du Moiron, est cité, avec la qualité de chevalier de l'ordre du Roi, dans un acte du 3 Mars 1601. (*Original, Bibliothèque du juge d'armes*). Il mourut dans l'intervalle des années 1610 et 1628[4].

---

[1] C'est à lui que Henri II donna la devise : *Ferrum fero, ferro feror.* Il avait épousé le 28 octobre 1558, Anne de Malvin, fille de Charles, conseiller au parlement de Bordeaux et de Jeanne de Gaillard. (Beauchet-Fileau, D^{re} des fam. du Poitou, 1re éd., t. II, p. 408).

[2] Bibl. Nat., *Cab. des Titres*, 1042, p. 153,

[3] Bibl. Nat., *Cab. des Titres*, 1042 p. 55.

[4] Bibl. Nat., *Cab. des Titres*, 1043, p. 187.

Il était fils de Jean de Montauzier, sgr de la Charoullière, chevalier de l'ordre du Roi et de Marie de Châteigniers. Ses armes, comme ci-devant.

Montberon (Jacques de), sgr d'Auzances, du fief des halles de Poitiers, des Gours, de la Caillère, et baron de Montmoreau, capitaine de la porte du Roi, gentilhomme ordinaire de sa chambre, gouverneur de Metz et ambassadeur en Espagne, était déjà écuyer tranchant du Roi, au mois de mars 1552 (1553), qu'il obtint d'Henri II, une gratification de 460 l., en considération des services qu'il lui avait rendus, en cette qualité et à raison d'un voyage, que ce monarque lui avait envoyé faire, en Italie, pour son service. Il fut nommé chevalier de l'ordre du Roi, le 12 janvier 1552 (1553), et est qualifié en conséquence, chevalier de l'ordre, dans l'Etat des gentilhommes de la chambre de cette année. (*Original, Chambre des Comptes de Paris*). Le Roi, lui accorda encore deux gratifications de 460 l., la première, au mois de septembre de la même année, et la deuxième, au mois de septembre 1554, pour une commission de confiance, qu'il lui avait donnée auprès du Roi de Navarre, alors à Pau ; une autre encore de 230 l. au mois de novembre suivant, et une de 1680 l. au mois de décembre 1558, en récompense, de ses services au fait des guerres. Le sgr d'Auzances, parut d'abord dans la disposition de s'attacher au parti du prince de Condé ; mais du moins, s'il le fit, ne tarda-t-il pas de se soumettre au Roi, puisque dès l'an 1561, la reine mère l'envoya en ambassade, vers Phillipe II, auquel il exposa ses raisons pour excuser le colloque de Poissy. Il fut chargé en même temps, de lettres pour la reine Elisabeth, avec ordres, instructions et pouvoirs pour demander la restitution du royaume de Navarre. Le 28 avril de cette année, le Roi le députa aussi vers le parlement, au sujet des assemblées qui se faisaient à Paris, et d'une sédition qu'il y avait eu au Pré aux Clerc. Il avait été pourvu, dès le règne de Henri II, d'une charge de gentilhomme ordinaire de la chambre du Roi, et on le trouve encore compris dans cette qualité, dans les Etats la Maison de Charles IX, depuis 1561 jusqu'à 1571, qui fut vraisemblablement l'époque de sa mort. Le cardinal de Lorraine, lui en voulut beaucoup, parce que dans la guerre que Salcède eut à soutenir contre ce prélat, il avait favorisé Salcède, en défendant les droits de la couronne, contre les vues téméraires du cardinal, qui, par sa conduite, allait ôter au Roi, la protection des Trois-Evêchés. Il fut nommé en 1562, commandant à Metz, et y exerça les fonctions jusqu'en 1568[1].

Il était fils de Louis de Montberon, sgr d'Auzances et de Marguerite de Comborn. Ses armes : *écartelé, au 1 et 4, fascé d'argent et d'azur ; au 2 et 3, de gueules plein.*

Montberon (Louis de), baron de Fontaines, sgr de Chalendray, de Cloudioux, de la Brosse et de la Romazière, gentilhomme ordinaire de la chambre du Roi, portant la clef d'Or, d'après les Etats de 1572 et 1583, était déjà pourvu de cette charge, dès l'an 1568. Il est cité, avec la qualité de chevalier de l'Ordre du Roi, dans un acte du 3 février 1574. *(Chambre des Comptes de Paris).* On lui trouve encore la même qualité de chevalier de l'Ordre du Roi, dans un autre acte du 23 novembre 1577. *(Original, Titres de la maison de Polignac d'Escoyeux).* Il vivait encore en 1589[2].

Il était fils de Louis de Montberon, sgr de Fontaines et de Chalendray, gouverneur de Bayonne et de Louise de Beaumont. Ses armes : *fascé d'argent et d'azur, écartelé.... à un croissant de....*

Montberon (Louis de), sgr de Fléac, de Moins, de Marsac et d'Allos est qualifié chevalier de l'ordre du Roi, dans le XVIIe volume des *Grands officiers de la Couronne,* (Article de cette maison, p. 20.[3])

Il était fils d'Adrien de Montberon, baron d'Archiac, sgr de Villefort, gouverneur de Blaye et de Marguerite d'Archiac.

[1] Bibl. Nat., *Cab. des Titres,* 1040, p. 132.
[2] Bibl. Nat., *Cab. des Titres,* 1041, p. 1422.
[3] Bibl. Nat., *Cab. des Titres,* 1041 p. 1534.

Montberon (Hector de), baron d'Avoir, sgr de Souché, de Saint-Aignan, d'Espinay et de Champeaux, est rappelé, avec la qualité de chevalier de l'Ordre du Roi, dans deux actes des 22 janvier et 18 mai 1595, postérieurs à sa mort, ce dernier, conservé en original dans la bibliothèque du juge d'armes de France. Il mourut, dans l'intervalle des années 1588 et 1595[1]. Il était fils de Jacques de Montberon, baron d'Avoir, sgr de Champeaux et de l'Epinay-Greffier et de Louise Goheau.

Montberon (Louis de), baron de Fontaines, de Chalandray, et de Torcy, sgr d'Auzances, de la Brousse et de saint Vareus, gentilhomme ordinaire de la chambre du Roi, conseiller d'Etat d'Epée, chevalier d'honneur de la Reine Marguerite de Valois, est qualifié, chevalier de l'Ordre du Roi, dans un brevet de pension du 18 mars 1596. (*Chambre des Comptes de Paris*). Il fut admis, en 1613, chevalier de l'ordre du Saint-Esprit, mais ne fut pas reçu. Il servit dignement le Roi Henri IV dans ses guerres et obtint de ce monarque, une pension de 2000 écus, le 18 mars 1596, et encore une autre pareille, le 9 juin 1597. Il mourut en 1621[2].

Il était fils de Louis de Montberon, baron de Fontaines, sgr. de Chalandray, chevalier de l'Ordre du Roi et de Claude Blosset de Torcy.

Montberon (Jean de), comte de Fontaines, Baron d'Auzances, est qualifié chevalier de l'Ordre du Roi, dans le VIIe volume des *Grands officiers de la Couronne*. (Article de cette maison[3]). Il mourut en 1645.

Montberon (Charles de), Comte de Fontaines, baron d'Auzances, sgr. de Chalandray et de Coudioux, gentilhomme ordinaire de la chambre du Roi, né le 29 septembre 1623, est cité, avec la qualité de chevalier de l'Ordre du Roi, dans un acte de

---

[1] Bibl. Nat., *Cab. des Titres*, 1042, p. 526.
[2] Bibl. Nat., *Cab. des Titres*, 1043, p. 107.
[3] Bibl. Nat., *Cab. des Titres*, 1044, p. 357.

1652. (*Voir* le VIIe volume des *Grands officiers de la Couronne*. Article de cette maison, page 25). Il mourut le 5 juillet 1666[1].

Il était fils de Jean de Montberon, comte de Fontaines, chevalier de l'Ordre du Roi et de Louise de L'Aubespine.

Morais (Jean de), sgr. de Jaudrais, de Fontaines-le-Henry, de Louvilliers, du Boullay, de Garencières et des Deux-Eglises, gentilhomme ordinaire de la chambre du Roi, en 1567, et enseigne de cent hommes d'armes de ses ordonnances, sous la charge du duc d'Aumale, en 1571, emploi dont il se démit en 1575, fut nommé chevalier de l'Ordre du Roi, le 26 mai 1568. (*Titres de cette maison*). Il vivait encore en 1592[2].

Ils était fils de Charles de Morais, chevalier, sgr. de Jaudrais et de Garencières, lieutenant de cinquante hommes d'armes des ordonnances du Roi et d'Anne de Harcourt. Ses armes : *d'or, à 6 annelets de Sable posés 3, 2, et 1*.

Morais (Jacques de), sgr. de Lory, sgr. Châtelain de Fortisle et de Brezolles, gentilhomme ordinaire de la chambre du Roi et lieutenant de cent hommes d'armes de ses ordonnances, sous la charge du sgr. de Rambouillet, fut exempté par lettres du Roi, du 18 octobre 1575, du service au ban et arrière ban, à raison de ceux qu'il lui avait rendus et aux feus rois ses prédécesseurs, notamment dans les guerres précédentes, sous la charge du duc d'Aumale, et qu'il lui rendait encore alors, dans ses camps et armées. Il fut nommé chevalier de l'Ordre du Roi, le 24 juin 1572, et reçu par le marquis de Maintenon, chevalier dudit ordre. (*Original, Titres de cette maison*). Il mourut dans l'intervalle des années 1585 et 1588[3].

Il était fils de Charles de Morais, chevalier, sgr de Jaudrais, lieutenant de cinquante hommes d'armes des ordonnances du Roi, et d'Anne de Harcourt. Mêmes armes que ci-devant.

---

[1] Bibl. Nat., *Cab. des Titres*, 1044, p. 445.

[2] Bibl. Nat., *Cab. des Titres*, 1040, p. 703.

[3] Bibl. Nat., *Cab. des Titres*, 1041 p. 1267.

Morais (Urbain de), sgr de Lory, de Jaudrais, de Fontaines-Harcourt, ou de Fontaines-le-Henry, de la Boulaye, de Fortisle, de Plaineseure, de Garencières, de Couvains et de la ville et châtellenie de Brezolles, né, vers l'an 1577, servoit en l'armée du Roi, en 1594, en qualité de Cornette, et S. M. l'exempta, le 19 juillet 1597, du service qu'il devait au ban et arrière ban, attendu ceux qu'il lui rendoit encore alors dans son armée. Il est cité, avec la qualité de chevalier de l'ordre du Roi, dans un acte du 1ᵉʳ juin 1604. *(Original, Titres de cette maison).* Il mourut, dans l'intervalle des années 1632 et 1644[1].

Il était fils de Jacques de Morais, sgr de Lory, chevalier de l'ordre du Roi et de Marguerite d'Aché.

Moulins (Louis de), sgr de Rochefort, de Seuilly, de la Barre, de Maupancé, d'Archangé, de Villeloüet, ou du Plessis-Villeloüet, de Villeseur, de la Haudumière, et de la Hauteroche, gentilhomme servant du duc d'Anjou, depuis Roi Henri III, par lettres du 8 octobre 1569, puis gentilhomme servant et ensuite maître d'hôtel ordinaire de la Reine douairière, en 1590 et 1595[2]. Il est qualifié chevalier de l'ordre du Roi, dans le procès-verbal de Malte de Louis Robin de la Tremblaye, du 13 juillet 1621. On observe, que c'est le seul titre, qui lui donne cette qualité. Il mourut dans l'intervalle des années 1604 et 1606[3].

Il était fils de Jacques de Moulins, sgr de Rochefort, et de Françoise du Puy.

---

[1] Bibl. Nat., *Cab. des Titres*, 1043, p. 239.

[2] Il avait obtenu, le 10 mai 1566, sur la résignation de son père, la charge de secrétaire du Roi, qu'il résigna, à son frère Jacques, ayant été nommé, le 8 octobre 1569, gentilhomme servant du duc d'Anjou. Il avait épousé le 8 juin 1572, demoiselle Françoise Vaillant de Guélis, fille de Jean, écuyer, sgr de Chastel-sur-Connil, président aux requêtes du parlement, et de demoiselle Françoise Prévost. (Beauchet-Filleau, Dʳᵉ *des fam. du Poitou,* 1ʳᵉ éd , t. II, p. 424).

[3] Bibl. Nat., *Cab. des Titres*, 1043, p. 351.

Nossay (Charles de), sgr de la Forge, de Lyée et de Saint-Michel de Chavagne, des Grands-Châteliers, de Thorigné et de Tillou, fut commis, par le Comte du Lude, le 22 mai 1576 ou 1577, d'après les ordres qu'il en avait reçus pour faire abattre et démolir les murailles, tours, portaux, et forteresses de la ville de Melle. Il fut nommé chevalier de l'ordre du Roi, le 19 février 1570, et reçu par le sgr de Boisséguin, chevalier du dit ordre (*Original, Titres de cette maison*), et mourut avant l'an 1590[1] : Il était fils d'Antoine de Nossay, chevalier, sgr de la Forge, de Tillou et de Lugée et de Guillemette Baudet. Ses armes : *d'argent, à 3 fasces de sable, accompagnées de 10 merlettes de même posées entre les fasces 4, 3, 2, et 1.*

Nuchèze (Geoffroy de), sgr de Baudiment, de Nuchèze, de Beaumont et de la Ménardière, gentilhomme ordinaire de la chambre du Roi et gouverneur de Soissons, obtint du roi Henri II, au mois de janvier 1548 (1549), une gratification de 500 écus, en considération de ses services et à raison de ce qu'il allait, par ordre de S. M., assembler la compagnie du sgr de Baumont-Brisay, dont il était lieutenant, et la conduire en Ecosse. Ce monarque l'admit, depuis, au nombre des des gentilshommes ordinaires de sa chambre et on le trouve encore compris en cette qualité, dans les états de la maison de Charles IX, depuis 1561, jusqu'à sa mort, arrivée en 1565. Il s'était trouvé au siège de Thérouanne, en 1563, où il fut fait prisonnier et fut nommé chevalier de l'ordre du Roi, le 12 janvier 1562 (1563), et reçu par le sgr de Montpezat, chevalier du dit ordre[2] (*Titres de cette maison*). Il obtint encore d'Henri II, au mois de novembre 1558, une gratification de 4,800,l. motivée sur ses services dans les guerres[3].

[1] Bibl. Nat., *Cab. des Titres*, 1041 p. 1063.
[2] Il avait épousé Madeleine de Launay, fille d'Olivier, intendant de la maison de la reine de Portugal et de Béatrix de Montfranc (Beauchet-Filleau, *Dict. des familles du Poitou*, 1re éd., t. ii, p. 449).
[3] Bibl. Nat., *Cab. des Titres*. 1040. p. 147.

Il était fils de Pierre de Nuchèze, sgr de Baudiment et de Charlotte de Brisay. Ses armes : *de gueules, à 9 molettes d'éperon d'argent, posées 3, 3 et 3*[1].

Nuchèze (Louis de), sgr de Basteresse, conseiller, chambellan du Roi, gentilhomme ordinaire de sa chambre, portant la clef d'or, et capitaine de cinquante hommes d'armes de ses ordonnances, fut d'abord chevalier de Malte et connu sous le nom de *chevalier de Basteresse*, après la paix de 1563, faite en conséquence de l'édit d'Amboise. Le roi, l'envoya en Basse-Normandie, où Montgommery, qui y commandait, lui remit entre les mains le château et la ville de Caen et les autres villes qui avaient été conquises par l'amiral de Coligny, excepté Cherbourg, Grandville et Saint-Michel. Il était alors lieutenant de la compagnie des gendarmes de M. de Damville, emploi dont il se démit, le 15 novembre 1567, venant d'obtenir une compagnie de cinquante hommes d'armes ; il était déjà pourvu, dès l'an 1565, d'une charge de gentilhomme à la chambre et on le trouve encore employé, dans cette qualité, dans les états de la maison d'Henri III, de 1575 à 1579. Il fut reçu chevalier de l'ordre du Roi, en 1568, par le maréchal de Vieilleville, de la maison de Scépeaux, chevalier du même ordre[2]. Les services qu'il avait rendus au roi Charles IX lui avaient mérité de ce monarque une gratification de 500 l., le 5 février 1568, une de 1000 l., le 17 du même mois, et une autre de 6000 l, le 1er mars 1570, par moitié avec Bernard de la Rochejoubert, chevalier de l'ordre ; et, enfin, ce prince l'admit au nombre de ses chambellans, qualité qu'on lui trouve dans plusieurs actes des 31 décembre 1568, 1er mai et 12 juillet 1570[3].

[1] De gueules, à neuf molettes d'éperons de cinq pointes d'argent, l'écu posé ben bannière (Beauchet-Filleau).

[2] Il avait épousé Madeleine de Saint-Gelays, fille de François, sgr. de Saint-Séverin, et de Charlotte de Champagne. (Beauchet-Filleau, *Dictionnaire des familles du Poitou*, 1re éd., t. II, p. 450.)

[3] Bibl. Nat., *Cabinet des Titres*. 1040 p. 650.

Il était fils de René de Nuchèze, sgr. de Basteresse et de Françoise de Grailly. Ses armes : *de gueules, à neuf molettes d'éperon d'argent posées 3, 3 et 3.*

Nuchèze (Jean de), sgr de la Brulonnière, de la Brosse et de Persac, gentilhomme ordinaire de la chambre des rois Charles IX et Henri III, d'après les états de 1572 à 1575. Il est qualifié chevalier de l'ordre du roi, dans un acte du 10 novembre 1587[1], (*Titres de cette maison*), et mourut avant l'an 1598[2]. Il était fils de René de Nuchèze, sgr. de Basteresse et de Françoise de Grailly.

Nuchèze (Jean-Jacques de), sgr de Nuchèze, de Brin et du Puÿ, baron de Bussy, la Poële[3], gentilhomme ordinaire de la chambre du Roi et lieutenant de cinquante hommes d'armes et ses ordonnances, sous la charge du seigneur de Tavannes, est cité, avec la qualité de chevalier de l'ordre du Roi, dans un acte du 17 mars 1585, (*Original, Bibliothèque du juge d'armes de France*) et mourut sur la fin de l'année 1596[4]. Il était fils de Léon de Nuchèze, sgr des Francs, et de Bénigne de Saulx, sœur du maréchal de Tavannes: Ses armes comme cy-devant.

Nuchèze (Jean de), sgr des Francs et de Solon en Bourgogne, est cité avec la qualité de chevalier de l'ordre du Roi, dans un acte du 15 juin 1596[5]. (*Original, Bibliothèque du juge d'armes de France*[6]).

---

[1] Il avait épousé, le 28 août 1555, Jeanne de Parthenay, fille de Guyot, éc. sgr de la Fove, et de Louise Lévesque. (Beauchet-Filleau, *Dictionnaire des familles du Poitou*, 1re éd., t. II, p. 431.

[2] Bibl. Nat., *Cab. des Titres*, 1042, p. 281.

[3] Il avait épousé : 1° Gabrielle de Saint-Gelays, fille de Charles, sgr de Saint-Gelays, et de Louise de Puyguyon. Il épousa ensuite Marguerite Frémiot, fille de Bénigne, conseiller du roi en ses conseils, président au parlement de Dijon, et de Marguerite de Berbezi. (Beauchet-Filleau, *Dictionnaire des familles du Poitou*, 1re éd., t. II, p. 449.

[4] Bibl. Nat., *Cab. des Titres*, 1042, p. 357.

[5] Il avait épousé : Anne de Pennerot. (Beauchet-Filleau, *Dictionnaire des familles du Poitou*, 1re éd., t. II, p. 450).

[6] Bibl. Nat., *Cab. des Titres*, 1043, p. 111.

Il était fils de Léon de Nuchèze, sgr des Francs, et de Bénigne de Saulx, sœur du maréchal de Tavannes.

Nuchèze (Honorat de), sgr de Baudiment, de Beaumont de la Mesnardière, de Villegougis, de Chézelle, de Vigneul, des Touches et de Mayet, gentilhomme ordinaire de la chambre du roi Henri III, portant la clef d'or, est qualifié chevalier de l'ordre du Roi, dans un acte du 23 août 1611[1]. (*Titres de M. M. Couraud de Bonneuil*[2]). Il vivait encore en 1617.

Il était fils de Geoffroy de Nuchèze, sgr de Baudiment, chevalier de l'ordre du Roi et de Madeleine de Launay.

Pérusse (François), comte d'Escars, baron de la Mothe, sgr de Juillac, de Ségur, etc., gentilhomme ordinaire de la chambre du Roi, conseiller en son conseil privé, capitaine de cent hommes d'armes de ses ordonnances, gouverneur de Bordeaux, lieutenant général pour S. M. au gouvernement de Guyenne, en l'absence du roi de Navarre, fut nommé chevalier de l'ordre du Roi, le 7 décembre 1561, à Saint-Germain-en-Laye. On lit en conséquence, dans un compte de cette ordre, que le 2 février 1561 (1562), il fut délivré un grand collier à M. d'Escars, lieutenant général pour le roi, en ses pays de Guyenne, en l'absence du roi de Navarre, dont S. M. lui avait fait don, en le faisant et créant chevalier de de son ordre. (*Chambre des Comptes de Paris*). C'est à tort, que l'abbé Le Laboureur, dit que ce fut Geoffroy de Pérusse, dit d'Escars qui fut admis dans l'Ordre à cette promotion de 1561. Il fut reçu, chevalier de l'ordre du Saint-Esprit, le 31 décembre 1578, et fut chargé par Henri II, en 1557, d'une commission de confiance auprès du roi de Navarre, alors à

---

[1] Il marcha sur les traces de son père et servit activement le roi Charles IX, pendant les troubles excités par les religionnaires, principalement en Poitou. Il épousa Renée de Hodon. (Beauchet-Filleau, *Dictionnaire des familles du Poitou*, 1re éd., t. II, p. 448).

[2] Bibl. Nat., *Cab. des Titres* 1044, p. 16.

Nérac. On le trouve compris dans les états des gentihommes de la chambre de ce monarque et des rois François II et Charles IX, depuis cette époque, jusqu'en 1553. Au mois de mai 1568, S. M. lui avait accordé une gratification de 2400 l., en considération de ses services au fait des guerres et en dédommagement de la dépense qu'il avait faite, à la levée d'une compagnie de 50 lances, dont sa dite Majesté avait donné la charge au prince de Navarre, et dont il avait été nommé lieutenant. Il fut en effet honoré par le roi de Navarre de la confiance la plus intime, mais, au rapport de M. de Thou, il encourut, depuis, sa disgrâce. Voici les propres termes de cet historien : « Quelques temps auparavant, (le « 10 août 1561), François d'Escars fut convaincu, par des « pièces qu'on disait écrites de sa main, d'avoir conspiré « avec le duc de Guise contre le roi de Navarre, qui l'avait « pour cela chassé de sa maison, mais, l'ayant reçu de nou- « veau, et l'ayant rétabli dans son premier emploi, ceux à « qui la fidélité de d'Escars était suspecte en furent affligés « et conseillèrent à l'amiral qui s'était éloigné de la cour, « pendant le voyage du roi, à Reims, d'y retourner prompte- « ment et de veiller à la sûreté du roi de Navarre qu'ils « voyaient avec peine, livré aux artifices et environné de « pièges de ses ennemis, etc. » Le comte d'Escars, rentra donc tout à fait en grâce auprès du roi de Navarre et ce fut même à la recommandation de ce prince que Charles IX l'admit en 1562, dans son conseil d'état. Le roi Henri III le combla aussi d'honneurs et de bienfaits. Sur la nouvelle que le duc de Montpensier était parti pour se rendre au sacre de ce prince, le duc de Guise, ayant dit publiquement dans l'an- tichambre de la Reine-mère, que si ce prince se présentait, sans lui discuter la préséance à cette cérémonie, il lui passe- rait, au pied même de l'autel, son épée au travers du corps ; « Monsieur, lui dit le comte d'Escars, il n'y a pas de Français, « au propos qui vient de vous échapper, qui ne fut tenté de « vous y passer la sienne, indigné de votre audace et manque

« de respect envers un prince du sang. » Henri II, ayant eu
la faiblesse d'écrire au duc de Montpensier, qu'il lui ferait
plaisir de ne pas venir à son sacre, d'Escars eut la fermeté
de lui reprocher cette lettre et de lui dire, qu'en autorisant en
quelque sorte l'audace du duc de Guise, au lieu de la réprimer, il avait paru la craindre ; que c'était l'accréditer auprès
du peuple et enhardir l'âme de cet ambitieux, dans des idées
d'élévation qui causeraient peut-être un jour bien des
troubles dans l'Etat[1]. Ensuite, il lui fit des représentations si
vives et si fortes sur les droits naturels des princes du sang
avec qui personne ne devait entrer en concurrence, qu'il le
détermina à donner une déclaration formelle à cet égard, dès
que les Etats généraux, qui devaient se tenir à Blois, seraient
assemblés. Cette déclaration fut publiée, le 18 janvier 1577[2].

Il était fils de Jacques de Pérusse dit d'Escars, chevalier,
sgr d'Escars, et d'Anne Jourdain de l'Isle. Ses armes : *de
gueules, au pal vairé.*

Pérusse (Jean), d'Escars, comte de la Vauguyon, prince de
Carency, baron d'Abret, et de Saint-Germain-sur-Vienne,
sgr de Vendat, de Varaignes, de Rochefort, etc., chambellan
et gentilhomme ordinaire de la chambre du Roi, conseiller
en son conseil privé, capitaine de cent hommes d'armes de
ses ordonnances, lieutenant-général de ses armées en Bretagne, gouverneur, grand sénéchal et maréchal de Bourbonnais, gouverneur de Montléry, lieutenant général et commandant dans les provinces de Guyenne, d'Agénois, de Pé-

---

[1] Par attachement pour Henri IV, il refusa les dignités d'amiral et de maréchal de France et l'érection de sa terre des Cars, en duché-pairie, que lui
avait proposées le conseil de la Ligue. Il fut donné en ôtage, au duc de Bavière, avec le marquis d'Alègre, pour garantir un emprunt fait par ce
prince au roi de France, mais il se fit remplacer par Jacques, son fils aîné.
Il avait épousé : 1° Claudine de Beauffremont, fille de Claude, baron de Se-
necy, et de Jeanne de Vienne, 2° Isabeau de Bauville, veuve du maréchal
de Montluc, et fille de François, sgr de Bauville, en Agénois, et de Claire
de Laurens. (Beauchet-Filleau, *Dictionnaire des familles du Poitou*, 1re
éd., t. II, p. 507.).

[2] Bibl. Nat., *Cab. des Titres*, 1040 p. 11.

ri gord et de Quercy, par lettres du 16 avril 1574, fut nommé chevalier de l'ordre du Roi, à Vincennes, le 31 mai 1562[1], et reçu chevalier de l'ordre du Saint-Esprit, le 31 décembre 1578, est compris dans les Etats des gentilshommes de la Chambre, depuis 1553 jusqu'en 1559, quoiqu'on le trouve déjà pourvu de cette charge, dès 1551. Il commandait déjà une compagnie de gendarmes, au combat de Ver, en 1562, fut confirmé dans le gouvernement de Montléry, le 12 février 1565, se trouva au siège de Brouage, en 1577, et fut fort affectionné du roi Henri III, qui lui accorda une pension de 10000 l. et érigea en *comté* sa terre de la Vauguyon, au mois de juillet 1586.

« M. de la Vauguyon, (dit Brantôme), a tousjours servy le « Roy tant qu'il a peu, et ne s'est jamais retiré, bien qu'il fust « fort vieux et cassé, mais il roulloit tousjours tant il avoit le « cœur et le zèle bon; et mesmes se trouva au siége de Chartres « dernier (en 1591), où il se soucyoit autant des harque- « buzades que de rien, et se présentoit aussi résoluement « hors des tranchées comme tout autre. L'on disoit qu'il fai- « soit cela exprez pour se faire tuer, voyant ses jours ap- « procher, les estimant mieux et plus honnorablement là « achevez que dans son lict[2] » Le duc de Mayenne, ayant enlevé Anne de Caumont, dont M. de la Vauguyon était tuteur, dans le dessein de la marier à son fils, le comte écrivit à ce prince : « Vous avez enlevé une damoi- « selle dont je suis le tuteur et le beau-père, je serai demain « matin entre sept et huit heures derrière les Chartreux, « n'ayant avec moi qu'un laquais, et pour toute arme mon « épée; si vous manquez d'y venir, je saurai vous trouver, « vous aborder et vous poignarder dans quelque lieu que ce « soit. » Madame de Nemours, mère du duc de Mayenne, l'envoya chercher sur la nouvelle qu'elle eut de ce cartel : « Mon fils, lui dit-elle, la campagne que vous venez de faire

---

[1] Il avait épousé le 1er octobre 1561, Anne de Clermont, fille d'Antoine, comte de Clermont, et de Françoise de Poitiers. Il mourut le 21 décembre 1595. (Beauchet-Filleau, *Dictionnaire des familles du Poitou*, 1re édition, t. II, p. 515).

[2] Brantôme, *Vie des grands capitaines*, Paris, Foucault 1823, t. IV, p. 50.

« en Guyenne n'a pas été glorieuse, les catholiques comme
« les huguenots disent que vos exploits, quoiqu'à la tête
« d'une belle armée, se sont réduits à prendre quelques
« bicoques et une fille ; si vous alliez, à l'âge de trente-deux
« ans, vous battre et tuer un vieillard affaibli par les
« années, ses blessures et ses travaux à la guerre, que ne
« diroit-on pas encore ! » — « Mais, Madame, répondit le
« duc de Mayenne, voulez-vous que je m'expose à être poi-
« gnardé ? je connais ce vieillard et son intrépide fermeté
« dans ce qu'il a une fois résolu ; sa charge et la mienne, (le
« duc de Mayenne était grand chambellan et le comte de
« Vendôme chambellan ordinaire), nous mettent dans le cas
« de nous trouver vingt fois chaque jour vis-à-vis l'un de
« l'autre ; il me poignarderoit, fut-ce dans la chambre du
« Roy, fut-ce au pied de l'autel, s'il ne pouvait pas me trouver
« ailleurs. » — « Eh bien, mon fils, répliqua Madame de
« Nemours, laissez-moi jusqu'à ce soir la conduite de cette
« affaire » ; et elle alla trouver le Roi et la Reine-mère. Ils
envoyèrent à sa prière chercher La Vauguyon. Après avoir
écouté respectueusement ce qu'ils lui dirent : « Sire, répon-
« dit-il, puisque vous êtes instruit de la violence et de l'in-
« sulte, vous avez sans doute ordonné au duc de Mayenne
« de me renvoyer cette jeune personne, ma pupille, ma
« belle-fille et qu'il a osé enlever ; si V. M. ne le lui a pas
« ordonné, ou ne lui ordonne pas, je rentrerai dans le droit
« qu'a tout gentilhomme français de se faire justice lui-
« même quand le souverain la lui a refusée. M. de Mayenne
« sait ce que je lui ai proposé, il ne le méritait pas ; je ne
« serai point un assassin, comme il l'a été de Saint-Megrin ;
« il est averti, je l'aborderai seul et le poignarderai, fut-il au
« milieu de tous ses parents prêts à venger sa mort. » La
conclusion de cette affaire, fut qu'au bout de quelques jours
la pupille fut rendue au comte de la Vauguyon. Ce seigneur
mourut le 21 septembre 1595[1].

---

[1] Bibl. Nat., *Cab. des Titres*, 1040, p. 39.

Il était fils de François de Pérusse d'Escars, chevalier, sgr de Vauguyon, chambellan et gentilhomme ordinaire de la chambre du Roi, chevalier d'honneur et premier écuyer de la reine et d'Isabelle de Bourbon-Carency. Ses armes : *écartelé, au 1 et 4 de gueules, au pal vairé, à la bordure engrêlé ; au 2 et 3, d'azur, à 3 fleurs de lys d'or posées 2 et 1 et un bâton de gueules péri en bande chargé de 3 lionceaux d'argent.*

Pérusse (Jacques de), comte d'Escars, baron d'Aix, comte de Beaufort, sgr de Boisséguin, capitaine de cinquante hommes d'armes des ordonnances du roi, conseiller en son conseil privé et gentilhomme ordinaire de sa chambre, portant la clef d'or, en 1575, fut admis par Henri III, dans son conseil d'Etat, à 2.000 livres de gages[1]. Il est qualifié chevalier de l'ordre du Roi, dans une quittance du 30 septembre 1596, qu'il donna au trésorier de l'Espagne. (*Original, Chambre des Comptes de Paris[2]*).

Il était fils de François, comte d'Escars, chevalier des ordres du Roi, et de Claude de Beauffremont. Ses armes : *de gueules, au pal de vair.*

Pérusse (Jacques de) d'Escars, baron de Merville, grand sénéchal de Guyenne, gouverneur du château du Hâ, à Bordeaux, capitaine de cinquante hommes d'armes des ordonnances du Roi, conseiller en son conseil privé et gentil-

---

[1] Il fut donné en ôtage au lieu de son père, par le Roi, au duc de Bavière, pour la garantie d'un prêt d'argent, et ce prince le consigna avec son compagnon, le comte de Mittau, dans la grosse tour d'Heidelberg, d'où ils ne sortirent qu'en 1581. Le Roi le nomma chevalier de Saint-Michel, à son retour en France, conseiller en tous ses conseils et capitaine de 50 hommes d'armes de ses ordonnances. Il avait épousé : 1º Louise Jay, dame de Boisséguin, veuve de Georges de Villequier, vicomte de la Guierche et fille de Jean, sgr de Boisséguin, gouverneur de Poitiers. 2º Yolande de Livron, fille d'Evrard, chev., sgr de Torsenay, et de Gabrielle de Bassompierre. 3º Olympe Green de Saint-Marsault, veuve d'Isaac de Salignac, chev. sgr de Rochefort, fille de Jean, vicomte de Rochemaux et de Sainte-Maure. (Beauchet-Filleau, *Dictionnaire des familles du Poitou*, 1re éd., t. ii, p. 507.)

[2] Bibl. Nat., *Cab. des Titres*, 1040, p. 380.

homme ordinaire de sa chambre, admis à cette charge, au
commencement du règne de Charles IX, est qualifié chevalier de l'ordre du Roi, dans une montre du 9 avril 1568 ; et
encore, dans un acte du 20 mars 1569[1]. (*Original, Bibliothèque
du Roi et Titre de la maison de Carles*). Il fut député de la noblesse de Guyenne aux états de Blois de 1588[2]. Il était fils de
Jacques de Pérusse dit d'Escars, chevalier, sgr d'Escars, de
Juillac, et de Ségur et d'Anne Jourdain de l'Isle. Ses armes :
de gueules, au pal vairé.

Pérusse (Charles de), comte d'Escars, baron d'Aix, et de
la Mothe-Trichâteau, sgr de la Châtellenie de Ségur, de
Chevreau, de la Roche, de Ladignac, de Fressenet, de Juillac,
de Nexon, de Savignac, de Ginis, de Gavré, de Beaufort, de
la Beille et de Forêts de Lamberas, conseiller d'état d'épée,
gouverneur de Mussy et capitaine de cent hommes d'armes
des ordonnances du roi, né vers l'an 1567, et admis dans
l'ordre de Saint-Michel, vers le règne d'Henri IV, continua de
prendre le titre de chevalier de l'ordre du Roi, même depuis
qu'il fut nommé chevalier de l'ordre du Saint-Esprit, en
1614, n'y ayant pas été reçu. On en a la preuve encore, par
un acte du 12 décembre 1622, où il parut comme témoin et
dans lequel il se dit âgé d'environ 55 ans, il était déjà capitaine de cinquante hommes d'armes et pourvu du gouvernement de Mussy, le 3 mai 1594, jour auquel le roi lui accorda
une gratification de 1000 écus, à raison de ses services[3]. Il
mourut le 6 août 1626[4].

---

[1] Il fut nommé chevalier du Saint-Esprit, mais mourut avant d'être reçu.
Il avait épousé : 1° Catherine Bérault, fille de François, chev., et d'Anne de
la Barie et 2°: Jeanne d'Aubusson. (Beauchet-Filleau *Dictionnaire des familles
du Poitou*, 1re éd., t. II, p. 1503).

[2] Bibl. Nat., *Cab. des Titres*, 1010 p. 827.

[3] Bibl. Nat., *Cab. des Titres*, 1046 p. 64.

[4] Il mourut en 1625, ayant épousé : 1° Anne de Bessey, fille de Jean, sgr de
la Mothe-Trichâteau, et d'Anne de Marmier, le 10 août 1587. 2°: Gabrielle du
Châtelet, fille d'Évrard, sgr de Bresse, maréchal de Barrois, et de Lucrèce
d'Orsan. (Beauchet-Filleau, *Dictionnaire des familles du Poitou*, 1re éd., t.II,
p. 507). Il était fils de François de Pérusse, comte des Cars, sgr de Beaufort, Ségur, etc., et Claudine de Beauffremont (id.).

Pérusse (Léonard), baron et comte d'Escars, sgr de Saint-Bonnet, capitaine de cent hommes d'armes des ordonnances du roi et gouverneur de Périgord[1]. On lit dans le procès-verbal de Malte de Charles du Saillant, l'un de ses descendants, du 25 octobre 1691, qu'il apparaissait par le contrat de mariage d'Isabeau d'Escars, son ayeule, avec Raymond du Saillant, baron de Vergy, du 29 septembre 1629, que Léonard d'Escars, son bisayeul, avait pris la qualité de chevalier de l'ordre de S. M., etc[2]. (*Titres de la maison du Saillant*).

Il était fils de François d'Escars, sgr de Saint-Bonnet, et d'Anne de Livron.

Pérusse (Charles), comte d'Escars, sgr et baron d'Aix, de la Mothe-Trichâteau, de Saint-Sèze. de Puysségur, de Belleserie, capitaine de cent hommes d'armes des ordonnances du roi[3], est cité avec la qualité de chevalier de l'ordre du roi, dans un acte du 25 septembre 1652[4]. (*Copie du temps, valant original, Titres de MM. Irisson.*

Pidoux (Pierre), sgr de Malaguet, maire de Poitiers, élu en 1575 et 1615, est qualifié chevalier de l'ordre du Roi, dans le recueil manuscrit des chevaliers de Saint-Michel, fait en 1620, par Pierre d'Hozier. (*Bibliothèque du roi*)[5].

On ignore sa filiation[6]. Ses armes : *d'argent, à trois frettes de sable posées 2 et 1.*

---

[1] Il avait épousé Catherine de Joignac, fille de Léonard, sgr de Foursac, et de Françoise de Lubersac. (id. p. 514).

[2] Bibl. Nat., *Cab. des Titres*, 1042, p. 537.

[3] Il avait assisté aux derniers Etats convoqués sous Louis XIII. Il avait épousé Jeanne de Pérusse, sa cousine, dame de Saint-Bonnet, fille de Jacques, comte de Saint-Bonnet et de Jeanne de Maillart. Il était fils de François de Pérusse et de Françoise de Verrières. (Beauchet-Filleau, *Dictionnaire des familles du Poitou*, 1re éd., t. II, p. 509.).

[4] Bibl. Nat., *Cab. des Titres*, 1044, p. 443.

[5] Bibl. Nat., *Cab. des Titres*, 1044, p. 355.

[6] Probablement fils de Pierre Pidoux, éc., sgr de Malaguet, et de Jeanne Guyureau. (Note communiquée par MM. Beauchet-Filleau).

Pierres (Yvon), sgr de Bellefontaine, de Launay-Jumier, du Chênay, et de la Plesse, gouverneur pour le roi des ville et château de Châteaubriant, dut toute sa fortune au connétable de Montmorency dont il avait été maître d'hôtel, et qui, lui avait fait obtenir, en 1537, le gouvernement de Beaumont-sur-Oise, dont il se démit, en 1547. Il s'était trouvé à la bataille de Ravenne, sous Louis XII. Il fut nommé chevalier de l'ordre de Saint-Michel, le 12 janvier 1562 (1563), du moins, l'on présume que c'est lui qui est désigné dans cette promotion, sous le nom de M. de Bellefontaine, d'autant qu'on le trouve gratifié chevalier de l'ordre, dans une généalogie en forme de production, dressée vers l'an 1580, à en juger par le caractère de l'écriture, et finissant à Charles Pierres son fils, qui fut aussi décoré de cet ordre[1]. Il était fils de Charles Pierre, sgr de Launay-Jumier et du Chênay et de Perrette du Plessis. Ses armes : *d'or, à une croix de gueules pattée et alaizée.*

Pierres (René), sgr du Plessis-Baudouin, gentilhomme ordinaire de la chambre du Roi et commandant à Angers, en l'absence du duc de Montpensier, était né, vers l'an 1508. Il obtint du roi Charles IX, le commandement d'Angers, le 26 septembre 1568, avec commission du même jour, pour lever deux cents hommes d'infanterie destinés à la sureté de cette place. On le trouve compris dans les états des gentilshommes de la chambre des rois Charles IX et Henri III, de 1570 à 1575, et il exerçait encore cette charge, en 1584 ; mais il embrassa, quelques temps après, l'état ecclésiastique et la Reine-Mère l'admit au nombre de ses aumôniers ordinaires, ce que l'on infère d'un procès-verbal de Malte, (*Titres de M. d'Escoublant*) du 8 décembre 1594, où il comparut comme témoin, se disant alors âgé de 86 ans et dans lequel il est qualifié : *Prêtre, conseiller aumônier de la feue reine et auparavant gentilhomme ordinaire de la chambre du roi et chevalier de son*

[1] Bibl. Nat., *Cab. des Titres.* 1040, p. 231.

ordre de Saint-Michel. Il avait été redevable de sa fortune et de son avancement au connétable de Montmorency, dont il était l'un des maîtres d'hôtel, en 1559 ; on sait que tel était l'usage d'alors, que les gentilshommes les plus qualifiés ne se faisaient aucune peine d'occuper auprès d'autres gentilshommes, leurs pareils, les places de pages, d'écuyers, de gentilshommes et de maîtres d'hôtel, à plus forte raison, auprès d'un aussi grand seigneur que l'était le connétable de Montmorency. On le trouve cité, avec la qualité de chevalier de l'ordre du Roi, dans une commission du 26 septembre 1568, que le roi lui donna, ainsi que dans un acte du 26 novembre 1570, où indépendamment de cette qualité, on lui donne aussi celle de noble et puissant. (*Titres de cette maison*[1]).

Il était fils de René Pierres, sgr du Plessis–Baudouin et d'Antoinette des Hommes. Ses armes : *d'or, à la croix de gueules pattée et alaisée.*

Pierres (Charles), sgr de Bellefontaine, de Chazé et de la Plesse, de la Noë-Bachelet, et de Launay-Jumier, gouverneur de Beaumont-sur-Oise et de Châteaubriant, né au mois de janvier 1516, dut toute sa fortune au connétable de Montmorency, qui le fit gentilhomme de la maison, charge qu'il possédait encore au mois de juin 1553, et lui avait fait obtenir du roi Henri II, en 1547, le gouvernement de Beaumont-sur-Oise. On le trouve qualifié chevalier de l'ordre du Roi, dans un acte du 23 février 1591, postérieur à sa mort ; cet acte, cité dans deux jugements de maintenue de noblesse, rendus en faveur de cette famille, le 10 mai 1635 et le 20 avril 1667. Il ne peut être admis au plus tôt dans cet ordre, que sur la fin du règne d'Henri III, puisqu'il n'est encore qualifié qu'écuyer, dans un acte du 28 avril 1587 ; peut-être aussi n'y fut-il nommé, qu'au commencement du règne d'Henri IV. Il mourut dans l'intervalle des années 1587 et 1591[2].

[1] Bibl. Nat., *Cab. des Titres*, 1010, p. 854.
[2] Bibl Nat., *Cab. des Titres*, 1042, p. 502.

Il était fils d'Yvon Pierres, sgr de Bellefontaine et de Launay, chevalier de l'ordre du Roi, et de Françoise Auvé. Ses armes comme ci-devant.

Pierres (Guy), sgr du Plessis-Baudouin et de Thénies, né vers l'an 1540, servait en qualité de guidon de la compagnie des gendarmes du sgr de Montmorency-Thoré, dès l'an 1570 et était aussi, à cette époque, l'un des cent gentilhommes ordinaires de la maison du roi Charles IX. Il est qualifié chevalier de l'ordre du Roi, dans un acte du 28 avril 1603. (*Titres de MM. le Bâcle d'Argenteuil*) et dans un autre, du 13 mai de la même année.(*Titres de la maison de Pierres du Plessis-Baudouin*[1].) Il était fils de René Pierres, sgr du Plessis-Baudouin, chevalier de l'ordre du Roi, et de Claude Foucher.

Pierres (Jean), sgr de Thénies et du Plessis-Baudouin, est cité avec la qualité de chevalier de l'ordre du Roi, dans un acte du 19 avril 1610. (*Titres de cette maison.*) Il avait été admis dans cet ordre, sous ce règne, ce que l'on infère, d'un acte du 13 mai 1603, où il ne prend encore que la simple qualité d'Ecuyer[2].

Il était fils de Guy Pierre, sgr, du Plessis-Baudouin, chevalier de l'ordre du Roi, et de Catherine de Souvigné.

Plantis (Gilles du), sgr, de la Guyonnière, et de la Verrie, servit fidèlement le roi Charles IX, qui lui écrivit, le 3 janvier 1568, de croire ce que le comte du Lude lui dirait de sa part ; et fut nommé chevalier de l'ordre du Roi, le 4 février 1570. (*Titres de cette maison*). Il vivait encore en 1582[3].

Il était fils de Gilles du Plantis, chevalier, et de Marie Légier. Ses armes : *d'or, fretté de sable.*

Plantis (Jacques du), sgr du Plantis et des Marchais, gouverneur d'Angers et maître des eaux et forêts du duché

---

[1] Bibl. Nat., *Cab. des Titres*, 1043, p. 215.
[2] Bibl. Nat., *Cab. des Titres*, 1043, p. 338.
[3] Bibl. Nat., *Cab. des Titres*, 1041, p. 1059.

d'Anjou, est qualifié chevalier de l'ordre de Saint-Michel, dans un arrêt du parlement du 4 septembre 1576, rendu au nom du Roi, (*Offices de France*, par Chenu, imprimé à Paris, en 1620, page 531 et suivantes)[1].

On ignore sa filiation, ses armes : *d'or, fretté de sable.*

Plantis (Claude du), sgr de la Guyonnière, du Plantis, de Beaunuy, du Landreau, de la Verrie, des Herbiers et de la Châtellenie de Rochemer, vivait encore en 1621. Il est qualifié, chevalier de l'ordre du Roi, dans un acte du 2 février 1607. (*Titres de cette maison*[2]).

Il était fils de Gilles du Plantis, sgr de la Guyonnière, chevalier de l'ordre du Roi, et de Louise Rouault.

Plantis (Pierre du), sgr et baron du Landreau, des Herbiers et des châtellenies de la Guyonnière et de Rochemer, gentilhomme ordinaire de la chambre du Roi, est qualifié, chevalier de l'ordre du Roi, dans un acte du 29 avril 1636. (*Titres de la maison de Roncherolles*[3]).

On ignore sa filiation.

Plessis (Antoine du), sgr de Richelieu, gentilhomme ordinaire de la chambre du Roi, gouverneur de Tours et capitaine de cent arquebusiers de la garde du roi François II, fut appellé le Moine[4].

Il servit d'abord, avec distinction sous le règne de Henri II, en Piémont et ce fut le motif d'une gratification de 1053 l.,que lui accorda le roi François II, au mois de novembre 1559.

Au mois d'août 1560, François II lui accorda une gratifica-

---

[1] Bibl. Nat., *Cab. des Titres*, 1042, p. 118.

[2] Bibl. Nat., *Cab. des Titres*, 1043, p. 287.

[3] Bibl. Nat., *Cab. des Titres*, 1044, p. 293.

[4] Il fut appelé le Moine, parce qu'il avait porté l'habit religieux. Il fut gouverneur de Tours, en 1562, fut blessé au siège de Bourges, défendit Blois en 1568, s'enferma dans Poitiers, en 1569, servit en Poitou, en 1564 et 1575 et mourut à Paris, le 19 janvier 1576. Beauchet-Filleau, *Dict. des fam. du Poitou*, 1re éd., t. II, p. 536.

tion de 4000 l., motivée sur les services qu'il lui avait rendus ainsi qu'au feu roi Henri II, au fait des guerres en Piémont, où il avait été continuellement employé, et même touchant les émeutes qui étaient depuis peu arrivées à Amboise, où il commandait près de sa personne ladite compagnie de cent arquebusiers ; et même au mois de septembre suivant, ce monarque lui en accorda une autre de 1600 l., aussi en considération de ses services et pour lui faciliter les moyens d'aller en Anjou, où ce monarque l'envoyait, pour lever deux cents hommes de cavalerie, pour son service.

Il se trouva, en 1562, au siège et à la prise de Poitiers, puis au siège de Bourges, où il fut blessé. Ce fut là que, servant en qualité de mestre de camp du Triumvirat, il appela en duel le capitaine de Saint-Martin, (il était de la maison de Brichanteau) huguenot, qui le perça d'un coup d'épée et emporta son casque pour marque de sa victoire. Depuis, en 1568, il défendit la ville de Blois, attaquée par les rebelles, et, s'étant enfermé l'année suivante dans Poitiers, il en soutint le siège avec beaucoup de valeur. Un compte de l'Épargne, de 1568, lui donne la qualité de chevalier de l'Ordre et on lui trouve encore celle de chevalier de l'ordre du Roi, dans deux quittances, qu'il donna au trésorier de ladite Épargne, les 24 décembre 1571 et 12 février 1572. (*Original*, *Chambre des Comptes de Paris*). Au mois de décembre 1571, Charles IX lui accorda une gratification de 2000 l. et, le 31 de ce mois, une autre de 4000 l., tant à raison de ses services dans les guerres, que pour demeurer quitte envers lui de ce qui pouvait lui être dû de son état de gentilhomme de la Chambre, de capitaine de quatre compagnies de gens de pied et d'une corvette d'arquebusiers à cheval, dont il avait charge, pour son service dans les dites guerres. Il jouissait dès l'an 1568, et encore en 1573, d'une pension de la cour de 1200 l., et elle était déjà portée à 3000 l., en 1575, il accompagna le duc de Montpensier à la réduction de plusieurs places du Poitou, en 1575, et il obtint du roi Henri III, au mois de juin 1575, une gratification de

750 l., motivée sur les services qu'il lui avait rendus dans ses guerres, particulièrement, au dernier siége de Lusignan. Il fut tué à Paris, le 19 janvier 1576, dans la rue des Lavandières, par des gens de mauvaise vie qu'il avait voulu chasser d'une maison qui avoisinait la sienne. « C'étoit, dit le Père « Daniel, un des plus braves hommes de son temps et un « élève du maréchal de Brissac, dont les armées en Piémont « furent une école où se formèrent plusieurs grands capi- « taines, mais ce qui fit donner à Richelieu l'emploi de capi- « taine de la compagnie de deux cents arquebusiers à cheval « de la garde du roi François II, ce ne fut pas tant son mérite, « que son dévouement à la maison de Guise. »[1]

Il était fils de François du Plessis, seigneur de Richelieu, et d'Anne Le Roy. Ses armes : *d'argent, à trois chevrons de gueules.*

Plessis (François du), sgr de Richelieu, mestre de camp d'un régiment, lieutenant de cinquante hommes d'armes des ordonnances du Roi et gouverneur de Courtemille, en Piémont, dont il s'empara, en 1553, fut surnommé : *Le Sage,* ainsi que le remarque M. de Thou ; il était lieutenant de la compagnie des gendarmes du sgr de Bonnivet, au mois de mai 1547, qu'il obtint du Roi une gratification de 450 l., en considération des services qu'il lui avait rendus, au fait de ses guerres ainsi qu'au feu roi François Iᵉʳ. Il fut nommé chevalier de l'ordre du Roi, tout au commencement du règne de Charles IX. Le Père Daniel, dans son *Histoire de France,* imprimée à Paris, en 1713, tome III, p. 835, dit qu'il était chevalier de l'Ordre, à sa mort, en 1563. Il se signala par sa valeur, dans les guerres de Piémont, et ayant été blessé d'une arquebusade à l'épaule, au siège du Hâvre-de-Grâce, en 1563, il mourut quelques jours après, fort regretté du Roi, par la réputation qu'il s'était acquise d'un des plus braves officiers de l'armée[2].

Il était fils de François du Plessis, sgr de Richelieu, et d'Anne Le Roy.

[1] Bibl. Nat., *Cab. des Titres*, 1040, p. 915.
[2] Bibl. Nat., *Cab. des Titres*, 1041, p. 1463.

Plessis (François du), sgr de Richelieu, de Beçay, de Chillou et de la Vervalière, grand prévôt de France, gentilhomme ordinaire de la chambre du Roi, capitaine de ses gardes du corps, conseiller en son conseil privé, lieutenant de la compagnie des gendarmes d'Henri de Bourbon, prince de Dombes, est qualifié chevalier de l'ordre du Roi, dans des quittances du 1er février et du 2 juin 1576, qu'il donna au trésorier de l'épargne. (*Original, Chambre des Comptes de Paris*). Il fut nommé chevalier de l'ordre du Saint-Esprit, le 31 décembre 1585[1] et se rendit célèbre dans les guerres de son temps. Il fut élevé page du roi Charles IX, et s'acquit l'estime et l'affection du duc d'Anjou, aux batailles de Jarnac et de Montcontour, en 1569. On lui attribua même d'avoir généreusement exposé sa vie pour sauver celle du prince en le remontant précipitamment sur son cheval qui l'avait jeté par terre, dans cette seconde affaire, Richelieu n'avait encore alors que 18 ans. Ce même prince, au siège de la Rochelle, en 1573, le voyant revenir de l'assaut au bastion de l'Evangile, lui dit : *Mon cher Richelieu, vous donniez bon exemple, mais il y a bien des mal intentionnés dans l'armée.* Il fut envoyé en Pologne, en la même année, avec le sgr de Chémerault pour recevoir le serment des seigneurs de ce royaume, à l'occasion de l'élection de leur nouveau Roi, et, de retour en France, ce monarque lui donna la charge de grand prévost de l'hôtel. Il était, en 1574, lieutenant de la compagnie d'ordonnances du prince Dauphin qui le chargea, en la même année, d'une commission de confiance auprès de la Reine, fut employé, en 1575, dans la négociation du traité de paix, fait, avec le prince Casimir et les Reitres, et le Roi lui donna en la même année, une commission relative à son service. En 1576, les ducs d'Alençon et de Montpensier le députèrent vers ce monarque, et, au mois de juin de la

[1] Il avait épousé, en 1580, Suzanne de la Porte, fille de François de la Porte, sgr de la Lunardière, et de Claude Bochard, dame de la reine Louise de Lorraine. (Beauchet-Filleau, *Dict. des fam. du Poitou*, 1re éd., t. II, p. 536).

même année, il se rendit à Tours, à Angers et dans d'autres villes et châteaux des duchés de Touraine et d'Anjou, pour les établir d'après le traité de paix, sous l'obéissance du duc d'Anjou. En 1577, le Roi le députa vers le prince de Condé, à Saint-Jean d'Angély, puis dans plusieurs villes de Saintonge, à Talmond, à Marans et à Ruffec, pour affaires relatives à son service. Le 3 octobre de cette année, il lui fut adjugé une somme de 2000 livres, sur les fonds de l'Epargne, pour les dépenses qu'il avait faites tant auprès du duc de Montpensier que pour plusieurs autres voyages faits par un ordre du Roi, durant six mois qu'il avait séjourné près de ce duc, pour négocier le traité de paix, tant avec le roi de Navarre, qu'avec plusieurs autres princes qu'il avait été trouver pendant cette négociation. Le 21 mai 1578, le Roi lui accorda, en considération de ses services, une gratification de 10000 l. En la même année, Sa Majesté lui donna encore une commission de confiance auprès du prince de Condé et du duc de Montpensier. Il jouissait à cette époque, de 3000 l. de pension de la cour, qui fut portée, depuis, à mille écus. Le 27 octobre 1579, le Roi lui accorda une gratification de 3000 écus, pour récompense des voyages qu'il avait faits en Guyenne, pour les traités de paix de 1577, et le 2 mars 1580, une autre de 1200 écus. Il reçut encore, èz années 1580, 1584 et 1586, la somme de 1750 écus, en différentes fois, pour plusieurs voyages qu'il avait faits, relatifs au service du Roi, dans diverses parties du Royaume. L'on peut dire, enfin, qu'il fut comblé des bienfaits du roi Henri III, qu'il servit toujours avec la plus constante fidélité, principalement dans la périlleuse persécution des barricades de Paris. Il conserva aussi la ville de Tours, sous l'obéissance de ce monarque. Richelieu, fut des premiers à reconnaître Henri IV pour le successeur légitime de la couronne et, dans le récit du combat d'Arques, il est dit que : « *l'âge ancien de M. de Richelieu n'empêcha pas qu'il ne* « *revint l'épée toute sanglante de cette rude mêlée.* » (L'auteur des *Grands officiers de la couronne* prétend cependant qu'il n'avait que quarante-deux ans, quand il mourut.) Il se trouva encore à la bataille d'Yvry, en 1590, ainsi qu'aux sièges de Vendôme, du Mans, d'Alençon, de Falaise et autres places. Il obtint, le 22 mars 1590, une gratification de 20.000 écus, et étant tombé malade, au siège de Paris, des extrêmes fatigues qu'il eut à y endurer, il mourut à Gonnesse, le 10 juillet de la même année[1].

Il était fils de Louis du Plessis, sgr de Richelieu, lieutenant de cinquante hommes d'armes des ordonnances du Roi et de Françoise de Rochechouart.

Poictevin (Antoine), sgr du Plessis-Landry, de la Barrette, de la Poitevinière, de la Gourderie et de Mouzeil, gentilhomme ordinaire de la chambre du Roi, fut nommé chevalier de l'ordre du Roi, le 27 février 1628, et reçu le 5 mars suivant, par le duc de la Rochefoucauld, chevalier des ordres du Roi. (*Originaux, Titres de cette famille*). Il mourut dans l'intervale des années 1655 et 1662[2].

Il était fils de François Poictevin, sgr du Plessis Landry et de Catherine Louher. Ses armes : *de gueules, à 3 haches d'armes d'argent emmanchées de sable, le bout d'argent, posées 2 et 1 en pal.*

Pons (Antoine de), sire de Pons, comte de Marennes, des iles d'Alvert et d'Oléron, capitaine de cent gentilshommes de la maison du Roi, gentilhomme ordinaire de sa chambre, conseiller en son conseil privé, son lieutenant-général au gouvernement de Saintonge, fut nommé chevalier de l'ordre du Roi, le 12 janvier 1562 (1563), et chevalier de l'ordre du Saint-Esprit, le 31 décembre 1578, pour récompense de cinquante et une années de services. Il avait été admis, par François Ier, au nombre des gentilshommes de sa chambre et on le trouve compris, dans cette qualité, dans les états de la mai-

---

[1] Bibl. Nat., *Cab. des Titres*, 1042, p. 85.
[2] Bibl. Nat., *Cab. des Titres*, 1044, p. 207.

son de ce monarque et des rois Henri II, François II et
Charles IX, depuis 1540, jusqu'en 1562.

Il se trouva au siège de Naples, en 1528, et se signala par
ses conquêtes et par ses victoires de Saint-Sorlin et de Saint-
Just et par la vigoureuse et admirable défense qu'il fit,
lorsque les religionnaires assiégèrent la ville de Pons ; il fut
obligé de capituler, au bout d'un mois, faute de poudre et de
balles et le capitaine de Piles, lui ayant dit qu'il avait bien
vu que dans cette occasion il défendait son bien : « Mon-
« sieur, lui répondit-il, depuis deux ans, j'ai défendu cinq
« places qui ne m'appartenaient pas, et j'y ai prouvé que
« mon bien, ma famille, mon honneur sont partout où la
« patrie est attaquée. » Après ce siège, il fut conduit prisonnier à la Rochelle.

Le Roi le dédommagea de la perte qu'il avait faite dans cette
circonstance, en lui accordant une gratification de 3000 l., le
11 juillet 1509, par un brevet, où il est expressément porté
que c'était à raison des grandes pertes qu'il avait souffertes
dans ses maisons, à l'occasion des troubles, et il en obtint
encore une autre de 30.000 l., le 26 janvier 1573, également
motivée sur les services qu'il avait rendus à la couronne, à
raison de la prise de son château de Pons, dans le temps
des troubles. Le 21 septembre 1578, il fut pourvu de la charge
de capitaine des cent gentilshommes de la maison du Roi,
et mourut en 1580[1].

Il était fils de François, sire de Pons, comte de Marennes,
et de Catherine de Ferrières. Ses armes : *d'argent, à la fasce
bandée d'or et de gueules de six pièces.*

Pons (François de), baron de Mirambeau, sgr de la principauté de Mortagne, gentilhomme ordinaire de la chambre
des rois Charles IX et Henri III, et gouverneur du château de
Lusignan pour le parti protestant, nommé en 1569, fut envoyé par le prince de Condé, en Saintonge, en 1562, pour y

[1] Bibl. Nat., *Cab. des Titres*, 1040, p. 148.

commander, et tenta en vain de prendre Blaye. Il se rendit célèbre dans le parti huguenot et sut gagner la confiance des deux partis par ses manières affables et honnêtes. Il enleva Brouage aux catholiques qui y étaient rentrés depuis que La Rivière-Puytaillé s'en était emparé, après la bataille de Montcontour, et cette place étant de nouveau en possession des protestants, il s'occupa à la mettre hors d'insulte. Le 10 juillet 1581, Henri III lui accorda une gratification de 15000 l. en considération de ses services, et en 1583, après la malheureuse journée d'Anvers, Sa Majesté l'envoya aux Etats et vers le prince d'Orange, avec Mathieu Brulart, secrétaire d'Etat. Le baron de Mirambeau leur était d'autant plus agréable qu'il était de la R. P. R. ; ayant eu audience du sénat d'Anvers le 7 février, il leur parla sur l'amitié que le Roi avait pour eux, sur le chagrin que lui avaient causé les derniers troubles, ajoutant que Sa Majesté, l'avait député vers eux, pour les prier, de sa part, d'employer des remèdes doux pour guérir la plaie qu'ils avaient reçue, et de ne pas abandonner pour une seule faute le duc d'Anjou son frère, qui avait exposé, de si bon cœur, sa vie et ses biens pour leur salut; que le Roi offrait de les secourir et qu'il n'épargnerait rien pour les mettre en état de se procurer une paix solide. Les Etats remercièrent Mirambeau et acceptèrent la médiation que le Roi leur offrait. On le trouve qualifié chevalier de l'ordre du Roi, dans un brevet du Roi du 10 juillet. (*Chambre des Comptes de Paris*[1].)

Il était fils de Jacques de Pons, chevalier, sgr de Mirambeau, de Carlat et de Plassac, gentilhomme ordinaire de la chambre du Roi, et de Jacquette de Lansac. Ses armes, comme ci-devant.

Pons (Jean de), sgr de Plassac, de Berneille, de Saint-Genis, de Prunge, de Langon, de Lorimac, et de Chabenet, en Berry, gouverneur de Saintonge et d'Angoumois, en l'absence du roi de Navarre, et gouverneur de la ville de Pons, s'empara par escalade de la ville de Royan, en 1586, et, par

---

[1] Bibl. Nat., *Cab. des Titres*, 1042, p. 275.

l'endroit qui paraissait le plus inaccessible ; il fit planter, à cet effet, des échelles du côté de la mer, en basse marée, contre les rochers qui étaient de fort difficile accès. La prise de cette ville, sans perte d'hommes, fit beaucoup d'honneur au sgr de Plassac et fut très utile au parti des religionnaires. Le roi Henri IV, le qualifie chevalier de son Ordre, dans des lettres du 30 mai 1601, postérieures à sa mort. (*Original, Bibliothèque du juge d'armes de France*). Il mourut en 1589[1].

Il était fils de Jacques de Pons, baron de Mirambeau et de Jacquette de Lansac. Ses armes, comme ci-dessus.

Poulchre (François le), sgr de la Motte-Messemé, lieutenant de la compagnie des gendarmes du marquis de Boisy, est qualifié chevalier de l'Ordre, dans un compte de l'épargne de l'année 1568, à l'occasion d'une gratification de 750 l. qu'il obtint du Roi, le 19 mars, en considération des services qu'il lui avait rendus depuis longtemps au fait des guerres[2].

On ignore sa filiation et ses armes.

Poussart (Charles), sgr et baron du Vigean, de Moingtz, de Fors, du Dojon, de Bazoges, de Linières, de Laubergière, de Gène, de Saint-Eugène, gentilhomme ordinaire de la chambre du Roi, fut élevé enfant d'honneur de Jeanne d'Albret, reine de Navarre. Il est cité, avec la qualité de chevalier de l'ordre du Roi, dans un acte du 18 mars 1594[3]. (*Titres de cette maison*). Il vivait encore en 1612[4]. Il était fils de Charles Poussart, chevalier, sgr de Fors, de Saint-Bris et de Linières, maître d'hôtel du roi et de la reine de Navarre, gouverneur de Bellême, de Dieppe et des côtes de Normandie et de Mar-

---

[1] Bibl. Nat , *Cab. des Titres*, 1042, p. 474.

[2] Bibl. Nat., *Cab des Titres*. 1040. p. 806.

[3] Ayant suivi le duc d'Alençon dans les Pays-Bas, il fut fait prisonnier, lors de l'affaire d'Anvers, en 1583. Il obtint en janvier 1614, des lettres patentes pour le rétablissement des six anciennes foires du Vigean et la création de deux nouvelles. Il avait épousé, le 26 octobre 1581, Esther de Pons, fille de François, baron de Mirambeau, et de Madeleine du Fou. (Beauchet-Filleau, *Dictionnaire des Familles du Poitou*, 1re éd., t. ii, p. 549).

[4] Bibl. Nat., *Cab. des Titres*. 1043. p. 75.

guerite Girard de Bazoges. Ses armes : *D'azur, à 3 soleils d'or, 2 et 1 et un écu de gueules en cœur, à 2 pals de vair et un chef d'or ; écartelé d'un lozangé d'or et de gueules.*

Poussart (François), marquis du Vigean et de Fors, comte de Sainte-Menehould, baron de Bize et d'Aunay, sgr châtelain de Bazoges[1], gentilhomme ordinaire de la chambre du Roi et conseiller d'état d'épée, obtint du Roi une pension de 2000 l., le 8 février 1630. On le trouve qualifié chevalier de l'ordre du Roi, dans un acte du 26 décembre 1620. (*Original, Bibliothèque du juge d'armes de France*). Il mourut dans l'intervalle des années 1658 et 1661[2].

Il était fils de Charles Poussart, baron du Vigean, chev. de l'ordre du Roi, et d'Esther de Pons. Ses armes : *Ecartelé au 1, d'azur, à 3 soleils d'or 2 et 1, et un écu de gueules en cœur à 2 pals de vair et un chef d'or ; au 2, lozangé d'or et de gueules ; au 3, d'argent à une fasce bandée d'or et de gueules de 6 pièces ; et au 4, d'azur à une fleur de lys chargée sur ses deux branches de deux oiseaux affrontés d'argent.*

Pouthe (Jean), sgr du Château de Dampierre[3] est cité avec la qualité de chevalier de l'ordre du Roi, dans un acte du 16 mars 1637. *(Titres de MM. d'Aiguirande en Berry)*[4]. On ignore sa filiation et ses armes[5].

---

[1] Il fit partie du ban de 1635, obtint, en mai 1639, des lettres patentes enregistrées en parlement et à la Chambre des Comptes, les 30 et 31 décembre 1640, qui érigèrent en marquisat sa terre de Fors, et fut nommé sergent de bataille, le 12 juin 1647 Il avait épousé, le 25 juillet 1617, Anne de Neubourg, fille de Roland, sieur de Sercelles, conseiller d'Etat, et de Marthe le Roi. (Beauchet-Filleau, *Dictionnaire des Familles du Poitou*, 1re éd., t. II, p.549).

[2] Bibl. Nat., *Cab. des Titres*, 1044, p. 122.

[3] Il servit aux armées d'Italie et de Guienne, fut pourvu, en 1650, d'une charge de gentilhomme ordinaire de la Chambre du Roi. Il avait épousé, le 3 janvier 1627, Antoinette de Secondat, fille de Jacob, baron de Montesquieu. chev. de Saint-Michel. Il mourut le 13 juillet 1669. (Beauchet-Filleau, *Dictionnaire des Familles du Poitou*, 1re éd., t. II, p. 533).

[4] Bibl. Nat., *Cab. des Titres*; 1044, p. 297.

[5] On le croit fils de Claude Pouthe, chev., sgr de Forges, et de Marguerite de Durfort. Ses armes : *D'argent, à 3 pals de sable, au chevron de même, brochant sur le tout.* (Beauchet-Filleau, *Dictionnaire des Familles du Poitou* 1re édition, t. II. p. 553).

Prévost (Louis), dit : de Sansac, seigneur et baron de Sansac et de Cellefroyn, gentilhomme ordinaire de la Chambre du Roi, l'un de ses chambellans, conseiller en son conseil privé[1], capitaine de cent hommes d'armes de ses ordonnances, lieutenant général de ses armées, gouverneur d'Angoumois, sénéchal de Saintonge et grand fauconnier de France, se rendit recommandable par ses services qui lui méritèrent d'abord du roi François Ier une pension de 800 l. Il était écuyer d'écurie du Dauphin, le 14 décembre 1531, jour auquel il lui fut adjugé une somme de 200 livres pour aller en Flandres, porter à la reine de Hongrie des lévriers que le Roi lui envoyait. Le 12 juillet 1553, il obtint de Sa Majesté une gratification de 675 l., en considération de ses services auprès du Dauphin. Le 13 novembre de la même année, il partit de Marseille pour aller encore en Flandres, présenter de la part du Roi, à la reine de Hongrie, une certaine quantité de pièces de toile de chasse. Le 16 septembre 1535, étant alors grand fauconnier du Dauphin, le Roi, lui accorda une nouvelle gratification de 900 l., toujours à raison des services qu'il rendait à ce prince. Au mois d'août 1538, Sa Majesté l'envoya encore en Flandres, pour conférer avec la reine de Hongrie, de l'entrevue qui devait se faire entre eux deux en Picardie, relativement à plusieurs affaires concernant le bien de la paix. Le 31 août 1539, étant toujours écuyer d'écurie du Dauphin, il obtint encore du Roi, une gratification de 4000 l., en récompense de ses recommandables services au fait des guerres, eu égard aussi, aux charges qu'il avait eues tant en France, en Piémont, qu'en Italie et *pour qu'il pût parvenir à aucun bon party de mariage pour son bien et advancement*. Au mois de novembre 1544, Sa Majesté le chargea encore d'une commission de confiance auprès de la reine de Hongrie. et il était alors capitaine d'une compagnie de Chevau-

---

[1] Il épousa, le 18 mars 1544, Louise de Montberon, fille de Louis, sgr d'Auzances, et de Madeleine de Mareuil (Beauchet-Filleau, *Dictionnaire des Familles du Poitou*, 1re édition. t. ii, p. 559).

Légers. En 1547, il servait en qualité de lieutenant de la compagnie des gendarmes du comte d'Aumale. Au mois d'août de cette année, le Roi l'envoya au fort d'Outreau, pour son service et c'est depuis cette époque, jusqu'en 1552, qu'on le trouve compris à 1200 l. de [gages dans les états des gentilshommes de la Chambre. Il donna les plus grandes preuves de valeur au siège de Mirandolle. On lit dans les *Annales d'Aquitaine*, que le Roi : « étant à « Raucoux fut averti de la prouesse et valeur des assiégés « à la Mirandolle et de leurs saillies où le neveu du Pape « fut occis et plusieurs autres de son parti, et que là, le sei- « gneur de Sansac qui y commandait, éternisa son nom sur « le sang ennemi et s'y tailla un trophée d'immortalité. » Il fut nommé chevalier de l'ordre du Roi, en 1553, d'après un compte du trésorier de l'Ordre, où il est dit qu'en vertu d'une ordonnance du chancelier dudit ordre, du 19 février de ladite année 1552 (1553), il avait été délivré à messire Jehan Prévost, sgr de Sansac, gentilhomme de la chambre du Roi et capitaine de cinquante hommes d'armes, le grand collier de l'Ordre du feu comte de Nanteuil dont le Roi lui avait fait don, en le faisant et créant chevalier de son ordre. (*Original, Chambre des Comptes de Paris*). C'est par erreur que, dans ce compte, il est appelé *Jehan*, il s'appelait *Louis* et c'est dans ce dernier nom qu'il paraît dans un acte du 16 juillet 1554, avec les qualités de chevalier de l'Ordre, de haut et puissant seigneur, de capitaine de cinquante hommes d'armes et de gouverneur d'Angoumois. (*Original, Titres de la maison de Chabans*). On le trouve aussi en conséquence, qua- lifié chevalier de l'ordre du Roi, dans une quittance qu'il donna au trésorier de l'Epargne, le 24 avril de la dite année 1553. (*Original, Chambre des Comptes de Paris*) et dans une montre de sa compagnie d'ordonnance, du 27 juin 1562, où il est nommé Monseigneur de Sansac, chevalier de l'ordre du Roi. (*Original, Bibliothèque du Roi*). Il était en 1553, gouver- neur de Concarneau en Bretagne et avait alors 3000 l. de

pension qu'il obtint vraisemblablement en cette année, étant
prouvé qu'elle n'était encore que de 800 l. en 1552. Au mois
d'avril de ladite année, le Roi lui accorda une gratification
de 6000 l., motivée sur ses services au fait de la guerre. Au
mois de septembre 1554, une autre de 300 écus, à raison de
ceux qu'il avait rendus à S. M., durant le camp précédent,
en qualité de mestre du dit camp. Au mois de septembre
1555, une autre de 1520 l. en dédommagement des dépenses
qu'il allait faire au voyage que le Roi lui avait commandé
de faire, à Metz, pour son service. Au mois d'août 1558, une
de 1200 l. au mois de septembre de la même année, une autre
de 7289 l. 6 s. 5 d. par moitié avec le sgr de la Brosse, chevalier de l'Ordre ; au mois de février 1358 (1559), une de 2000
l. ; aux mois d'août et de décembre suivant, deux autres,
l'une de 5000 l. et l'autre de 4590 l., en récompense des services qu'il avait rendus au feu roi Henri II, dans ses guerres ;
au mois de novembre 1560, une de 1000 l. et enfin au mois de
décembre suivant, une autre de 100 écus, à raison des frais
qu'il lui fallait faire pour conduire le corps du roi François
II, d'Orléans jusqu'à Saint-Denis. C'est dans les comptes de
l'Epargne qu'on trouve le détail de tous ces bienfaits. En
1562, le baron de Sansac reprit la ville d'Angoulême sur
les Huguenots, et il continua de se signaler dans un grand
nombre d'autres occasions. En 1569, il entreprit par ordre
du Roi, le siège de la Charité, qu'il fut obligé de lever ; en
la même année aussi, il assiégea deux fois Vézelay , sans
pouvoir le prendre, et perdit 3000 hommes dans ces deux
sièges. Il jouissait alors de 5000 l. de pension qui, en 1574
était déjà portée à 10.000 l. Charles IX, l'avait admis dans son
conseil privé, en 1562, et le nomma depuis, l'un de ses chambellans, qualité qu'on lui trouve dans une quittance du 18
janvier 1570. Un certificat du 26 octobre de l'année précédente lui donne celle de lieutenant général de Sa Majesté, en
l'absence de M. le duc d'Anjou, en l'armée de Champagne,
Bourgogne et Nivernais. Il vivait encore en 1575, « ce brave

« cavalier, M. de Sansac, dit Montluc, jamais ne fut blessé
« qu'à la bataille de Saint-Denis, quoiqu'il n'y eut pas deux
« gentilshommes vivants qui se fussent trouvés en plus de
« combats que l'un et l'autre. » Voici encore le témoignage de
Brantôme à ce sujet : « Monsieur de Sansac, dit-il, «...... a
« esté aussi un bon, vaillant et sage capitaine, fors une im-
« perfection qu'il avoit, car il commandoit tousjours en toutes
« les collères et furies du monde, ausquelles il n'entroit pas
« seulement quand il avoit le cul sur la selle, et aux combats,
« mais estant en particulier et en devis, fut ou au conseil, ou
« parmi ses amis en discourant du faict des armes ; aussi di-
« soit-on de luy que jamais il ne se mettoit guières en colère,
« sinon quand il parloit des armes et des oyseaux, et quand
« il estoit à la guerre et à la vollerie : et s'il aymoit les armes,
« il aymoit bien autant les oyseaux, et l'un et l'autre l'aydèrent
« fort à advancer ; car M. le connestable, qui estoit alors en
« crédit, luy avoit donné ses oyseaux ; et puis il eut ceux du
« Roy à gouverner lorsqu'il se commença à se faire cognoistre
« à la Court ; et tant qu'il a vescu, il a aymé cet exercice par-
« dessus tous autres après les armes. Il eut cet heur, estant
« dans Fossan, lors du siège, d'estre despesché vers le Roy
« pour luy porter les nouvelles du siège et de la capitulation,
« et d'en rapporter la response de son Roy, et commande-
« ment et congé de l'accepter, ne pouvant la secourir dans le
« temps convenu. Il a esté en réputation d'estre un des
« meilleurs chevau-légers de son temps, et autant digne
« d'y commander ; aussi, lors et tant que M. d'Aumalle fut
« prisonnier du marquis Albert, sa charge de couronnel
« de la cavalerie-légère luy fut donnée, et l'exerça très digne-
« ment durant sa prison qui fut longue. Et s'est veu ce-
« dict M. de Sansac commander aux princes du Sang,
« comme MM. d'Anguien, Condé, de Nemours, et une infi
« nité d'autres princes et grands seigneurs qui avoient des
« chevau-légers ;...... Voylà donc l'honneur, qui n'estoit pas
« petit, que ce M. de Sansac a eu de commander à ceste

« belle principauté et noblesse françoise ; et tous luy obéis-
« soient très bien pour sa suffisance, encor que aucuns n'ap-
« prouvassent guières sa façon rébarbative et son parler et
« commandement trop rude :...... Il acquit beaucoup
« d'honneur au siège de la Mirande, qu'il soustint longue-
« ment, et s'en fit loüer estant lieutenant de roy ; pour ce,
« le roy l'honnora de son ordre : marque qui se devoit alors
« pour un acte signalé. Il eut encor cet honneur d'estre esleu
« avec le bon homme M. de la Brosse, gentil chevalier et
« digne capitaine, et......... pour se tenir près de la
« personne du petit roy François ordinairement, non comme
« gouverneur, car ce nom ne luy eut pas pleu, estant en
« assez bon aage et marié, mais comme quasy conseiller, et
« se tenant près de sa personne. En nos guerres civiles il a
« plusieurs fois mené nos armées en aucunes expéditions
« comme lieutenant de roy, comme es siège de la Charité et
« Vézelay, et autres factions. Bref, ce seigneur a esté honoré
« de plusieurs belles charges, et est mort en titre de mares-
« chal de France, non proprement qu'il en ait esté jamais
« pourveu ; mais il en avait l'estat, les gages et la pention,
« comme d'un vray mareschal de France. En quoy plusieurs
« disoient à Lyon, lorsque M. de Montluc fut faict mareschal
« de France à la barbe du bon homme M. de Sansac qu'y
« estoit, qu'on luy avoit faict tort de ne l'avoir esté, puisqu'il
« y avoit long-temps qu'il en tiroit l'estat, et l'autre non.....
« M. de Sansac.., de ce pas-là se retira en sa maison, et
« oncques plus ne vint à la Court ; et quelque deux ans
« après..... il mourut chez soy[1]. » Il était fils de Guillaume
Prévost, seigneur de Sansac, et de Catherine Guy[2]. Ses armes :
« *D'argent, à deux fasces de sable accompagnées de 6 mer-*
« *lettes de même posées 3, 2 et 1.*

[1] Brantôme, *Vie des hommes illustres et des grands capitaines.* Paris
Foucault, 1823. Tome III, p. 3 à 5.

[2] Bibl. Nat., *Cab. des Titres*, 1039, p. 420.

Prévost (Jean, de Sansac, baron de Sansac, dit : de SANSAC) sgr de Cellefroyn, sgr de la Caillère et de Montmoreau, premier gentilhomme de la Fauconnerie du Roi, gentilhomme ordinaire de sa chambre, conseiller en son conseil privé, capitaine des gardes de sa porte et de cinquante lances de ses ordonnances, gouverneur de Bordeaux et du Bordelais, obtint, en 1568, la compagnie de cinquante lances du baron de Sansac, son père, qui s'en démit à sa faveur, et, le 5 février de cette année, le Roi lui accorda une gratification de 2500 l., en considération des services qu'il lui avait rendus depuis longtemps et des grandes et importantes charges, où il avait été employé. Au mois de mars suivant, il donna sa démission, en faveur de Pierre de Chabans, de sa place de gentilhomme de la chambre, mais il en conserva les honneurs et continua d'en prendre le titre[1]. Il est qualifié chevalier de l'ordre du Roi, sous la dénomination du sgr de Sansac le jeune, dans un titre du mois de mars de cette année (*Original, Titres de la maison de Chabans*), mais il est désigné sous son nom de baptême : Jean, dans une montre du 1er août 1568, où il prend pareillement la qualité de chevalier de l'ordre du Roi. (*Original, Bibliothèque du Roi*). Il jouissait en 1577, de 2000 l. de pension de la cour. Le 12 juillet de cette année, il reçut du trésorier de l'épargne, une somme de 6500 l. à compte de celle de 25,000 l. que le Roi lui avait donnée, en faveur de son mariage avec Jeanne de Maillé. Au mois de février 1578, Sa Majesté l'envoya à Bordeaux, pour affaires relatives à son service, et au mois de mai de la même année, il donna encore sa démission de la charge de capitaine de la porte du Roi qui fut donnée alors à François de la Grange, sgr de Montigny. Le 6 décembre suivant, il reçut une lettre de la Reine-mère qui lui marquait qu'elle lui : « sçavoit fort bon gré de la très

---

[1] Il épousa, le 17 décembre 1578, Catherine de Maillé-Brézé, fille d'Artus, sgr de Brézé, capitaine des gardes du corps du Roi, etc., et de Claude de Gravy. (Beauchet-Filleau, *Dictionnaire des Familles du Poitou*, 1re édition, t. II, p. 560).

« bonne et honneste reception qu'il avoit faite (à Bordeaux) à
« son cousin le sgr dom Petre de Médicis. » Et cette princesse lui en écrivit encore une, le 15 du même mois, pour lui
annoncer que le Roi l'avait confirmé dans la jouissance de la
pension de 4000 l. que lui avait accordé le feu roi Charles IX.
« M. de Sansac, dit Brantôme, laissa.... après soy un seul
« filz (c'est celui dont il est question ici), aussi très beau,
« agréable et honneste autant que gentilhomme de France et
« brave et vaillant..... Il mourut,.... jeune à ce dernier
« siège de Chartres (1595), de maladie et de misère qu'il
« souffrit là devant[1]. »

Il était fils de Louis Prévost de Sansac, baron de Sansac,
chevalier de l'ordre du Roi, et de Louise de Montberon[2]. Ses
armes : *D'argent, à deux fasces de sable accompagnées de 6
merlettes de même posées 3, 2 et 1.*

Prez (Melchior des), sgr de Montpezat et du Fou, etc.,
gentilhomme ordinaire de la chambre du roi, conseiller en
son conseil privé, capitaine de cinquante lances de ses ordonnances, son lieutenant général au gouvernement de
Guyenne, gouverneur et sénéchal de Poitou et ambassadeur
près l'empereur, ont compris dans les états des gentilshommes de la chambre des rois Henri II, François II et
Charles IX depuis 1547, jusqu'en 1563. On lit dans le 1er volume des *Commentaires* de Rabutin, imprimé à Paris, en
1574, à l'occasion de l'assaut du château de Dinan, en 1554,
le trait de valeur suivant : « le sieur de Montpesat, bien
« qu'il n'eust aucune charge (dans les bandes de l'infanterie
« française, qui était sous les ordres de l'amiral), empoigna
« une de leurs enseignes, et bravement, devant tous eux, la
« porta jusques tout au-dessus où se meit à couvert derrière
« aucuns quartiers et ruines de la muraille tombée, les ap-

---

[1] Brantôme, *Vie des hommes illustres et des grands capitaines.* **Paris,**
Foucault, 1823, t. iii, p. 6.
[2] Bibl. Nat., *Cab. des Titres,* 1040, p. 812.

« pelant et leur faisant signal avec l'enseigne de les vouloir
« suyvre et aller après luy. » Il fut nommé chevalier de
l'ordre du Roi, à Vincennes, le 31 mai 1502. On lit en conséquence, dans un compte de cet ordre, que le 7 février
1566, il fut délivré au sgr de Montpezat, chevalier de l'ordre
du roy et capitaine de cinquante hommes d'armes de ses
ordonnances, un grand collier de l'ordre, dont Sa Majesté
lui avait fait don, en le faisant et créant chevalier de son dit
ordre, lequel collier avait été remis au trésorier par les héritiers du feu sgr de Burye etc. (*Original, Chambre des Comptes
de Paris*). Au mois de février 1557 (1558), il fut envoyé dans
toutes les villes et place de Picardie, pour examiner en quel
état de défense elles étaient ; aux mois de novembre et de décembre de cette année, il eut ordre de se rendre à Blois, pour
affaires urgentes concernant le service du Roi. Dans le même
mois de novembre, Sa Majesté lui accorde une gratification
de 4.000 l., au mois de février 1558-1559, une autre de 6000 l.,
motivée sur les services qu'il lui avait rendus au fait des
guerres, et le chargea au mois de juin d'une commission de
confiance, pour laquelle elle lui fit adjuger une somme de 480
l., sur les fonds de son épargne. Sous le règne suivant de
François II, ce monarque, lui accorda aussi une gratification
de 6900 l., au mois de mai 1560, il l'envoya en ambassade
auprès de l'Empereur. Ce fut au duc de Guise dont il commandait la compagnie de cent lances, qu'il fut redevable de
cette commission importante dont il s'acquitta avec beaucoup
de succès. « car, dit Brantôme, il avoit bonne façon et par-
« lait fort bien ». L'empereur, après l'avoir bien traité, lui
fit présent à son retour, d'un beau buffet d'argent de la
valeur de dix à douze mille livres. Ce même auteur, dans
l'éloge du maréchal Biron, dit qu'il fut grand maître de l'artillerie au voyage du duc de Guise. Le Père Daniel, dans son
Histoire de France, à l'occasion de la conspiration qui se fit

[1] Bibil. Nat., *Cab. des Titres.* 1040. p. 37.

contre la Reine mère, en 1562, par le triumvirat, dit que Montpezat s'était chargé de la prendre morte ou vive, pourvu qu'il fut secondé par le roi de Navarre. Il se trouva au siège de Poitiers, en 1569, et mourut dans l'intervalle des années 1572 et 1576[1].

Il était fils d'Antoine de Lettes, dit : des *Prez*, sgr. de Montpezat, chevalier de l'ordre du Roi, Maréchal de France et de Aliette du Fou.

Puy (Claude du), sgr du Coudray, de Civray, de Dames et de Marseuvre, baron de Bellefaye, chambellan et gentilhomme ordinaire de la chambre du Roi, né le 10 juillet 1536, accompagna le duc d'Anjou au voyage que ce prince fit en Pologne et ce fut en cette considération et aussi des services qu'il avoit rendus aux feus rois ses prédécesseurs, dans les guerres, qu'étant parvenu à la couronne il lui accorda une gratification de 12.000 l., le 7 octobre 1575. On le trouve qualifié chevalier de l'ordre du Roi, dans l'état des Pannetiers de sa Majesté, de 1568, *(Original, Chambre des Comptes de Paris,)* et dans un acte du 19 mai 1572. *(Original, Titres de MM. du Puy de la Chevallerie).* Il mourut à Rome, le 3 novembre 1577.

Il était fils de Georges du Puy, sgr du Coudray, baron de Bellefaye, pannetier du Roi, mort le 6 août 1562 et de Jeanne Ruffin. On trouve Georges du Puy qualifié chevalier de l'ordre du Roi, sur l'épitaphe de Claude du Puy du Coudray, sa fille, morte, le 30 octobre 1632, épouse de Louis Chasteigner, sgr de la Rocheposay, chevalier de l'ordre du Roi et imprimée dans l'*Histoire généalogique de la maison de Chasteigner* par Du Chêne[1]. Paris, 1634, p. 395; mais, dans tous les actes qu'il passa de son vivant, et jusqu'à l'époque de sa mort, il ne prit jamais cette qualité. Ses armes : *D'or, au lion d'azur, langué, onglé et couronné de gueules.*

---

[1] Bibl. Nat., *Cab. des Titres*, 1040, p. 899.

Puy-du-Fou (François du), sgr du Puy-du-Fou, écuyer tranchant ordinaire du Roi et gouverneur de Nantes, est qualifié par le roi Louis XIII du titre de chevalier de son ordre, dans les lettres d'érection de la terre de Combronde en marquisat, du mois de mai 1637, postérieures à sa mort, où il est rappelé. Mais, sur cela, l'on observe que dans les titres de cette maison, du règne de François Ier, temps auquel vivait ce seigneur du Puy-du-Fou, on n'en trouve aucun qui prouve qu'il fut décoré de Saint-Michel et qu'ils apprennent seulement ici qu'il jouissait, dès l'an 1539, d'une pension de la cour de 1000 l. et qu'il obtint du Roi deux gratifications, la première de 225 l. le 16 janvier 1542 (1543), pour une commission de confiance dont Sa Majesté l'avait honoré en Saintonge et dans le Rochelois, et la deuxième de 266 l. 10 s., le 31 mars de cette année, pour avoir été à la Rochelle, avec ordre de conduire à Fontainebleau plusieurs prisonniers qu'il était chargé d'arrêter[1].

Puy-du-Fou (René du), sgr du Puy-du-Fou, de Mallièvre, de Faymoreau, de Rablais, de la Touche, de la Jallotière, de la Supplicière, de Saint-Malo, des Epesses, etc., baron de Combronde, gentilhomme ordinaire de la chambre du Roi, capitaine de cinquante hommes d'armes de ses ordonnances, gouverneur de la Rochelle et du pays d'Aunis, fut nommé chevalier de l'ordre du Roi, le 12 janvier 1562 (1563), d'après un manuscrit de M. de Gaignières, conservé à la Bibliothèque du Roi, son admission dans cet ordre est fixée au 20 janvier. Il reçut le collier de cet ordre des mains du maréchal de Brissac, chevalier du même ordre. (*Manuscrit de M. de Gaignières, Bibliothèque du Roi*). Il fut nommé maréchal de France, par un brevet du Roi Charles IX, du 4 août 1564, portant promesse du premier baton qui viendrait à vaquer. Il avait obtenu du roi Henri II, au mois de septembre 1553, une gratification de 460 l., en considération des services qu'il lui avait

---

[1] Bibl. Nat., *Cab., des Titres*, 1047, p. 467.

rendus depuis quatre ans, au fait de la guerre en Piémont, et Charles IX érigea en marquisat, sa terre et baronnie de Combrande, par lettres motivées sur les recommandables services qu'il lui avait rendus, indépendamment de ceux qui l'avaient distingué en Piémont, sous le règne précédent, où il avait donné des preuves de sa prudence et de sa valeur ; ce qu'il avait continué de faire pareillement sous le roi François II, son frère, mais, ces lettres d'érection ne furent point enregistrées ; il ne vivait plus en 1568.

Il était fils de François du Puy-du-Fou, sgr du Puy-du-Fou et de Catherine de Laval. Ses armes : *De gueules, à 3 losanges d'argent posés 2 et 1*[1].

Puy-du-Fou (Eusèbe du), sgr de la Severie et de la Mortesguière, capitaine de cinquante hommes d'armes des ordonnances du Roi, conseiller en son conseil privé, gentilhomme ordinaire de sa chambre, lieutenant de sa Vénerie et gouverneur de la Garnache, avait d'abord été attaché au parti du duc de Mercœur. Il est qualifié chevalier de l'ordre du Roi, dans un acte du 11 septembre 1579. (*Original, Bibliothèque du juge d'armes de France*). Il vivait encore en 1602[2]. On ignore sa filiation. Ses armes, comme ci-devant.

Puy-du-Fou (Gilbert du), sgr du Puy-du-Fou, comte de Grassay, baron de Combronde, gentilhomme ordinaire de la chambre du Roi et capitaine de cinquante hommes d'armes de ses ordonnances. Il paraît être le même que le sgr du Puy-du-Fou, dont le régiment joignit l'amiral de Joyeuse qui assiégeait Marennes, le 14 août 1586. Il est qualifié chevalier de l'ordre du Roi, dans un acte du 28 mars 1588 et mourut avant l'an 1601[3].

Il était fils de René du Puy-du-Fou, sgr du Puy-du-Fou, chevalier de l'ordre du Roi, et de Catherine de la Rochefoucauld.

[1] Bibl. Nat., *Cab. des Titres*, 1040, p. 191.
[2] Bibl. Nat., *Cab. des Titres*, 1042, p. 225.
[3] Bibl. Nat., *Cab. des Titres*, 1042, p. 405.

Puy-du-Fou (René), marquis de Combronde, comte de Grassay, sgr du Puy-du-Fou, de Curzon, de la Jalletière, de Bougre, de Rablais, de Champagne, de Mallièvre, de Saint-Malo, des Epesses, de la Supplicière et de la Touche, gentilhomme ordinaire de la chambre du Roi, vivait encore en 1628. Il est qualifié chevalier de l'ordre du Roi, dans un acte du 15 mars 1612[1].(*Original, Titres de la maison de Turpin-Crissé*.

Il était fils de Gilbert du Puy-du-Fou, chevalier de l'ordre du Roi et de Philippe de Champagne de Châteaubriant. Ses armes, comme ci-dessus.

Rabaines (Paul de), sgr et baron d'Usson et de Briac, en Poitou, gentilhomme ordinaire de la chambre du Roi, dans une enquête du 19 mai 1631. (*Original, Titres de la maison de Barthon de Montbas)*[2].

On ignore sa filiation et ses armes[3].

Razilly (Gabriel de), sgr de Razilly, de Coulombières d'Oyseaumêle, gentilhomme ordinaire de la maison du Roi, conseiller maître d'hôtel ordinaire de la Reine et capitaine du château de Chinon, se trouva en 1569, à la bataille de Jarnac, où il portait la cornette blanche et obtint du roi Charles IX, au mois d'avril 1571, une gratification de 291 l., en considération de ses services dans les guerres dernières, à la garde du château de Chinon. Il est qualifié chevalier de l'ordre du Roi, dans une quittance du 27 avril 1571, qu'il donna au trésorier de l'Epargne. (*Original, Chambre des Comptes de Paris*). Il mourut avant le 26 juin 1588[4].

Il était fils de Charles de Razilly, chevalier, sgr de Razilly gouverneur de Modène et de Jeanne de Brisay. Ses armes : *De gueules, à 3 fleurs de lys d'argent posées 2 et 1.*

---

[1] Bibl. Nat., *Cab. des Titres*, 1044, p. 24.

[2] Bibl. Nat., *Cab. des Titres*, 1044, p. 261.)

[3] *D'argent, à la fasce de gueules, accompagnée de 6 coquilles de Saint-Michel, 3, 2 et 1* (Beauchet-Filleau.)

[4] Bibl. Nat., *Cab. des Titres*, 1044, p. 1218.

Razilly (Charles de), sgr de Razilly, de la Ronde, des Essars et des Aumelles, maréchal des camps et armées du roi, mestre de camp du régiment de Périgord, gouverneur d'Hagueneau et de Basse-Alsace, est qualifié chevalier de l'ordre du roi, dans un certificat qu'il donna le 13 may 1641, au bas duquel est son sceau entouré du collier de l'ordre de Saint-Michel.(*Original, Titres de MM. de Jousselin de la Roche*)[1]. On ignore sa filiation[2].

Rechignevoisin (Jean de), sgr de Guron, de Gurat, de la Roussière et de la Maisonneuve, gentilhomme ordinaire de la chambre du roi, maréchal de ses camps et armées, conseiller d'état d'Epée, commandant à Cazal, gouverneur de Marans, introducteur des ambassadeurs, puis, nommé ambassadeur en Angleterre, fut dans la plus grande intimité avec le cardinal de Richelieu. Les différentes lettres dont l'honore ce grand ministre, annoncent ses talents dans le métier de la guerre, sa grande probité et l'ardeur de son zèle, pour le soutien de la religion catholique. Dans l'une, il lui marque : « On aura soin de vous comme le mérite l'ancienne « probité de M. de Guron » — « Venez promptement, lui « marque-t-il dans une autre lettre, peut-être que vous serez « de retour à temps pour montrer que M. de Guron qui se rend « père en temps de paix pour prescher la foy, se rend Mars, « en temps de guerre pour deffaire les ennemis d'icelle. » — « faites parroistre, lui dit-il encore, que vous êtes Guron.· » Il reçut une lettre du roi Louis XIII, le 4 août 1621, où ce prince lui marque de : « s'entremettre de l'accommodement « des mauvaises intelligences et froideurs qui étaient entre « le duc d'Epernon et le comte de la Rochefoucault, sachant la « créance qu'il avoit avec l'un et l'autre » et, s'étant acquitté avec succès de cette commission, il en reçut une lettre de remer-

---

[1] Bibl. Nat., *Cab. des Titres*, 1044, p. 322.

[2] Fils de François de Razilly, 2e du nom, chevalier, sgr de Razilly, et de Marguerite de Clermont. (Note communiquée par MM. Beauchet-Filleau).

ciements de ce monarque, datée du 12 septembre, portant :
« qu'il avait appris le soing qu'il avoit contribué pour leur ré-
« conciliation dont il luy sçavoit très bon gré, ajoutant, qu'il
« auroit à plaisir qu'il continuât à s'employer pour les con-
« forter et maintenir en bonne amitié et intelligence, étant
« chose très nécessaire pour le bien de son service. » M.
de Guron fut honoré de la dignité de conseiller d'Etat, le 22
novembre suivant, en considération de la grande intelligence
et connaissance qu'il avait des affaires de l'Etat. Au mois de
janvier 1625, il eut ordre du roi de prendre sous ses ordres
la compagnie des Suisses qui était en garnison à Poitiers,
sous le commandement du capitaine Zurlauben et de la conduire aux îles d'Oléron, pour les maintenir dans son obéissance. On le trouve qualifié chevalier de l'ordre du Roi, dans
le procès-verbal de Malte de Jean de Rechignevoisin, son
fils, du 13 juillet 1626. (*Original, Titres de cette famille*). Il obtint le 6 septembre 1626, le gouvernement de Marans, vacant
par la mort du maréchal de Praslin.

Le 8 février 1627, la Reine mère lui écrivit : « d'aller com-
« mander en son nom à Brouage, en attendant qu'elle put y
« envoyer celui à qui elle destinait ce commandement, » et
sur la fin du mois d'août de cette année, il fut encore chargé
d'une nouvelle commission de confiance. « Je vous fais ces
« trois lignes, lui écrivit le cardinal de Richelieu, pour vous
« dire que vous mettiez si bon ordre à vostre place que vostre
« héritier puisse conduire les affaires à Marans en votre ab-
« sence, d'autant que le Roy vous a choisy pour aller avecq
« Monsieur de Guyse en l'armée navale comme sage gentil-
« homme, pour être entremetteur entre les deux nations
« Françoise et Espagnole et empescher qu'il n'arrive quelque
« picorerie et mésintelligence qui empeschat quelque bon
« effet... j'auray soing, continue ce ministre, de faire que
« cinq cent livres par mois ne vous soient pas desniées pour
« rendre ce service. » Le 27 octobre suivant, il eut ordre du
Roi, de se transporter au plus tôt, dans la province de Poitou

et d'y faire 50.000 fascine, 6.000 pieux, 1.000 perches et plus encore s'il était besoin pour servir à l'avancement des travaux que Sa Majesté avait ordonné de faire aux environs de la Rochelle. Le 9 novembre de ladite année, le Roi lui demanda de pourvoir à tout ce qui serait nécessaire pour l'établissement du présidial et de l'élection qui venaient d'être transférés de la Rochelle à Marans. « En 1629, M. de Guron fut « commandé pour aller en Italie et enfermé pendant onze mois « au siège de Cazal. » (Ce sont les propres termes d'un arrêt du Conseil privé du 24 mai 1633). Il s'agissait de la succession du duc de Mantoue et de Montferrat qui appartenait au duc de Nevers, dont la France prenait les intérêts. Mais le roi d'Espagne et le duc de Savoie qui y formaient de grands obstacles, avaient mis l'empereur dans leur parti et s'étaient déjà emparés de tout le Montferrat, à l'exception de Cazal qui tenait encore pour le duc de Nevers. Le gouverneur de Milan, ayant assiégé cette place, le marquis de Beuvron en entreprit la défense. Pendant que le siège traînait en longueur, M. de Guron envoyé par le Roi vers le duc de Savoie pour traiter de quelque accommodement, obtint d'abord une suspension d'armes. Il se jeta ensuite dans Cazal, et pour exciter l'émulation de la garnison et des habitants, il distribua aux soldats de l'argent qu'il avait emprunté aux juifs et assura les premiers de toute la protection de son maître. Il leur tint parole. Le marquis de Beuvron ayant été tué, M. de Guron prit le commandement de la place ; il écrivit au Roi de lui envoyer un prompt secours. Le Roi partit lui-même au mois de janvier 1629, et obligea les Espagnols de lever le siège. Ce fut donc par la conduite que M. de Guron tint dans cette circonstance, que la place fut conservée au duc de Mantoul. Il négocia encore avec succès, en la même année, la reddition des religionnaires de Montauban, et ce fut en récompense de ses services signalés qu'il obtint une pension de 3000 l., le 19 février 1630. Il fut nommé, le 12 septembre de l'année d'après, l'un des conducteurs ou introduc-

teurs des ambassadeurs[1]. En 1632 et 1638, le Roi l'envoya
vers le duc de Lorraine qui pensait à ménager une ligue avec
l'Empereur contre la France. A cette dernière époque, il fut
désigné ambassadeur en Angleterre et le Roi : « désirant qu'il
« y parut avec un titre convenable à l'employ qu'il avait ré-
« solu de luy donner pour le bien et avantage de ses affaires
« et services en Angleterre, » le fit conseiller d'Etat ordinaire, le 4 juin 1633. M. de Guron aimé et considéré du Roi
et chéri de son principal ministre serait encore parvenu à
des grades plus élevés, si la mort, qui le surprit en 1635,
n'eut arrêté le cours de sa fortune[2].

Il était fils de Gabriel de Rechignevoisin, chevalier, sgr de
Guron, gentilhomme ordinaire de la chambre du Roi, capitaine de cinquante hommes d'armes de ses ordonnances,
commandant à Lusignan, gentilhomme d'honneur de la reine
Catherine de Médicis, et de Catherine Frottier de la Messelière. Ses armes : *De gueules, à une fleur de lis d'argent.*

Rivau (René du), sgr du Plessis-Milon, de Villiers-Boisvin,
de Possé, du Puy, de Rosny, de l'Isle-le-Royer, de Chasseigne, de la Haye et de la Guerche, gentilhomme ordinaire
de la maison du roi, servait dès le 22 janvier 1553 (1554), en
qualité de maréchal des logis de la compagnie de quarante
lances du Vidame de Chartres, et porta les armes pendant
plus de trente-cinq ans, soit dans la compagnie d'ordonnances du duc de Montpensier, soit dans celle du connétable de Montmorency. On le trouve qualifié chevalier de
l'ordre du Roi, dans un acte du 22 février 1572, (*Original,
Titres de MM. de la Haye de Rigné*); ainsi que dans une sentence, rendue à Poitiers, le 17 septembre 1579, où on lui

[1] Il avait épousé : 1° Françoise d'Angoulême, dame de Puyrasseau et de
Gurat, fille de François, chevalier, et de Gabrielle Tizon, le 3 mars 1596 ; 2°
le 28 mars 1606, Marie de Rechignevoisin, fille de feu Jean et de Renée d'El-
bène dernière représentante de la branche aînée, et veuve de Daniel Che-
vallier, chevalier, seigneur de la Richardière. (Beauchet-Filleau, *Dictionnaire
des Fam. du Poitou*, 1re éd. t. II, p. 594).

[2] Bibl. Nat., *Cab. des Titres*, 1044, p. 189.

donne aussi celle de haut et puissant seigneur. (*Titres de la maison du Rivau*)[1].

était fils de René du Rivau, chev., sgr de Villiers-Boivin et de Chasseigne, lieutenan, des gardes du corps du roi, gouverneur de Loudun et de Catherine de la Jaille. Ses armes : *De gueules, à trois fusées et demi d'argent rangées en fasce.*

Rivau (René du), sgr de Villiers-Boivin, du Plessis-Milon, de Possé et de la Haye, l'un des cent gentilshommes de la maison du Roi et gentilhomme d'honneur de la Reine, aux gages de 1200 l., nommé en 1585, est cité avec la qualité de chevalier de l'ordre de Saint-Michel, dans une quittance du 2 août 1586, qu'il donna au trésorier de l'Epargne, (*Original, Chambre des Comptes de Paris*), d'une somme de 481 écus un tiers et 8 sols pour ses gages de gentilhomme de la maison du Roi, depuis le 20 mai 1574, qu'il fut vraisemblablement admis dans cette compagnie, jusques et compris l'année 1577. Il mourut dans l'intervalle des années 1612 et 1626[2].

Il était fils de René du Rivau, sgr du Plessis-Milon, chev. de l'ordre du Roi, et de Renée de la Haye.

Rivau (Antoine du), sgr du Plessis-Milon, et de Villiers-Boivin, est cité avec la qualité de chevalier de l'ordre du Roi, dans un acte du 19 mai 1646. (*Titres de cette maison*)[3]. Il était fils de René du Rivau, sgr du Plessis-Milon, chev. de l'ordre du Roi, et de Jeanne Goullard.

Robineau (François), sgr de Fortelle et de la Grange-Chambellan, baron de Portneuf, conseiller maître d'hôtel ordinaire du Roi, fut reçu chevalier de l'ordre du Roi, le 11 février 1656, et confirmé dans cette dignité, en 1665, après avoir préalablement fait preuve de sa noblesse, conformément aux

[1] Bibl. Nat., *Cab., des Titres*, 1041, p. 1279.

[2] Bibl. Nat., *Cab. des Titres*, 1042, p. 379.

[3] Bib. Nat., *Cab. des Titres*, 1044, p. 418.

nouveaux règlements établis lors de la réforme et du rétablissement de cet ordre. (*Cabinet de l'Ordre du Saint-Esprit*)[1].

On ignore sa filiation. Ses armes : *D'azur, à une bande aiguisée d'or, accompagnée de 6 étoiles de même posées 3 en chef et 3 en pointe.*

Rochechouart (Antoine de), baron de Faudoas et de Montégut, sgr de Saint-Amand, conseiller, chambellan ordinaire du roi, capitaine de cinquante hommes d'armes de ses ordonnances, son lieutenant général au gouvernement de Languedoc, chef et capitaine général de la légion de cette province, sénéchal de Toulouse et d'Albigeois, gouverneur de Limagne et de Rivière-Verdun, commandait mille hommes de pied, à la défense de Marseille contre l'empereur Charles IV, fut nommé lieutenant de Roi en Languedoc, le 20 décembre 1536 et se démit en 1537 de la charge de pannetier du Roi, dont il avait été pourvu, à l'avènement de François Iᵉʳ au trône. Il eut ordre, le 11 octobre de cette année, de fortifier la ville de Narbonne. Il jouissait dès lors, de 3000 l. de pension de la cour, fut chargé depuis, par le Roi, de plusieurs commissions de confiance, et même, en 1539, il lui fut payé pour cet effet, sur les fonds de l'Epargne, une somme de 4520 l. 5 s. On lui trouve la qualité de chevalier de l'ordre du Roi, dans une quittance qu'il donna au trésorier de l'Epargne, le 17 août 1539. (*Original, Chambre des Comptes de Paris*). Il avait été admis dans cet ordre, sous ce règne, dans l'intervalle des années 1537 et 1539. Il fut blessé en 1544, à la bataille de Cerisolles et mourut avant l'an 1560. Il était fils de François de Rochechouart sgr de Champdeniers, premier chambellan du Roi, sénéchal de Toulouse, gouverneur d'Ast, de Glunes, de la Rochelle et du pays d'Aunis, ambassadeur pour le roi des Romains, pair à Venise, et de Blanche d'Aumont[2]. Ses armes : *Fascé, ondé, d'argent et de gueules de six pièces et une bordure componée d'or et d'azur.*

[1] Bibl. Nat., *Cab. des Titres*, 1044, p. 462.
[2] Bibl. Nat., *Cabinet des Titres*, 1039, p. 189.

Rochechouart (Guillaume de), sgr. de Jars, de Brévinde, de Châtillon-le-Roi, et de la brosse, premier maître d'hôtel du roi, gentilhomme ordinaire de sa chambre, chambellan et gouverneur des Enfants de France, né le 6 janvier 1497, fut élevé page du Roi François Ier, lorsqu'il n'était encore que comte d'Angoulême, et fut depuis l'un de ses gentils-hommes servants, ensuite l'un de ses maîtres d'hôtel, charge dont il était déjà pourvu, le 6 novembre 1544, jour auquel il lui fut adjugé, sur les fonds de l'Epargne, une somme de 432 l., pour soixante-quatre journées qu'il avait vaquées aux réparations et munitions de la ville de Châlons, en Cham-pagne, et pour un voyage qu'il avait fait, à Thérouanne, pour visiter les munitions qui y étaient. Il se trouva à plu-sieurs expéditions militaires, dans la guerre contre l'empe-reur Charles V et fut aussi lieutenant de la compagnie des gendarmes du duc de Nivernais. Au mois de septembre 1547, il obtint une gratification de 450 l. en considération de ses services. Au mois d'avril 1553, une autre de 2760 l., également motivée sur les longs et continuels services qu'il avait rendus au roi Henri II, ainsi qu'au feu roi François Ier, et une encore de 690 l., au mois de novembre suivant, soit aussi à raison de ses services, soit en dédommagement des dépenses qu'il avait faites, lors du dernier camp, où il avait toujours été près la personne du Roi, soit encore pour les frais d'un fait voyage qu'il avait depuis, par ordre de Sa Majesté et pour ses affaires, au Hâvre de Grâce. Il se qualifiait chambellan du duc d'Angoulême, au mois de février 1558 (1559), et Charles IX lui fit expédier une commission, le 10 mai 1561, pour commander dans le château de Ligny, « à cause, dit ce mo-« narque, que le comte de Brienne et de Ligny estoit aliéné « et troublé de son sens. » Il fut nommé chevalier de l'ordre du Roi, dans la promotion faite par le Roi, à Toulouse, le 8 février 1563, et mourut en 1568[1].

---

[1] Bibl. Nat., *Cab. des Titres.* 1040, p. 310.

Il était fils de Jean de Rochechouart, sgr de Jars et de Bréviande, et d'Anne de Bigny. Ses armes : *Fascé, ondé, d'argent et de gueules de six pièces et une bordure d'azur chargée de huit bezans d'or.*

Rochechouart (Louis de), sgr de Montpipeau, gouverneur des Enfants de France et gentilhomme ordinaire de la chambre du roi Charles IX, d'après les états de 1561 à 1565, était né en 1510. Il fut nommé chevalier de l'ordre du Roi, au mois de février 1565 et mourut le 22 juin 1566, âgé de 56 ans[1].

Il était fils d'Aimery de Rochechouart, sgr de Mortemart, conseiller chambellan ordinaire du Roi, sénéchal de Saintonge, gouverneur de Saint-Jean-d'Angély, et de Jeanne de Pontville, dite de Rochechouart. Ses armes : *Fascé, ondé, d'argent et de gueules de six pièces.*

Rochechouart (René de), baron de Mortemart et de Montpipeau, prince de Tonnay-Charente, sgr de Lussac et de Vivonne, gentilhomme ordinaire de la Chambre du Roi, capitaine de cinquante hommes d'armes de ses ordonnances, conseiller en son conseil privé, fut reçu chevalier de l'Ordre du Roi, par le duc d'Anjou, aux Chartreux-lès-Paris, le 22 février 1569, et chevalier de l'Ordre du Saint-Esprit, le 31 décembre 1580. Il était né le 27 décembre 1528, se trouva en 1543, au siège de Perpignan, puis à celui d'Epernay, à la défense de Metz, en 1552, au siège d'Hesdin, où il fut fait prisonnier, à l'attaque de Vulpiun, où il commandait cent gentilshommes et dont il emporta d'assaut la basse ville ; aux prises de Calais, de Bourges, de Poitiers, de Blois, de Saint-Jean-d'Angély et de Lusignan, en 1574, où il combattit avec opiniâtreté contre les protestants, ainsi qu'à la bataille de Saint-Denis, en 1567 et à celles de Jarnac et de Moncontour, en 1569. Ce seigneur, avait la faiblesse de croire aux songes. La nuit qui précéda

[1] Bibl. Nat., *Cab. des Titres*. 1040, p. 342.

cette dernière journée, il rêva qu'il avait été tué et que deux soldats le transportaient de dessus le champ de bataille. Il y donna les plus grandes marques de valeur, attaqua avec son escadron celui de d'Antricourt qui commençait à faire plier le vicomte de Martigues, le mit dans une entière déroute et tua de sa main d'Antricourt. Le soir, un de ses parents, à qui il avait raconté son rêve lui demanda s'il croirait encore aux songes. « Je ne comprends pas, répondit-il, pourquoi j'ai eu celui-là. » Il continua à avoir toute sa vie la même faiblesse. On le trouve compris dans les Etats des gentils-hommes de la Chambre du Roi Charles IX, de 1566 à 1569. Il servit encore au siège de la Rochelle, en 1573, puis à celui de Brouage, et soutint, à ses dépens, tous les frais d'une longue et continuelle guerre contre les protestants. Enfin, l'on peut dire qu'il fut armé pour la défense de l'Etat et de la religion jusqu'à sa mort, arrivée le 17 avril 1587. Quoique le baron de Mortemart eut toujours été bon catholique, il ne pouvait entendre prononcer le nom du pape devant lui, qu'il ne lui prit un saisissement dont il ne put jamais se rendre entièrement maître[1].

Il était fils de François de Rochechouart, baron de Mortemart, chevalier de l'Ordre du Roi, et de Renée Taveau. Ses armes : *Fascé, ondé, d'argent et de gueules de six pièces.*

Rochechouart (François de), sgr de Jars, de Marseilles, de Bréviande et de la Brosse, élevé dans sa jeunesse comme page de la chambre du duc d'Anjou, fut nommé ensuite pannetier Roi Henri II, le 24 février 1556 (1557), maître d'hôtel du Roi Charles IX, le 6 février 1568 et gentilhomme servant du duc d'Anjou, le 6 juin 1573. Il servait dès l'an 1567, en qualité de guidon de la compagnie des gendarmes du comte de Chaunes, dont il fut nommé depuis lieutenant, se trouva au siège de Sancerre, en 1573. Il fut nommé chevalier de

[1] Bibl. Nat., *Cab. des Titres*, 1040, p. 519.

l'Ordre du Roi le 22 juin 1569, (*Titres de cette maison*) et mourut en 1576[1]).

Il était fils de Guillaume de Rochechouart sgr de Jars, chevalier de l'Ordre du Roi, et de Louise d'Autry. Mêmes armes que son père.

Rochechouart (François de), baron de Mortemart, sgr de Tonnay-Charente et de Vivonne, gentilhomme ordinaire de la chambre des Rois François Ier, Henri II, François II et Charles IX, d'après les Etats depuis 1531 jusqu'en 1565, fut nommé chevalier de l'Ordre du Roi, tout au commencement du règne de Charles IX ; et est qualifié chevalier de l'Ordre du Roi, dans le recueil manuscrit des chevaliers de Saint-Michel, fait en 1620, par Pierre d'Hozier, gentilhomme ordinaire de la maison du Roi, (*Bibliothèque du Roi*) ainsi que dans le IVe volume de l'*Histoire généalogique des grands officiers de la couronne*, article de cette maison, p. 679. Il mourut à ce qu'il paraît, en 1565. Il s'était trouvé en 1542, au siège de Perpignan, où il conduisit l'arrière ban du Poitou[2].

Il était fils de Aimery de Rochechourt sgr. de Mortemart, conseiller chambellan ordinaire du Roi, sénéchal de Saintonge, gouverneur de Saint-Jean-d'Angély et de Jeanne de Pontville Rochechouart.

Rochechouart (Charles de) de Barbazan, baron de Saint-Amand, de Faudoas et de Montégut, colonel de 1000 hommes de pied légionnaires, par provisions du 22 décembre 1536, est qualifié chevalier de l'Ordre du Roi, dans un acte du 15 décembre 1577, et dans le IVe volume de l'*Histoire généalogique des grands officiers de la couronne*, article de cette maison, p. 662 et encore dans l'*Histoire généalogique de la*

---

[1] Bibl. Nat., *Cab. des Titres*, 1041, p. 944.
[2] Bibl. Nat., *Cab. des Titres*, 1041, p. 1459.

maison Faudoas, imprimée à Montauban, en 1724, p. 106[1].

Il était fils d'Antoine de Rochechouart de Barbazan, baron de Saint-Amand, chevalier de l'Ordre du Roi, et de Catherine de Faudoas de Barbazan. Ses armes : *Fascé, ondé, d'argent et de gueules de six pièces et une bordure componnée d'or et d'azur.*

Rochechouart, (Jacques de) de Barbazan, sgr et baron de Faudoas, de Montégut et de Clermont, capitaine de 50 hommes d'armes des ordonnances du Roi, est cité avec la qualité de chevalier de l'Ordre du Roi, dans un acte du 23 novembre 1574. (*Titres de M. de Baraignes de Belesta*[2]).

Il était fils d'Antoine de Rochechouart, baron de Faudoas et de Montégut, chevalier de l'Ordre du Roi, et de Catherine de Faudoas. Ses armes : *Eoartelé au 1 et 4, fascé, ondé, d'argent et de gueules de 6 pièces ; au 2 et au 3, d'azur, à une croix d'or,*

Rochechouart, (Louis, vicomte de) de la maison de Pontville, baron de Mauzé, gentilhomme ordinaire de la chambre du Roi et capitaine de 50 hommes d'armes de ses ordonnances, vivait encore en 1603. Il est qualifié chevalier de l'Ordre du Roi, dans son contrat de mariage, du 19 août 1579 avec Madeleine de Bouillé, (*Titres de cette maison*[3]).

Il était fils de Claude, vicomte de Rochechouart et de Blanche de Tournon. Ses armes ; *Ecartelé : au 1 et au 4 fascé, ondé, d'argent et de gueules de 6 pièces ; au 2 et au 3 de gueules à un pont d'or.*

Rochechouart (Guy de), sgr de Châtillon-le-Roi, de Bréviande, de Gréneville etc, gouverneur de Blois, capitaine de cinquante hommes d'armes des ordonnances du Roi et gentilhomme ordinaire de sa chambre, portant la clef d'or,

---

[1] Bibl. Nat., *Cab. des Titres*, 1041, p. 106.
[2] Bibl. Nat., *Cab. des Titres*, 1042, p. 25.
[3] Bibl. Nat., *Cab. des Titres*, 1042 p. 223.

compris en cette qualité, aux gages de 600 l. dans les Etats de la maison d'Henri III des années 1582 et 1583, fut admis dans l'Ordre de Saint-Michel, sous le règne de ce monarque et on lui trouve en conséquence, la qualité de chevalier de l'Ordre du Roi, dans un acte du 23 juillet 1587. Il avait été élevé dans sa jeunesse page de la petite écurie du Roi Charles IX et l'était encore, en 1570. Il mourut à Compiègne, le 16 décembre 1591, des blessures qu'il avait reçues au siège de Noyon[1].

Rochechouart (Philippes de), sgr et baron de Conches, de Sainte-Perreuse et de Marigny est cité avec la qualité de chevalier de l'Ordre du Roi, dans un acte du 12 avril 1587. (*Original, Titres de MM. de Magnien de Chailly, en Bourgogne*). Il mourut le 8 juin 1587[2].

Il était fils de Christophle de Rochechouart sgr, de Champdeniers et de Suzanne de Blézy. Ses armes : *Fascé, ondé, d'argent et de gueules de 6, pièces.*

Rochechouart (Louis de), Baron de Champdeniers et de Broignon, sgr. de Javarzay et de la Motte de Beauçay, gentilhomme ordinaire de la chambre du Roi Henri III, portant la clef d'or et conseiller, chambellan ordinaire du duc d'Alençon, était né, le 4 décembre 1550. Il fut élevé page de la petite écurie du Roi Charles IX et l'était encore, en 1570. Puis le duc d'Alençon l'admit au nombre de ses chambellans, le 20 septembre 1576, et Henri IV le fit gentilhomme de sa chambre, le 9 janvier 1580. Il eut ordre de ce monarque, en 1586, de se rendre en Poitou, auprès du maréchal de Biron, et mourut le 17 mars 1590, d'une blessure qu'il reçut, en voulant pourchasser un parti des ligueurs qui était sorti de Poitiers[3]. On le trouve qualifié chevalier de l'Ordre du Roi, dans le IVe volume des *Grands officiers de la couronne*, article de cette maison, p. 660.

[1] Bibl. Nat., *Cab. des Titres*, 1047 p. 544.
[2] Bibl. Nat., *Cab. des Titres*, 1042. p. 386.
[3] Bibl. Nat., *Cab. des Titres*, 1043. p. 374.

Il était fils de Claude de Rochechouart, sgr de Champdeniers, de Javarzay et de la Motte de Beauçay, enseigne de la
compagnie des gendarmes du duc de Montpensier, et de Jacqueline de Bauldot.

Rochechouart (Gaspard de), marquis de Mortemart, sgr
de Vivonne et de Lussac, né vers l'an 1575, est qualifié chevalier de l'Ordre du Roi, dans un acte sans date, cité dans
un inventaire de titres fait, le 5 mai 1663, après le décès de
Guy Chauvelin, écuyer. *(Titres de MM. Chauvelin du
Colombier).* Il mourut à Paris, le 25 juillet 1643, âgé de 68 ans[1].
Il était fils de René de Rochechouart, baron de Mortemart,
chevalier des Ordres du Roi, et de Jeanne de Saulx de
Tavannes.

Rochechouart (Jean, baron de), conseiller d'état d'épée
et capitaine de cinquante hommes d'armes des ordonnances
du Roi, est qualifié chevalier de l'ordre du Roi, dans un acte
du 9 août 1615. *(Titres de la maison de Beaupoil de Saint-
Aulaire de Gore[2]).*

On ne sait s'il était de la maison de Rochechouart ou de
celle des vicomtes de Rochechouart de la maison de Pontville.

Rochechouart (Gabriel de), sgr de Jars et de Marceilles,
gentilhomme ordinaire de la chambre du Roi, né le 26 septembre 1580, est qualifié chevalier de l'ordre du Roi, dans
un acte du 10 novembre 1615. Il mourut le 14 décembre 1649[3].
Il était fils de François de Rochechouart sgr de Jars, gentilhomme ordinaire de la chambre du Roi, et d'Anne de
Monceaux. Ses armes : *Fascé, ondé d'argent et de gueules de
six pièces et une bordure d'azur chargée de huits bezants d'or.*

Rochechouart (Louis de), sgr de la Brosse, de Saint-
Mesmin, de Montigny et de Nancray, gentilhomme ordinaire

---

[1] Bibl. Nat., *Cab. des Titres*, 1043, p. 425.
[2] Bibl. Nat., *Cab. des Titres*, 1044, p. 64.
[3] Bibl. Nat., *Cab. des Titres*, 1044., p. 64.

de la chambre du Roi Henri IV était né en 1569. Il servait dès l'an 1595, comme guidon d'une compagnie de cinquante hommes d'armes et commanda depuis la compagnie d'ordonnances du maréchal de la Châtre. Il est qualifié chevalier de l'Ordre du Roi, dans un acte du 11 juillet 1619 et dans le IV° volume des grands officiers de la couronne, article de cette maison, p. 670. Il mourut le 2 novembre 1627[1].

Il était fils de François de Rochechouart, sgr de Jars, chevalier de l'Ordre du Roi et d'Anne de Bérulle.

Rochechouart (Jean-Louis de), sgr et baron de Champdeniers, de Javarzay, de la Motte de Beauçay, de la Tour, de la Baste, de la Roche, de Rabatay, de la Chaire, de Saint-Saturnin, de Saint-Amand, de Montredon, de la Varenne, de Besse, de Ravel, de Chanonat, de Guérine, de Clavière, de Moustage, de Condé, de Montpeiroux et d'Artonne, gentilhomme ordinaire de la chambre du roi Henri IV, par lettres du 27 décembre 1609, fut admis dans l'Ordre de Saint-Michel, vers le règne de ce monarque et on le trouve qualifié chevalier de l'Ordre du Roi, dans un acte original du 6 novembre 1621. Il avait nommé chevalier de l'Ordre du Saint-Esprit, le 31 décembre 1619, mais n'ayant pas été reçu, il continua toujours à prendre la qualité relative à l'Ordre de Saint-Michel, dont il était décoré. Le baron de Champdeniers était né le 24 avril 1582. Il accompagna le Roi Henri IV, à son voyage de Sédan, leva en 1612 une compagnie de cavalerie et servit au siège de la Rochelle[2]. Il mourut au mois de décembre 1635.

Rochechouart (Philippe de), baron de Conches, sgr de Sainte-Perreuse et de Marigny, gentilhomme ordinaire de la Chambre du Roi et mestre de camp d'un régiment d'infanterie, était décoré de l'Ordre de Saint-Michel, sous le règne de Louis XIII et on le trouve en conséquence, qualifié chevalier

---

[1] Bib. Nat., *Cab. des Titres* 1044, p. 105.
[2] Bibl. Nat., *Cab. des Titres*, 1047, p. 542.

de l'Ordre du Roi, dans le IVe volume de l'*Histoire des grands officiers de la couronne*, article de cette maison, page 659. Il mourut le 3 octobre 1631[1].

Il était fils de Philippe de Rochechouart, baron de Conches, chevalier de l'Ordre du Roi et de Françoise de Beaufort de Montboissier de Canillac.

Rochechouart (Jean de), marquis de Montmoreau, comte de Saint-Oüen fut nommé chevalier de l'Ordre du Roi, le 23 février 1707, après avoir fait les preuves de son ancienne noblesse et mourut en 1709[2].

La Roche–Saint–André (Mathurin de), sgr de la Roche-Saint-André, de Saint-Julien et de la Desnerie, commandant le ban et arrière ban du diocèse de Nantes, servit au siège de Metz, sous Henri II, dans la compagnie des gendarmes du sgr d'Espinay, et reçut en 1576 une lettre d'Henri III par laquelle, ce monarque faisant l'éloge de sa fidélité, *le convie sur les remuemens et élévations d'armes qui se faisoient*, (d'après les propres termes de cette lettre) de se tenir prêt, et d'avertir la noblesse, qui était sous sa charge, d'en faire de même, pour s'employer, tant à la défense qu'à la conservation des villes de cette province, et aux autres occasions qui se présenteraient. Le Roi, dans une lettre du 17.. 1576 (la date du mois est omise dans l'Orignal) le qualifie chevalier de son son ordre.(*Original, Titres de cette maison.*) Il lui écrivit encore, le 6 juillet 1580, pour qu'il eut à assembler promptement les gentilshommes sujets au ban et arrière ban. Il mourut avant l'an 1584[3].

Il était fils de Nicolas de la Roche-Saint-André, sgr de la Roche-Saint-André et de Mathurine Baud. Ses armes : *De gueules, à 3 fers de lance d'or posés 2 et 1.*

---

[1] Bibl. Nat., *Cab. des Titres*, 1044, p. 362.

[2] Bibl. Nat., *Cab. des Titres*, 1044, p. 542.

[3] Bibl. Nat., *Cab. des Titres*, 1042, p. 125.

La Roche Saint-André (Gilles de), sgr de la Roche-Saint-André et de la Haye, chevalier de l'Ordre du Christ et chef d'escadre des armées navales, fut nommé chevalier de l'Ordre du Roi, le 18 avril 1665 et reçu par le marquis de Sourdis, chevalier de l'Ordre du Roi[1].

Rogier (N..... de). sgr de la Motte de Chéronnat est rappelé avec la qualité de chevalier de l'Ordre du Roi, dans un acte du 16 septembre 1577, postérieur à sa mort. (*Titres de cette maison*). On ignore sa filiation et ses armes[2].

Rogier (François), est qualifié chevalier de l'Ordre du Roi, dans un acte du 15 janvier 1610, postérieur à sa mort. (*Titres de MM. de Perthuis de Baons*[3].
On ignore sa filiation et ses armes.

Roirand (Jean), sgr châtelain d'Aubigné, de la Bruyère, de la Chapelle, de Bretignolles et de la Guichardière, gentilhomme ordinaire de la Reine, nommé en 1585, aux gages de 1200 l. vivait encore en 1593. On le trouve qualifié chevalier de l'ordre du Roi, dans un acte du 26 novembre 1570. (*Titres de la maison de Pierre du Plessis-Baudouin*[4]).
Il était fils d'Olivier Roirand sgr d'Aubigné et d'Anne de Marafin. Ses armes : *de gueules, à une tête de bœuf d'or, surmontée de 3 étoiles d'argent rangées en chef ; écartelé, de gueules, au lion d'hermines langué et couronné d'or.*

Roirand (René), sgr d'Aubigné, de Bretignolles, de la Guichardière et du Pressoir, gentilhomme ordinaire de la chambre du Roi, est qualifié chevalier de l'ordre de Saint-Michel, dans un acte du 23 février 1682. (*Titres de la maison de Fontenay d'Azay*[5]).

---

[1] Bibl. Nat., *Cab. des Titres*. 1044, p. 533.
[2] Bibl. Nat., *Cab. des Titres*, 1041, p. 1570
[3] Bibl. Nat., *Cab. des Titres*, 1402 p. 499.
[4] Bibl. Nat., *Cab. des Titres*, 1041, p. 1173.
[5] Bibl. Nat., *Cab., des Titres*, 1042, p. 288.

Il était fils de Jean Roirand, sgr d'Aubigné, chevalier de l'ordre du Roi et de Renée de la Roche.

Roüault (Joachim), sgr de Gamaches, maréchal de France, conseiller, chambellan ordinaire du Roi, capitaine de cent lances de ses ordonnances, premier écuier de son écurie, gouverneur de Paris, sénéschal de Beaucaire et de Poitou, se trouva dès 1441, à la prise de Creil et de Saint-Diais sur les Anglais ainsi qu'au siège de Pontoise, et l'année suivante à celui d'Acqs, en Guyenne. Il fut l'un des seigneurs nommés, en 1444, pour accompagner le Dauphin à la guerre d'Allemagne, au secours du duc d'Autriche, et ce prince, le laissa en la même année, à Montbéliard, pour y commander avec 500 hommes de garnison. Il se trouva, en 1449, à la conquête de Normandie, ainsi qu'à la prise de St-James, de Beuvron, de Coutances, de St-Lô, de Carentan et à la bataille de Fourmigny ; fit ensuite le voyage de Guyenne, avec le comte de Penthièvre, pour la réduction de cette province à l'obéissance du Roi et se trouva aux sièges de Bergerac, de Montguyon, de Blaye et de Fronsac. Il fut pourvu du gouvernement de cette dernière place, en 1451 et nommé dans la même année, connétable de Bordeaux et lieutenant du comte de Clermont en Guyenne. En 1452, il perdit son gouvernement de Fronsac, l'une des plus importantes places de Guyenne, que le général anglais prit sur lui. Il parut à la tête de 1200 hommes d'armes, de l'avant-garde qu'il commondait, à la superbe rentrée que fit le comte de Dunois à Bordeaux, lorsque cette ville fut reprise par les anglais ; se trouva à la prise de Bayonne et assiégea Castillon, en Périgord, où il rendit un service signalé à la France par la défaite du fameux Talbot, qui y fut tué avec son fils, en 1453. Il fut employé en 1455, à la seconde capitulation et reddition de Bordeaux et à la conquête du comté d'Armagnac, eut ordre, en 1456, d'aller au secours du roi d'Ecosse et de la reine Marguerite d'Angleterre contre le duc d'Yorck qui voulait usurper cette couronne ; et, par lettre du 25 juillet 1458, il obtint la jouissance, sa vie durant, de la terre de Fronsac, en récompense de la belle défense qu'il avait faite. Il exerçait la charge de sénéchal de Poitou, lorsqu'il fut élevé à la dignité de maréchal de France, le 3 août, lorsqu'il fut élevé à la dignité de maréchal de France, le 3 août 1461, eut ensuite le commandement de l'armée envoyée en Catalogne et en Roussillon, puis de celle de Picardie en 1465, défendit en la même année, la ville de Paris contre le comte de Charolais et les autres princes ligués sous le prétexte du *Bien public*, et fit un grand nombre de prisonniers. Il secourut la ville de Beauvais, assiégée par le duc de Bourgogne, en 1472, et, malgré les services importants qu'il rendit à l'Etat, et sa constante fidélité au Roi, il ne put se garantir de l'envie des gens de cour et de l'esprit défiant de Louis XI qui le fit arrêter prisonnier, en 1477[1]. Sa disgrâce fut poussée si loin, qu'il eut ordre de se démettre de toutes ses dignités et son jugement fut prononcé à Tours, par le premier président du parlement de Toulouse. Il avait été nommé chevalier de l'ordre de Saint Michel, dans l'une des premières promotions de cet ordre, et on le trouve qualifié en conséquence : conseiller chambellan du Roi et chevalier de son ordre, dans un titre du 3 août 1472. Ce fut, en 1477, qu'il fut rayé du Tableau des chevaliers de cet ordre, d'après une reconnaissance du trésorier du dit ordre, du jour de Noël de cette année, par laquelle il dit avoir renvoyé au Roi le collier de l'ordre de messire Joachim Roüault, sgr de Gamaches, maréchal de France, qui en avait été privé, par jugement prononcé, à Tours, par le premier président de Toulouse. Ce fut vraisemblablement de chagrin que le maréchal de Gamaches mourut, le 7 août de l'année suivante[2].

[1] Il avait épousé : Françoise de Volvire, fille de Joachim, baron de Ruffec, et de Marguerite Harpedanne de Belleville. (Beauchet-Filleau, *Dict. des Fam. du Poitou*, 1re éd. t. ii p. 855.

[2] Bibl. Nat., *Cab. des Titres* 1038 p. 38.

Il était fils de Jean Rouault chevalier sgr de Boisménart, conseiller Chambellan ordinaire du Roi et de Jeanne du Bellay. Ses armes : *De sable, à deux léopards d'or armes et langués de gueules, passants l'un au-dessus de l'autre.*

Rouault (Thibaut) sgr de Riou, gouverneur d'Hesdin, colonel des bandes sous François Ier et Henri II et gentilhomme ordinaire de la chambre de Sa Majesté, nommé en 1551, aux gages de 1200 l. fit ses premières campagnes dans la compagnie des gendarmes du Connétable de Montmorency dont il était enseigne en 1538 ; se signala par sa valeur, à la garde du fort d'Outreau, près de Boulogne, qu'il défendit avec tant de fermeté, que les Anglais qui étaient venus l'attaquer au nombre de 8000 hommes, furent repoussés après une très grande perte. Il était gouverneur de ce château, au mois d'août 1547, à laquelle époque, il obtint du Roi Henri II une gratification de 1350 l. à raison de ses services au fait des guerres ; fut fait prisonnier, en 1553, au siège d'Hesdin dont il était alors gouverneur et, au mois de février de l'année suivante 1554, le Roi lui fit adjuger une somme de 690 l. à son retour de Flandres, où Sa Majesté l'avait envoyé[1]. Il jouissait alors d'une pension de la Cour de 1200 l. et le Roi lui accorda encore, au mois d'octobre 1556, une gratification de 4600 l. motivée sur « *les grands et recommandables services,* qu'il lui avait rendus depuis longtemps au fait des guerres, particulièrement, au château d'Hesdin, où il avait été fait prisonnier et qu'il défendait lorsque les ennemis le tenaient assiégé ; et aussi, pour lui donner les moyens de payer sa rançon. On le trouve qualifié chevalier de l'Ordre du Roi, dans le recueil manuscrit des chevaliers de Saint-Michel, fait en 1620, par Pierre d'Hozier.(*Bibliothèque du Roi*[2]). Il mourut en 1551, c'est à tort, que l'historien des grands of-

[1] Il avait épousé : Jeanne de Saveuse, veuve d'Antoine de Créquy, sgr de Pontdormy. (Beauchet-Filleau, *Dictionnaire des Familles du Poitou,* 1re ed. t. ii; p. 855).

[2] Bibl. Nat., *Cab. des Titres,* 1039 p. 575.

ficiers de la couronne, tome VII, p. 99, dit qu'il mourut en 1566,

Rouault (Nicolas), sgr de Gamaches, de Tiembrune et de Beauchamp, baron de Longroy, gentilhomme ordinaire de la chambre du Roi Henri III, portant la clef d'or depuis 1578, jusqu'à sa mort, arrivée en 1583, servit fidèlement ce monarque ; il avait suivi d'abord le parti des religionnaires et fut l'un des quatre seigneurs auxquels Charles IX pardonna et sauva la vie, au massacre de la Saint-Barthélemy, en 1572. On le trouve qualifié chevalier de l'Ordre du Roi, dans un acte du 12 juin 1575 (*Manuscrit de M. du Fouray* ; *Bibliothèque du juge d'armes de France*[1]).

Il était fils d'Adolphe Rouault, chevalier sgr de Gamaches et de Jacqueline de Soissons[2].

Rouault (Charles), sgr du Landreau et des Châtellenies de Puy-Maufray, de Pineaux, et de Neuvy-Palluau, baron de Bournezeau, vice-amiral de France, capitaine de cinquante hommes des ordonnances du Roi, gouverneur et lieutenant général pour Sa Majesté en Poitou, rendit son nom célèbre dans les guerres de son temps. On lit dans les mémoires de la Troisième guerre civile et des derniers troubles de France, imprimés en 1571, p. 327, que : « Landéreau, capitaine de « cent chevau-légers, se révolta en 1569, prenant le parti du « comte du Lude gouverneur de Poitou, et qu'après son ré- « voltement il fit mille maux à ceux de la religion, exerçant « de grans brigandages et pilleries sur eux, mesme sous « ombre de ses casaques blanches qu'il faisoit encore porter « à la troupe. Il surprint le chasteau de Montagu en bas « Poictou mettant au fil de l'espée la garnison etc. » Cet au-

---

[1] Bibl. Nat., *Cab. des Titres*, 1042, p. 47.

[2] Il avait épousé : 1º Charlotte de Lénoncourt, fille de Henri, comte de Nanteuil-le-Hautdouin, et de Marguerite de Broyes ; 2º le 15 février 1573, Claude de Maricourt, fille de Jean, sgr dudit lieu et de Renée Quesnel. Il mourut, le 18 avril 1583. — Beauchet-Filleau. *Dict. des Familles du Poitou*, première édition, t. II, p. 855).

teur ajoute que les princes envoyèrent contre lui beaucoup
de cavalerie : « et les régimens de gens de pied et des sieurs
« la Mousson, sainct Megrin et Montamma sous la charge
« du sieur de la Roche Evard pour deffaire ledit Leudureau
« et sa trouppe ; toutefois, (continue-t-il), ne lui peurent rien
« faire, d'autant qu'il se sauvoit tousjours de vitesse par
« cognoistre les adresses du pays etc. » Il commandait aux
Sables d'Olonne, lorsqu'ils furent pris, en 1570. Du Landreau
avait servi pendant quelque temps, dans le parti des huguenots qu'il avait abandonnés depuis et auxquels il fit ensuite
beaucoup de mal ; par là, il leur était devenu très à charge
par son voisinage, et très odieux par le souvenir des maux
qu'il leur avait causés. Il montait quatre vaisseaux très bien
équippes avec lesquels il faisait continuellement des courses
sur les Rochelais. La Noüe, résolut de réunir toutes ses forces
contre lui, rappella Sore pour investir la place du côté de la
mer avec sa petite flotte ; cette tentative d'abord réussit mal ;
la tempête obligea Sore à rembarquer promptement ses troupes et à regagner la pleine mer. La deuxième tentative eut plus
de succès, quoique du Laudreau, dans l'intervalle, eut levé un
bon retranchement et qu'il l'eut bien garni d'artillerie, il se
vit attaqué du côté de la terre par la cavalerie et du côté de la
mer par l'infanterie. Le 15 mars, les assiégeants attaquèrent le
retranchement que du Landreau avait fait à la tête du port ;
il s'y donna un combat terrible, les assiégeants animés par la
vue d'un butin qu'on leur avait fait beaucoup plus grand
qu'il n'était. D'un autre côté, les habitants des Sables faisaient les plus grands efforts pour défendre leurs biens et
leurs vies, du Landreau, qui entendait parfaitement le métier de la guerre, les animait par sa présence et par son
exemple ; mais enfin les ennemis fort supérieurs en nombre
l'attaquèrent en même temps des deux côtés et ses soldats
commencèrent à plier ; il monta à cheval et prit la fuite,
ayant à passer par des chemins impratiquables et par des
marais pleins de trous profonds. Il y tomba plus fois, et son

cheval rendu, ne pouvant plus s'en tirer, il tomba presque mort entre les mains des cavaliers qui le poursuivaient vivement. Comme il y en avait parmi eux plusieurs dont il s'était attiré la haine, sa vie fut en grand danger. Cependant on le sauva et on le conduisit à la Rochelle, ou tant de gens sollicitèrent si vivement quon le menât au supplice, que peu s'en fallut qu'il ne fut condamné à une mort ignominieuse. Depuis, en 1574, du Landreau investit Talmond de concert avec le sgr de Puygaillard et cette place se rendit au duc de Montpensier faute de munitions de guerre. On lit, dans l'*Histoire du règne de Henri III*, par le Père Daniel, à l'époque de 1574 que : « Landreau, un des plus actifs capitaines qui fut
« dans les troupes catholiques, entra dans l'isle de Ré,
« lorsque les huguenots y pensaient le moins et s'en saisit
« après avoir forcé le bourg de Saint-Martin, le plus consi-
« dérable poste de l'isle. » Ce même auteur, à l'époque de
« 1582, ajoute que : Charles Landereau, (le Père Daniel igno-
« rait vraisemblablement qu'il fut de la maison de Rouault).
« gentilhomme... qui entendait bien la mer, prit les devans
« avec neuf vaisseaux, huit cens soldats, qu'il trouva tout en
« désordre, dans l'isle Tercère, par la mauvaise conduite
« d'Emmanuel de Silva qui y commandait pour Don Antoine,
« et que les bons avis qu'il lui donna pour le rétablissement
« de l'ordre et de la discipline ne servirent qu'à le brouiller
« avec cet homme vain, qu'il eut même quelque sujet de
« soupçonner d'intelligence avec les Espagnols. » Ce fut dans
« ce voyage que du Landreau exerça la charge de vice-
« amiral. »

On le trouve qualifié chevalier de l'Ordre du Roi, dans une lettre datée de Montaigu, qu'Henri III lui écrivit, en 1575[1]. *Titres de la maison du Plantis du Landreau*), et dans deux

---

[1] Il avait épousé, le 18 octobre 1559, Charlotte, légitimée de la Trémoïlle, baronne de Bournezeaux, fille naturelle de François, vicomte de Thouars, et veuve de Jean d'Angliers écuyer seigneur de Montron, (Beauchet-Filleau, *Dictionnaire des Familles du Poitou*, 1re éd. t, II, p, 858,

quittances données au trésorier de l'épargne, les 13 juillet et 12 décembre 1577 ; la première, par Mathurin Georgeau sgr de Moaire, gentilhomme à sa suite, et la deuxième, par Claude Le Gallois, son secrétaire. (*Originaux, Chambre des Comptes de Paris.*) Il mourut en 1590[1].

Il était fils d'André Rouault sgr de Landreau et de Joachim d'Appelvoisin.

Rouault (Nicolas), marquis de Gamaches et de Beauchamp baron d'Hélicourt, de Thiembrune et de Longroy, vicomte du Tilloy, sgr de Bazinval, de Plois, et de l'Espinoy, capitaine de cinquante hommes d'armes des ordonnances du Roi et gentilhomme ordinaire de sa chambre, leva plusieurs régiments et compagnies de chevau-légers pour le service du Roi, dans les guerres de son temps, et obtint du Roi Louis XIII, au mois de mai 1620, des lettres d'érection en marquisat de sa terre de Gamaches[2]. On le trouve qualifié chevalier de l'Ordre du Roi, dans un acte du 22 septembre 1612. (*Original, titres de M. de Monthomer*[3].

Il était fils de Nicolas Rouault, sgr de Gamaches, chevalier de l'Ordre du Roi, et de Claude de Maricourt.

Le Roux (Louis), sgr de la Roche des Aubiers, de la Tour-Guyonneau, de Montagu, de la Baussonière, de Mauny, et de Morainvilliers, etc, fut nommé chevalier de l'Ordre du Roi, tout au commencement du règne de Charles IX. On le trouve rappelé, avec la qualité de chevalier de Saint-Michel, dans deux actes postérieurs à sa mort, l'un du 12 octobre 1583, (*Original, Titres de cette maison*) et l'autre du 6 juillet 1601, (*Titres de la maison de Gislain de Bénonville.*) Il mourut dans

---

[1] Bibl. Nat., *Cab. des Titres*, 1042, p. 73.

[2] Il avait épousé : le 24 février 1607, Françoise Mangot, fille de Jacques avocat général au parlement de Paris, et de Marie Moulinet. (Beauchet-Filleau, *Dict. des Familles du Poitou*, 1re édition t. II p. 8.)

[3] Bibl. Nat., *Cab.* 404 p. 29.

l'intervalle des années 1561 et 1564[1]. On ignore sa filiation. Ses armes : *Gironné d'argent et de sable de huit pièces.*

Le Roux (Charles), sgr de la Roche des Aubiers, de la Baussonière, de la Tour Guyonneau, de Mauny, de Flaconet, de Courron, de Montagu et du fief des Aubiers, en Chemillé, chambellan ordinaire du Roi, conseiller en son conseil privé, gentilhomme ordinaire de la chambre de S. M. le Roi Henri III, portant la clef d'Or, en 1586, et chambellan du duc d'Alençon, était attaché au service de ce prince, le 30 juillet 1581, qu'il fit un testament, *ayant intention*, dit-il, *de faire le voyage en la guerre qui se présentoit en Flandres, pour le service du Roy et du duc d'Anjou, ses souverains et naturels princes.* On le trouve qualifié chevalier de l'Ordre du Roi et gentilhomme ordinaire de sa chambre, en 1575, dans le Recueil manuscrit des chevaliers de Saint-Michel, fait en 1620, par Pierre d'Hozier, gentilhomme ordinaire de de la maison du Roi. *(Bibliothèque du roi).* Il fut fait depuis, chambellan du roi Henri IV, d'après deux actes des années 1598 et 1607 qui lui en donnent la qualité, et fut employé sous ce règne, dans plusieurs commissions de confiance. On lit dans un compte de l'Epargne, qu'il lui fut adjugé, au mois de mai 1597, une somme de 250 écus, pour être venu de Nantes trouver le Roi à Saint-Germain-en-Laye, pour affaires relatives à son service. Louis XIII l'honora de la dignité de conseiller d'Etat d'Epée, le 17 décembre 1619[2].

Il était fils de Louis Le Roux, sgr de la Roche des Aubiers, chevalier de l'Ordre du Roi et de Renée de Morainvilliers.

Le Roux (Louis), sgr de la Roche des Aubiers, de Flacourt, de la Baussonière, de Courron et de la Bellotière, gentilhomme ordinaire de la Chambre du Roi et guidon de la compagnie de cent hommes d'armes du maréchal de Boisdauphin,

---

[1] Bibl. Nat., *Cab. des Titres*, 1041, p. 1461.
[2] Bibl. Nat., *Cab. des Titres*, 1042, p. 72.

était né, le 8 mai 1578. On le trouve qualifié chevalier de l'Ordre du Roi, dans un acte du 20 janvier 1637. (*Original, Titres de cette maison*[1]).

Il était fils de Charles Le Roux, sgr de la Roche des Aubiers, chevalier de l'Ordre du Roi, et de Marie Hurault, nièce du chancelier de Cheverny.

Le Roux (Emmanuel), sgr de la Roche des Aubiers, de la Longuefaye, premier écuyer du prince de Condé, en 1619, était né le 25 décembre 1589. Il fut nommé chevalier de l'Ordre du Roi, sous le règne de Louis XIII, et en prend la qualité, dans un acte du 18 février 1645. (*Titres de cette famille*). Il ne vivait déjà plus, en 1661[2].

Il était fils de Charles Le Roux, sgr de la Roche des Aubiers, chevalier de l'Ordre du Roi, et de Marie Hurault.

Saint-Gelais (Alexandre de), sgr de Cornefou et de Romefort, conseiller chambellan ordinaire du Roi, ambassadeur en Espagne, est cité avec la qualité de chevalier de l'Ordre du Roi[3], dans le recueil manuscrit des chevaliers de Saint-Michel, fait en 1620, par Pierre d'Hozier[4].

Saint-Gelais de Lusignan (Louis de), sgr de Lansac, de Cornefou, de Précy-sur-Oise, de Bernon et de Hardilleuc, baron de la Mothe-Sainte-Héraye, gentilhomme ordinaire de la chambre du Roi et l'un de ses chambellans, conseiller en son conseil privé, capitaine de ciquante hommes d'armes de

---

[1] Bibl Nat., *Cab. des Titres*, 1044, p. 296.

[2] Bibl. Nat., *Cab. des Titres*, 1044, p. 353.

[3] Il épousa Jacquette de Lansac, héritière unique de Thomas, chevalier, et de Françoise de Pérusse des Cars, il mourut en 1522. Il avait été nommé, en 1506, conseiller et chambellan de Jean d'Albret, roi de Navarre, dans la maison duquel il avait été élevé ; était entré ensuite au service de Louis XII, puis de François Ier, qui le nomma son chambellan et l'employa comme ambassadeur en plusieurs occasions importantes. (Beauchet-Filleau, *Dict. des Fam. du Poitou*, 1re éd. t. II, p. 332). Il était fils de Pierre de Saint-Gelais et de Philiberte de Fontenay (*id.*)

[4] Bibl. Nat., *Cab. des Titres*, 1038, p. 212.

ses ordonnances et de cent gentilshommes de sa maison,
ambassadeur à Rome, chevalier d'honneur de la reine
Catherine de Médicis, surintendant de sa maison, fut nommé
chevalier de l'Ordre du Roi, dans le chapitre tenu à Poissy,
à la Saint-Michel, 1560. On lit en conséquence, dans un compte
du trésorier cet ordre, qu'en vertu d'une ordonnance du
chancelier, du 26 décembre de cette année, il fut délivré un
grand collier de l'Ordre, à messire Loys de Saint-Gelays, sgr
de Lansac, auquel le Roy en avait fait don, en le créant chevalier de son ordre. (*Original, Chambre des Comptes de Paris*).
Il fut nommé chevalier de l'Ordre du Saint-Esprit, le 31 décembre 1579[1]. Il commença à servir dans les guerres de
François Ier contre Charles V, et lors des troubles de la Guyenne, sous Henri II, il maintint dans l'obéissance du Roi la
ville de Bourg et le pays circonvoisin. Il accompagna ce
monarque à son voyage d'Allemagne et fut envoyé vers le
duc Maurice de Saxe et autres princes de l'Empire pour
traiter d'affaires importantes au service du Roi. Au mois de
mars 1548 (1549), Sa Majesté le chargea d'une commission de
confiance auprès du Roi de Navarre, alors à Pau, et l'envoya
en Angleterre, au mois de janvier 1550 (1551) ; il était alors
l'un de ses pannetiers. En 1552, il fut commis par Pierre
Strozzi, général des troupes des Siennois, pour commander
à Sienne, à la place du sgr de Bentivoglio ; et il s'acquitta ad-
mirablement de cette commission ; car, après s'être insinué
dans l'esprit et même dans la familiarité de Jules III, par sa
complaisance, son humeur enjouée, ses réponses surprenantes
et le talent qu'il avait de faire mieux un conte qu'aucun autre
de son siècle, il prépara tout ce qui manquait à l'exécution du
dessein sur cette ville et s'étant mis à la tête de six mille

[1] Il prit le nom et les armes de Lusignan, qu'il écartela de celles de Saint-
Gelais, en vertu des lettres du Roi, après qu'il eut prouvé qu'il descendait de
la maison de *Lusignan*. Il avait épousé : 1° Jeanne de la Rocheandry, fille de
Philippe, baron dudit lieu. et de Jeanne de Beaumont. 2° : en 1565, Gabrielle
de Rochechouart, fille de François, sgr de Mortemart, et de Renée Taveau.
(Beauchet-Filleau, (*Dictionnaire des familles du Poitou*, 1re édit. t. II, p. 332).

hommes, il chassa les Espagnols de la ville et de la citadelle, et par ce moyen mit cette république en pleine liberté. « Le « Roy, mon maître, dit-il aux Siennois, pouvait garder votre « ville il vous la remêt cette citadelle que l'Empereur avait « bâtie pour asservir votre liberté, il veut que vous soyez « libres comme l'étaient vos pères. »

En 1553, il fut nommé Ambassadeur à Rome, et au mois d'avril de cette année, le Roi lui accorda une gratification de 3450, l. pour le mettre à même de pouvoir supporter la dépense qu'il avait à faire, à cette occasion, et aussi pour le récompenser de ses services au fait de la guerre. Il se signala fort dans cette ambassade ainsi que dans celle du Concile de Trente et rendit l'obédience au nom du Roi, au Pape Paul IV, pour la défense et secours duquel il conduisit des troupes, à Rome, avec le maréchal Strozzi. Quoiqu'attaché par ses charges à la Reine-Mère, on savait qu'il ne la flattait pas et que même en plusieurs circonstances il s'était expliqué, vis-à-vis d'elle, avec toute la franchise et la noble hardiesse de l'honnête homme ; mais, il paraît que sur la fin de sa vie, il devint plus courtisan. Etant entré dans le projet que cette princesse avait formé de faire tomber la couronne au fils de sa fille, Claude de France, mariée au duc de Lorraine, il se joignit aux princes Lorrains, fit un grand éloge du concile de Trente et de tout ce qu'il y avait vu, pendant son ambassade.

Le sgr de Lansac est compris dans les Etats des gentilhommes de la chambre de 1553 à 1563, puis, dans ceux des gentilshommes de la chambre, chambellans, des années 1572, 1573 et 1574. Il fut fait prisonnier, en 1557, à Saint-Quentin, et conduisit, par ordre du Roi, la reine Elizabeth, en Espagne, pour lui servir de conseil jusqu'à ce qu'elle se fut accoutumée aux manières et aux mœurs des Espagnols. Il reçut même, à cette occasion, au mois de novembre 1559, une gratification du Roi de 1200 l. Il assista, le 11 avril 1564, au lit de justice tenu par le Roi, au Parlement de Bordeaux et au mois de janvier 1566, à l'assemblée des grands du royaume, tenue à Moulins. Il était déjà pourvu, à cette époque, de la dignité de conseiller d'Etat et de la charge de capitaine de la seconde compagnie des cent gentilshommes de la maison du Roi; se trouva en 1567, à la bataille de Saint-Denis, obtint de S. M., en considération de ses services, le 11 mai 1568, une gratification de 15000 l., par moitié avec René de Ville-quier, et le 1ᵉʳ juillet suivant, une autre de 20000 l., pour lui seul. Il combattit en 1569, à la bataille de Moncontour, s'em-para de la ville et du château de Lusignan et fut envoyé lieutenant de Roi, à Bordeaux. Henri III le combla aussi de biens et d'honneurs ; il lui accorda une pension de 10000 l., une gratification de 4000 l., le 24 septembre 1574, une de 1600 l., le 22 juin 1575, une de 6000 l., le 28 janvier 1576, une de 3000 l., au mois de décembre 1577 et deux encore de 1000 écus chacune, le 22 février 1578 et le 3 octobre 1580. D'après les comptes de l'Epargne, ce seigneur, après la mort du duc de Guise, s'enfuit des Etats de Blois, où il avait trop ouverte-ment favorisé le parti de la Ligue, en opinant pour l'entière et absolue réception du Concile de Trente, en France, contre ce qu'il en avait autrefois témoigné dans ses lettres, lorsqu'il était ambassadeur à Trente, pour le roi Charles IX et mourut, le 5 octobre 1589, âgé de soixante-seize ans[1].

Il était fils d'Alexandre de Saint-Gelais, sgr de Cornefou, de Romefort et de Buit-au-Loup, conseiller chambellan ordinaire du roi Louis XII, ambassadeur en Espagne et en Suisse, et de Jacquette de Lansac. Ses armes : *Ecartelé, au 1 et au 4 : d'azur, à une croix d'argent alaisée ; au 2 et au 3 : burelé d'argent et d'azur de 10 pièces et un lion de gueules brochant sur le tout, armé, langué et couronné d'or.*

Saint-Gelais de Lusignan (Guy de), sgr de Lansac, de Péclavari, de Cornefou, d'Ambres, de Saint-Savinien, et de la Rocheandry, gentilhomme ordinaire de la chambre du Roi, capi-taine de cent hommes d'armes de ses ordonnances, ambassadeur en Pologne, sénéchal d'Agenois, gouverneur de Blaye et de

---

[1] Bibl. Nat., *Cab. des Titres*, 1039, p. 613.

Brouage, du nombre de la noblesse Française qui s'embarqua
pour le secours de Malte contre les Turcs, au printemps de
l'année 1566. Il fut appelé d'abord le jeune Lansac, parce que
la Reine Catherine de Médicis qui lui connaissait du talent
pour les négociations, l'employa dans les affaires du cabinet
en même temps que son père. Il se rendit célèbre par l'ambassade de Pologne où il eut beaucoup de part à l'élection
du duc d'Anjou, et, à son retour, étant tombé entre les mains
du roi de Danemark il fut fait prisonnier. On le trouve compris dans les Etats des gentilshommes de la chambre, de
1564 à 1569, et encore dans celui de 1575. Il jouissait en 1568,
de 1200 l. de pension de la cour, et Henri III, à son avènement
à la couronne, la lui augmenta jusqu'à 5000 l. Il fut blessé, à
la bataille de Jarnac, en 1569, obtint du roi Charles IX, le 20
juin de cette année, une compagnie de cinquante lances, le
1er mars 1572, une gratification de 1200 l. tant à raison de ses
services qu'en dédommagement des frais qu'il avait faits pour
l'entretien de sa compagnie de gendarmes qui avait été cassée
depuis peu ; le 8 janvier 1573, une autre de pareille somme,
également motivée sur ses services au fait de guerres, et
pour le mettre à même de se relever des dépenses qu'il avait
faites pour se préparer au voyage de mer qui était alors projeté, où depuis il avait perdu une galère avec toutes ses munitions ; et enfin, le 27 décembre de la même année, une
autre de 50000 l., aussi en considération de services dans les
guerres et pour le récompenser de plusieurs grands voyages
qu'il avait faits par ordre du Roi, d'un armement de grand
nombre de navires en guerre qui lui avait occasionné de
grandes dépenses, et de ce qu'il était demeuré un an, en
Pologne, à négocier ce royaume, en faveur du duc d'Anjou.
On le trouve qualifié chevalier de l'Ordre du Roi, dans une
montre du 14 mars 1570, son sceau qui y est attaché est aussi
entouré du collier de l'Ordre de Saint-Michel[1]. (*Original,*

---

[1] Il avait épousé : Antoinette Raffin, fille de François. sgr d'Azay en
Touraine, sénéchal d'Agénois, et de Nicolle Le Roy. (**Beauchet-Filleau,**
Dict. des Fam. du Poitou, 1re édition, t. II, p. 332).

Bibliothèque du Roi). Le 27 septembre 1575, Henri III lui accorda une gratification de 3200 l. ; depuis, il devint zélé ligueur, et Philippe II, roi d'Espagne, se l'étant attaché, à raison de sa grande expérience au fait de la guerre, il demeura longtemps à la cour de ce prince. Sous le règne de Louis XIII, il fut nommé commandant de l'armée navale que ce monarque ordonna pour la poursuite des corsaires de la Méditerranée, et mourut en 1652, à l'âge de soixante-dix-huit ans[1].

Il était fils de Louis de Saint-Gelais de Lusignan, sgr de Lansac, chevalier des ordres du Roi et de Jeanne de la Rocheandry.

Saint-Gelais de Lusignan (Charles de), sgr de Précy, gentilhomme ordinaire de la chambre du roi Charles IX puis du roi Henri III, portant la clef d'or, d'après les états de 1570 et 1585, est cité, avec la qualité de chevalier de l'Ordre de Saint-Michel, dans un compte de la maison du Roi, de l'année 1570[2]. (*Original, Chambre des Comptes de Paris*). Il mourut en 1586.

On le croit fils de Louis de Saint-Gelais, sgr de Lansac, chevalier des Ordres du Roi, et de Jeanne de la Rocheandry[3].

Saint-Gelais de Lusignan (Louis de), sgr de Saint-Gelais, du Puy-Jourdain, de la Gilbertière, de Saint-Jean-d'Angles, de Cherveux, de Chiré, ou de la Motte d'Echiré, capitaine de cinquante hommes d'armes des ordonnances du Roi et maréchal de ses camps et armées, fut élevé dans sa jeunesse enfant d'honneur des princes, enfants du Roi Henri II et depuis, ayant eu à la cour quelques sujets de mécontentement, il s'attacha au roi de Navarre. Il donna en nombre

---

[1] Bibl. Nat., *Cab. des Titres*, 1041, p. 1120.

[2] Bibl. Nat., *Cab. des Titres*, 1041, p. 1181.

[3] Il était fils de Louis de Saint-Gelais de Lusignan, baron de la Mothe-Sainte-Héraye, etc., et de Gabrielle de Rochechouart, (Beauchet-Filleau, *Dictionnaire des Fam. du Poitou*, 1re édition, t. II, p. 332.

d'occasions des preuves de sa valeur, particulièrement au siège de Lusignan qu'il soutint, lui et le seigneur de Rohan, avec tant d'intrépidité que le duc de Montpensier fut obligé d'accorder aux assiégés une capitulation très avantageuse. Il accompagna ensuite le prince de Condé, au secours du château d'Angers et ramena, sans aucune perte une partie de son armée qu'il lui avait confiée. Il fut fait amiral de la flotte que ce prince fit équiper, à la Rochelle, se jeta dans Saint-Maixent, et força le duc de Joyeuse qui tenait cette ville assiégée, à une honorable capitulation[1]. Le Roi de Navarre, l'ayant nommé, en 1589, commandant en Poitou, il surprit Niort par escalade, fit prisonnier le seigneur de Malicorne gouverneur de la province, avec les seigneurs de la Châtaigneraie, de la Roche-du-Maine et autres ; et ce monarque étant parvenu à la couronne, le nomma son lieutenant général au gouvernement de la dite province, avec promesse de l'élever aux premières dignités ; mais, il mourut en 1592, sans avoir pu profiter des grâces que ce prince lui destinait. On le trouve qualifié chevalier de l'Ordre du Roi, dans un acte du 17 avril 1600, postérieur à sa mort. (*Original, Titres de MM. Thibault de la Carte*[2]. Il était fils de Charles de Saint-Gelais, sgr de Saint-Gelais et de Louise de Puyguion. Ses armes : *D'azur, à la croix alaisée d'argent.*

Saint-Gelais de Lusignan (Artus de), sgr de Lansac, marquis de Balon, conseiller d'Etat d'Epée et gouverneur de Bourg, nommé le 10 septembre 1618, est qualifié chevalier de l'Ordre du Roi, dans l'histoire du Berry par la Thaumassière[3], Bourges 1689, p. 972[4].

---

[1] Il avait épousé : 1º Marie Ratault ; 2º Jeanne Dupuy, fille de Claude, baron de Bellefole. (Beauchet-Filleau, *Dictionnaire des Fam. du Poitou*, 1ʳᵉ éd. t. II, p. 330.)

[2] Bibl. Nat., *Cab. des Titres.* 1043. p. 388.

[3] Il avait épousé Françoise de Souvré, fille de Gilles, gouverneur de Touraine, et maréchal de France. (Beauchet-Filleau, *Dict. des Familles du Poitou*, 1ʳᵉ éd. t II. p. 332).

[4] Bibl. Nat., *Cab. des Titres*, 1044 p. 972.

Il était fils de Guy de Saint-Gelais de Lusignan, sgr de Lansac, chevalier de l'Ordre du Roi, et d'Antoinette Raffin-Poton ; mêmes armes que son père.

Saint-Georges (Amable de), sgr de Saint-Georges, de la Bussière et du Breuil, sénéchal de la Marche[1], fut nommé chevalier de l'Ordre du Roi, le 21 juin 1569, sous le nom du sieur de Saint-Georges et reçu le 23, par le sgr de Maganne, chevalier du dit ordre. (*Titres de la Maison de Maganne*). On ne peut douter que cette promotion ne concerne Amable de Saint-Georges que l'on trouve qualifié chevalier de l'Ordre du Roi, dans un acte du 22 mars 1570. Il mourut en 1570, vers le mois d'août[2].

Il était fils de Jean de Saint-Georges, sgr de Saint-Georges, de la Bussière et de Marie de Graçay. Ses armes : *D'argent, à une croix de gueules.*

Saint-Georges (Joachim de), sgr et baron de Vérac, de Coué, de Verneuil, de Boisset en partie, de Mons et de la Roche-des-Bords, reçut plusieurs lettres des rois Charles IX et Henri III qui prouvent toute la confiance dont ces deux monarques l'honoraient[3]. Ce doit être lui, qui est cité dans l'histoire, sous le nom du jeune Vérac, commandant la noblesse huguenote du Haut-Poitou, en 1563. On le trouve qualifié chevalier de l'Ordre de Saint-Michel, sur la suscription d'une lettre que lui écrivit le roi, en 1574. (*Titres de cette Maison*). Il mourut peu de temps avant le 24 novembre 1607[4].

---

[1] Il avait épousé Marguerite de Boucard, (Beauchet-Filleau, *Dict. des Familles du Poitou*, 1re éd. t. II, p. 648).

[2] Bibl. Nat., *Cab. des Titres*, 1041. p. 944.

[3] En 1573, il fut envoyé en Ecosse pour y contrebalancer la faction anglaise, lors de l'élection du vice-roi ; fut nommé arbitre entre le duc de Rohan et les habitants de Brouage, auxquels il avait imposé un gouverneur qui leur déplaisait, et, lors du siège de Montaigu, en 1588, il se jeta dans la place, et contribua beaucoup à en faire lever le siège. Il avait épousé, le 5 février 1572, Louise du Fou, fille de François, baron du Vigean et de Louise Robertet. (Beauchet-Filleau, *Dict. des Familles du Poitou*, 1re édition, t. II, p. 850).

[4] Bibl. Nat., *Cab. des Titres*, 1041, p. 1440.

Il était fils de Gabriel de Saint-Georges, sgr de Coué et de Vérac, et d'Anne d'Oiron : Mêmes armes.

Saint-Georges (N...[1] de), on n'a aucune connaissance de ses noms et qualités. Il est qualifié chevalier de l'Ordre du Roi, sur la suscription d'une lettre que le roi Henri III lui écrivit, le 24 septembre 1580. (*Original communiqué par MM. du Clos de l'Estoille en Auvergne*[2] *; mêmes armes.*

Saint-Georges (Philippe de), sgr du Plessis et d'Issoudun, est qualifié chevalier de l'ordre du Roi, dans un acte du 4 avril 1606. (*Titres de MM. de Granges de Puiguion, en Poitou*[3]). Il était fils de Joachim de Saint-Georges, sgr et baron de Vérac, chevalier de l'Ordre du Roi, et de Louise du Fou.

Sanzay (René de), sire Sanzay, vicomte héréditaire et parageur de Poitou, conseiller chambellan ordinaire du Roi, capitaine de cent lances de ses ordonnances et son lieutenant général au gouvernement de Guyenne, se trouva, en 1488, à la bataille de Saint-Aubin-du-Cormier, où le duc d'Orléans, depuis roi Louis XII, fut fait prisonnier, et de là conduit au château de Sanzay, près de Loches. Charles VIII, l'avait admis au nombre de ses chambellans et Louis XII, lui donna une compagnie de cent lances et le fit son lieutenant général en Guyenne. Il fut nommé chevalier de l'Ordre du Roi, par Louis XII. (*Recueil manuscrit des chevaliers de St-Michel fait en 1620, par Pierre d'Hozier*), et mourut en 1526[4].

Il était fils de Jean, sire de Sanzay et de Jeanne de la Rivière. Ses armes : *D'or, à 3 bandes d'azur et une bordure de gueules, et, sur le tout, un écusson échiqueté d'or et de gueules.*

---

[1] C'est peut-être François de Saint-Georges, sgr de Trée, en Bourbonnais, fils puiné de Jean de Saint-Georges, chevalier, sgr de Saint-Georges, la Bussière, Chavagnac, et de Isabeau de Graçay.
(Note communiquée par MM. Beauchet-Filleau). Voir le *Dict. des Familles du Poitou*, 1re éd., t. ii, p. 649.

[2] Bibl. Nat., *Cab. des Titres*, 1042, p. 253.

[3] Bibl. Nat., *Cab. des Titres*, 1043, p. 271.

[4] Bibl. Nat., *Cab. des Titres*, p. 1038, p. 157.

Sanzay (René de), sire et comte de Sanzay, de Crissé et de Groys, vicomte héréditaire et parageur de Poitou, sgr d'Ardanne, de Saint-Marsault, etc., chambellan et gentilhomme ordinaire de la chambre du Roi, conseiller en son conseil privé, capitaine de cinquante hommes d'armes de ses ordonnances, colonel et capitaine général des arrière bans de France, surintendant général des fortifications du Royaume, gouverneur et lieutenant général pour S. M., à Nantes, en l'absence du connétable Anne de Montmorency, son cousin, et lieutenant de Roi, en Poitou, fut admis, avant l'an 1564, au nombre des gentilshommes de la chambre du roi Charles IX ; obtint de ce monarque, une gratification de 2000 l. le 11 octobre 1566, se trouva en 1567, à la bataille de Saint-Denis et au siège de Poitiers, en 1569, après lequel il paraît que le duc de Guise l'y établit comme gouverneur ; s'empara de Beauvoir-sur-Mer, sur le sgr de Pontivy, cadet de la maison de Rohan et général des troupes huguenotes et obtint du Roi, le 1ᵉʳ septembre de cette année, une gratification de 2500 l. en considération des services qu'il lui avait rendus dans ses guerres, et pour le dédommager des grandes pertes qu'il avait souffertes, à l'occasion des troubles. On lui trouve la qualité de chevalier de l'ordre du Roi, dans des provisions qu'il donna, le 16 octobre 1568. (*Titres de la Maison de Rigaud de Vaudreuil*), et dans une montre, du 26 novembre de la même année. (*Original, Bibliothèque du Roi*). Il mourut en 1583. Les historiens en parlent comme : « d'un gentilhomme, sage, « vaillant et expert aux armes et de plus qui aimait les lettres « et l'histoire et que pour toutes ces belles qualités le con- « nétable tenait auprès de luy en grande estime, luy ayant « procuré à luy et à ses frères beaucoup d'honneurs et de « grands emplois tant à la guerre que dans les provinces, etc[1]. »

Il était fils d'Etienne, sire de Sanzay, baron de Doussay, vicomte héréditaire et parageur de Poitou, conseiller cham-

---

[1] Bibl. Nat., *Cab. des Titres*, 1040 p. 858.

bellan ordinaire du Roi et de Gabrielle Turpin. Ses armes :
*D'or, à 3 bandes d'azur et une bordure de gueules, et sur le
tout un écusson échiqueté d'or et de gueules.*

Sanzay (Claude de), sgr de Cossé et de la Motte-Fouqué,
lieutenant général des bans et arrière bans de France et gentilhomme ordinaire de la chambre du Roi, se rendit de
Nantes au château de Boulogne-lez-Paris, au mois d'août 1568,
pour traiter avec S. M. d'affaires relatives à son service ; il
était dès lors, gentilhomme de la chambre du duc d'Anjou.
On le trouve qualifié chevalier de l'ordre, dans un compte de
l'épargne, (*Original, Chambre des Comptes de Paris*) de l'année
1568, à l'occasion d'une somme de 225 l., que le Roi lui fit adjuger, au mois d'août, pour les dépenses d'un voyage qu'il
avait fait à sa cour, et chevalier de l'Ordre du Roi, dans deux
actes des 23 mars 1571, (*Original communiqué par M. de
Saint-Rémy, reçu page de la grande écurie du Roi, en 1719*).
et 9 mars 1572. (*Original, Titres de la Maison de Vassy*), le premier, avec la qualité de noble et puissant, et le second, avec
celle de haut et puissant seigneur. Il mourut dans l'intervalle
des années 1599 et 1606[1].

Il était fils de René, comte de Sanzay, chevalier de l'Ordre
du Roi et de Renée du Plantis.

Sanzay (Christophle de), dit : de Saint-Marsault, sgr de
Saint-Macaire, issu des comtes de Poitiers, obtient du Roi,
au mois de juillet 1569, une gratification de 500 l., pour un
voyage qu'il avait fait de Bretagne à l'armée du Roi, près de
Limoges, pour conférer avec le duc d'Anjou d'affaires relatives au service de S. M., et être venu, de là, retrouver le Roi à
Orléans. Il est qualifié chevalier de l'Ordre du Roi, dans une
quittance du 21 juillet 1569, qu'il donna au trésorier de l'é-
pargne. (*Original, Chambre des Comptes de Paris*). Il vivait encore, en 1603, comme on le voit, par une enquête du 18 avril

[1] Bibl. Nat., *Cab. des Titres* 1040 p. 903.

de cette année, où il comparut comme témoin, et dans laquelle il se dit âgé de soixante-dix ans. (*Titres de MM. Bâcle d'Argenteuil*). Il avait servi au siège de Poitiers[1].

Il était fils de René, comte de Sanzay, chevalier de l'Ordre du Roi, et de Renée du Plantis.

Sanzay (Anne de), comte de Maignanc, sgr et baron de Bouronguel et de Molac, gentilhomme ordinaire de la chambre du Roi, capitaine de cinquante hommes d'armes de ses or-donnances, maréchal de ses camps et armées et gouverneur de l'île de Noirmoutier, reçut le 6 mars 1575, une gratification du Roi de 1250 l., pour une commission secrète, dont il avait été chargé. On le trouve qualifié chevalier de l'ordre du Roi, dans une quittance qu'il donna, le 6 mars 1575, au trésorier de l'Epargne. (*Original, Chambre des Comptes de Paris*). Il fut député, en 1580, de la noblesse de l'évêché de Saint-Brieuc, aux Etats de Bretagne, tenus pour la réformation de la coutume, et était colonel des arquebusiers à cheval de l'armée du duc de Mercœur, lorsqu'il fut fait prisonnier par le maréchal d'Aumont. Livré entièrement au parti de la Ligue, il levait des contributions dans toutes les places où il passait et y mettait de nouvelles garnisons, mais, ayant été poursuivi par le sgr de Kergomar, il fut forcé de se rendre, et le comte de Maignanc se soumit au Roi, en 1595[2].

Il était fils de René, comte de Sanzay, chevalier de l'Ordre du Roi, et de Renée du Plantis.

Sanzay (René de), sire et comte de Sanzay, vicomte héré-ditaire et parageur de Poitou, sgr et baron de Baulle, des Marchais, et du Plantis, chambellan ordinaire du Roi, con-seiller en son conseil privé, surintendant général des fortifi-cations du Royaume, colonel et capitaine général des bans et arrière-bans de France, depuis 1567 et maître des eaux et

---

[1] Bibl. Nat., *Cab. des Titres*, 1041 p. 1010.
[2] Bibl. Nat., *Cab. des Titres*. 1042, p. 35.

forêts du duché d'Anjou, fut chargé par Henri III, en 1580, d'une commission de confiance, pour laquelle ce prince lui fit donner une somme de 1000 écus, sur les fonds de son épargne, fut député de la noblesse de la sénéchaussée de Poitou, aux Etats de Blois de 1558, où il fit au Roi, le 29 novembre, un magnifique discours que l'on trouve dans le IIIe *Recueil des mémoires de la Ligue*, imprimés en 1601, p. 133 et suivantes. On le trouve qualifié chevalier de l'ordre du Roi, dans un arrêt du Parlement, du 7 septembre 1576, rendu au nom du Roi, qui le qualifie chevalier de son ordre. *(Offices de France, par Cheau, Paris, 1620, p. 531 et suivantes)* et dans une quittance qu'il donna au trésorier de l'épargne, le 4 octobre 1580. *(Original, Chambre des Comptes de Paris)*. Il mourut avant l'an 1622[1].

Il était fils de René, sire et comte de Sanzay, chevalier de l'Ordre du Roi, et de Renée du Plantis. Ses armes, comme ci-devant.

Sanzay (Charles de), sgr de Sanzay, d'Ardane et de Saint-Joüan, est qualifié chevalier de l'Ordre du Roi, dans un acte du 2 août 1595. *(Original, Titres de MM. de Fleuriot de Langle[2].)*

Il était fils de René, comte de Sanzay, chevalier de l'Ordre du Roi, et de Renée du Plantis.

Sanzay (Charles de), sire et comte du Sanzay, vicomte héréditaire et parageur de Poitou, sgr et baron de Baulle, d'Yancourt, des Marchais, de Liomères, de la Neuville-le-Roi, de Brancourt, d'Alaincourt, de Dancourt, et de Saint-Martin-en-Rivière, vicomte du Tuppigny, est qualifié chevalier de l'Ordre du Roi, dans un aveu qu'on lui rendit, le 6 avril 1522. *(Original, Titres de MM. Le Martin de Nuaillé[3])*.

Il était fils de René, comte de Sanzay, chevalier de l'Ordre du Roi, et de Charlotte de Taix.

---

[1] Bibl. Nat., *Cab. des Titres*, 1042, p. 118.
[2] Bibl. Nat., *Cab. des Titres*, 1043, p. 92.
[3] Bibl. Nat., *Cab. des Titres*, 1044, p. 138.

Sanzay (Alexandre de), comte de Sanzay, vicomte héréditaire et parageur de Poitou, baron de Cossé, sgr de Sérigny,
de Caucourt, de Balancourt, de la Croudette, etc., président
de la noblesse du Poitou, fut nommé chevalier de l'Ordre du
Roi, le 18 avril 1665 et reçu par le marquis de Sourdis, chevalier des Ordres du Roi, et vivait encore en 1680[1].

Suzannet (Moïse), sgr de la Forêt, de Bresdurière et de
la Bironnière, gentilhomme ordinaire de la chambre du Roi
et gouverneur de Chastillon-sur-Dordogne, est cité, avec la
qualité de chevalier de l'Ordre du Roi, dans un acte du 9 février 1630. (*Titres de MM. de la Tour d'Aizenay*)[2]. On ignore
sa filiation et ses armes[3].

Taveau (François), baron de Mortemer, est qualifié chevalier de l'Ordre du Roi, dans un acte du 12 juillet 1575 (*Titres
de cette Maison*); il mourut, dans l'intervalle des années 1575
et 1579[4].

Il était fils de René Taveau, baron de Mortemer et de Marguerite de Beauvilliers. Ses armes : *D'or, au chef de gueules
chargé de 2 pals de vair.*

Taveau (Philibert), baron de Mortemer, sgr de la Gaulterie,
de la Chaize, de Bagneux, de Saint-Martin et de la Rivière[5],
gentilhomme ordinaire de la chambre du Roi, était gentilhomme servant du duc d'Alençon et homme d'armes de sa
compagnie d'ordonnances, dès l'an 1575; ses services lui méritèrent du roi Henri III une gratification de mille écus, le

---

[1] Bibl. Nat., *Cab. des Titres*, 1044, p. 527.

[2] Bibl. Nat., *Cab. des Titres*, 1044, p. 248.

[3] Ses armes : *D'azur, à trois cannettes d'argent.* (Beauchet-Filleau).

[4] Bibl. Nat., *Cab. des Titres*, 1042, p. 50.

[5] Il mourut le 2 novembre 1630. Il avait épousé : 1° Françoise de la Marck,
fille de Guillaume et de Françoise de Wignacourt, le 2 juin 1575, 2° vers 1605,
Bertrande du Puy, dame de Bagneux, Vauroux, etc., veuve de Hardouin, sgr
de l'Epinay. Beauchet-Filleau, *Dictionnaire des Familles du Poitou*,
1re édition, tome II, p. 696-697).

23 avril 1578. On le trouve qualifié chevalier de l'Ordre du Roi, dans un acte du 14 octobre 1603. (*Titres de cette Maison*)[1] Il était fils de François Taveau, baron de Mortemer, chevalier de l'Ordre du Roi, et de Françoise Baraton.

Taveau (Pierre), baron de Mortemer est qualifié chevalier de l'Ordre du roi, dans un acte du 4 décembre 1627[2] (*Titres de la Maison de Turpin de Busserolles*)[3].

Il était fils de Philibert Taveau, baron de Mortemer, chevalier de l'Ordre du Roi, et de Françoise de la Marck[4].

Taveau (Gaspard), baron de Mortemer, est cité avec la qualité de chevalier de l'Ordre du Roi, dans un acte du 11 février 1656[5]. *Titres de MM. des Montiers de la Vallette*[6].

Il était fils de Pierre Taveau, baron de Mortemer, chevalier de l'Ordre du Roi, et d'Eléonore de la Béraudière.

Tiercelin (Charles), sgr de la Roche-du-Maine, de la Châtaigneraie et de la châtellenie de Chintré, en Poitou, gentilhomme ordinaire de la chambre du Roi, conseiller en son conseil privé, capitaine de cinquante lances de ses ordonnances, maréchal de ses camps et armées, gouverneur de Beaumont en Argonne et de Chinon, gouverneur et lieu-

---

[1] Bibl. Nat., *Cab. des Titres*, 1043, p. 224.

[2] Il avait épousé : 1° le 10 février 1609, Eléonore de la Béraudière, fille de François, marquis de l'Isle-Jourdain et de Rouhet, et de Gabrielle Bonnin de Messignac, 2° le 30 juillet 1630, Esther Girard, fille de François, écuyer, sgr de la Ferrandière et de Lucrèce Barbe. (Beauchet-Filleau, *Dictionnaire des Familles du Poitou*, (1re édition, t. II, p. 697).

[3] Bibl. Nat., *Cab. des Titres*, 1044, p. 206.

[4] Il était fils de Jean Taveau, baron de Mortemer, chev. de l'ordre du Roi, et de Esther de Beaucé. (Beauchet-Filleau, *Dict. des Familles du Poitou*, 1re éd., t. II, p. 697).

[5] Il assista à la réunion de la noblesse du Poitou, convoquée en 1651, pour nommer des députés aux États de Tours. Il avait épousé, le 11 août 1631, Esther de Rochechouart, fille de Gaspard, marquis de Mortemart, prince de Tonnay-Charente, etc. (Beauchet-Filleau, *Dict. des Familles du Poitou*, 1re éd., t. II, p. 697).

[6] Bibl. Nat., *Cab. des Titres*, 1044, p. 469.

tenant général pour S. M. de la ville de Mouzon, en Champagne, dont la souveraineté lui fut donnée, pendant sa vie, en récompense de ses signalés services. Il était né, vers l'an 1486, se rendit célèbre dans les guerres de son temps, se trouva en 1525, à la bataille de Pavie, où il fut fait prisonnier après y avoir donné des marques de la plus grande valeur en qualité de lieutenant de la compagnie de cent lances du duc d'Alençon, et on le trouve compris dans les états des gentilshommes de la chambre, de 1532 à 1546. Le Roi lui accorda aussi une pension dont il jouissait déjà, en 1537, et qui, dès l'année suivante, était de 2000 l. Il s'était signalé avec sa compagnie de gendarmes, en 1536, au siège de Fossan, après lequel, Charles V témoigna l'envie qu'il avait de le connaître. Il se rendit donc au camp de ce prince, qui lui demanda d'abord comment il trouvait son armée. « Très belle « répondit la Roche-du-Maine, et plus belle qu'il ne l'eût « voulu puisqu'elle était dressée contre le Roi son maître. » L'Empereur lui demanda ensuite à quoi il croyait qu'il la destinât : « Le bruit est, répondit-il, que c'est pour la Provence. » Sur cela, l'Empereur dit que les Provenceaux étaient ses sujets. La Roche-du-Maine répartit alors : « Si les Provenceaux sont « vos sujets, vous trouverez des sujets bien rebelles. » Les réparties fines de ce seigneur plurent beaucoup à l'Empereur, il pousse plus avant la conversation. Il dit qu'il prétendait aller bien plus loin, et lui demanda combien il y avait de journées de Fossan à Paris. « Si par journées vous entendez « des batailles, reprit la Roche-du-Maine, il y en a douze « pour le moins, si ce n'est qu'il arrive que l'agresseur soit « arrêté dès la première. » L'Empereur, s'en tint à cette dernière répartie et donna beaucoup de louanges à la Roche-du-Maine sur la délicatesse de son esprit. Ce seigneur se trouva au siège de Metz, en 1552, et encore, depuis, à la bataille de Saint-Quentin, en 1557. Voici l'éloge qu'en fait Brantôme : « Monsieur La Roche du Mayne a esté un vieux, bon, brave « et vaillant capitaine de son temps ; il fut lieutenant de cent

« hommes d'armes de M. d'Alançon, grand marque pour lors
« de sa suffisance et valeur : ce qui luy vint à bien, car à la
« batáille de Pavie le capitaine fut fort accusé d'avoir mal
« faict, et le lieutenant très bien, et vaillamment en combat-
« tant pris prisonnier : aussi après sa mort il eut la moitié
« de la compagnie ; quelque temps après il eut l'Ordre. Les
« Espagnols, parmy leurs histoires, le loüent fort, et le
« nomment Humeno-Rocha. » Brantôme ajoute encore, qu' « à
« la bataille de Saint-Quentin,... tout vieux qu'il estoit, ayant
« plus de soixante ans, (il) combattit jusques à l'extrémité de
« ses forces foibles, son filz tué près de luy, s'efforçans de
« tout leur courage brave se secourir l'un l'autre, etc. » Il fut
nommé chevalier de l'Ordre du Roi, en 1555, d'après un
compte du trésorier de l'Ordre, où il est dit, qu'en vertu d'une
ordonnance du chancelier dudit Ordre, du 22 décembre de
cette année, il avait été délivré un grand collier de l'Ordre, à
Messire Charles Tiercelin, chevalier, seigneur de la Roche-du-
Maine, auquel le Roi en avait fait don, en le faisant et créant
chevalier de son Ordre. (*Original, Chambre des Comptes de
Paris*). De plus, on le trouve qualifié chevalier de l'Ordre du
Roi, dans une montre du 28 janvier 1555. (1556). (*Original,
Bibliothèque du Roi*)[1].

Il était fils de Jacques Tiercelin, chevalier, seigneur de la
Roche-du-Maine, conseiller chambellan ordinaire du Roi, et
d'Anne de la Chapelle. Ses armes : *D'argent, à deux tierces
d'azur en sautoir, cantonnées de quatre merlettes de sable.*

Tiercelin (Adrien), marquis de Brosses, seigneur de Sar-
cus, de Frémontier, de Saveuses, de Valennes, de Maupertuis,
de Leulx, de Beauvoir et de Suzanneville, gentilhomme ordinaire de la chambre du Roi, conseiller en son conseil privé,
capitaine de cinquante hommes d'armes de ses ordonnances,
son lieutenant général au gouvernement de Champagne, gou-

---

[1] Bibl. Nat., *Cab. des Titres*, 1039, p. 464.

verneur de Dourlens, de Reims, de Mouzon et de Beaumont, en Argonne, fut nommé chevalier de l'Ordre du Roi, dans la promotion, faite par le Roi, à Toulouse, le 8 février 1565, et chevalier de l'Ordre du Saint-Esprit, le 31 décembre 1585 ; se trouva, en 1552, à la défense de Metz. Il est compris dans les états des gentilshommes ordinaires de la Chambre des rois Henri II, François II et Charles IX, de 1557 à 1563, fut envoyé en ôtage, en Angleterre, en 1560 avec François d'Ailly, vidame d'Amiens, et de retour, en 1562, il fut nommé pour conduire en Ecosse la Reine Marie Stuart. Il avait servi les années précédentes en qualité de guidon de la compagnie des gendarmes du connétable de Montmorency, et se signala par sa valeur, aux batailles de Dreux, de Saint-Denis et de Moncontour, en 1562, 1567 et 1569. Il obtint du roi Henri II une pension de 2000 l., le 15 janvier 1575 et une gratification de 300 l. au mois de juin 1577, en considération de ses services ; se trouva au siège de la Fère, en 1580, fut député de la noblesse de Picardie aux Etats de Blois, se laissa entraîner depuis, dans le parti de la Ligue et y entraîna ses trois fils qu'il perdit tous trois en moins d'un an et mourut à Mouzon, en 1593[1].

Il était fils d'Adrien Tiercelin, sgr de Brosses, de Possé et de Mariacs, chambellan ordinaire du Roi, conseiller en son conseil privé, gentilhomme ordinaire de sa chambre, capitaine de cinquante hommes d'armes de ses ordonnances, gouverneur des enfants de France, gouverneur et sénéchal de Ponthieu, gouverneur de Bayeux, d'Argentan, de Loches et de Beaulieu, bailly et gouverneur de Gisors, par lettres du 20 juillet 1523, et de Jeanne de Gourlay. Mêmes armes que le précédent.

Tiercelin (Jacques), sgr de la Chevallerie, gentilhomme ordinaire de la chambre du Roi, est cité avec la qualité de chevalier de l'ordre de Saint-Michel, dans un acte du 13 juin

---

[1] Bibl. Nat., *Cab. des Titres*, 1040, p. 335.

1570. (*Titres de cette Maison*[1]). Il était fils de Jean Tiercelin, chevalier, seigneur de la Chevallerie, maître d'hôtel du duc de Bretagne, et de Julie d'Itre. Ses armes, comme ci-dessus.

Tiercelin (Jacques), sgr et châtelain de Possé, d'Aubeuf, de la Ferté-Villeneuve, du grand et petit Beaunay, et de Beaumont, gouverneur. d'Argentan, capitaine de cinquante hommes d'armes des ordonnances du Roi, gentilhomme ordinaire de sa chambre, en 1566, avait été d'abord écuyer tranchant du roi Henri II, puis, l'un des cent gentilshommes de sa maison et servait en 1576, en qualité de lieutenant de la compagnie de cent hommes d'armes du duc d'Aumale. Il est qualifié chevalier de l'ordre du Roi, dans une montre du 6 octobre 1572 et dans une autre du 15 octobre 1575, où, indépendamment de la qualité de chevalier de l'Ordre du Roi qu'il y prend, son sceau est entouré du collier de l'Ordre de Saint-Michel. (*Original, Bibliothèque du Roi*)[2].

Il était fils d'Adrien Tiercelin, sgr. de Brosses, chevalier de l'Ordre du Roi, et de Jeanne de Gourlay. Ses armes, comme ci-dessus.

Tijouère (François de la), sgr de la Tijouère et des Marchais-Renault, gentilhomme d'honneur de la Reine et enseigne de cinquante hommes d'armes des ordonnances du Roi, est qualifié chevalier de l'Ordre du Roi, dans un acte du 4 juin 1575 (*Original, Titres de la Maison de la Haye-Monbault*). On ignore sa filiation et ses armes[3].

Touche (Gaston de la), sgr et Baron de la Faye et de Boistirant, de Sainte-Manne et de Chabreuil, lieutenant de cinquante hommes d'armes des ordonnances du Roi, sous la charge du sgr de la Châtaigneraie, en 1568, est qualifié che-

---

[1] Bibl. Nat., *Cab. des Titres*, 1041, p. 1145.
[2] Bibl. Nat., *Cab. des Titres*, 1041, p. 1308.
[3] Bibl. Nat., *Cab. des Titres*, 1042, p. 46.

valier de l'Ordre du Roi, dans un compte de la maison du Roi de 1578 et dans une quittance du 10 janvier 1579, où il prend aussi la même qualité. (*Original, Chambre des Comptes de Paris*[1]. Il mourut dans l'intervalle des années 1582 et 1584. Il était fils de François de la Touche, sgr de la Faye. Ses armes : *D'or, au lion de sable armé et couronné de gueules.*

Touche (François de la), sgr de Marigny, maître d'hôtel de la Reine Catherine de Médicis et gentilhomme ordinaire de la Chambre du roi Henri III portant la clef d'or, d'après les états, depuis 1581 jusqu'en 1586, reçut du trésorier de l'épargne, au mois de septembre 1579, une somme de 50 écus que le Roi lui avait fait adjuger, pour un voyage qu'il lui avait ordonné de faire de Marseille, où il était alors, au Puy, en Auvergne, pour faire sortir les garnisons qui y étaient, et obtint de S. M., le 24 juin 1584, une gratification de 1000 écus, en considération de ses services. Il est qualifié chevalier de l'Ordre du Roi, dans une quittance du 21 septembre 1579, que dame Claude Pierre, dame de Marigny, l'une des dames de la Reine-Mère, gouvernante de la princesse de Lorraine, fondée de procuration du dit sgr de Marigny, donna au trésorier de l'épargne[2]. (*Original, Chambre des Comptes de Paris*). On ignore sa filiation et ses armes.

La Trémoïlle (Georges de), sgr de Craon, de Jonvelle, de Rochefort et de l'Isle-Bouchard, comte de Ligny, premier chambellan héréditaire et gouverneur de Bourgogne, lieutenant général pour le Roi, au gouvernement de Champagne et de Brie, se rendit célèbre dans l'histoire, sous le nom de sgr de Craon ; *homme fier*, disent les historiens, *et qui avait une grande autorité sur les troupes*. Il assista à

[1] Bibl. Nat. *Cab. des Titres*, 1042. p. 203.

[2] Bibl. Nat., *Cab. des Titres*, 1042, p. 225.

[3] On le croit fils de Charles de la Touche, sgr de Marigny, et de Françoise de Nuchèze. Mêmes armes que ci-dessus. (Beauchet-Filleau, *Dict. des Fam. du Poitou*, 1re édition, I, ll, p. 734 et 737.

l'assemblée des Etats-Généraux, tenus à Tours, en 1467, et se trouva l'année suivante, à la prise de Liège. Il fut nommé chevalier de l'Ordre du Roi, le 1ᵉʳ août 1469. Louis XI l'établit en 1473 son lieutenant général au gouvernement de Champagne et de Brie, lui fit don du comté de Ligny, au mois de janvier 1475 et le donna, en 1477, pour lieutenant et surveillant au prince d'Orange dont la cour avait à se méfier ; depuis, il obtint le gouvernement de Bourgogne, assiégea Dijon et s'en empara ; mais, ayant été obligé de lever le siège de Dôle, il y fut battu. Cet échec lui fit perdre les bonnes grâces du Roi, qui lui ôta le gouvernement de Bourgogne, et, s'étant retiré dans l'une de ses terres, il y mourut en 1491[1].

Il était fils de Georges, sire de la Trémoïlle, grand chambellan et grand maistre des eaux et forêts de France, premier ministre du roi Charles VII, lieutenant général des duché de Bourgogne et comté d'Auxerre, et de Catherine de l'Isle-Bouchard[2]. Ses armes : *Ecartelé au 1 et au 4 : a'or, au chevron de gueules, accompagné de trois aiglettes d'azur, becquées et membrées de gueules ; au 2 et au 3 ; d'argent, à un aigle de gueules à deux têtes, membré d'or.*

La Trémoïlle (Louis de), sire de la Trémoïlle, vicomte de Thouars, prince de Talmond, comte de Guines et de Bénon, baron de Sully, de Craon et de Montaigu, de Mauléon et de l'Isle-Bouchard, dés Iles de Ré, de Rochefort et de Marans, premier chambellan du Roi, son lieutenant-général en Poitou, en Angoumois, en Saintonge, dans le pays d'Aunis, en Anjou et en Bretagne, amiral de Guyenne et de Bretagne, ambassadeur à Rome et vers le Roi des Romains, gouverneur de Bourgogne et capitaine du Château de Nantes, né, le 20 septembre 1460, fut élevé enfant d'honneur du roi Louis

---

[1] Il avait épousé Marie de Montauban, veuve de Louis de Rohan, sgr de Guémené, baron de Guié, fille de Jean, baron de Montauban, maréchal de Bretagne et amiral de France, et de Jeanne de Kerenrais (Beauchet-Filleau, *Dict. des Fam. du Poitou*, 1ʳᵉ éd. t. II, p. 751).

[2] Bibl. Nat., *Cab. des Titres*, 1038, p. 26.

XI, et se rendit digne par une suite continuelle d'actions éclatantes du glorieux titre de *chevalier sans reproche*. Guichardin, en parle comme du premier capitaine du monde et Paul Sove, dit qu'il fut la gloire de son siècle et l'ornement de la Monarchie Française. Il assista, en 1484, aux Etats-Généraux de Tours, et fut nommé, en la même année, général de l'armée du Roi contre François, duc de Bretagne qui avait donné retraite, dans ses États, à Louis, duc d'Orléans. Ce seigneur, qui n'était encore âgé que de vingt-quatre ans, et s'était déjà acquis une grande réputation dans les armes, fit un traité, avec ce dernier prince, à condition qu'il congédierait ses troupes. La dame de Beaujeu qui avait su apprécier son mérite, dans le dessein de l'engager à rester constamment attaché aux intérêts du Roi, l'avait marié, depuis peu, avec Gabrielle de Bourbon, fille du comte de Montpensier, en lui faisant de très grands avantages. Le sire de la Trémoïlle, encouragé de plus en plus par les bienfaits de son maître et animé d'ailleurs du plus grand zèle pour son service continua de se signaler en plusieurs rencontres. Il gagna la bataille de Saint-Aubin-du-Cormier, en 1488, et fit prisonnier le prince d'Orange et le duc d'Orléans qui avaient pris encore depuis peu, les armes contre le Roi. Il en usa envers ces deux princes avec sa politesse ordinaire ; mais, il ne laissa pas de leur causer une grande frayeur. Comme ils étaient le soir tous trois à table, deux cordeliers entrèrent dans la salle et dirent à ce général qu'ils venaient d'après ses ordres confesser les prisonniers. Ces deux princes s'imaginèrent que leur arrêt était prononcé et qu'on allait leur couper la tête. Le sire de la Trémoïlle, ayant jugé de leur embarras par leur contenance, les prévint aussitôt que cela ne les regardait pas, mais qu'il ferait seulement un exemple sur quelques particuliers qui avaient été pris les armes à la main contre leur prince. Il leur fit en effet trancher la tête. M. de la Trémoïlle, continuant ses exploits, s'empara en la même année de Dinan et de Saint-Malo, il fut envoyé ensuite comme ambassadeur vers

Maximilien, roi des Romains et près le pape Alexandre VI,
pour les disposer à favoriser le passage du Roi en Italie. Il,
contribua beaucoup à la réunion de la Bretagne à la couronne,
par le mariage qu'il négocia, de la duchesse Anne avec ce
Monarque ; souscrivit à la ratification du traité de paix, fait
à Nantes, entre les rois de France et d'Angleterre, en 1493,
se trouva à l'expédition de Naples, en 1494, et à la bataille de
Fornoue, en 1495 et fut pourvu quelque temps après de la
charge de lieutenant-général des provinces de Poitou, de
Saintonge, d'Angoumois, d'Aunis, d'Anjou et des Marches de
Bretagne. Il fut nommé chevalier de l'Ordre de Saint-Michel
par le roi Charles VIII, qui, en conséquence, le qualifie chevalier de son Ordre et son cher et féal cousin, dans une lettre
du 21 août 1498. (*Histoire de Bretagne*, par dom Taillandier,
Paris, 1756). On conserve aussi, à la bibliothèque du Roi, son
portrait, où il est représenté avec le collier de l'Ordre de Saint-
Michel au cou, et ses armes en sont également entourées. A
la mort de Charles VIII, il exerça la charge de Grand-Cham-
bellan, aux obsèques de ce prince. Louis XII étant monté sur
le trône, on chercha à l'aigrir contre le sire de la Trémoïlle[1]
qui l'avait fait prisonnier à la bataille de Saint-Aubin, mais
ce monarque répondit : « *qu'il ne convenait pas au roi de
France de venger les querelles du duc d'Orléans* »[2]. La Trémoille eut l'honneur de l'accompagner, à son entrée solennelle
à Paris, et ce prince, l'ayant fait général de son armée d'Italie,
en 1500, il se rendit maître de tout le Milanais et obligea les

---

[1] Il avait épousé : 1°, le 9 juillet 1486, Gabrielle de Bourbon, fille de Louis
comte de Montpensier et de Clermont, dauphine d'Auvergne, et de Gabrielle
de la Tour. 2°, le 7 août 1517, Louise Borgia, fille de César, duc d'Urbin, de
Valentinois etc., et de Coarlotte d'Albret. (Beauchet-Filleau, *D*ro *des Fam.
du Poitou*, 1re éd. I. II p. 753).

[2] Ces paroles sont rapportées ici d'une manière inexacte. Le Roi manda la
Trémoïlle, le confirma dans toutes ses dignités et pensions et le pria d'être
aussi loyal envers lui qu'il avait été envers son prédécesseur ; et comme la
Trémoïlle voulut s'excuser de ce qui s'était passé, le roi lui dit : « *qu'il n'é-
tait mémoratif des jeunesses du duc d'Orléans.* » (Note communiquée par
M. le duc de la Trémoïlle.)

Vénitiens de lui remettre entre les mains le duc de Milan et le cardinal son frère qui s'étaient refugiés chez eux. A son retour, il fut pourvu du gouvernement de Bourgogne, de là charge d'amiral de Guyenne, en 1502, et peu après celle de Bretagne, et, le Roi lui donna à commander le corps de bataille, où il était à la journée d'Agnadel, en 1509, il fut défait et blessé au combat de Navarre, en 1513, mais il soutint pendant environ six semaines contre les Suisses le siège de Dijon qu'il les força de lever. Il se trouva, en 1515, à la bataille de Marignan, défendit ensuite la Picardie contre les forces espagnoles et anglaises, et, étant passé en Provence, il fit lever le siège de Marseille, au connétable de Bourbon, en 1523. Il accompagna François Ier, à son voyage d'Italie, et fut tué, à la bataille de Pavie, en 1525[1].

Il était fils de Louis, sire de la Trémoïlle, vicomte de Thouars, prince de Talmond, et de Marguerite d'Amboise. Ses armes : *Ecartelé au 1 et au 4 : d'or, au chevron de gueules accompagné de trois aiglettes d'azur, becquées et membrées de gueules ; au 2 : d'or, semé de fleurs de lys d'azur, au franc quartier de gueules ; au 3 : lozangé d'or et de sable ; et sur le tout de gueules à 2 léopards d'or.*

La Trémoïlle (François de), vicomte de Thouars, prince de Talmond, comte de Guines, de Taillebourg et de Bénon, baron de Craon et de Sully, de Royan, de l'Isle-Bouchard et de Mauléon, sgr des îles de Ré, de Marans, de Rochefort, de Brandois, de Mareuil, de Saint-Hermine et de Doué, lieutenant général au gouvernement de Saintonge, de Poitou et de La Rochelle, est qualifié chevalier de l'Ordre du Roi et haut et puissant seigneur, Monseigneur, dans un titre du 4 juin 1527. (*Original, Titres de MM. Jousbert de Rochetemer*). L'historien des *Grands officiers de la Couronne* dit qu'il fut fait chevalier de l'Ordre du Roi, le 29 septembre 1517, mais, il a confondu son admission dans cet Ordre, avec son assistance comme

Bibl. Nat., *Cab. des Titres*, 1038, p. 95.

chevalier au chapitre de cet Ordre, tenu le même jour, à sainte Cornille de Compiègne. *(Manuscrit de M. de Gaignières sur cet Ordre, Bibliothèque du roi).* Au surplus, ce ne pouvait être que depuis très peu de temps qu'il avait été admis dans cet ordre, car, à l'époque de 1527, il n'était âgé que de vingt-deux ans[1] et il n'était guère possible d'en être plus tôt décoré[2]. Il se trouva, en 1525, à la bataille de Pavie, où il fut fait prisonnier, et après avoir payé sa rançon, il retourna en Italie, au service sous M. de Lautrec, en 1528, reçut à Poitiers l'empereur Charles V, en 1539, lorsqu'il passa en France et mourut à son château de Thouars, le 7 janvier 1541, à l'âge de trente-six ans[3].

Il était fils de Charles de la Trémoïlle, prince de Talmond et de Mortagne, comte de Taillebourg, gouverneur de Bourgogne, et de Louise de Coëtivy. Ses armes : *Coupé au 1er du chef, d'or, au chevron de gueules accompagné de 3 aiglettes d'azur, becquées et membrées de gueules, deux en chef et une en pointe ; au 2 : d'azur, à trois fleurs de lys d'or posées deux et une et un bâton de gueules péri en bande ; au 3 : fascé d'or et de sable, au 4 : d'azur, à 3 fleurs de lys d'or posées deux et une et un lambel de trois pendants d'argent, en chef ; au 5 et 1re de la pointe, d'or, semé de fleurs de lys d'azur et un franc quartier de gueules ; au 6 : lozangé d'or et de gueules ; au 7 : d'argent, à une givre d'azur ondée en pal et avalant un enfant de gueules ; au 8 : fascé d'or et de sable.*

La Trémoïlle (Georges de), sgr de Craon, de Jonvelle, de Dracy, premier chambellan héréditaire et lieutenant général au gouvernement de Bourgogne, accompagna le roi Louis XII, à son entrée triomphante dans Gênes, en 1502, défendit la ville de Dijon, assiégée par les suisses ; se trouva au traité de

---

[1] Il avait alors épousé le 23 février 1521, Anne de Laval, fille de Guy XVI, comte de Laval, etc., et de Charlotte d'Aragon, princesse de Tarente. (Beauchet-Filleau, *Dict. des Fam. du Poitou*, 1e édit. t. II, p. 753).

[2] Il avait alors 25 ans.

[3] Bibl. Nat., *Cab. des Titres*, 1039, p. 101.

neutralité du duché et comté de Bourgogne, fait, à Saint-Jean-de-Lône, entre François Ier et l'archiduchesse Marguerite d'Autriche, douairière de Savoie, le 8 juillet 1522, et mourut, le 6 mai 1526[1]. On le trouve qualifié chevalier de l'Ordre du Roi et haut et puissant seigneur, sur son épitaphe qui est dans l'église de Dracy, près d'Autun. De plus, on lui trouve la qualité de chevalier de l'Ordre de Saint-Michel, dans un catalogue des grands maîtres de France, imprimé à Paris, en 1580, où il est compris, mal à propos, comme ayant été pourvu de cette dignité. Il y est dit aussi qu'il était homme de grande sévérité, prudence et magnanimité[2].

Il était fils de Louis, sire de la Trémoïlle, prince de Talmond, et de Marguerite d'Amboise. Ses armes, comme ci-devant.

La Trémoïlle (Louis de), sire de la Trémoïlle, duc de Thouars, Prince de Tarente et de Talmond, comte de Taillebourg, de Guines et de Bénon, baron de Sully, de Craon, de l'Isle-Bouchard, de Berrye, de Montaigu, de Mauléon, de Saint-Hermine, de la Chaize-le-Vicomte, de Doué, et Didonne, sgr. des Iles-de-Ré, de Marans et de Noirmoutier, gentilhomme ordinaire de la chambre du Roi, capitaine de cinquante hommes d'armes de ses ordonnances, gouverneur de Poitou, de Saintonge et de La Rochelle, né, en 1521, entra au service dès l'âge de dix ans et fut l'un des seigneurs qui assistèrent, en 1530, au couronnement de la reine Eléonore d'Autriche et qui accompagnèrent le Dauphin, au voyage de Perpignan, en 1542. Il servit en Picardie, contre les Anglais, sous les ordres du Maréchal de Biez, passa en Angleterre, comme otage du traité fait à Boulogne, en 1549, entre Henri II et Edouard VI, roi d'Angleterre, était pourvu, dès 1550, et encore en 1558, d'une charge de gentilhomme de la chambre et fut nommé chevalier de l'Ordre du Roi, dans le chapitre de cet Ordre,

---

[1] Il avait épousé : Madeleine d'Azay, fille de François, sgr dudit lieu. (Beauchet-Filleau, *Dict. des Fam. du Poitou*. 1re édit. t. II, p. 751).

[2] Bibl. Nat., *Cab. des Titres*, 1039, p. 788.

tenu, à Poissy, à la saint Michel 1560. On lit en conséquence, dans un compte du trésorier de cet ordre, que le 29 décembre de cette année, il fut délivré un grand collier de l'Ordre, à messire Louis de la Trémoïlle, prince de Talmond, comte de Guynes auquel le Roi en avait fait don, en le faisant et créant chevalier de son Ordre. (*Original, Chambre des Comptes de Paris*). Il servit aussi dans les guerres d'Italie et se trouva à la prise et à l'assaut de Vulpian, en 1551. Les services importants qu'il rendit à l'État lui méritèrent de Charles IX, au mois de juillet 1563, des lettres d'érection du vicomté de Thouars en duché, et ce monarque lui donna, en 1564, le commandement des pays situés sur la rivière de Loire, pour chasser les hérétiques des villes qu'ils y occupaient[1]. En 1575, le duc de Thouars qui passait pour le plus puissant seigneur du Poitou, irrité contre les huguenots, à raison des ravages qu'ils avaient faits sur ses terres, en toutes rencontres, et qui de plus, était fort mal avec le comte du Lude, gouverneur de cette province, se laissa gagner par la maison de Guise et engagea dans le parti de la Ligue quantité de noblesse de Poitou et de Touraine. L'année suivante, le Roi le nomma lieutenant-général de son armée en Poitou, où il prit quelques places sur les rebelles. Le 11 février 1577. S. M. lui accorda une gratification de 2010[1], en récompense de ses services, et il mourut de la goutte, au siège de Mesle, le 15 du mois suivant[2].

Il était fils de François, sire de la Trémoïlle, chevalier de l'Ordre du Roi, et d'Anne de Laval. Ses armes : *Coupé au 1er en chef : d'or, au chevron de gueules, accompagné de trois aiglettes d'azur, becquées et membrées de gueules ; au 2 : d'azur, à trois fleurs de lys d'or, posées deux et une et un bâton péri en bande ; au 3 : fascé d'or et de sable de six*

---

[1] Il avait épousé : le 29 juin 1549, Jeanne de Montmorency, dame d'honneur de la Reine Elisabeth d'Autriche, et fille d'Anne, duc et Pair, grand-maître et Connétable de France, etc., et de Madeleine de Savoie. (Beauchet-Filleau, *Dict. des Fam. du Poitou*; 1re éd. I. II. p. 754).

[2] Bibl. Nat., *Cab. des Titres*, 1039, p. 605,

pièces ; *au 4 : d'azur, à 3 fleurs de lys d'or, posées deux et une et un lambel de trois pendants d'argent en chef ; au 1ᵉʳ de la pointe : d'argent, à une givre d'azur issante de gueules et couronnée d'or ; au 2 : d'or à la croix de gueules, chargée de cinq coquilles d'argent et cantonnée de seize allérions d'azur ; au 3 : d'or, semé de fleurs de lys d'azur et un franc quartier de gueules ; au 4 : lozangé d'or et de gueules.*

La Trémoïlle (Georges de), baron de Royan et d'Olonne, sgr de Saujon et de Kergourlay, capitaine du château de Poitiers et sénéchal du Poitou, servait, en 1568, dans le parti du Roi contre les réligionnaires, assista aux États de Blois de 1577, et mourut à Poitiers, au mois de décembre 1584[1]. On le trouve qualifié chevalier de l'Ordre du Roi, dans le IVᵉ volume des *Grands officiers de la Couronne*, article de cette maison[2].

Il était fils de François de la Trémoïlle, vicomte de Thouars prince de Talmond, chevalier de l'Ordre du Roi, et d'Anne de Laval. Ses armes : *Parti de deux coupé d'un : au 1ᵉʳ : d'or, au chevron de gueules, accompagné de trois aiglettes, d'azur, becquées et membrés de gueules, deux en chef et une pointe ; au 2 : d'azur, à trois fleurs de lys d'or, posées deux et une, et un bâton de gueules en abîme péri en bande ; au 3 : fascé d'or et de sable de six pièces ; au 4 : en 1ᵉʳ de la pointe : d'argent, à la givre d'azur, couronnée d'or, issante de gueules ; au 2 : d'or, et la croix de gueules chargée de cinq coquilles d'argent et cantonnée de seize alérions d'azur ; au 3 et dernier : d'azur, à 3 fleurs de lys d'or posées deux et une et un lambel d'argent de trois pendants en chef.*

La Trémoïlle (Gilbert de), marquis de Royan, comte d'Olonne, conseiller d'Etat d'Epée, sénéchal de Poitou et capi-

---

[1] Il avait été nommé, peu de temps avant sa mort, grand sénéchal du Poitou. Il avait épousé : Madeleine de Luxembourg, fille de François, vicomte de Martigues, et de Charlotte de Bretagne. (Beauchet-Filleau, *Dict. des Fam. du Poitou*, 1ʳᵉ éd. t. II, p. 757).

[2] Bibl. Nat., *Cab. des Titres*, 1042, p. 470.

taine de la première compagnie des cent gentilshommes de la maison du Roi, par provisions du 10 mai 1597, doit être le cinquième de Royan compris dans l'état des gentilshommes ordinaires de la chambre du Roi portant de la clef d'or, de l'an 1586. Il fut en grande considération, sous le règne d'Henri IV qui érigea en marquisat sa baronnie de Royan, en 1592, et en comté sa terre d'Olonne, au mois de janvier 1600 et lui accorda une gratification de mille écus, le 8 septembre 1594 et une pension de 2000, le 13 juillet 1601[1]. On le trouve qualifié chevalier de l'Ordre du Roi, dans un acte du 22 mai 1593. *(Titres de MM. de Fénieux de Bioussac).* Il mourut, à son château d'Aspremont, le 15 juillet 1603[2]. Il était fils de Georges de la Trémoïlle, baron de Royan et d'Olonne, chevalier de l'Ordre du Roi, et de Madeleine de Luxembourg. Ses armes : *Parti de trois, coupé d'un, qui font huit quartiers, quatre en chef et quatre en pointe. Au 1ro du chef : d'azur, à 3 trois fleurs de lys d'or posées deux et une et un lambel d'argent de trois pendants en chef ; au 2 : d'argent, à la givre d'azur couronnée d'or, issante de gueules ; au 3 : d'azur, à trois fleurs de lys d'or posées deux et une et un bâton de gueules en abîme ; au 4 : d'hermines, à la bordure de gueules ; au 5e et 1er de la pointe : de gueules, à une croix d'argent ; au 2 : d'argent, au lion de gueules, la queue nouée, fourchée et passée en sautoir, armé et couronné d'or, langué d'azur et chargé d'une croix sur l'épaule ; au 3 : fascé d'or et de sable de six pièces ; au 4 : d'or, à la croix de gueules chargée de cinq coquilles d'argent et cantonnée de seize alérions d'azur, et sur le tout, d'or, au chevron de gueules, accompagnée de trois aiglettes d'azur, becquées et membrées de gueules, deux en chef et une en pointe.*

La Trémoïlle (Louis de), marquis de Noirmoutier, baron de Châteauneuf et de Samblançay, sgr de la Roche d'Iré, de

---

[1] Il fut créé chevalier du Saint-Esprit, en 1567. Il avait épousé : Anne Hurault, fille de Philippe, comte de Chiverni, chancelier de France, et d'Anne de Thou, le 12 septembre 1592. (Beauchet-Filleau, *Dre des Fam. du Poitou*, 1re éd. t. II, p. 757).

[2] Bibl. Nat., *Cab. des Titres*, 1043, p. 64.

la Carte et de la Ferté Milon, conseiller d'Etat d'Epée, capitaine de cinquante hommes d'armes des ordonnances du Roi et son lieutenant général au gouvernement du haut et du bas Poitou, par lettres du 15 juin 1613 ; obtint de plus, le 18 du même mois, de nouvelles lettres pour commander, à Poitiers, pendant l'absence des ducs de Sully et de Roannois, dans lesquelles le Roi lui donne le titre de cousin. Il est qualifié, chevalier de l'Ordre du Roi, dans son contrat de mariage, du 13 mars 1610, avec Lucrèce Bouhier. (*Titres de cette Maison*)[1] Il mourut à Paris, le 24 septembre suivant, âgé de 27 ans[2], Il était fils de François de la Trémoïlle, marquis de Noirmoutier, chevalier de l'Ordre du Roi, et de Charlotte de Beaune, dame d'atours de la Reine. Ses armes, comme ci-devant.

La Trémoïlle (François de), marquis de Noirmoutier, baron de Châteauneuf et de Samblançay, sgr de Mornac, de Montaigu, de Baron, de Mareuil, de Craon, de la Ferté-Milon et de la Roche-d'Iré, gentilhomme ordinaire de la Chambre du roi Henri III, portant la clef d'or et capitaine de cinquante hommes d'armes de ses ordonnances, obtint de ce monarque, au mois d'octobre 1584, des lettres d'érection en marquisat, de sa baronnie de Noirmoutier, qu'il défendit, en 1588, et servait, en 1592, dans l'armée commandée par le prince de Conty, destinée à réduire les provinces du Poitou, d'Anjou, et de Berry[3]. On le trouve rappelé avec la qualité de chevalier de l'Ordre du Roi, dans un acte du 13 mars 1610, postérieur à sa mort, (*Titres de cette Maison*,) et dans le IVᵉ volume de l'histoire des *Grands officiers de la Couronne*, article de cette maison, page 176. Il mourut, au mois de février 1608[4].

---

[1] Il avait épousé, le 13 mars 1610, Lucrèce Bouhier, fille de Vincent, sgr de Beaumarchais, trésorier de l'épargne, et de Marie d'Hotman. (Beauchet-Filleau, *Dict. des Fam. du Poitou*, 1ʳᵉ éd. t. II, p. 758).

[2] Bibl. Nat., *Cab. des Titres*, 1043, p. 337.

[3] Il avait épousé : le 18 octobre 1584, Charlotte de Beaune, dame d'atours de Catherine de Médicis, fille de Jacques, baron de Semblançay et de Gabrielle de Sade, veuve de Simon Fizes, baron de Sauve, secrétaire d'Etat. (Beauchet-Filleau, *Dict. des Fam. du Poitou*, 1ʳᵉ éd. t. II, p. 758).

[4] Bibl. Nat., *Cab. des Titres*, 1043, p. 376.

Il était fils de Claude de la Trémoïlle, baron de Noirmoutier, et d'Antoinette de la Tour Landry. Ses armes, comme ci-devant.

La Trémoïlle (François, bâtard de), baron de Bournezeau, sgr de Moulinfrou, gentilhomme ordinaire de la Chambre du Roi, est qualifié chevalier de l'Ordre du Roi, dans un acte un du 18 octobre 1581.(*Titres de la Maison de Cugnac d'Imonville*[1]).

Il était fils naturel de Louis de la Trémoïlle, duc de Thouars, prince de Talmond, chevalier de l'Ordre du Roi. Armes simples de la maison de la Trémoïlle.

Turpin (Charles), comte de Vihiers, sgr et baron de Montoiron, de Montrevau, de Crissé, de Vaille, du Pin de Cherzé, de Jallais, de Targé, de la Motte, de la Frênaye, des Roches, des Hérons, de Boisdemaine, de Taunay, de la Jaudouinière, de l'Echasserie, de la chatellenie de la Lande, du Pally, du Marchais, de Parenay, et de la Grézille, etc., capitaine de cent hommes d'armes des ordonnances du Roi, gentilhomme ordinaire de sa Chambre portant la clef d'or, était chevalier de l'Ordre du Roi, en 1570, d'après ses lettres de gentilhomme de la Chambre, du mois de janvier, où le Roi, lui donne cette qualité. (*Original, Titres de cette Maison*). On lui trouve encore cette qualité, dans une montre du 31 octobre 1573, où est son sceau entouré du collier de l'Ordre de Saint-Michel. (*Original, Bibliothèque du Roi*). Il fut nommé, chevalier de l'Ordre du Saint-Esprit, le 9 janvier 1595, pour y être associé, dès qu'il y aurait un cordon bleu vacant, se signala, en 1568, à la défaite des Provençaux, en Périgord, aux batailles de Jarnac et de Moncontour et au siège de Saint-Jean d'Angély, en 1569, où il servait en qualité de guidon de la compagnie de cent hommes d'armes du maréchal de Cossé. Il fut fait enseigne de cette compagnie, le 2 novembre 1574, et avait été admis, dès le mois de janvier 1570, au nombre des gentilshommes

! Bibl. Nat., *Cab. des Titres*, 1042, p. 280.

de la Chambre du Roi, en considération des *bons et notables services* qu'il lui avait rendus ; il fut confirmé dans cette charge, par Henri IV, et il est compris dans les états, en cette qualité, depuis 1578, jusqu'en 1583. Il avait été envoyé en ôtage, en Angleterre, pour satisfaire au traité de paix de 1561 ; se trouva aux sièges de la Rochelle, de Fontenay, de Lusignan, de Broüage, de Montaigu, de la Garnache, de Pontoise, de Paris et encore dans d'autres affaires, fut nommé capitaine de cinquante hommes d'armes, le 29 mai 1585, à la recommandation du duc de Montpensier, et à raison de son propre mérite. Le 17 octobre 1595, il fut procédé à son information de vie et mœurs, service de noblesse, pour son admission dans l'Ordre du Saint-Esprit et il mourut, en 1603, avant d'en avoir reçu le cordon, mais n'en prenant pas moins la qualité de chevalier des Ordres du Roi, dans tous les actes qu'il passa[1].

Il était fils de Charles Turpin, comte de Crissé, chevalier de l'Ordre du Roi, et de Simonne de la Roche, dame de compagnie de la Reine Catherine de Médicis. Ses armes : *Lozangé d'argent et de gueules.*

Turpin (Charles), Comte de Crissé, sgr, de Targé, de Jallais, de Montrevau, de Montoiron, de Vaille, de la Grézille et du Pin, reçut le 12 décembre 1561 une lettre du roi Charles IX et de la reine Catherine de Médicis, pour l'engager à faire un voyage en Angleterre, pour affaires relatives au bien de l'Etat. On le trouve rapellé avec la qualité de chevalier de l'Ordre du Roi dans un acte du 12 mars 1671, postérieur à sa mort ainsi que dans un grand nombre d'autres, mais dans aucun passé de son vivant; *(Originaux, Titres de cette Maison)*, le premier est conservé dans la bibliothèque du juge d'armes de France. Il n'était pas encore décoré de cet Ordre, le 1ᵤ février 1567, ainsi il n'y fut admis que dans l'intervalle de cette année à celle de 1569. Il mourut en 1569[2].

[1] Bibl. Nat., *Cab. des Titres.* 1041. p. 1475.
[2] Bibl. Nat., *Cab. des Titres*, 1041, p. 1112.

Il était fils de Jacques Turpin, chevalier, sgr. de Crissé, de Montrevau, de la Grézille et de Montoiron, baron de Vihiers, et de Cathérine du Bellay.

Turpin (Urbain), sgr. de la Fresnaye, est qualifié chevalier de l'Ordre du Roi, dans un acte du 15 mars 1612. (*Original, Titres de cette Maison*)[1].

Il était fils de Charles Turpin comte de Crissé, chevalier des Ordres du Roi, et de Léonore de Crévant.

Turpin (Charles), comte de Crissé et de Vihiers, baron de Montoiron et de Montrevau, sgr de la Grézille, de Targé, de Rochereau, du Pin, de Jallais et de Cherzé, fut gentilhomme ordinaire de la chambre du roi Henri IV, qui, voulant, dit-il, reconnaître envers lui et le seigneur d'Armagnac, son premier valet de chambre, les bons et agréables services qu'il en avait reçus, leur fit don, par un brevet du 18 octobre 1608, de l'abbaye de Toussaint, au diocèse d'Angers, pour en disposer en faveur de telle personne qu'ils aviseraient. Il est qualifié chevalier de l'Ordre du Roi, dans un acte du 15 mars 1612[2]. (*Original, Titres de cette Maison*). Il était frère du précédent.

Turpin (Louis), sgr de Charzé, est qualifié chevalier de l'Ordre du Roi, dans un acte du 15 juin 1616. (*Original, Titres de cette Maison*)[3].

Il était fils de Charles Turpin, comte de Crissé, chevalier des Ordres du Roi, et de Léonore de Crévant.

Turpin (René) sgr. et baron de Crissé, de la Fresnaye et de la Rivière d'Orvaux, est qualifié chevalier de l'Ordre du Roi, dans un acte du 15 juin 1616. (*Titres de cette Maison*)[4]. Il mourut avant l'an 1649. Il était frère du précédent.

[1] Bibl. Nat., *Cab. des Titres*, 1044. p. 23.
[2] *Ibidem.*
[3] Bibl. Nat., *Cab. des Titres*. 1044. p. 73.
[4] *Ibidem.*

Turpin (Moïse), sgr de Busserolles, de Bussière-Poitevine, des Plats, de Marsange, et de Lézignac, est qualifié chevalier de l'Ordre du Roi, dans un acte du 4 décembre 1627. (*Titres de cette Maison*). Il vivait encore en 1630[1].

Il était fils de François Turpin, sgr de Busserolles et de Bussière-Poitevine. Ses armes : *D'azur, à trois bezants d'or posées deux et un.*

Turpin (Charles), comte de Crissé et de Vihiers, sgr et baron de Montoiron et de Montrevau, de Targé, de la Grézille, de Rochereau et de Jallais, du Pin et de Chezé, capitaine de cinquante hommes d'armes des ordonnances du Roi, est rappelé, avec la qualité de chevalier de l'Ordre du Roi, dans un acte du 30 mars 1624, postérieur à sa mort. (*Titres de cette Maison*). Il mourut, à Paris, au mois de novembre 1614[2].

Il était fils de Charles Turpin, comte de Crissé, chevalier de l'Ordre du Roi, et d'Eléonore de Crévant. Mêmes armes que son père.

Turpin (Jacques), sgr de Joué, de Sérigny, de la Place-Ardilleux, de la Bataille, de Naudouin, du Puy-au-Chat, de la Tour de Raix et de Puy-Ferrier est qualifié chevalier de l'Ordre du Roi, dans un acte du 14 janvier 1661. (*Original, Titres de MM. de Londeix de Vérac*)[3].

Il était fils de René Turpin, chevalier, sgr de Joué et de Madeleine Turpin. Ses armes : *Ecartelé de six pièces, trois en chef et trois en pointe : au 1 : de gueules, semé de fleurs de lys d'or et un franc quartier d'argent, à un lion d'azur ; au 2 : d'argent, à trois chevrons de gueules ; au 3 : d'argent, à une fasce de sable frettée d'or et accompagnée de trois étoiles de sable, deux en chef et une en pointe ; au 4 : d'or, au chef de*

[1] Bibl. Nat., *Cab. des Titres.* 1044. p. 207.
[2] Bibl. Nat., *Cab. des Titres*, 1044, p. 356.
[3] Bibl. Nat., *Cab. des Titres*, 1044, p. 497.

*gueules, chargé d'un lion d'argent passant ; au 5 : de gueules,
au pal vairé, au 6 : d'or, à trois fasces de gueules ; et sur le
tout : d'azur, à 3 besants d'or, posés deux et un.*

Turpin (Louis), comte de Sanzay, de Charzé et de Crissé,
naquit au mois d'août 1634 et fut nommé chevalier de l'Ordre
du Roi, le 18 avril 1665 et reçu par le marquis de Sourdis,
chevalier des Ordres du Roi[1].

Il était fils de Louis Turpin, sgr de Cherzé et de Crissé,
chevalier de l'Ordre du Roi, et de Suzanne Chenu. Ses armes :
Losangé d'argent et de gueules.

Varie (Jean de), vicomte de Bridiers, sgr de l'Ile Savary,
est qualifié chevalier de l'Ordre du Roi, dans un acte du
3 février 1584, postérieur à sa mort. (*Original communiqué
par M. de la Bouchardière de la Vienne*[2]).

On ignore sa filiation et ses armes[3].

Varie (Guillaume de), vicomte de Bridiers, sgr de l'Ile
Savary, de la Rivière et de Saint-Cyran, grand échanson du
du Roi et gouverneur de Mortain, est qualifié, chevalier de
l'Ordre du Roi, dans un acte du 3 avril 1597[4]. On le croit fils
de Jean de Varie, vicomte de Bridiers, chevalier de l'Ordre
du Roi.

Vaucelles (Pierre de), sgr de la Chaume, de Grillemont,
de la Voûte, de Massilly, de Rouvray, de la Guiépierre, du
Petit-Boussay et de Cordouën, servait dès l'an 1553, en qualité d'homme d'armes de la compagnie d'ordonnances du duc
de Montpensier. Il est qualifié chevalier de l'Ordre du Roi,
dans un acte du 26 février 1573. (*Manuscrit du juge d'armes
de France sur cette Maison*). On observe seulement qu'il y est

---

[1] Bibl. Nat., *Cab. des Titres*, 1044, p. 528.

[2] Bibl. Nat., *Cab. des Titres*, 1041, p. 1581.

[3] Ses armes : *de gueules, à 3 heaumes en profil d'argent.* (Beauchet-
Filleau).

[4] Bibl. Nat., *Cab. des Titres*, 1043, p. 132.

nommé Charles, mais il est évidemment prouvé que c'est une erreur ; Charles, soi disant, qui y est qualifié sgr de la Chaume, ne pouvait pas être possesseur de cette terre, puisque Pierre de Vaucelles, depuis l'époque de 1666, en prenait toujours la qualité. D'ailleurs, on ne connaît point dans la généalogie de cette maison, aucun qui ait porté le nom de Charles, depuis Pierre de Vaucelles, sgr de la Chaume, dans un aveu qu'on lui rendit, le 25 octobre 1576. (*Original, Titres de cette Maison*[1].

On ignore sa filiation. Ses armes : *D'argent, au chef de gueules, chargé de sept billettes d'or posées quatre et trois.*

Vaucelles (François de), sgr de Cordouan et des Hayes fut nommé chevalier de l'Ordre du Roi, par Henri IV, ce que l'on infère d'un acte du 28 avril 1591, où il ne prend encore que la simple qualité d'écuyer et d'un autre, du 8 janvier 1621, postérieur à sa mort, où il est rappelé avec celle de chevalier de l'Ordre du Roi. (*Titres de cette Maison*). Il mourut dans l'intervalle des années 1591 et 1593[2].

Il était fils de Pierre de Vaucelles, sgr de Cordouan, chevalier de l'Ordre du Roi, et de Charlotte de la Chapelle. Ses armes, comme cy devant.

Vaucelles (François de), sgr de Cordouan et de Ravigny, capitaine d'une compagnie de cent hommes d'infanterie, par commission de la Reine Mère, du 20 juillet 1620, était né, vers le mois de janvier 1590, on le trouve qualifié chevalier de l'Ordre du Roi, dans un acte du 8 janvier 1621. (*Original, Titres de cette famille*). Il avait été admis dans cet ordre, dans l'intervalle des années 1617 et 1621 et mourut avant l'an 1659[3].

Il était fils de François de Vaucelles, sgr de Ravigny, chevalier de l'Ordre du Roi, et d'Anne de Baillet. Ses armes, comme ci-devant.

[1] Bibl. Nat., *Cab. des Titres*, 1041, p. 1363.
[2] Bibl. Nat., *Cab. des Titres*, 1043, p. 341.
[3] Bibl. Nat., *Cab. des Titres*, 1044, p. 128.

Vergier (Louis du), sgr de la Rochejaquelein, de l'Oriol-lière et du Fonteny-Guitau, se signala, en 1589, dans le parti du Roi, au fameux combat d'Arques, où il fut blessé d'une mousquetade. Il est qualifié chevalier de l'Ordre du Roi, dans un acte du 11 novembre 1613[1]. (*Titres de cette maison*). Il n'é-tait pas encore décoré de cette dignité, en 1600. Il mourut vers l'an 1625[2].

Il était fils de François du Vergier, sgr de la Rochejaque-lein, et de Renée de la Forêt. Ses armes : *De sinople, à une croix d'argent chargée en cœur d'une coquille de même et can-tonnée de quatre coquilles aussi d'argent.*

La Ville de Férolles (Pierre de), sgr de Férolles[3], de Mayé et de Liniers, est cité avec la qualité de chevalier de l'Ordre du Roi, dans un acte du 9 novembre 1660[4]. (*Titres de cette fa-mille*). Il était fils de Nicolas de la Ville, chevalier, sgr de Férolles, capitaine de cent carabiniers, guidon de la compa-gnie des gendarmes du baron de Montagnac et lieutenant au gouvernement de Chauvigny, en Poitou et de Louise Sochet. Ses armes : *D'argent, à une bande de gueules.*

---

[1] Le 17 juin 1614, le roi Louis XIII, lui accorda une pension de 2.000 l. snr son épargne, et lui écrivit, le 6 janvier 1625, pour prêter secours au ma-réchal de Praslin. Après Arques, il avait aussi reçu du roi Henri IV, la lettre suivante : « La Roche, j'ay reseu vos dyscours, dont vous dyt grand mercy de les acomoder à ma guyse de franc cueur et sans fard. Je vous en-voie des blancs seings pour aler au plus pressé, man remectant du tout sur vostre yntellygence et prudence ordynaires. Je voys que qui n'a bon pyet, a bon œil, ce qui ne m'anpesche de demander à Dyeu, vostre guéryson an haste, et que byentost vous puyssyons voir sayn et gayllart par della ; vous savez que de vous j'estyme tout bon mesme les morseaus, ce quy vous doyt mouvoyr a venyr quelquel au plus tost joyndre ung mestre quy vous ayme et vous desyre fort ; c'est vostre plus affectyonné ainsy. Signé : Henry. » Il avait épousé, le 7 octobre 1598, Anne Viault, fille de Louis, sgr du Buignonnet de la Touche, etc., et de Renée Girard de la Roussière, (Beauchet-Filleau-*Dict. des Fam. du Poitou*, 1re édit. t. II, p. 787).

[2] Bibl. Nat., *Cab. des Titres*, 1044, p. 38.

[3] Bibl. Nat., *Cab. des Titres*, 1044, p. 496.

[4] Il avait épousé : Marie de Meulles. (Beauchet-Filleau, *Dict. des Fam. du Poitou*, 1re édition, t. II, p. 804).

Villequier (Jean-Baptiste de), sgr de Villequier, de Chanceaux et d'Estableau, vicomte de la Guerche, conseiller chambellan ordinaire du roi, lieutenant de cent gentilshommes, de
sa maison et gentilhomme ordinaire de sa chambre, compris en cette qualité aux gages de 1200 livres dans les états
de la Maison de S. M., depuis 1533, jusqu'en 1547, époque
de sa mort, jouissait dès l'an 1540, d'une pension de la Cour
de 600 l., étant pourvu dès lors de la charge de lieutenant de
cent gentilshommes de la maison du Roi. Il est qualifié
chevalier de l'Ordre du Roi, dans le Recueil manuscrit des
chevaliers de Saint-Michel, fait, en 1620, par Pierre d'Hozier,
gentilhomme ordinaire de la maison du Roi ; (*Bibliothèque du
Roi*) et encore, dans le VI⁰ volume des *Grands Officiers de la
Courronne*, article de la maison de Rochechouart, p. 679, mais,
cette qualité ne lui est donnée dans aucun titre passé de son
vivant[1].

Villequier (René de), baron de Villequier, dit *le Jeune* et *le
Gros*, sgr et baron de Clervaux, d'Estableau, de Chanseaux,
de Favirolles, d'Evry et des châtellenies d'Aubigny et de la
Faye, premier gentilhomme de la chambre et chambellan du
roi, conseiller en son conseil privé, capitaine de cent hommes
d'armes de ses ordonnances et d'une compagnie de ses gardes
du corps, gouverneur de la personne de S. M., gouverneur
du Bourbonnais, puis de Paris et de l'Ile-de-France, fut nommé chevalier de l'Ordre du Roi, en 1566, d'après un compte
de cet Ordre, où il est dit, qu'en vertu d'une ordonnance du
chancelier de l'Ordre, du 22 décembre 1566, il fut délivré un
grand collier de l'Ordre, au seigneur de Villequier, dont le
Roi lui avait fait don, en le faisant et créant chevalier de son
dit Ordre ; duquel collier qui avait été rapporté par les héritiers
du feu Monseigneur de Sipierre, il donna son récépissé, le 12
janvier suivant. On le trouve, en conséquence, qualifié chevalier de l'Ordre du Roi, dans les états de la Maison de Charles

---

[1] Bibl. Nat., *Cab. des Titres*, 1048, p. 375.

IX, des années 1566, 1567, 1568 et 1569, etc. *(Originaux, Chambre des Comptes de Paris)*. Il fut nommé chevalier de l'Ordre du Saint-Esprit, le 31 décembre 1578, et est compris aux gages de 600 l., dans les Etats des gentilshommes de la chambre du Roi depuis 1561, jusques en 1566, qu'il obtint, en la même année, les gages de 1200 l., ce qui lui donnait le titre de gentilhomme de la chambre, chambellan, et il est employé sur ce pied, dans les Etats suivants jusques à l'avènement au trône du Roi Henri III, dont il devint un des plus intimes favoris et qui le fit premier gentilhomme de sa chambre, le 16 août 1574. Il avait obtenu, une compagnie de cinquante hommes, dès le 1ᵉʳ avril 1569, et se trouva en la même année, au siège de Poitiers. Charles IX, lui avait accordé une pension de 1200 l., qu'il porta depuis, à 3000 l., et sous le règne suivant, elle fut augmentée jusqu'à 22000 l. Henri III, étant encore roi de Pologne, le fit maître de sa garderobe, son grand chambellan et grand maître de sa Maison.

. . . .

. . . .

. . . .

Ce courtisan, mourut, le 27 septembre 1590, après avoir obtenu des rois Charles IX et Henry III des sommes considérables, au dépens de l'Etat et des peuples. Quelques-uns prétendent qu'il se livra au parti de la ligue et qu'il devint ami intime du duc de Guise. Ce qui est certain, c'est qu'il dissuada Henri III de faire assassiner le duc de Guise, le jour des Barricades, en 1588 ; on en donne encore pour preuve, que ce monarque ayant appris que le duc venait d'arriver à Paris, malgré la défense qu'il lui en avait faite, et allait même se présenter devant lui, parut très irrité, jeta trois ou quatre fois les yeux sur un épieu qui était toujours suivant l'ancien usage, au chevet du lit de nos Rois, passa dans son cabinet, y resta près d'un quart d'heure, revint toujours fort agité, regarda encore à l'endroit où devait être l'épieu et ne le voyant plus demanda qui l'avait ôté ? — Moi, et j'ai cru vous servir, lui répondit Villequier; — le Roi, ajoute-t-on, le regarda fixement, ne lui répondit rien, et commença dès ce moment à ne lui plus marquer d'amitié et de confiance. D'autres, au contraire, assurent que Villequier ne cessa jamais d'être fidèle à ce monarque. Ce seigneur, doué comme on l'a déjà dit plus haut, de beaucoup d'esprit et qui avait la plus grande facilité à s'énoncer, réussit dans plusieurs négociations très délicates et très difficiles ; il avait acquis de la réputation à l'armée, il fut le premier, dit-on, qui fit servir sur sa table, une omelette saupoudrée de perles fines broyées[1].

Il était fils de Jean-Baptiste de Villequier, sgr de Villequier, de Chanceaux et d'Estableau, vicomte de la Guerche, conseiller chambellan ordinaire du Roi, lieutenant de cent gentilshommes de sa maison, et gentilhomme ordinaire de la chambre de L. M. les rois François Ier et Henri II, d'après les Etats de 1532 à 1547, époque de sa mort, et d'Anne de Rochechouart. Ses armes : *De gueules, à la croix fleurdelysée et alaisée d'or, cantonnée de douze billettes de même ; écartelé d'un fascé ondé d'argent et de gueules de six pièces et sur le tout ; pallé d'or et de gueules de six pièces.*

Villequier (Claude de), baron de Villequier, dit l'aîné, vicomte de la Guierche, gentilhomme ordinaire de la chambre du Roi, portant la clef d'or, l'un de ses chambellans, conseiller en son conseil privé, capitaine de cinquante hommes d'armes de ses ordonnances, son lieutenant général, au gouvernement de la Marche, fut reçu chevalier de l'Ordre du Roi, par le duc d'Aumale, à Melun, le 16 février 1508. Il avait été nommé à cet ordre, par la promotion des dix-neuf chevaliers, faite, en 1567; et, dans la pièce de vers qui fut faite à ce sujet, par le parti Huguenot, intitulée : *Remontrance au Roy, etc.,* où chaque chevalier a son quatrain. Sur le baron de Villequier on lit :

[1] Bibl. Nat., *Cab. des Titres*, p. 1040, p. 392.

« Je ne suis pas de ces guerriers,
« Qui n'ont amis que leur espée,
« Si j'ai un coup l'ordre attrappé,
« Je n'y pousserai des premiers. »

Il fut nommé chevalier de l'Ordre du Saint-Esprit, le 31 décembre 1578, est compris dans les Etats des gentilshommes de la chambre du roi Charles IX, des années 1568 et 1569, puis dans ceux de la maison d'Henri III, de 1575 à 1588, au nombre des gentilshommes de la chambre, ayant le titre de chambellans; Charles IX, lui avait accordé une gratification de 1000 l., le 21 mars 1568, et lui donna une compagnie de cinquante lances, le 29 avril 1572. Dès l'avènement de Henri III au trône, ce prince, dont il était l'un des mignons, lui accorda une pension de 7200 l. et le combla de bienfaits, en 1592, il fut surpris dans sa terre de la Guerche, qu'il défendit avec beaucoup de valeur, mais, n'ayant pu résister à la supériorité de l'ennemi, il fut fait prisonnier, perdit tous les meubles précieux dont son château était enrichi par les libéralités du Roi, et ne fut remis en liberté que longtemps après, en payant une très grosse rançon. Il mourut fort âgé[1].

Il était fils de Jean-Baptiste, baron de Villequier, et d'Anne de Rochechouart. Ses armes : *De gueules, à la croix fleurdelysée et alaisée d'or, cantonnée de douze billettes aussi d'or.*

Villequier (Georges de), baron de Villequier, vicomte de la Guierche, capitaine de cinquante hommes d'armes des ordonnances du Roi, conseiller en son conseil privé, gentilhomme ordinaire de sa chambre, portant la clef d'or, l'un de ses chambellans, maître de sa garde robe, est cité, avec la qualité de chevalier de l'Ordre du Roi, dans une quittance du 25 septembre 1572, qu'il donna au trésorier de l'Epargne et dans une autre du 27 septembre 1573. (*Originaux, Chambre des Comptes de Paris*). Il fut nommé chevalier de l'Ordre du

---

[1] Bibl. Nat., *Cab. des Titres,* 1040, p. 454.

Saint-Esprit, le 31 décembre 1586, servait dès l'an 1569, en qualité de guidon dans la Compagnie de cent lances du duc d'Anjou. Il obtint du Roi, à cette époque, une gratification de 1250, l. en considération des services qu'il lui avait rendus, en son camp et armée, près de ce prince, et il était alors gentilhomme ordinaire de la chambre de S. M. quoiqu'on ne le trouve employé, en cette qualité, dans les Etats que depuis 1570, jusqu'en 1574, que le duc d'Anjou étant monté sur le trône l'admit dans la première classe des gentilshommes de sa chambre portant la clef d'or et ayant le titre de chambellans. Il en est fait mention, en cette qualité, dans les Etats de la maison de ce prince, depuis 1575 jusqu'en 1587. Le roi Charles IX, lui avait accordé encore une gratification de 3240, l. le 22 septembre 1572, et une autré de 3000, l. le 27 septembre 1573, motivée sur les services qu'il avait rendus à ce monarque, au siège de la Rochelle et à raison de ce qu'il était nommé, pour aller en Pologne, à la suite du duc d'Anjou, son frère. Ce fut lui, que Charles IX chargea de le défaire de Lignerolles, favori du duc d'Anjou, qui avait eu l'imprudence de faire connaître à ce monarque, qu'il savait ses desseins contre l'amiral de Coligny et tous les huguenots. Villequier, sans réfléchir sur cette odieuse commission, et cherchant toutes les occasions de plaire au Roi, va chercher Lignerolles, l'insulte, lui fait mettre l'épée à la main et le tue ; après cette malheureuse action, Georges de Villequier, étant entrés chez son père, blessé au bras et lui ayant raconté qu'il venait de tuer Lignerolles et pourquoi il s'était battu contre lui. « Misérable, (lui dit-il), c'est pour complaire au Roi, c'est « pour te mettre en faveur que tu as attaqué un homme avec « qui tu n'avais aucune querelle ; as-tu donc cru qu'en ex- « posant ta vie contre lui, tu couvrirais la honte de ton action ? « Ton prétendu courage n'est que bassesse, il vaudrait mieux « que tu n'en eusses point, malheureux, on ne dira jamais « que tu es brave, que l'on ne pense en même temps que tu « es indigne de l'être. » Après la mort d'Henri III, qui le

combla de biens et d'honneurs, il embrassa le parti de la
ligue et se rendit très redoutable dans la Marche et le Poitou.
Le sgr de la Rocheposay, l'attaqua, tailla en pièces une partie
de ses troupes, et mit l'autre dans une telle déroute que la
plupart des fuyards se précipitèrent dans la Vienne, Villequier, lui-même s'y noya[1].

Il était fils de Claude, baron de Villequier, chevalier des
Ordres du Roi, et de Renée d'Appelvoisin. Mêmes armes que
son père.

Vivonne (Charles de), baron de la Châtaigneraie et d'Au-
ville, sgr d'Oulmes, d'Ardelay et de la Béraudière, d'abord
pannetier du Roi, en 1568, puis gentilhomme ordinaire de sa
chambre, conseiller en son conseil privé, capitaine de cinquante hommes d'armes de ses ordonnances, dès 1567, sénéchal de Saintonge, chambellan de François, duc d'Anjou et
d'Alençon, fut nommé, chevalier de l'Ordre du Roi, dans l'intervalle du mois de janvier, à celui de mars 1568. Il n'était pas
encore décoré de cet ordre, le 15 janvier, et l'on commence à
le trouver qualifié, chevalier de l'Ordre du Roi, dans une
montre du 26 mars de cette année. (*Original, Bibliothèque du
Roi*). De plus, on lit dans un compte de l'Ordre, qu'en vertu
d'une ordonnance du chancelier de cet Ordre, du 10 mai
1568, il avait été délivré un grand collier, *au seigneur de la
Chastigneraie, Charles de Vivonne sénéchal de Xainctonge
chevalier de l'Ordre du Roi et capitaine de cinquante hommes
d'armes de ses ordonnances*, dont S. M. lui avait fait don et
qui avait été rapporté par les héritiers du sgr de la Roche-
du-Maine, duquel collier, il avait donné son reçu, le 29 du dit
mois de mai[2]. *Original, Chambre des Comptes de Paris*. Il fut
nommé chevalier de l'Ordre du Saint-Esprit, le 31 décembre

[1] Bibl. Nat., *Cab. des Titres*, 1041, p. 1302.

[2] Il avait été exempté de servir au ban de 1557, en qualité de pannetier
ordinaire du Roi. Il avait épousé : Renée de Vivonne, veuve de Ponthus de
Saint-Gelays, et fille de Jean, sgr d'Oulmes et de Jeanne Ratault. ((Beauchet-
Filleau). *Dict. des Fam. du Poitou*, 1ʳᵉ édition, tome II, p. 815).

1586, fut aussi ennemi des huguenots qu'il l'était des ligueurs. Jean de Vivonne de la Châtaigneraie, l'un de ses fils, dévoué entièrement à la maison de Guise, étant allé le voir, quelques temps après les barricades : « Misérable, lui dit-il, tu as aidé « à chasser ton roi de sa capitale, viens-tu chasser ton père « de chez lui ? Sors de ma présence, si tu parais jamais « devant moi, je te poignarderai, fusses-tu entre tes deux « hommes célestes. » Le baron de la Châtaigneraie soutint aussi le siège d'Angoulême[1].

Il était fils de Charles de Vivonne, baron de la Châtaigneraie, et d'Isabeau Chabot. Ses armes: *D'hermines, au chef de gueules.*

Vivonne (Jean de), dit de *Torettes*, marquis de Pisany, baron de Saint-Gouard[2], ambassadeur en Espagne et à Rome, colonel de la cavalerie légère Italienne, sénéchal de Saintonge, conseiller du Roi en son conseil privé, gentilhomme ordinaire de sa chambre portant la clef d'or, capitaine de cinquante hommes d'armes de ses ordonnances, est qualifié chevalier de l'Ordre du Roi, dans une quittance du 12 janvier 1572, qu'il donna, au trésorier de l'Epargne et dans l'Etat des gentilshommes de la chambre, de l'année suivante. (*Originaux, Chambre des Comptes de Paris*). Il fut nommé chevalier de l'Ordre du Saint-Esprit, le 31 décembre 1583, était déjà pourvu d'une charge de gentilhomme, au mois de septembre 1568, à laquelle époque, il obtint une gratification du Roi de 450 l., et on le trouve compris, dans cette qualité, dans les Etats depuis, 1573, jusqu'en 1583. Au mois de janvier 1572, il obtint une nouvelle gratification de 3750 l., le 18 novembre suivant, une autre de 3240 l., et il jouissait dès lors, d'une pension de la cour de 1000 l., qui était déjà portée, à 4000 l.,

---

[1] Bibl. Nat., *Cab. des Titres*, 1040, p. 688.
[2] Né au château de Saint-Gouard, en 1530, élevé en qualité d'enfant d'honneur près des fils de France. Il avait épousé : le 7 novembre 1587, la princesse Julie Savelli, fille de Christophe et de Clarice Strozzi, et petite-fille, par sa mère, de Clarina de Médicis. — (Beauchet-Filleau, *Dictionnaire des Familles du Poitou*, 1re édition, t. II, p. 818).

en 1574. Henri III lui témoigna la même affection que lui avait toujours montré le roi Charles IX. Ce monarque lui accorda une gratification de 12 150 l., le 28 mars 1577, une autre de 2000 écus, au mois de mai 1578, une de 500 écus, le 20 août de la même année, motivée sur les services qu'il lui avait rendus, comme ambassadeur en Espagne, et pour lui donner moyen de supporter les dépenses qu'il était obligé de faire, même pendant le voyage que le roi catholique s'en allait faire à Mouzon, où S. M. avait ordonné au baron de Saint-Goüard de l'accompagner, et une encore de 1000 écus, le 30 décembre 1582, également motivée, sur ses services. Il avait été nommé ambassadeur à Rome, en 1584, et l'on voit, par les comptes de l'épargne qu'il reçut, à cette ocasion, dans le cours de cette année, 12000 écus de gratification, En 1585, il répondit froidement à Sixte-Quint, qui lui parlait de la Bulle, qu'il allait publier contre le roi de Navarre et le prince de Condé : « Qu'il ferait mieux de la « jeter lui-même au feu que de l'envoyer brûler en France. » Le baron de Saint-Goüard, revenant de Rome, sur une galère, avec Claude d'Angennes, évêque du Mans, ils furent pris par le corsaire; *Barberoussetta* mais, Saint-Goüard, ayant su profiter d'un moment où ce corsaire s'était éloigné pour courir après une autre proie, tua le capitaine qui gardait et trois autres de ces pirates, gagna le haut d'un rocher, avec l'évêque et revint par terre, en France. Il fut aussi fort estimé du roi Henri IV, qui lui accorda une pension de 166 écus, le 22 février 1591, et le choisit pour gouverneur du prince de Condé, alors le plus proche héritier de la couronne. « Il ne pouvait « pas (dit l'Etoile), le mettre entre les mains d'un seigneur « plus accompli et plus généralement estimé. » Le baron de Saint-Goüard, mourut au château de Saint-Maur-des-Fossés, près de Paris, le 7 octobre 1599[1].

Il était fils d'Artus de Vivonne, sgr de Saint-Goüard et de

---

[1] Bibl. Nat., *Cab. des Titres*, 1041, p. 1275.

Pisany et de Catherine de Bremond. Ses armes : *D'hermines, au chef de gueules.*

Vivonne (René de), seigneur de Bougouin, est qualifié chevalier de l'Ordre du Roi, dans un acte du 16 mars 1583[1]. (*Titres de la Maison de Lezay de Surineau*). Il mourut, en 1584[2].

Il était fils de François de Vivonne, sgr de Bougouin et de Perrette Gourjault. Ses armes, comme ci-devant.

Vivonne (André de), baron de la Châtaigneraie et de la Béraudière, grand fauconnier de France, gentilhomme ordinaire de la chambre du Roi, conseiller d'État d'Epée et capitaine des gardes du corps de la Reine Marie de Médécis, né, le 23 septembre 1571, fut élevé, dans sa jeunesse, à la cour du roi Henri IV, dont il fut fort affectionné et fut pourvu, en 1612, de la charge de grand fauconnier. On le trouve qualifié chevalier de l'Ordre du Roi, dans un acte du 24 août 1610. (*Original, Titres de M. M. de Cassy*). Ses services lui méritèrent du roi Louis[3] XIII une gratification de 60.000 l , le 19 décembre de la même année ; une autre de 24.000 l., le 12 mai 1614 et une encore de 10.000 l., le 25 septembre 1615. Il mourut à Paris, le 24 septembre 1616[4].

Il était fils de Charles de Vivonne, baron de la Châtaigneraie, chevalier des Ordres du Roi, et de Renée de Vivonne. Ses armes, comme ci-devant.

Volvire (François de), sgr et baron de Ruffec, de Fresnay et de Rocheservière, sénéchal de Quercy et conseiller cham-

---

[1] Il avait épousé, en 1552 : Françoise de Volvire. (Beauchet-Filleau, *Dict. des Fam. du Poitou*, 1re éd., t. II, p. 818).

[2] Bibl. Nat., *Cab. des Titres*, 1042, p. 310.

[3] Louis XIII, lui fit don, le 19 décembre 1612, de la somme de 60.000 l. Il avait épousé : Marie-Antoinette de Loménie, fille d'Antoine, sgr de la Ville-aux-Clercs, secrétaire d'État, et d'Anne Aubourg-Porcheux. (Beauchet-Filleau, *Dict. des Fam. du Poitou*, 1re éd., t. II, p. 815).

[4] Bibl. Nat., *Cab. des Titres*, 1044, p. 5.

bellan du roi Louis XII, dignité dans laquelle il fut confirmé, par François 1er, le 30 juin 1515, fut fort affectionné du duc de Guyenne, frère de Louis XI qui lui fit épouser Anne de Guyenne, sa fille naturelle, à laquelle il donna en dot, une somme de 20.000 écus d'or et 1000 écus de rente[1]. Il avait été décoré de l'Ordre du Roi, en 1528. (*Histoire de Navarre*, par Favin, imprimée à Paris, en 1612). Godefroy, dans son cérémonial de France, fait aussi mention de ce seigneur de Ruffec, dans la séance du Roi, en 1528, lorsqu'il reçut le défi de l'empereur Charles V, et le met au rang et nombre des chevaliers de l'Ordre qui étaient derrière la chaise du Roi. La même chose est remarquée, dans les *Annales d'Aquitaine*, imprimées, à Paris, en 1644[2].

Il était fils de Jean de Volvire, chevalier sire et baron de Ruffec, conseiller chambellan ordinaire du Roi, sénéchal de Quercy et de Catherine de Comborn. Ses armes : *Fascé d'or et de gueules de dix pièces.*

Volvire (Philippe de), marquis de Ruffec, vicomte du Bois de la Roche, seigneur de Saint-Brice, etc., gentilhomme ordinaire de la chambre du Roi, conseiller en son conseil privé capitaine de cent hommes d'armes de ses ordonnances, gouverneur et lieutenant général pour S. M., en Bretagne, en Angoumois, en Saintonge et dans le pays d'Aunis, ambassadeur en Allemagne, désigné maréchal de France, fut reçu chevalier de l'ordre du Roi, par le duc d'Anjou, à Melun, le 17 février 1568. Il est nommé Philippe de Ruffec, sgr dudit lieu, chevalier de l'ordre du Roi, dans une montre du 25 décembre 1569, où est son sceau, entouré du collier de l'Ordre de

---

Il avait épousé : 1º, le 14 novembre 1491, Jeanne de la Rochefoucauld, fille de Philippe, chevalier sgr de Melleran, et de Renée de Beauvau, 2º, le 25 mars 1503, Françoise d'Amboise, veuve de Grisegonelle Frottier, baron de Preuilly, et fille de Jean, sgr de Bussy, et de Catherine de Saint-Belin, et nièce du cardinal d'Amboise. (Beauchet-Filleau, *Dict. des Familles du Poitou*, 1re éd., t. II, p. 821).

[2] Bibl. Nat., *Cab. des Titres*, 1039, p. 123.

Saint-Michel, (*Original, Bibliothèque du Roi*). et fut nommé
chevalier de l'Ordre du Saint-Esprit, le 31 décembre 1582. Il
se trouva, au siège de Metz, en 1552, est compris dans les Etats
des gentilshommes ordinaires de la chambre des rois Henri
II, François II et Charles IX, de 1557 à 1569 ; obtint du roi
François II, au mois de mars 1559, une gratification de 500 l.,
en considération des services qu'il avait rendus au roi
Henri II, dans ses guerres ; se trouva, en 1569, au siège de
Poitiers, qu'il défendit contre les religionnaires et fut nommé
conseiller d'Etat, le 4 juillet 1570, en récompense, dit. S. M. :
« *des grands et agréables services qu'il luy avoit rendus et aux*
« *roys ses prédécesseurs en leurs guerres et auprès de leurs*
« *personnes,* » et, le 22 septembre suivant, capitaine de cinquante hommes d'armes, quoiqu'il en prît déjà la qualité, dès
le 25 décembre 1569. Le 20 avril 1571, il lui fut adjugé, sur les
fonds de l'Epargne, une somme de 2500 l. pour un voyage
que S. M. lui avait fait faire, l'année précédente, en Allemagne, près de l'Empereur et de plusieurs autres princes. Le
15 janvier précédent, il avait été pourvu de la charge de lieutenant général au gouvernement de Bretagne, et, le 26 juillet
de la même année, il obtint encore celle de gouverneur et
lieutenant général de la ville et pays d'Angoumois, en considération dit S. M. : « *de sa suffisance et de ses grands services,*
« *tant à la guerre, qu'en plusieurs négociations et charges de*
« *grande importance.* » Quoique ce gouvernement fût très
considérable, la conjecture des temps le rendit encore si im-
portant, qu'il donnât de la jalousie aux princes, et le duc de
Montpensier, prétendit en vain, de s'en faire pourvoir, à son
exclusion, parce qu'il lui ferma les portes d'Angoulême, quoiqu'il fut chargé des ordres du Roi. Mais, le seigneur de Ruffec avait été sur cela d'intelligence avec la Reine-Mère, qui
le soutenait de son crédit ainsi que le duc d'Anjou. Cependant, l'Etoile, observe que lorsque le duc se présenta pour
prendre possession d'Angoulême, au nom du duc d'Alençon,
Ruffec : « *persista dans son refus malgré les jussions réitérées*

« *du Roy et de la Reine-Mère dont les gouverneurs faisoient*
« *peu d'état dans ce temps-là étant rois eux-mêmes dans leurs*
« *gouvernements.* » Le seigneur de Ruffec, s'était acquis dans
le sien, l'amour et l'estime des peuples, mais, quoique tous
les habitants de l'Angoumois se fussent sacrifiés pour lui,
il ne pensa jamais à se soustraire à l'obéissance qu'il devait
à son souverain. « Sire, lui disait-il, dans son mémoire, je
« fus blessé, à la bataille de Saint-Quentin ; je l'ai été depuis
« trois fois, sous les yeux de Votre Majesté, à Jarnac, à Mon-
« contour et au siège de la Rochelle ; ma vigilance et peut-
« être quelques heureux combats contre vos sujets de la
» nouvelle religion m'ont particulièrement attiré leur haine ;
« ils l'ont signalée en ravageant mes terres à un tel excès
« que de longtemps je ne puisse espérer d'en rien tirer. Eh
« quoi ! sire, un simple juge, dans un de vos parlements, pré-
« tendra qu'il faut commencer de lui faire son procès avant
« que de lui ôter son office, et un gentilhomme d'une an-
« cienne race déplacé d'un moment à l'autre quoique son zèle
« et sa fidélité ne se soient jamais démentis ! J'espère, sire,
« que votre justice me protègera contre ceux qui veulent
« vous persuader de me dépouiller de la récompense que
« m'ont acquise mes services, ceux de mes ancêtres, leur
« sang et le mien répandu pour la patrie ; je ne parle point
« de la dévastation des héritages qu'il m'ont laissés. » Ce
mémoire, fit vraisemblablement sur le roi, l'effet qu'il en
attendait, car il resta en possession de son gouvernement, et
même l'année suivante, Henry III lui écrivit, avec éloge, à
l'occasion de la ville de Montaigu, qu'il avait reprise sur les
Huguenots et d'une rencontre où il les avait battus. Ses
services, lui méritèrent du Roi des lettres d'érection de la
Baronnie de Ruffec, en Marquisat, dans lesquelles, Sa
Majesté lui donne le titre de Cousin. Le Marquis de Ruffec
se trouva au siège de Broüage, en 1577, et fut envoyé, en
Allemagne, le 12 novembre de la même année, pour négocier
le mariage du duc d'Anjou, avec la deuxième fille d'Auguste,

duc de Saxe. Il fut chargé aussi de voir, à son retour, le Landgrave de Hesse et le duc de Wurtemberg, pour les entretenir dans le parti du Roi. Le 1er août 1578, le Roi, lui accorda une gratification de 2000 l. ; en 1580, il assista aux Etats de Bretagne, tenus pour la réformation des coutumes de cette province, et, en 1582, Sa Majesté lui augmenta sa compagnie d'ordonnances de cinquante hommes d'armes, pour en former une de cent. Le 23 juillet 1583, elle le fit lieutenant-général, au gouvernement de la Rochelle, de Saintonge et du pays d'Aunis et lui accorda l'expectative du premier état de Maréchal de France qui viendrait à vaquer, mais, sa mort, arrivée le 6 janvier 1585, à l'âge de 55 ans, l'empêcha de jouir de cet honneur. Le marquis de Ruffec avait fait toute sa vie la guerre aux Huguenots et sut toujours maintenir la religion catholique dans ses gouvernements[1]. Les habitants d'Angoulême, qui n'avaient cessé de se ressentir de sa protection, voulant rendre hommage à sa mémoire, envoyèrent demander son corps, à la Marquise de Ruffec, sa veuve. (Anne de Daillon du Lude). Il le firent inhumer dans l'église cathédrale de Saint-Pierre, avec tous les honneurs dus à sa qualité et à ses mérites[2].

Il était fils de René de Volvire, baron de Ruffec, comman dant la noblesse du ban et arrière ban d'Angoumois et de Catherine de Montauban. Ses armes : *Burelé d'or et de gueules de dix pièces, écartelé : de gueules, à neuf macles d'or posées trois, trois et trois, et un lambel de quatre pendants brochant sur les trois premières macles ; et sur le tout : Pallé d'or et de gueules de six pièces.*

Volvire (René de), sgr d'Aunac, de Courret et du Vivier-Joursault, gentilhomme ordinaire de la Chambre des rois Charles IX et Henri III, et qualifié chevalier de l'Ordre du

---

[1] Il avait épousé : Anne de Daillon, (Beauchet-Filleau, *Dict. des Familles du Poitou*, 1re édition t. II p. 822).

[2] Bib. Nat., *Cab. des Titres*, 1040, p. 487.

Roi, dans un acte du 4 juin 1575. (*Original, Titres de M. M. du Mas de la Touche*). Il obtint du Roi Charles IX, une gratification de 750 l., le 10 mars 1568, en considération de ses services[1].

On ignore sa filiation[2]. Ses armes : comme ci-devant.

Volvire (Louis de), sgr d'Aunac, de Cluzeau, de Mortagne, du Vivier-Loursault, et de Courret, conseiller d'Etat d'Epée, capitaine de cent chevau-légers et capitaine lieutenant de la Compagnie de cent hommes d'armes du duc d'Elbeuf, en 1617, est qualifié chevalier de l'Ordre du Roi, dans un acte du 30 juillet 1595[3]. (*Original, Titres de M. M. du Mas de la Touche*[4].

Il était fils de René de Volvire, sgr d'Aunac, chevalier de l'Ordre du Roi, et de Jeanne du Courret. Ses armes : comme ci-devant.

Volvire (Henry de), comte du Bois de la Roche, capitaine de cent hommes d'armes des ordonnances du Roi, conseiller en son conseil privé, gentilhomme ordinaire de sa chambre, en 1605, maréchal de ses camps et armées, par commission du 20 septembre 1627, commandant en Bretagne, à la place du maréchal de Thémines, nommé, le 8 novembre suivant. On le trouve qualifié chevalier de l'Ordre du Roi, dans le IXᵉ volume des *Grands Officiers de la Couronne*, p. 75, ainsi que dans les manuscrits du juge d'armes de France, sur cette maison. Il fut nommé chevalier de l'Ordre du Saint-Esprit, admis, mais non reçu. Il avait eu pour parrain et pour mar-

[1] Bibl. Nat., *Cab. des Titres*, 1042, p. 46.
[2] Il était fils de François de Volvire, chevalier, sgr châtelain d'Aunac et du Vivier-Junaud, et de Françoise de Parthenay. (Beauchet-Filleau, *Di . des Fam. du Poitou*, 1ʳᵉ éd., tome II, p. 822). Il avait épousé : 1º le 27 janvier 1548, Jeanne Gourjault, fille de Méry, sgr de Mauprié, et de Catherine Chabot, son épouse, 2º : le 14 janvier 1553, Jeanne de Courret, fille de René, écuyer, et de Louise de Poix. (id.).
[3] Il avait épousé : le 23 février 1582, Nicole Duza, fille de N..., chevalier de l'Ordre du Roi, sgr, vicomte de Duza, et de Marie de Montferrand (id.).
[4] Bibl. Nat., *Cab. des Titres*, 1043, p. 92.

raine dans la cérémonie de son baptême, le roi Henri III et la duchesse de Savoie. Le roi Henri IV, lui accorda, au mois de février 1607, des lettres d'érection de la vicomté du Bois-de-la-Roche, en comté. Il commanda la noblesse volontaire lorsque M. de Soubise et les Anglais voulurent surprendre le Port-Louis et présida aux Etats de Bretagne, tenus à Ploërmel, par le duc de Vendôme[1]. Il servit le Roi jusqu'à l'âge de 63 ans[2].

Il était fils de Philippe de Volvire, marquis de Ruffec, chevalier des Ordres du Roi, et d'Anne de Daillon du Lude. Ses armes, comme ci-devant.

Voyer (Pierre le), vicomte de Paulmy, sgr d'Argenson, de la Châtre et de la Baillolière, gentilhomme ordinaire de la chambre du Roi, conseiller ordinaire de Sa Majesté et bailli de Touraine, par provision du 26 décembre 1586, se trouva l'année suivante, à la bataille de Coutras, et commanda la noblesse de Touraine, au siège d'Amiens, en 1615[3]. Il est qualifié chevalier de l'Ordre du Roi, dans un acte du 9 juillet 1591. (*Chambre des Comptes de Paris*). Il ne put être admis, dans cet Ordre, que postérieurement à l'époque du 12 décembre 1586, date d'un acte, où il ne prend encore que la simple qualité d'écuyer[4]. Il mourut le 22 décembre 1616.

Il était fils de Jean Le Voyer, vicomte de Paulmy et de Jeanne Gueffault.

Voyer (Louis le), vicomte de Paulmy et de la Roche-de-Gennes, sgr et baron de Boisay, de Doué, de Chavagnes, de

---

[1] Il avait épousé Hélène de Talhouët. (Beauchet-Filleau, *Dict. des Fam. du Poitou*, 1re éd., t. II, p. 822).

[2] Bibl. Nat., *Cab. des Titres*, 1043, p. 415.

[3] Il assembla les Etats de la province à Tours, en 1614, et mourut le 22 décembre 1616. Il avait épousé : le 14 février 1594, Elisabeth Hurault, nièce du chancelier Hurault de Cheverny, fille de Jean Hurault, sgr de Chérigny, maître des requêtes de l'hôtel, et de Catherine Allegrain de Valençay. (Beauchet-Filleau, *Dict. des Familles du Poitou*, 1re éd., t. II, p. 826).

[4] Bibl. Nat., *Cab. des Titres*, 1043, p. 23.

la Vasselière, de la Voirie, de la Haye-de-Balesmes, de Ciran,
de la Latte. de la Boëssière, de la Vermoizière et de Larzay,
gentilhomme ordinaire de la chambre du Roi[1], né en 1581,
fut élevé, dans sa jeunesse, auprès d'Henri de Lorraine, duc
de Mayenne et suivit ce prince en Espagne, lors de son ambassade pour le mariage du roi Louis XIII. Il est qualifié chevalier de l'Ordre du Roi, dans un acte du 25 janvier 1614.
(*Titres de MM. de Betz de la Harteloire*). Louis XIII, l'admit
dans son conseil d'État, le dernier février 1616, et le nomma
capitaine de cinquante hommes d'armes de ses ordonnances,
le 9 mars suivant. Le vicomte de Paulmy se trouva depuis,
aux sièges de Montauban, de Saint-Jean-d'Angély, de Clairac
et de la Rochelle, et ayant embrassé ensuite l'état ecclésiastique, il mourut prêtre[2].

Il était fils de René Le Voyer, vicomte de Paulmy, chevalier
de l'Ordre du Roi, et de Claude Turpin.

Voyer (Jacques Le), vicomte de Paulmy, et de la Roche-
de-Gennes, baron de Boisay, sgr du May, de Ciran, du Plessis-
Ciran, de Latte et de Relay, conseiller d'État et d'Épée, gentilhomme ordinaire de la chambre du roi, capitaine de
cinquante hommes d'armes de ses ordonnances et gouverneur
de Châtellerault et du Châtelleraudois, par provision du
24 avril 1658, fut nommé chevalier de l'Ordre du Roi, sous le
règne de Louis XIII[3], et est qualifié chevalier de l'Ordre du
Roi, dans un titre original du 20 juin 1644. (*Titres de cette
Maison*). Il mourut, en 1674[4].

---

[1] Il rebâtit, en 1615, le château de Paulmy et y fonda un monastère d'Au-
gustines, en 1622. Il avait épousé, le 7 mai 1605, Françoise de Larzay, dame
de Larzay et de Dorée, fille de Jacques, chevalier et de Lancelonne du Ray-
nier. (Beauchet-Filleau, D[re] des Fam. du Poitou, 1re éd., t. II, p. 826).

[2] Bibl. Nat. *Cab. des Titres*, 1044, p. 44.

[3] Il avait épousé : François de Beauvau, en 1638, fille de Jacques, baron
du Rivau, lieutenant général au gouvernement du Haut-Poitou, et d'Elisabeth
de Clermont-Tonnerre. Il mourut, en décembre 1674, (Beauchet-Filleau,
Dictionnaire des Familles du Poitou, 1re édition, t. II, p. 826.

[4] Bibl. Nat., *Cab. des Titres*, 1044, p. 353.

Il était fils de Louis Le Voyer, vicomte de Paulmy, chevalier de l'Ordre du Roi et de Françoise de Larzay.

Ysoré (François) sgr d'Ammon, de Fontenay et d'Aubigny, gentilhomme ordinaire de la chambre du Roi, est cité, avec la qualité de chevalier de l'Ordre du Roi, et celle de noble et puissant seigneur, dans un acte du 13 juin 1571. (*Titres de la Maison de Vonnes d'Azay*[1]). Il était fils de Jean Ysoré, sgr d'Ammon et de Fontenay et de Philippe de Menou; ses armes : *D'argent, à deux fasces d'azur.*

Ysoré (René), sgr et baron d'Hervault, de Pleumatin, de Baussay, de la Moraillière, de Boisgarnault, de la Serenne, de la Ronde, de la Niverdière de la Mothe-Rousseau et de Bergeresse, vice-amiral de Guyenne, lieutenant de cinquante hommes d'armes des ordonnances du Roi, gouverneur et lieutenant général pour S. M., à Blaye, et gouverneur des ville et château d'Hervault, et des pays circonvoisins, par lettres du 13 décembre 1567, commanda les enfants perdus, en 1569, à la bataille de Moncontour, où il eut une jambe emportée, ce qui le fit appeler : *la jambe de bois*, et reçut plusieurs lettres du roi Henri III, qui sont autant de monuments de l'estime dont ce monarque l'honorait ; sur la suscription d'une de ces lettres, le roi le qualifie : *chevalier de ses Ordres*, ce qui fait présumer qu'il avait été nommé à l'Ordre du Saint-Esprit. On le trouve qualifié chevalier de l'Ordre du Roi, dans un acte du 16 juillet 1573, et dans un autre du 15 août 1579, et, dans ce dernier, indépendamment de la qualité de chevalier de l'Ordre du Roi, qu'il y prend, on lui trouve encore celle de noble et puissant. (*Titres des Maisons d'Isoré de Pleumartin et de Roirand d'Aubigné*[2].

Il était fils de Jean Ysoré, chevalier, sgr de Pleumartin, baron d'Hervault, et de Louise de Liniers. Ses armes : *D'argent, à deux fasces d'azur.*

---

[1] Bibl. Nat., *Cab. des Titres*, 1041, p. 1231.
[2] Bibl. Nat., *Cab. des Titres*, 1041, p. 1376.

Ysoré (Antoine), sgr d'Ammon, est rappelé avec la qualité de chevalier de l'Ordre du Roi, dans un acte du 9 mars 1585, postérieur à sa mort[1].

Il était fils de François Ysoré, sgr d'Ammon, chevalier de l'Ordre du Roi, et de Suzanne de Berruyer. Ses armes, comme ci-devant.

Ysoré (Honorat), sgr et baron d'Hervault, de Pleumartin, de la Moraillière, de la Serenne, de la Ronde, de la Niverdière, de Sorray, de la Mothe-Rousseau, de Baussay, de Bergeresse, de Coisron, etc., vice-amiral, en Guyenne et en Poitou, capitaine de cinquante lances des ordonnances du Roi, son lieutenant-général à Blaye et dans les pays d'Aunis, charge à laquelle il fut nommé, à l'âge de 19 ans, et gentilhomme ordinaire de la chambre de Sa Majesté le roi Henry III, portant la clef d'or, d'après les Etats de 1578 à 1583, fut fort affectionné de ce monarque, qui lui accorda, le 23 février 1578, une gratification de 400 écus, en considération de ses services, au fait des guerres, et un brevet portant promesse de le faire chevalier du Saint-Esprit ; mais, le baron d'Hervault, étant mort, à l'âge de 25 ans, cette grâce ne pût avoir son effet. On le trouve qualifié chevalier de l'Ordre du Roi, dans un acte du 23 février 1582. (*Titres de la Maison de Roirand d'Aubigné*). Il avait été admis dans cet Ordre, sous Henri III[2]. Il était fils de René Ysoré, baron d'Hervault, chevalier de l'Ordre du Roi, et de Françoise de Sorbies. Ses armes, comme ci-devant.

Ysoré (René), marquis de Pleumartin, baron d'Hervault, sgr de Neuvy-Saint-Sépulcre, de Jeu, de Forges, de Boigarnault, de la Moraillière, de la Serenne, des Pruneaux, d'Ars, de Baussay, et de Villedomay, gentilhomme ordinaire de la chambre du Roi, capitaine de cent hommes d'armes de ses

1 Bibl. Nat., *Cab. des Titres*, 1041, p. 1580.
2 Bibl. Nat., *Cab. des Titres*, 1042, p. 288.

ordonnances, conseiller d'État d'épée, nommé le 23 mars 1617, est qualifié chevalier de l'Ordre du Roi, dans un aveu qu'on lui rendit, le 25 juin 1609. (*Original, Titres de M. M. de la Lande de Vieilleguerre*). Il fut nommé chevalier de l'Ordre du Saint-Esprit, le 23 mars 1651, mais ne fut pas reçu ; obtint du Roi Louis XIII, une pension de 4000 l., le 31 mai 1620 et Louis XIV érigea en marquisat, sa terre et châtellenie de Pleumartin, au mois de janvier 1652. Il a écrit contre le Calvinisme trois gros volumes de controverses[1].

Il était fils d'Honorat Ysoré, baron d'Hervault et de Pleumartin, chevalier de l'Ordre du Roi, et de Madeleine Babou de la Bourdaisière. Ses armes : comme ci-devant.

OMISSIONS.

Chauvelin (Vincent) sgr de Beauregard, de l'Espine et de Beauséjour, capitaine d'une compagnie de cavalerie, écuyer de la Grande Ecurie du Roi, par lettres du 26 février 1623, et commissaire ordinaire de la marine du Ponant[2], nommé, le 18 janvier 1634, était né, le 10 juin 1597 et mourut avant l'an 1654. Il fut nommé chevalier de l'Ordre du Roi, le 31 mai 1626, fut reçu, le 29 juin, par le vicomte de Brigueil, chevalier des Ordres du Roi. (*Titres de cette Famille*).

Il était fils de Jacques Chauvelin, trésorier général de la marine du Ponant et des Ecuries du Roi, et de Cécile Boyer. Ses armes : *D'argent, à un chou cabus de sinople, feuillé de cinq feuilles de même, la tige entortillée d'un serpent d'or, la tête en haut*[3].

Nota. — Des mémoires donnent la qualité de Chevalier de l'Ordre de Saint-Michel, à Claude Chauvelin, son frère, sgr

---

[1] Bibl. Nat., *Cab. des Titres*, 1042, p. 316.
[2] Occident.
[3] Bibl. Nat., *Cab. des Titres*, vol. 1044, p. 183.

de Montégu et de la Grange, capitaine de cavalerie et gentilhomme ordinaire de la maison de M. le Prince, mais, cette
qualité est contredite par les actes passés de son vivant et
après sa mort, où il n'est jamais nommé qu'avec celle d'écuyer
purement et simplement. (*Note de d'Hozier*).

CHEVALIERS DE L'ORDRE DU ROI

DIT DE SAINT-MICHEL

*Cités par quelques auteurs et connus par plusieurs manus-
crits et mémoires depuis le règne de Charles IX, jusqu'à
celuy de Louis XIV, mais que l'on n'a pas pu employer sous
ces différens règnes, leur qualité de chevalier n'étant point
suffisamment constatée.*

Aloigny (Galehaut d'), sgr de la Groye, conseiller chambellan ordinaire du Roi, sénéchal et gouverneur de Châtellerault en 1482, et commandant des archers et des arbalétriers
entretenus pour le service de Louis XI, dans les provinces
d'Angoumois, de Saintonge et dans tout le gouvernement de
la Rochelle, nommé à cet emploi, dès 1479, était encore vivant en 1494[1]. On le trouve qualifié chevalier de l'Ordre,
dans le *Supplément* de Moréri, imprimé, à Paris, en 1689.
Tome III, p. 51[2].

Beauvau (Antoine de), baron de Précigny, comte de Poli-
castre, conseiller, chambellan ordinaire du Roi et premier
président de la Chambre des Comptes de Paris, mort en 1489,
est qualifié chevalier de l'ordre de Saint-Michel, dans l'édition de Moréri, de 1725[3] (*Article de cette Maison*).

Bouex (Charles de), sgr de Villemort, gentilhomme ordinaire de la chambre du Roi, enseigne d'une compagnie de
ses ordonnances et capitaine de chevau-légers, fut tué, au

---

[1] Bibl. Nat., *Cab. des Titres*, 1838, p. 136.

[2] Fils de Pierre d'Aloigny, chevalier sgr. de Chagon, la Groye et de Mar-
gueri e de Mondion. Ses armes : *De gueules, à 3 fleurs de lys d'argent, 2 et
1.* (Beauchet Filleau, *Dict. des Fam. du Poitou*, 2ᵉ éd. p. 53, t. I.

[3] Bibl. Nat., *Cab. des Titres*, 1038, p. 136.

siège de Dôle, en 1636. Il était fils[1] de Gabriel du Bouex, sgr de Villemort, chevalier de l'Ordre du Roi[2]. Mêmes armes que son père.

Bridiers (Jacques de), sgr de Fournoux, est nommé, avec la qualité de chevalier de l'Ordre du Roi, dans l'histoire de Berry, par la Thaumassière, imprimée, à Bourges, en 1689, page 250; mais, on ne lui trouve cette qualité, dans aucun titre. Il comparut, en 1510, à la rédaction de la Coutume de la Marche[3].

Chabot (Robert), baron d'Aspremont et de Clervaux, mort avant l'an 1518. On lui trouve la qualité de chevalier de l'Ordre du Roi, dans les manuscrits de M. du Fouiny, ainsi que dans le VIIIe volume des *Grands Officiers de la Couronne*, article de la maison de *Vivonne*, page 766[4].

Courbon (Jean-Louis de), dit d'Agès, marquis de Saint-Sauveur, sgr de la Roche-Courbon, et de Briaigue, premier gentilhomme de la chambre du duc d'Enghien, par lettres de 1650, où il est traité de son allié et conseiller d'Etat d'épée, nommé en 1651, était né, en 1617. Le Roi, lui accorda au mois de juillet 1649, des lettres d'érection de la vicomté de Saint-Sauveur, en marquisat, et le duc de Vendôme le retint auprès de lui, en 1663, pour affaires relatives au service du Roi. (Fils de Charles de Courbon, vicomte de Saint-Sauveur, chev. de l'Ordre du Roi). Mêmes armes que son père.

Doineau (Philippe), sgr de Sainte-Souline[5]. Ses armes, comme ci-devant[6].

---

[1] Bibl. Nat., *Cab. des Titres*, 1044, p. 577.
[2] Et de Anne de Beauvau (Beauchet-Filleau).
[3] Bibl. Nat., *Cab. des Titres*, 1015, p. 362.
[4] Bibl. Nat., *Cab. des Titres*, 1038, p. 212.
[5] Bibl. Nat., *Cab. des Titres*, 1044, p. 583.
[6] *De gueules, à trois roses d'argent, boutonnées d'or.* (Beauchet-Filleau).

Le Mastin (Charles), sgr et baron de Nuaillé, de Berle, des Châtelliers, de Beauregard, de Lenay, de Milay, de la Favrière et de Regueil, mort âgé de 26 ans, au mois de février 1619[1], fils de Claude Le Mastin, sgr de la Favrière, chevalier de l'Ordre du Roi, et de Jeanne de Barbezières. Mêmes armes que son père[2].

Nuchèze (Pierre de), sgr de la Brulonnière, gouverneur de Montmorillon, en 1605, fut aussi, d'après des mémoires, décoré de cet Ordre[3]. Il était fils de Jean de Nuchèze, sgr de la Brulonnière, de la Brosse et de Persac et de Jeanne de Parthenay. Ses armes, comme ci-devant[4].

Pontlevoy (Louis de), baron du Petit-Château, sgr de la Motte-Bourneau et de la Blandinière, gentilhomme ordinaire de la chambre du roi François Ier, en 1546, puis, échanson du Roi Henri II, obtint de ce monarque, au mois de septembre 1556, une gratification de 230 l., en considération de ses services[6].

Puyguion (René de), sgr de Puyguion et de Germond, est cité, avec la qualité de chevalier de l'Ordre du Roi[6], dans quelques auteurs et dans plusieurs manuscrits[7].

[1] Bibl. Nat., *Cab. des Titres*, 1044, p. 584.

[2] Il avait épousé, le 12 octobre 1609, Jeanne de Tusseau de Maisontiers. Ses armes : *D'argent, à la bande de gueules, contrefleurdelisée de six fleurs de lys d'azur.* (Beauchet-Filleau, *Dict. des Familles du Poitou*, 1re éd., t. II, p. 373).

[3] Bibl. Nat., *Cab. des Titres*, 1042, p. 281.

[4] Il avait épousé : Anne Petit, fille d'Antoine, sgr du Bois-Fichet et d'Avoye du Bois. Il mourut, en 1614. (Beauchet-Filleau, *Dict. des Familles du Poitou*, 1re éd., t. II, p. 451). Ses armes: *De gueules, à neuf molettes d'éperons de 5 pointes d'argent, l'écu en bannière* (Id).

[5] Bibl. Nat., *Cab. des Titres*, 1044, p. 564.

[6] Bibl. Nat., *Cab. des Titres*, 1044, p. 560.

[7] René de Puyguyon, chevalier de l'Ordre du Roi, était fils de François de Puyguyon, chevalier sgr dudit lieu, et de Robinette de Conigan. Ses armes : *D'or, à une tête de cheval effarouché et contourné de sable.* (Bauchet-Filleau, *Dict. des Fam. du Poitou*, 1re éd., t. II, p. 570). Il fut exempté d'assister au ban de 1557, comme étant l'un des cent gentilshommes de la maison du Roi. Il avait épousé Magdeleine de Brizay, fille d'Aymar, chevalier, et de Marie de Surgères. (Beauchet-Filleau, *Dict. des Fam. du Poitou*, 1re éd , t. II; p. 569).

Rochechouart (Claude de), sgr de Champdeniers, de Javarzay et de la Motte de Bauçay, enseigne de la compagnie
des gendarmes du duc de Montpensier, est qualifié chevalier
de l'Ordre du Roi, dans des mémoires, mais il ne prit jamais
cette qualité, dans les actes qu'il passa, jusqu'à l'époque de
sa mort, arrivée en 1557, à la bataille de Saint-Quentin, où il
fut tué[1].

Rogier (Yves), sgr de la Tour-Chabot et de Vaumartin,
gentilhomme ordinaire de la chambre du Roi en 1576[2]. Ses
armes : *D'argent, au léopard de sable et trois roses de gueules
en chef.*

Saint–Gelais (Alexandre de), sgr de Cornefou et de Romefort, conseiller chambellan ordinaire du Roi, ambassadeur
en Espagne et en Suisse[3]. Il est qualifié chevalier de l'Ordre
du Roi, dans le recueil manuscrit des chevaliers de Saint-
Michel, fait en 1620, par Pierre d'Hozier.

Sauvestre (François), seigneur de Clisson, en Poitou ; ses
armes: *Pallé d'argent et de gueules, l'écu semé de trêfles de
gueules*[4].

Tiercelin (Adrien), sgr de Brosses, de Passé et de Mariacs,
chambellan ordinaire du Roi, conseiller eu son conseil privé,
gentilhomme ordinaire de sa chambre, capitaine de cinquante
hommes d'arme de ses ordonnances, gouverneur des Enfants
de France, gouverneur et sénéchal de Ponthieu, gouverneur
de Bayeux, d'Argentan, de Loches et de Beaulieu, bailli et
gouverneur de Gisors, par lettre du 20 juillet 1523, fut admis
dans l'Ordre de Saint-Michel, sous François 1er, d'après le
recueil manuscrit des chevaliers de saint Michel, fait, en 1620,

---

[1] Bibl. Nat., *Cab. des Titres*. 1043, p. 374
[2] Il avait épousé N. Beugnon,(Beauchet-Filleau, *Dict. des Fam. du Poitou*,
1re éd , t. II, p. 632).
[3] Bibl. Nat.,*Cab des Titres*. 1038, p. 212.
[4] Bibl. Nat., *Cab. des Titres*, 1044, p. 562.

par Pierre d'Hozier, gentilhomme ordinaire de la maison
du Roi ; (*Bibliothèque du Roi*), de plus, il est qualifié chevalier
de l'Ordre, chambellan du roi François 1er, dans le recueil
des maisons illustres de Picardie, par la Morlière, imprimé,
à Paris, eu 1642, page 158. Il est encore nommé, avec la
qualité de chevalier de l'Ordre du Roi, dans l'*Histoire de
Berry*, par la Thaumassière, imprimée, à Bourges, en 1689,
page 991, et dans le IX° volume des *Grands Officiers de la Couronne*, page 89, article des *Chevaliers du Saint-Esprit ;* Mais,
malgré ces quatre témoignages, on n'en trouve aucun de
son vivant, soit par les actes qu'il passa, soit par les Etats de
la maison du Roi et par les comptes de l'épargne, qui constate
cette qualité ; on ne lui en trouve jamais d'autres que celle de
chevalier purement et simplement. Il avait été admis, en
1515, au nombre des gentilshommes de la chambre du roi
François 1er. Ce fut lui, qui prêta serment, au nom de ce
monarque, pour l'ordre de la *Jarretière* que lui envoya le
Roi d'Angleterre, en 1527. Le Roi, lui accorda, le 14 mars
1530 (1531), une gratification de 1217 l. 14ˢ en récompense de
ses : *bons, agréables, vertueux et recommandables services*,
qu'il lui avait rendus, tant au fait de ses guerres, qu'auprès
de la personne du Dauphin et des duc d'Orléans et d'Angoulême, ses enfants, de la conduite desquels, il l'avait
chargé, et encore, une autre de 600 l., le 14 juin 1540 (1541),
motivée, sur les mêmes services et pour lui donner moyen
de marier une de ses filles. Il mourut, au château de Blois, en
1548 ou 1549[1].

Turpin (Guillaume), sgr d'Assigny, de Guillencourt, de
Béville et de Saint-Pierre-au-Val, sénéchal héréditaire du
comté d'Eu[2]. Mêmes armes que la branche des comtes de
Crissé.

[1] Bibl. Nat., *Cab. des Titres.* 1040, p. 337.
[2] Bibl. Nat., *Cab. des Titres.* 1044, p. 569.

Villequier (Jean-Baptiste de), sgr de Villequier, de Chanceaux, et d'Escableau, vicomte de la Guierche, conseiller
chambellan ordinaire du Roi, lieutenant de cent gentilshommes de sa maison et gentilhomme ordinaire de la chambre
de Leurs Majestés les rois François Ier et Henri II, d'après les
Etats de 1532 et 1547, époque de sa mort. On le trouve qualifié
chevalier de l'Ordre du Roi, dans le Recueil manuscrit des
chevaliers de Saint-Michel, fait en 1620, par Pierre d'Hozier,
gentilhomme ordinaire de la maison du Roi et aussi dans le
IV° volume de l'*Histoire généalogique* des *Grands Officiers de
la Couronne*, article de la maison de *Rochechouart*, p. 679 ;
mais, cette qualité ne lui est donnée dans aucun titre passé
de son vivant[1]. Il jouissait, dès l'an 1540, d'une pension de la
cour de 600 l.

Bibl. Nat., *Cab. des Titres.* 1040, p. 398.

ERRATA

Page 12, renvoi 4, lire : *1041,* et non pas : *1014.*

Id. 14, dernière ligne, lire : *Marquise,* et non pas : *marquise.*

Id. 22, ligne 9, lire : *Civray* et non pas *Cioray.*

Id. 23, renvoi 4, ligne 3, lire : *Il épousa* et non pas : *Epousa.*

Id. 24, dernière ligne, lire : *pourvu* et non pas : *pouru.*

Id. 27, ligne 1, lire : *un aigle* et non pas : *une aigle.*

Id. 29, renvoi 5, ligne 2, lire : *Louise de Montfaucon* et non pas : *Louise Montfaucon.*

Id. 32, ligne 19, lire : *Marquise* et non pas : *marquise.*

Id. 36, ligne 7, lire : *Chambre des Comptes* et non pas : *de comptes,*

Id. 39, ligne 18, lire : *éployé* et non pas : *éployée.*

Id. 40, renvoi 1, ligne 5, lire : *deuxième* et non pas : *troisième.*

Id. 43, ligne 23, lire : *Bonchamps* et non pas : *Bonchamp.*

Id. 44, ligne 3, lire : *1665* et non pas : *1565.*

Id. 44, ligne 5, lire : *Bonchamps* et non pas : *Bonchamp.*

Id. 47, Renvoi 4, ligne 3, lire : *p. 172,* au lieu de : *p.*

Id. 49, ligne 3, lire : *un aigle* et non pas : *une.*

Id. 57, dernière ligne, lire : *aux mois* et non pas : *au.*

Id. 58, renvoi 6, ligne 3, lire : *Barentin* et non pas : *Barantin.*

Id. 60, ligne 2, lire : *Buzançois,* et non pas : *Buzancois.*

Id. 63, renvoi 1, ligne 6, lire : *Sandret. Histoire,* et non pas : *Hist.*

Id. 66, ligne 20, lire : *Charles IX* et non pas : *Charles IXX.*

Id. 72, ligne 15, lire : *Neuvy* et non pas : *Nevy.*

Id. 74, ligne 3, lire : *chaperons* et non pas : *chaprons.*

Id. 74, ligne 4, lire : *Philippe de Chasteaubriand* et non pas : *Philippe Chasteaubriand.*

Id. 77, ligne 10, lire : *Conflans* et non pas : *Confault.*

Id. 78, renvoi 2, ligne 3, lire : *1567* et non pas : *1667.*

Id. 81, ligne 18, lire : *Monléon* et non pas : *Mauléon.*

Id. 83, ligne 4, lire : *offrir* et non pas : *offrit.*

Page   85, ligne 3, lire : *Moncontour* et non pas : *Montcontour*.

Id.   92, dern. ligne, lire : *Monstiers* et non pas : *Moustiers*.

Id.   92, renvoi 1, ligne 2, lire : *Antoinette* et non pas *Antoinett*.

Id.   93, ligne 1, lire : *Saint-Georges* et non pas : *Saint George*.

Id.   94, ligne 9, lire : *Moncontour* et non pas : *Montcontour*.

Id.   95, ligne 15, lire : *fait* et non pas : *faict*.

Id.   98,   Id.   6, lire : *fermaux* et non pas : *fermeaux*.

Id.   99,   Id.   16, lire : *Bastet* et non pas : *Bastel*.

Id.   99,   Id.   26, lire : *1574* et non pas : *1514*.

Id.   100,   Id.   25, lire : *Orléanais* et non pas : *Orléannais*.

Id.   102,   Id.   31, lire : *et un lion* et non pas : *et au lion*.

Id.   103,   Id.   19, lire : *1569* et non pas : *1609*.

Id.   104,   Id.   2, lire : *Pécheseul* et non pas : *Péchescal*.

Id.   105,   Id.   8, lire : *Poupelinière* et non pas : *Paupelinière*.

Id.   105,   Id.   18, lire : *Héraut* et non pas : *Hérault*.

Id.   105, renvoi 5, l, 1, lire : *Poupelinière* et non pas : *Paupelinière*.

Id.   105, renvoi 6, l. 3, lire : *1re éd.* et non pas : *2e éd.*

Id.   106, renvoi 3, lire : *Doineau* et non pas : *Doyneau*.

Id.   109, ligne 24, lire : *cinquante* et non pas *cinqnante*.

Id.   109, renvoi 2, l. 2, supprimer : *M.* devant René.

Id.   112, ligne 21, rajouter le mot : *de* entre : *et*, et : *Saint-Valentin*.

Id.   115, renvoi 4, ligne 3, lire : *p. 112* et non pas : *p. 113*.

Id.   117, ligne 8, lire : *lui parla* et non pas : *pala*.

Id.   118,   Id.   16, lire : *fixe* et non pas : *fixa*.

Id.   118,   Id.   27, lire : *1568* et non pas : *1368*.

Id.   120, renvoi 2, l. 1. : lire : *des cent* et non pas : *ds cent*.

Id.   121, ligne 12, lire : *Le Voyer* et non pas *de Voyer*.

Id.   121, renvoi 1, lire : *Il avait* et non pas : *i avait*.

Id.   122, ligne 1, lire : *rappelé* et non pas : *rappellé*.

Id.   122,   Id.   6, lire : *Le Voyer* et non pas : *de Voyer*.

Id.   129,   Id.   18, lire : *se trouva* et non pas : *se trouve*.

Id.   130, dernière ligne, lire : *après* et non pas : *apres*.

Id.   134, ligne 1, lire : *Hangest* et non pas : *Haugest*.

Id.   134,   Id.   9, lire : *1543 (1544)* et non pas : *1443 et (1444)*.

Id.   135,   Id.   9, lire : *la dite* et non pas : *la ditte*.

Id.   136,   Id.   2, lire : *Thais* et non pas : *Thois*.

Id.   138, renvoi 1, lire : *Titres, 1039* et non pas : *Titre, 030*.

Id.   139, ligne 9, lire : *assassiné* et non pas : *assasiné*.

Id.   139,   Id.   19, lire : *considération* et non pas : *considérations*.

Id.   140,   Id.   7, lire : *dite* et non pas : *dit*.

Id.   140,   Id.   8, lire : *Thais* et non pas : *Thois*.

Page 140, ligne 22, lire : *Gouffier* et non pas : *Gouffüer*.

Id. 141, Id. 8, lire : *Thais* et non pas : *Thois*.

Id. 141, Id. 12, lire :   Id.

Id. 141, Id. 13, lire :   Id.

Id. 141, Id. 17, lire :   Id.

Id. 143, Id. 18, lire : *Goulard* et non pas : *Goullard*.

Id. 143, Id. 23, lire : *mémoires* et non pas : *memoires*.

Id. 143, renvoi 1, ligne 3, lire : *Poitou* et non pas : *Poiton*.

Id. 144, ligne 4, lire : *la Voûte* et non pas : *la voûte*.

Id. 145, renvoi 3, ligne 4, lire : d'*Escoublant* et non pas : d'*Eecou-*
blant.

Id. 146, ligne 5, lire : *la Vermière* et non pas : *la Vernière*.

Id. Id. 18, lire : *Moncontour* et non pas : *Montcontour*.

Id. Id. 28, lire :   Id.

Id. 146, ligne 30, lire : *dédommagement* et non pas : *dédomagement*.

Id. 159, Id. 10, Id. : *camps et armées* et non pas *camp et armée*,

Id 163, Id. 1, Id : *François de Luzignan* et non pas : *François*
Luzignau.

Id. 166, Id. 30, lire : *Original, chambre* ; et non pas : *original*
de la.

Id. 167, ligne 1, lire : *Moncontour* et non pas : *Montcontour*.

Id. 169, Id. 3, Id. : *Chef* et non pas : *chef*.

Id. 172, renvoi 2, ligne 2, lire : *Monsieur le Dauphin*, au lieu de :
Madame.

Id. renvoi 2, ligne 4, lire : *déclaré*, au lieu de : *déclare*.

Id. 175, ligne 13, lire : *1583* au lieu de : *1383*.

Id. 176, Id. 8, Id. : *appointées* au lieu d' : *appointés*.

Id. Id. 20, Id. : *imprimées* et non pas : *imprimée*.

Id. 178, lire : *Barthon* et non pas *Barthou*.

Id. 179, ligne 3, lire : *50* et non pas : *5*.

Id. 185, Id. 10 Id. : *rendu* et non pas *rendue*.

Id. 186, Id. 32, Id. : *Pré-aux-Clercs* et non pas : *Pré-au-Clerc*.

Id. 191, à la fin de la ligne 21 : *supprimer* le mot : *des*.

Id. 192, ligne 18, lire : *de la chambre* et non pas *à la chambre*.

Id. renvoi 1, ligne 2, lire : *en bannière* et non pas : *ben*.

Id. 196, renvoi 1, ligne 6, lire : *Bauffremont* et non pas *Beauffre-*
mont.

Id. 199, Id. 1, lire : *de la Vauguyon* et non pas : *de Vauguyon*.

Id. Id. 18, Id. : *Bauffremont* et non pas : *Beauffremont*.

Id. 200, renvoi 46, l. .   Id.

Id. 202, Id. 11, lire : *qualifié* et non pas *gratifié*.

Page 203, ligne 28, lire : *ne put* et non pas : *ne peut*.

Id. 204, Id. 20, Id. : *Pierres* et non pas : *Pierre*.

Id. 206, Id. 29, Id. : *Cornette* et non pas : *Corvette*.

Id, 208, Id. 13, Id. : *Moncontour* et non pas : *Montcontour*.

Id. 210, Id. 17, Id. : *intervalle* et non pas : *intervale*.

Id. 212, Id 5, lire : *Moncontour* et non pas : *Montcontour*.

Id. 216, Id 9, lire : *Raucour* et non pas : *Raucoux*.

Id. 217, Id. 13, lire : *1558* et non pas : *1358*.

Id. 221, Id. 5, lire : *accordée* et non pas : *accordé*.

Id.   Id. 21, lire : *est compris* et non pas : *ont compris*.

Id. 222, Id. 3, lire : *1562* et non pas : *1502*.

Id.   Id. 12, lire : *places* et non pas : *place*.

Id.   renvoi 1, lire : *Bibl.* et non pas : *Bibil.*

Id. 223, ligne 14, lire : *feu* et non pas : *feux*.

Id.   Id. 18, lire : *Paneliers* et non pas : *Pannetiers*.

Id.   Id. 23, lire : *Panelier* et non pas : *Pannetier*.

Id. 224, Id. 31, lire : *bâton* et non pas : *baton*.

Id. 229, id. 1, lire : *fascines* et non pas : *fascine*.

Id.   Id. 31, Id. : *Mantoue* et non pas : *Mantoul*.

Id. 230, Id. 18, Id. : *Villiers-Bowin* et non pas : *Villiers-Boisvin*.

Id. 231, Id. 3, Id. : *Il était* et non pas : *était*.

Id.   Id. 4, Id. : *lieutenant* et non pas : *lieutenan*.

Id.   Id. 6, Id. : *et demie* et non pas : *et demi*.

Id.   Id. 24, Id. : *Goulard* et non pas : *Goullard*.

Id. 232, Id. 14, Id. : *Charles V* et non pas : *Charles IV*.

Id.   Id. 15, Id. : *panetier* et non pas : *pannetier*.

Id. 233, Id. 2, Id. : *la Brosse* et non pas : *la brosse*.

Id.   Id, 25, Supprimer au commencement de la ligne le mot : *fait* et lire : *qu'il avait fait depuis*, au lieu de : *avait depuis*.

Id. 235, Id. 27, Id. : *panetier du*, au lieu de : *pannetier*.

Id. 237, Id. 1, Id. : *de Faudoas* et non pas : *Faudoas*.

Id.   renvoi 1, lire : *p. 1540* et non pas : *p. 106*.

Id. 238, ligne 9, lire : *Philippe* et non pas : *Philippes*.

Id. 240, Id. 20, Id. : *avait été nommé* et non pas : *avait nommé*.

Id. 242, Id. 19, Id. : *Pierres* et non pas : *Pierre*.

Id.   renvoi 3, lire : *1042* et non pas : *1402*.

Id. 243, Id. 25, lire : *Commandait* et non pas : *commondait*.

Id. 244, Id. 4 et 5. Supprimer : *lorsqu'il fut élevé à la dignité de maréchal de France*.

Id. 246, Id. 16, lire : *des Pineaux* et non pas : *de Pineaux*.

Page 246, ligne 18, lire : *hommes d'armes* et non pas : *hommes des.*

Id. Id. 22, Id. : *Landureau* et non pas : *Landéreau.*

Id. 247, Id. 2. Supprimer le mot : *et*, entre : *pied* et *des.*

Id. Id. 3, lire : *Sainct Magrin* et non pas : *sainct Megrin.*

Id. Id. 4, Id. : *Roche-Enard* et non pas : *Evard.*

Id. Id. 14, Id. : *équippés* et non pas : *équippes.*

Id. Id. 20, Id. : *Landreau* et non pas : *Laudreau.*

Id. Dern. ligne, lire : *plusieurs fois* et non pas : *Plus fois.*

Id. 249, ligne 6, lire : *du Landreau* et non pas : *de Landreau.*

Id. renv. 3, lire : *Cab. des Titres, 1044* et non pas : *Cab. 404.*

Id. 251, dern. ligne, lire : *cinquante* et non pas : *ciquante.*

Id. 252, ligne 22, lire : *Panetiers* et non pas : *Pannetiers.*

Id. 263, Id. 23, Id. : *de Sanzay* et non pas : *du Sauzay.*

Id. Id. 29, Id. : *Mastin* et non pas *Martin.*

Id. 267, Id. 6, Id. : *de sa compagnie* et non pas *de la.*

Id. 269, Id. 26, Id. : *la Haye-Montbault* et non pas : *Monbault.*

Id. 270, Id. 18, Id. : *Pierres* et non pas : *Pierre.*

Id. 271, Id. 24, Id. : *des îles* et non pas : *dès.*

Id. 273, renvoi 1, l. 1, lire : *1485* et non pas : *1486.*

Id. Id. 2, Id. : *dauphin* et non pas : *dauphine.*

Id. 275, renv. 1, lire : *avait épousé,* et non pas : *avait alors épousé.*

Id. 277, Id. 8, Id. : *Vulpiun* et non pas : *Vulpian.*

Id. Id. 11, Id. : *1567* et non pas : *1564.*

Id. 278, Id, 11, Id. : *religionnaires* et non pas : *réligionnaires.*

Id. 279, Id, 16, Id. : *au 1ᵉʳ* et non pas : *au 1ʳᵉ.*

Id. dern. ligne, lire : *Semblançay* et non pas ; *Samblançay.*

Id. renv. 1, lire : *Cheverni* et non pas *Chiverni.*

Id. 280, ligne 6, lire : *Rouannois* et non pas : *Roannois.*

Id. Id. 15, Id. : *Semblançay* et non pas : *Samblançay.*

Id. 282, Id. 3, Id. : *Henri III* et non pas : *Henri IV.*

Id. Id. 26, Id. : *rappelé* et non pas : *Rapellé.*

Id. Id. 27, Id. : *1571* et non pas : *1671.*

Id. renv. 1, Id. : *p. 1112* et non pas : *p. 1475.*

Id. renv. 2, Id. : *p. 1475* et non pas : *p. 1112.*

Id. 283, ligne 3, lire : *Catherine* et non pas : *Cathérine.*

Id. Id. 20, Id. : *Cherzé* et non pas : *Charzé.*

Id. 284, Id. 10, Id. : *Cherzé* et non pas : *Chezé.*

Id. 285, Id. 4, Id. : *Cherzé* et non pas *Charzé.*

Id. Id. 24, Id. : *Cordouan* et non pas : *Cordouën.*

Id. 286, Id. 21, Id. : *ci-devant* et non pas : *cy-devant.*

Id. 287, renv. 1, ligne 12, lire : *affectyonné amy*, au lieu de : *ainsy.*

Page 288, ligne 14, lire : *Couronne* au lieu de : *Courronne*.

Id. 290, Id. 12, Id. : *la Guierche* au lieu de : *la Guerche*.

Id. 291, Id. 3, Id. : *attrapé* et non pas : *attrappé*.

    Id. Id. 16, Id. : *la Guierche,* au lieu de : *la Guerche*.

Id. 292, Id. 25, Id. : *entré* et non pas : *entrés*.

Id. 293, ligne 12, lire : *panetier* et non pas : *pannetier*.

    Id. renvoi 2, Id. :

Id. 294, ligne 3, lire : *quelque* et non pas : *quelques* .

Id. 295, Id. 2, Id. : *montrée* et non pas ; *montré*.

Id. 298, Id. 27, Id. : *donna* et non pas : *donnât*.

Id. 300, Id. 16, Id. : *d'Angoulême* et non pas : *d'Augoulême*.

Id. 301, renvoi 2, ligne 2, lire : *Dict.* et non pas : *Di*.

Id. 304, ligne 10, lire : *Pleumartin* et non pas *Pleumatin*.

Id. 305, Id. 25, Id. : *Sorbiers* et non pas : *Sorbies*.

Id. 308, renvoi 2, ligne 2, lire : *Marguerite* et non pas : *Marguerie*.

Id. 310, Id. 6, lire : *p. 562* et non pas *p. 560*.

Id. 311, ligne 22, lire : *d'armes* et non pas : *d'arme*.

Id. 313, Id. 2, Id. : *d'Estableau* et non pas : *d'Escableau*.

TABLE DES MATIÈRES

Chevaliers de l'Ordre du Roi, dit de Saint-Michel, cités par quelques auteurs et connus par plusieurs manuscrits et mémoires depuis le règne de Charles IX, jusqu'à celui de Louis XIV, mais que l'on n'a pas pu employer sous ces différents règnes, leur qualité de chevalier, n'étant point suffisamment constatée, p. 308.